馒头说历史

历史的温度 4

那些执念和信念、理想与梦想

张玮 著

中信出版集团 | 北京

图书在版编目（CIP）数据

历史的温度．4，那些执念和信念、理想与梦想 / 张玮著．-- 北京：中信出版社，2019.10（2025.11重印）
ISBN 978-7-5217-1005-2

Ⅰ．①历… Ⅱ．①张… Ⅲ．①随笔－作品集－中国－当代 Ⅳ．① I267.1

中国版本图书馆 CIP 数据核字（2019）第 199087 号

历史的温度 4——那些执念和信念、理想与梦想
著者：张 玮
出版发行：中信出版集团股份有限公司
（北京市朝阳区东三环北路 27 号嘉铭中心 邮编 100020）
承印者：北京通州皇家印刷厂

开本：880mm×1230mm 1/32 印张：17.5 字数：350 千字
版次：2019 年 10 月第 1 版 印次：2025 年11月第 41 次印刷
书号：ISBN 978-7-5217-1005-2
定价：68.00 元

目 录

执念

文念

妄念

情念

自 序

中国人有句话，叫“事不过三”，但《历史的温度》系列还是出到了第四本。

两年前，出第一本《历史的温度》的时候，要说我没想过会出第二本、第三本，倒也不是真心话，毕竟微信公众号里有那么多篇文章积淀在其中——到目前为止，已经有380多篇了。

但是真的看到第四本书即将付印，还是有些感慨的。

从开“馒头说”这个微信公众号开始，这三年一路走来，确实甘苦自知。

我曾在第三本书的签售分享会上说过，支撑我一路走过来的，主要是两点。

第一点，就是各位读者对我的支持和鼓励。说真的，没有你们，我不可能走到今天这一步。

第二点，是我妈妈从小对我说的一句话：“一件事要么别做，要做就尽力做到最好。”

第一点，是来自外部的动力；第二点，应该算是我内心的一点坚持吧。

于是就要说到这本书了。

从第四本《历史的温度》开始，出版社的编辑和我一起商量，能不能每本书确定一个大致的主题，再根据这个主题，收录文章。这其实挺难的，因为原来“馒头说”的文章是按照“历史上的今天”这个脉络写的，发生什么写什么，事先并没有一个明晰的整体框架。

但就算难想，也要想。于是就想出了一个：那些曾经的执念和信念、理想和梦想。

滚滚长江东逝水，历史上从英雄到凡人，其实都有自己的信念，都有自己的梦想。只是如果把时间轴拉到足够长，大多数人的信念和梦想都随时间湮灭了。留在史书上的那些人，有的是因为历尽艰辛，坚持的信念最终成真，而有些人所谓的“信念”本身就是个妄念，最终不光是撞了南墙，甚至还会被钉在历史的耻辱柱上。

所以，我把这次收录的故事分为了五个“念”：信念，执念，妄念，文念和情念。

翻看历史的长卷，回顾这一个个故事，以及故事中的那些人、那些事，你会发现，这些“念”的转化和定位，很多时候真的就只在“一念之间”。

我觉得这也是历史的热血，历史的残酷，历史的真实，当然，也是历史的温度。

“时代扑面而来，转瞬即成历史”，这是《历史的温度 3》的副标题。恐怕如今身处互联网时代的我们，比先辈们更能切身感受到这种世界变化的速度，以及随之而来的焦虑感。

但也正是因为如此，无论处在哪个时代，我们还是要有、要保留住自己心中的那份念想。那不必一定要是一个“平天下”的大志或一句“人上人”的誓言，完全可以只是一个平凡普通的理想，一种源自内心的信念，一份愿意付出的坚守。

所幸，这三年，我通过线上和线下的沟通和交流，见证了很多读者许下心愿、努力奋斗、实现梦想的全过程，而大家也全程见证了我从一个记者，到一个自媒体人，再到一个所谓的“作家”的转变。

这是一个见证巨变的时代，但同时也是一个需要坚守的时代。

有幸和大家相识，一起走过这三年。

也愿意和大家一起，继续走下去。

感恩。感谢。

2019 年 8 月 30 日

于北京开往上海的 G3 高铁

信念

“信念”之所以被称为“信念”，首先是因为你相信。

这种相信的前提是，那是一个正确的方向。虽然在当时可能让人觉得看不到希望，但是你相信，你就愿意付诸实践，不断努力。

它会为你的奋斗提供源源不断的动力，并且帮助你把当初的那份相信，变成现实。

中国海归第一人：见证近代史的“活化石”

“海归”这个词，大概是2000年前后成为一个大家普遍接受的名词的。很多时候，“海归”代表的不仅仅是学问、文凭或者资历，还是一种梦想，一种回到祖国、让祖国变得更富强的梦想。而这个“海归”的梦想，恐怕要上溯到160多年前。

1

1828年，容闳出生在广东香山县一户贫困的农民家庭。

在容闳7岁的时候，他被父亲送到了澳门马礼逊教会学校的预备班——原本属于香山县管辖的澳门，那时已经被葡萄牙实际占据了近300年。

容闳有一个哥哥，之前被父亲送去了传统的私塾。如果按照现代人的思维，父亲应该比较疼爱作为弟弟的容闳——把他送到了所谓的“国际学校”。但事实恰恰相反：容闳的父亲只能承担一个人的学费，送哥哥去读私塾，是希望他走“正道”考取功名；而送弟弟去读教会学校，只是因为教会学校是免费的，将来毕业能做洋人的生意挣点小钱。

没想到，容闳天资聪慧，在学校里的成绩非常出色，以至到了1846年，当校长布朗牧师因身体原因准备回国，并提出可以带三个学生一起去美国的时候，容闳成了入选的三个孩子之一（另两个分别叫黄胜和黄宽，后来一个在报界，一个在医界，均有所成）。

必须指出的是，布朗先生确实是一个优秀且慈善的教育家，他负担了三个孩子所有的出国费用，并给了三个孩子的父母一笔不菲的赡养费，然后就带着三个勇敢的孩子去了美国。

漂洋过海后的容闳，进的是著名的位于马萨诸塞州的孟松中学（Monson Academy）。孟松中学可以资助一部分贫困学生读大学，但条件是学生毕业后必须做传教士。面对这样一个优惠政策，当时正愁学费没有着落的容闳最终还是选择了拒绝。他在后来写的《西学东渐记》中是这样回忆的："予虽贫，自由所固有，他日竟学，无论何业，将择其最有益于中国者为之。"

好在后来佐治亚州的一所妇女会愿意不加任何附加条件地资助容闳，他最终得到了继续深造的机会，而且考入的是连美国学生都羡慕的大学——耶鲁大学。

耶鲁大学名人堂的容闳（油画肖像）

当留着辫子、穿着马褂的容闳走进耶鲁大学校园的时候，一度成了美国学生围观的对象。容闳一年以后就剪去了辫子，但他依旧有和其他同学不一样的地方：一边勤工俭学，一边用成绩说话——他的各科成绩都很优秀，"英文论说"还在第二和第三学期都获得了第一名。

1854 年，容闳以优异的成绩获得了文学学士学位，成了第一个从耶鲁大学毕业的中国人。

当时，以耶鲁大学的文凭，容闳如果留在美国，找一份体面的工作其实是毫不困难的。但容闳却拒绝了友人的建议和挽留，决意回到中国，因为这是他出国前就立下的志愿：

“予之一身既受此文明之教育，则当使后予之人，亦享此同等之利益。以西方之学术，灌输于中国，使中国日趋于文明之境。”

2

1855 年，27 岁的耶鲁大学海归容闳，回到了中国。

刚开始，容闳遇到了不小的困惑。

一方面的困惑，来自他自己。

由于在很小的时候就离开了中国，容闳发现自己仿佛来自另一个世界，“中国反而成了异乡”。在回程路上，别人问容闳用中国话怎么说“暗礁和沙滩”，他竟然半天无法表达，他自己也觉得非常尴尬。

另一方面的困惑，来自他的职业。

在回到中国后，容闳先后在广州美国公使馆、香港高等审判厅、上海海关等处任职，后来又在上海宝顺洋行经营丝茶生意。这些职业给容闳带来了颇为丰厚的收入，但这些并不是容闳真正想要的——如果想要高薪和舒适的生活，他留在美国就行了。

容闳想做的事情，是改变中国。

而他为此付诸的第一次行动，就石破天惊——1860 年，他受两名传教士邀请，去了当时太平天国的“首都”天京（南京）。

按照后来容闳自己的说法，他去天京的目的，是想“考察一下太平天国”。接待容闳的人，是他在香港时就认识的熟人——洪秀全的族弟、干王洪仁玕。洪仁玕为了体现对容闳的重视，特地给他封了一个

“义”字头的爵位并附上一封委任状，希望他为太平天国效力。

但容闳经过几天的观察，很快对太平天国大失所望，认为这场革命不会成功，即便成功，也不过是“一姓之废兴，于国体及政治上，无重大改革之效果”。于是他退回了委任状，立刻离开了天京。

那么，究竟应该怎样实现自己的抱负呢？在又兜兜转转了三年之后，35 岁的容闳经人介绍，认识了一个他崇拜一生的人。

这个人，叫曾国藩。

1863 年，曾国藩通过自己的幕僚介绍，结识了容闳。善于“看相”的曾国藩认为容闳面相很好，有威严又有胆识，一开始提出来让容闳带兵，但容闳却认为这并非自己所长。一直在与太平军苦战的曾国藩随即又交给容闳一个任务：去外国采购机器，回来开工厂，生产枪械。

这是容闳想做并且擅长的，但他立刻给曾国藩提了一个建议：中国现在最缺的不是制造武器的工厂，而是生产制造武器及其他设备的

当时的江南制造总局

机器，即所谓的“制器之器”的工厂——机器母厂。容闳甚至在当时就做出预言：“以中国原料之廉，人工之贱，将来自造之机器，必较购之欧美者价廉多矣！”

曾国藩欣然听取了容闳的建议，授予容闳五品军功头衔，并请赐戴蓝翎，让容闳携专款赴美国购买机器。时值美国南北战争期间，容闳在购买机器的时候遭遇了不少困难，但他还是不辱使命，花了 8 个月，将采购的一批机器运抵上海。

这批机器随后成了江南制造总局里最新式、最重要的母机，不仅让江南制造总局一跃成为当时远东最大最完备的机器制造厂，也标志着中国工业化正式起步。

经此一事，容闳声名大振。

但在外人眼里肥得流油的所谓“采购”，并不是容闳最希望做的事。

3

容闳一直认为，要改变中国，就要从教育入手。

按照容闳的设想，中国最好能每年固定派一批儿童去先进国家学习，学到本领后，再回来建设自己的国家——“借西方文明之学术以改良东方之文化，必可使此老大帝国，一变而为少年新中国。”

经过容闳的不断努力和游说，1872 年，在曾国藩和李鸿章等人的奏请之下，清廷终于答应每年选派 30 名儿童去美国留学。容闳在听到这个消息后，称自己：“乃喜而不寐，竟夜开眼如夜鹰，觉得此身飘飘然如凌云步虚，忘其为偃卧床笫间。”

不过，容闳对于“幼童留美”这件事，还是估计得太乐观了。

按照曾国藩、李鸿章等人的想法，“幼童留美”之事有一个基本原则，就是必须“中学为体，西学为用”。考虑到当时的时代背景，派幼

第一批留美儿童在出国前合影留念。当时因为消息闭塞，以及普通老百姓视西洋为“蛮夷”等各种原因，第一批留美幼童在广东没招满，去香港后才招满

童留美已经是一个非常激进的举动，这样要求也可以理解。但是落实到具体操作层面，这批留美幼童到了美国后，依旧要学习《孝经》《小学》等传统典籍，整个“留美幼童”团的监督是翰林出身的陈兰彬，容闳只是副监督。

到了美国后，这批中国儿童以惊人的速度克服了语言障碍，迅速成为各个就读学校中的优秀学生。到了 1880 年，共有 50 多名中国幼童进入美国的大学学习。其中 22 名进入耶鲁大学，8 名进入麻省理工学院，3 名进入哥伦比亚大学，1 名进入哈佛大学。

而这些人也开始慢慢发生了转变：他们开始不太愿意穿中式服装，开始和美国女生谈恋爱，有些人甚至剪掉了辫子，信奉起了基督教。

对此，当时的清廷惊慌失措。再加上当时驻美管理游学委员（监督）吴子登的一些夸大其词的报告，清廷终于做出决定：在 1881 年 8

月前，撤回全部留美幼童。

对于这件事，别说容闳，连当时的耶鲁大学校长波特、作家马克·吐温，美国前总统格兰特都纷纷劝阻，但依旧没有任何作用。

1881 年 8 月，原定留学期为 15 年的 120 名中国留美幼童，除先期因不守纪律被遣返、执意不归及病故者外，其余 94 人分三批被遣送回国。

当时的《申报》在留美幼童回国后做了如下评述：“国家不惜经费之浩繁，遣诸学徒出洋，孰料出洋之后不知自好，中国第一次出洋并无故家世族、巨商大贾之子弟，其应募而来者类多椎鲁之子，流品殊杂，此等人何足以与言西学，何足以与言水师兵法等事。”

那么，事实真是这样吗？

据统计，留美幼童中，后来成为国务总理 1 人，铁路局长 3 人，外交部长 2 人，铁路工程师 5 人，公使 2 人，铁路专家 6 人，外交官 12 人，矿冶专家 9 人，海军元帅 2 人，海军军官 14 人，医生 3 人，律师 1 人，报界人士 2 人，电报局官员 16 人……

他们中很多人的名字，都留在了民国历史上：铁路工程师詹天佑、开滦煤矿矿冶工程师吴仰曾、北洋大学校长蔡绍基、清华学校校长唐国安、民初国务总理唐绍仪、民初交通总长梁敦彦……

虽然“留美幼童”计划从后来的结果看，还算宽慰人心，但这个计划的夭折给了容闳极大的打击。

4

容闳还是没有放弃自己的希望。

在“留美幼童”计划夭折后，容闳不遗余力地推行自己的两个计划：帮助中国设立国家银行，修筑全国铁路。

这两个计划是如此庞大，以至容闳必须接触自光绪帝以下大大小小的清朝官员。也正是在这个过程中，容闳终于清楚地感受到，这个庞大帝国的各个阶层已经腐烂到了什么地步：自李鸿章、张之洞以下，荣禄、刘坤一、盛宣怀等，虽然都是“洋务派”的干将，但围绕各自利益集团不择手段地明争暗斗、贪污腐败，使得许多明明利国利民的大事最终都不了了之。容闳更是感慨：“尊自太后，贱及吏胥，自上至下，无一不以贿赂造成。”

但是，容闳依旧抱有期待，只是他的期待已经从旧体制的自愈转向了自上而下的改良——戊戌变法。

此时，已经 70 岁的容闳最欣赏的人，是比他小 30 岁的康有为。

容闳本来就认为中国现存最大的问题是体制和制度问题，所以他对康有为和梁启超提出的维新主张大加赞赏。容闳不仅参加了康有为在北京发起的“保国会”成立大会，而且但凡维新派的活动，他都参加。容闳在北京东华门的寓所是维新派长期聚集开会的场所，很多重要的奏折、建议都是在那里产生的。

1898 年 6 月中旬，光绪帝正式颁布《明定国是诏》，戊戌变法正式开始。

然而，仅仅百日，变法夭折。

在戊戌变法的最后关头，容闳再次成了见证历史的人——谭嗣同与袁世凯密谈“勤王”之后，返回容闳寓所，告诉大家情况已不容乐观的消息。

当时的容闳挺身而出，表示愿意出面去请美国驻华公使对清廷进行干预，但因为美国在中国没有驻军，对慈禧完全造不成压力，这个提议被康有为否决。

9 月 21 日，慈禧太后发动政变，软禁光绪皇帝，四处捕杀维新派人士。容闳在第一时间请求美国公使营救康有为，请求英国传教士营救梁启超。然而他自己其实也早被清廷视为维新派的核心人物，体仁阁大学士徐桐早就参奏他“与洋人时相往还”，暗示他勾结洋人。

很快，容闳自己也被列为通缉对象，只能潜逃至上海，躲进租界。至此，容闳对“改良”已经彻底放弃希望。

5

如果改良不行，那该怎么办？

容闳在 1900 年 3 月，通过留美幼童中一个族弟容星桥的介绍，知道了一个人。

这个人，名叫孙中山。

其时，风雨飘摇的大清帝国再度陷入了一场危机：在义和团进京的背景下，觉得已经“忍无可忍”的慈禧太后决定向列强宣战。

在这场近乎闹剧的宣战过程中，容闳完全支持张之洞提出的“东南互保”计划。不仅如此，他还试图劝说张之洞拥兵独立，并且积极参与谋划唐才常策划的“自立军”之事——从这个意义上说，容闳已经彻底放弃了“改良”，触达“革命”的边缘。

老年容闳

然而，理想主义者容闳最终还是输给了老辣的张之洞。在一开始选择不表态之后，看到慈禧依然能够掌握大权，张之洞选择向朝廷效忠，开始疯狂捕杀自立军，包括唐才常在内的 20 多个自立军骨干被张之洞杀害，容闳也再次被清政府通缉。

1900 年 9 月 1 日，容闳化名为“泰西”，搭乘日本客轮“神户丸号”由上海逃往日本，在船上，他终于和化名为“中山樵”的孙中山见面，两人畅谈国家大事。

至此，容闳开始彻底支持革命。

以容闳的做事风格，一旦决定投入，就绝不只是口头上的支持。

1909 年 2 月，81 岁的容闳告知孙中山，他已向美国军事专家荷马·李和金融家布思提出了一个计划，命名为“红龙计划”（Red Dragon-China）。

这个计划的核心，是筹款 500 万美元，购买 10 万支枪和 1 亿发子弹，资助孙中山进行武装革命。

在容闳的牵线搭桥下，孙中山在纽约与荷马·李及布思进行了多次商谈，双方敲定了各种贷款、利息、偿还的细节，孙中山也向在国内的黄兴通报了这个计划。

这个计划在施行的过程中还是碰到了很多障碍，一度搁浅，但容闳始终在这个过程中不断牵线搭桥，敦促双方继续推进。

只是，历史的进程比大家预想的都要快——1911 年 10 月 10 日，武昌起义爆发了。（武昌起义的故事请参看《历史的温度》收录的《一根香烟点燃的革命》。）

此时的容闳已经 83 岁，染病卧床，但听到武昌起义胜利的消息后，他却兴奋异常，连写三封信给兴中会成员谢缵泰，表达自己的兴奋之情，发表自己对革命的观点，还颇有先见之明地发出警告：“要警惕袁世凯。”

1912 年 1 月 1 日，中华民国成立，孙中山在南京就任临时大总统，他第二天就亲笔给容闳写了一封信，邀请他回国担任要职。

84 岁的容闳此时虽然有心，但已无力，卧病在床。

1912 年 4 月 21 日，容闳病情恶化，抢救无效，最终逝世于美国康涅狄格州的寓所。

我们无法猜测，容闳对于自己最终没有叶落归根是何想法。

但他的墓碑上，专门刻了一个汉字的“容”。

馒头说

说容闳是“中国海归第一人”，可能略有夸张。

在容闳之前，也有其他中国人留洋归来。2017年《参考消息》曾发布BBC的考证，指出1774年前往英国的清朝书生黄亚东应当是中国留英“海归”第一人，但以从耶鲁大学毕业的资历，以及后来参与的各种大事件，容闳应该算得上是“第一人”的。

不过，从某种意义上说，容闳的一生其实有点尴尬。

他其实早就入了美国籍，信了基督教，但是在美国，大家还是把他当作一个中国人；虽然他依旧是黑头发、黄皮肤，但在中国，大家却把他当作一个外国人。

而容闳提出的一些建议，对于当时的中国而言，也确实让人有些难以接受，事实证明也不可行，比如全部照搬美国的政治和金融制度。

所以，容闳还有一个称号：中国近代史上的“边缘人”。

但是，就是这样一个“边缘人”，在中国近代史上却留下了永远不可磨灭的一笔。

为什么？

就是因为他无论是何国籍、身份，自始至终都是一位发自内心的爱国主义者。

在中国遭遇“三千年未有之大变局”的时代背景下，容闳从小到大到老，从留洋到洋务，从维新到革命，遭遇了诸多变化，他的认知和观念也一直在变，但有一点始终不变：他希望中国能够变好，能够变强。

因为有这个理想，容闳才愿意放弃别人眼里难得的舒适生活；也正是因为有这份信念，他才自始至终不选择放弃或逃避。

所幸，自容闳始，一代代的中国留学生前赴后继，像他这样怀着赤子之心的，大有人在。

当然，像容闳这样波澜壮阔的人生，可遇不可求。

在自费的前提下，出去，是一种选择，回来，也是一种选择。但无论最终如何选择，身在何方，只要心里有一份挂念、一份回忆、一份坚守，乃至愿意呐一声喊，尽一些心，出一份力，我觉得就是可贵的。

天下虽大，不忘中华，足矣。

本文主要参考来源：

1.《走向革命：以容闳为中心》[雷颐，《徐州师范大学学报》(哲学社会科学版)，2012年第5期]
2.《容闳：中国近代化的卓越先驱》[李华兴，《复旦学报》(社会科学版)，2005年第5期]
3.《洋务运动中的容闳》(向衡，《同舟共进》，2018年第10期)
4.《"边缘人"的角色尴尬——容闳在晚清中国的人生境遇》(李细珠，《学术论坛》，2000年第5期)
5.《容闳：中国近代留学教育的开拓者》(李永贤，《国家教育行政学院学报》，2004年第4期)
6.《未刊文献中所见之容闳》(吴义雄，《广东社会科学》，2004年第5期)
7.《"近代中国寻梦人"："留学生之父"容闳》(胡晓青，人民网，2013年9月9日)
8.《中国人留学史话》(吴霓，中国国际广播出版社，2009年11月)
9.《雷颐：当容闳遭遇太平天国》(雷颐，爱思想网站，2010年6月14日)
10.《略论容闳对美国经验的宣传与推广——以戊戌维新为中心》(孔祥吉，《广东社会科学》，2007年第1期)

昔日少年今已强，勿忘张伯苓

在中国的教育版图上，大家常念叨的是“北清复交”。但还有一个学校的名字，其实很多人都知道，而且有不少人听到后会肃然起敬，这个名字，就是“南开”。

1

1904 年，44 岁的严修想办一所学校。

严修，字范孙，早年入过翰林院，后来当了贵州学政，是著名的书法家，但其实他更是一个教育家。严修一直提倡新式教育理念，主张学以致用，光绪年间科举增设的著名的“经济特科”考试，就是皇上按他的奏请批准的。

1904 年，严修去了一次日本，专门考察了日本的教育制度，回国以后感慨万千，觉得一定要在中国也办一所符合现代教育理念的学校。

10 月 17 日，一所中学就在天津严氏的私宅成立了，最初名叫“天津私立中学堂”，后来叫“私立敬业中学堂”，之后又改称“私立第一中学堂”，1907 年因为搬到一个天津乡绅捐出的面积 10 亩、名叫“南开

严修（左）和张伯苓（右）

洼”的地方建校，所以正式更名为“私立南开中学堂”。1912年，学校根据南京临时政府《普通教育暂行办法》规定，改称“南开学校”。（为叙述方便以下均称“南开中学”。）

办学校，就一定要物色一个好校长。严修毫不犹豫地选择了和自己一起去日本考察的同伴，认为他是不二之选。

那一年，严修的这个同伴才 28 岁。

他叫张伯苓。

2

张伯苓，1876 年 4 月 5 日出生于天津的一个秀才家庭。

在张伯苓 15 岁那年，因为家道中落，没有钱再继续读书，他就去报考了天津北洋水师学堂——这个学堂的学生学费全免，还能一个月领四两白银。

张伯苓在学堂里一直名列前茅，并且接触了大量西方的知识和技术。但对他影响最深的，是学堂的总教习教给他们的各种闻所未闻的理念和知识，包括那句话：优胜劣汰，适者生存。

这位总教习的名字，叫作严复。（关于严复的故事，可以参看《历史的温度 3》收录的《严复的人生，为何最终会拐个弯？》。）

张伯苓的专业是轮船驾驶，毕业那年，他的成绩是全班第一。按理，北洋水师学堂的毕业生应该到北洋舰队的船上实习一年，但张伯苓发现，整个北洋学堂的学生居然找不到一艘船可以供他们实习——那一年是1895年，北洋舰队在之前的甲午海战中全军覆没。

最终，张伯苓等到了一艘“通济号”。这是一艘在甲午海战中幸存下来的练习船。在以下级军官的身份上船实习后，张伯苓发现整个清朝海军中都弥漫着一股沮丧的气息。在听老兵们讲述黄海大战的屈辱时，张伯苓觉得自己悲愤难平，几欲痛哭失声。

但真正让张伯苓做出自己人生第一次抉择的，还是在三年之后。

1898年7月，英国迫使清政府签订《中英订租威海卫专条》。那一天，张伯苓所在的“通济号”负责运送清廷官员去威海卫完成交接仪式。在交接仪式上，张伯苓目睹了日本太阳旗被降下，清朝黄龙旗升起，但随即黄龙旗又被降下，换上了英国的米字旗。

让张伯苓深受刺激的还不是这个场景。

前往参加仪式的清朝兵丁，每人穿一件破旧坎肩，前胸一个“兵”字，后背一个“勇”字。而服装的尺寸五花八门，有的上装长过腰际，有的长裤露出脚踝。清兵们个个面黄肌瘦，垂头丧气，有的人甚至后腰还别着一杆烟枪。而反观英国士兵，个个身材魁梧，穿戴整齐，步伐一致，神采飞扬，在中国的国土上，骄傲地升起英国的国旗。

在那一刻，张伯苓做出了和当时很多人相反的决定：

脱下军装，去做教育。

他觉得自己想通了：“乃深深觉得我国欲在现代世界求生存，全靠新式教育，创造一代新人，我乃绝计献身于教育救国事业。”

3

退役不久的张伯苓，很快就遇见了刚刚开始在家开私塾的严修。

这两个人的相遇，堪称中国现代教育史上一次里程碑式的会面。

当时严修的私塾只有 5 名弟子，虽是私塾，但只有半天教四书五经，还有半天教的是西学。严修最早只是想请张伯苓当英语老师，但后来发现，张伯苓擅长的远远不止英语，后来就聘他做教授整个西学的老师。

虽然只有 5 名学生，但张伯苓教得非常认真，让这些孩子第一次知道这世界上还有英文、数学、自然科学这样的科目。（在张伯苓最早教的 5 个孩子中，有一个叫陶孟和，他后来成了中国社会学的奠基人。1949 年后，陶孟和担任中国科学院副院长。）

由于在孩子中的反响非常好，张伯苓很快出名了，天津一位叫王奎章的绅士，专门来请他兼职做王氏家馆的老师。

学生多起来后，张伯苓就给他们加了一门当时旧私塾根本不可能有的课：体育课。

在体育课上，张伯苓在两把太师椅椅背中间加一根长鸡毛掸，让学生们把辫子盘起，长袍撩起，一个个练起了跳高；让一个同学从另一个同学弯下腰的身体上跳过去练跳马；请木匠打造出哑铃，让同学们练肌肉；课余还带孩子们到户外去打球、跳高、跳远、骑自行车……

1904 年 10 月 17 日，严家和王家各出一千两白银，建立了本文开头提到的私立中学堂，聘张伯苓为校长。第一年就有 70 多个学生来报名。而这一批学生中，涌现了很多人才，除了陶孟和，还有梅贻琦（后来第一批“庚子赔款”留美儿童，之后任清华大学校长）、喻传鉴（后获得哥伦比亚师范学院教育学硕士学位，协助张伯苓创办重庆南开中学）、金邦正（后来获得美国康奈尔大学林学硕士，担任清华大学前身清华学校的校长）等等。

到了 1917 年，在张伯苓的悉心运作下，南开中学已经成了在全中国都有名气的中学，学生超过了 1 000 人，各类学科和各种基础设施都堪称国内一流。

但张伯苓想要做的，还不止这些。

4

张伯苓的梦想，是办一所一流的大学。

当时偌大的一个天津，只有一所北洋大学，而且只开设工科和法科，并没有一所综合性大学存在。

而张伯苓想办大学，不是说办就办，他是认真想做好这件事的。所以在 1917 年，他就去美国哥伦比亚大学师范学院留学——要办好学，自己要先学好。

那一年，张伯苓已经 41 岁了。

哥伦比亚大学师范学院是一所著名的学府，院长是“心理起源论”的创始人、著名的教育学家孟禄（Paul Monroe），而教授里更是有杜威（John Dewey）、克伯屈（W. H. Kilpatrick）等教育名家。尽管张伯苓已经 41 岁了，但却非常受欢迎，学院甚至免除了他的学费，并且给了他荣誉奖学金。

在一年多的学习时间里，张伯苓刻苦认真，并且不断比较美国和日本的教育制度，再结合自己的实践和想法，逐渐建立了一套适合中国的教育理论。1918 年年中，张伯苓觉得自己学得差不多了，而哥伦比亚师范学院提出愿意再给他追加奖学金，希望他留下来，张伯苓婉言谢绝。

他要学以致用，回去开办中国人自己的大学。

严修、张伯苓等在美国考察教育时的合影
（前排居中为严修，右为张伯苓）

回国之后，张伯苓和

严修等人开始四处募捐，因为办私立大学最缺的就是一个字：“钱。”为了钱，张伯苓四处低头求人，甚至会去求一些军阀，但他认为这不丢人：“我不是乞丐，乃为兴学而作，并不觉难堪。”

在张伯苓等人的奔走下，连黎元洪等人都纷纷解囊资助，共募得捐款近 9 万元。1919 年，南开中学南面的空地上建起了两幢教学楼，9 月初进行新生入学考试，共招得 96 名学生。

1919 年 9 月 25 日，南开学校大学部正式宣告成立（1921 年更名为“天津私立南开大学”，为叙述方便以下均称“南开大学”）。

大学成立之后，张伯苓接下来要解决的，就是师资力量的问题。在张伯苓等人的努力下，在南开大学任教的老师名单是让当时其他所有大学羡慕的：

梅光迪（文学）、竺可桢（气象）、邱宗岳（化学）、应尚德（生物）、姜立夫（数学）、饶毓泰（物理学）、司徒月兰（英文）、蒋廷黻（历史）、薛桂轮（矿物学）、李济（人类学）、杨石先（化学）、徐谟（政治学）、萧公权（政治学）、黄钰生（心理学）、何廉（经济学）……

这些人很多都是从美国哈佛大学、克拉克大学等知名学府毕业的博士，甚至原先就已经在美国的大学担任副教授乃至教授。当时的南开大学因为是私立大学，缺乏资金，开出的教师薪金其实低于其他大学，但很多著名的学者和教授还是愿意到南开大学来任教，一是因为南开大学从不拖欠工资，二是因为南开大学的学术氛围很好，大家都专心教学和学习。

当然还有很重要的一点，就是张伯苓的人格魅力。

张伯苓担任校长期间，南开大学财务状况全部公开，放在校图书馆供人随便查阅。他本人长期只领 120 元月薪，只相当于当时其他大学校长的 1/3，而学校的不少教授月薪都达到了 300 元。他的公车是一辆人力车，自己不用，全校老师均可使用。他出差随身带杀虫药，因为他住的都是最便宜的旅馆，卫生状况极差。

5

在这样的情况下，南开大学的实力和声望迅速崛起。

当时，美国罗氏基金团（现称洛克菲勒基金会）派员前来参观，听了一节邱宗岳先生讲的化学课，对中国大学的化学教学水平大为惊叹，立即决定为南开大学的科学馆捐款 12.5 万元——当时科学馆还没开建。而南开大学的理科实力当时全国闻名，也获得了中华教育文化基金董事会的支持。

1922 年，黄炎培曾与胡适有过谈话。黄炎培说："怎么才能评价一个学校的好坏？那就是你我愿意把自己的子女送进去读书。"胡适回答："我的子弟，我都叫他们去上南开了。"

当时的社会各界名流，从梁启超到黄兴，从黎元洪到冯玉祥，从张学良到陈寅恪，从叶圣陶到陶行知，他们都把自己的子女或亲戚送到"南开系"去读书。因为他们信任南开的师资，更信任张伯苓的理念。

张伯苓的教育理念，概括起来，就是他立下的南开大学校训：

"允公允能，日新月异。"

张伯苓要求南开的学生"允公"，指的是"大公"，而不是"小公"，"小公只不过是本位主义而已，算不得什么公了。惟其允公，才能高瞻远瞩，正己教人，发扬集体的爱国思想，消灭自私的本位主义。"说到底，就是要将自己学习到的知识和才能，学以致用，报效祖国，奉献社会。

而"日新月异"，是要求南开的学生能够打破陈规，积极进取，不断适应时代潮流的变化。

1948 年，南京国民政府中央研究院举行第一届院士选举，共选出 81 名院士，其中有 9 人都是南开出身。在 20 世纪三四十年代的南开毕业生中，后来成为中国科学院和中国工程院院士的有 57 人。

那些我们熟悉的名字，周恩来、曹禺、吴大猷、陈省身，都是南开大学培养的学生。

6

必须还要提一下的，是张伯苓对体育的态度。

事实上，张伯苓非常注重“寓教于乐”，最反感的就是“死读书”。在南开，戏剧和音乐等科目都是非常受校方重视的，而其中最受重视的，是体育。

在 20 世纪 20 年代中期，南开中学在校学生不过千余名，但整个学校有 15 个篮球场、5 个足球场、6 个排球场、17 个网球场、3 处器械场和两个带有 400 米跑道的标准运动场。各种体育轻重器械一应俱全，甚至还有专程从美国购进的最新式的全套背力器、手球、护膝等各种体育用品。

无论是南开中学还是南开大学，张伯苓规定学校必须保证每周 3 小时的体育课。无论男女学生，体育课课时没上满，或者测验不及格者，都不能毕业。体育课考试分笔试与术科两种。笔试是考各种运动规则，术科是考核实际运动成绩，其中男子 100 米的达标成绩是 14 秒，篮球要求 1 分钟投中 7 个球，其他如跳高、跳远、标枪、俯卧撑等项目也都有具体标准。

当时在全国范围内，南开大学的篮球队是最强的，足球队也非常有名。

张伯苓认为，如果没有强健的体魄和竞赛精神，书读得再好也是有欠缺的。

1934 年，天津的河北体育场举行了华北运动会。当时“九一八事变”已经发生了三年，看台上，南开中学学生数百人，每个人手里拿着一把小旗，哨子一响，数百人顿时用黑色和白色布旗组成“毋忘国耻”四个大字。成千上万的观众先是愣住了，紧接着响起狂风骤雨般的掌声。掌声未断，哨子又响，“收复失地”四个大字随即出现。这时候，体育场里的中国观众很多都哭着跟着呐喊。被邀参加华北运动会的日军驻津总领事怒不可遏，愤怒退席，随即向天津政府提出抗议。

张伯苓当时是裁判长，他事后把学生领袖找来，说了三句话。第一句是：“你们讨厌！”第二句是：“你们讨厌得好！”第三句是：“下回还要那么讨厌！要更巧妙地讨厌！”

1937 年抗战全面爆发后，日军在天津的重点轰炸目标就是南开中学和大学，全部炸毁。

张伯苓的体育情结中有一个很重要的动力支撑：奥运会。

1904 年，美国圣路易斯奥运会给了张伯苓第一次触动：各国平等，公平竞争。1907 年，张伯苓在天津第五届联合运动会闭幕典礼上发表了《雅典奥运会》演说。他第一次提出：“虽然许多欧洲国家奥运选手获奖希望甚微，但他们仍然派出选手参加奥运会。”他还建议：“中国人应该加紧准备，在不久的将来也出现在奥运赛场上。”

这是有记载的中国人第一次提出中国要参加奥运会。

1908 年，张伯苓有幸观看了在英国伦敦举办的第四届奥运会，深受触动，回国后就在校园里向学生们介绍了奥运会的情况和理念。

也就是这一年，几个南开的学生在《天津青年》上撰文提出：

“中国何时能派一名运动员参加奥运会？”

“中国何时能派一支运动队参加奥运会？”

“中国何时能自己举办一届奥运会？”

这就是著名的“奥运三问”。

前两问，张伯苓都努力给出了答案。

1932 年，在张学良和张伯苓等人的支持下，短跑运动员刘长春远赴洛杉矶参加了第十届奥运会，成为“中国奥运第一人”，而刘长春的报名，就是张伯苓亲自操办的。

四年后，在张伯苓等人和中华全国体育协进会的积极支持下，中国派出由 141 人组成的体育代表团，前往德国柏林参加第十一届奥运会。

1945 年抗战胜利后，张伯苓在中华全国体育协进会的会议上提出："中国可以提出申办 1952 年的第十五届奥运会。"

这是中国历史上第一次有人提出申办奥运会。

7

1949 年，张伯苓 73 岁了。

现在不少关于张伯苓的故事，会或多或少地略去他的晚年生活。

但是，出于对历史的尊重，这个结尾，是必须要交代的。

1949 年 11 月，陷入大败局的蒋介石专门去了一次张伯苓家，希望他能一起去台湾。但是，出于各方面原因，张伯苓拒绝了。张伯苓的孙女张媛和后来回忆，这里面有张伯苓觉得自己年事已高，想叶落归根的原因，但还有一个重要原因，是当时有人给张伯苓带来一个口信："老同学飞飞不让老校长动。"

"飞飞"，是周恩来的笔名。周恩来是南开大学的第一届文科学生，和张伯苓的师生情谊长达数十年。

张伯苓留了下来。

1950 年 4 月，张伯苓由重庆飞回北京，受到了周恩来的热烈欢迎。张伯苓 9 月回天津后，当时的天津市市长黄敬还受命要关照好老先生。

但很快，风向就变了。

张伯苓之前担任过国民政府中央监察委员，还出任过南京国民政府的考试院院长，虽然他担任职务后没多久就深居简出。此外，南开大学也在 1946 年被国民政府改为国立大学。

在新中国刚刚成立的那段时间里，他作为"教育家"的身份被忽视了，而作为“国民党高官”的身份却被放大了。

1950年10月16日，也就是南开中学四十六周年校庆的前一晚，南开中学的一位老师专门来到张伯苓家，找到了他的三子张锡祚，婉转地表达了一个意思：“请老校长第二天不要去参加校庆了，可能会不方便。”

新中国成立后，南开中学和南开大学都被收为国有。

第二天早上，天空下起了细雨。张伯苓起床后，穿起雨衣后就要去南开中学——这所他一手创立的学校。张锡祚这时候说：“爸，外面下雨了，您还是别去了。”

聪明如张伯苓者，立刻体会到了儿子话中的含义。

他很快就脱下了雨衣：“好，既然下雨了，就暂时不去了吧。”

神色如常。

没几天，张伯苓的儿媳妇瞿安贵看到自己的公公站在房间内的窗前，长长叹气。

1951年2月23日，张伯苓因为第二次中风，在家中溘然长逝，享年75岁。去世时，他口袋中仅有7元4角钱和两张旧戏票——钱，还是坐电车找的零钱。

张伯苓去世之后，只有天津的报纸刊登了他家人的“哀启”，其他媒体都没有做报道。

周恩来在第二天就赶来吊唁，但也没有公开报道。

张伯苓的追悼会也开得很低调，当时很多人在观察风向，连花圈也不敢送。送来花圈的，基本都是他的学生。

张伯苓的学生黄喻生念悼词，当他念到“他悲伤他一生心血所在的南开中学已经不认识他了。在校庆的那一天到礼堂去坐一坐都得不到许可，他伤心极了”这句话时，自己也痛哭失声。

赶来的重庆南开中学校长喻传鉴哭着发言：“张伯苓一切都是为了南开，他当考试院院长也是因为他想把南开搞好，希望蒋介石帮助。如果张校长要做官，早就做了，南开就没有今日了！”

当时已经是中国科学院副院长的陶孟和专程赶来，他哭着发言："我们今天追悼的是一位伟大的爱国主义者，一位伟大的教育家——张伯苓先生，他不仅是中国的教育家，而且是全人类的教育家！他为新中国准备了各种人才，并且他有许多学生是共产党员，甚至还有共产党的领导者。……我从小就失去了父亲，读书时张校长没要我一分钱，张校长培养了我，是我一生都无以报答的！"

南开大学后来重新立起了张伯苓塑像，并遵照他的遗愿，将他和夫人的骨灰合葬在塑像之下，让他长眠在自己最爱的这片土地里

张伯苓的遗愿，是希望将自己埋葬在南开大学校园内，但在当时被拒绝了，理由是"南开大学是人民的，不是张伯苓的"。

但是，没有人会忘记张伯苓。

正如那一年，曾在南开中学教过语文的老舍，和南开的学生曹禺在美国合写的那首诗：

知道有中国的，便知道有个南开。
这不是吹，也不是唠，
真的，天下谁人不知，
南开有个张校长?!

馒头说

1900年，有个人写下了一篇《少年中国说》。

其中有一句，大家如今口口相传：“少年强则国强。”

写下这句话的，是梁启超。

真正去实践这句话，乃至奉献出自己一生的热血和生命的，是张伯苓。

张伯苓的一生，历尽艰辛，先后创办过南开中学、南开大学、南开女子中学、南开小学和重庆南开中学，无论从哪个角度看，他都堪称中国现代教育史上的先锋楷模。

他是那个时代知识分子的代表，难免会有历史局限性，但正如他的追悼会上的悼词所言，无论如何，“他是一个真诚的爱国者”。

张伯苓的一生，可以说是问心无愧。他把自己的一切都献给了中国的教育事业，而他所追求的，不是个人的升官、发财或者扬名，而是真真切切让这个国家更富裕、更强大，他是在用实际行动让“少年强则国强”。

如今，我们谈起教育和理念，都会说张伯苓是一位伟大的教育家。

谈起体育和奥运，都会说张伯苓是中国的“奥运第一人”。

但是，我们也不应忘记曾走过的一些弯路，对张伯苓曾经有过的不公。

时代当然是在曲折中发展和前进的，人的观念也是。所幸我们现在已经不是生活在过去，但即便如此，我们依旧应该铭记一些人和事。

昔日少年今已强，勿忘张伯苓。

本文主要参考来源：

1.《允公允能 日新月异——南开大学校长张伯苓》（梁吉生，山东教育出版社，2003年12月）

2.《严修与张伯苓共同教育事业的开创》(陈鑫,《南开大学报》,第 1313 期,第 3 版,2016 年 10 月 14 日)

3.《我在南开大学的前十年(1926—1936)》(何廉,英文版《何廉回忆录》中的一章,收入南开大学校长办公室编《张伯苓纪念文集》,南开大学出版社 1986 年版,第 182 页)

4.《教育家张伯苓》(胡适,1947 年)

5.《说不完的张伯苓先生》(“晋绅”,新浪博客,2013 年 2 月 4 日)

6.《中国奥运先驱张伯苓》(雨飞,《人民日报》,2008 年 1 月 25 日)

7.《鲜为人知的张伯苓追悼会》(南开大学校史网,2013 年 11 月 2 日)

8.《“南开先生”张伯苓晚景凄凉》(百家号“挖历史”,摘自《故人何寂寞Ⅱ》,叶克飞著,京华出版社)

9.《民国往事之张伯苓不爱风花雪月,只为事业洒热血》(曾雅娴,一点资讯,2018 年 7 月 5 日)

清末日本留学潮：一半是海水，一半是火焰

在中国近代史上，我们的近邻日本，一直是很多人心中挥之不去的一道阴影，蔑视者有之，仇恨者有之，但却也有一个很有意思的现象：在甲午战争后的相当长一段时间内，应该与日本有不共戴天之仇的中国热血青年，开始成批成批地前往日本留学。这究竟是为什么？

1

首先需要回答的一个问题是：清末到底有多少人去日本留学？

在我们的印象里，那些后来在中国近代史舞台上赫赫有名的人，大多都有留日的经历，鲁迅、杨度、黄兴、秋瑾、蒋介石、蒋百里、阎锡山、胡汉民、汪精卫……

根据《人民政协报》刊登过的一份数据：1896 年，清政府开始派出第一批留日学生，一共 13 人——这是“官派”的。到了 1900 年，留日学生增加到了 100 多人，1902 年为 500 多人，1903 年为 1 300 多人，1904 年为 2 400 多人，1905 年至 1906 年因为数据太大而已经没有精

确数字，估计在 10 000 人左右（其中大部分为自费）。

而日本外务省的档案显示，根据日本各学校调查数字汇总统计：1906 年清朝的留学生是 7 283 人，1907 年是 6 797 人，1908 年是 5 216 人，1909 年是 5 266 人，1910 年是 3 979 人，1911 年是 3 328 人。

要知道，这只是日本学校方面的统计，因为当时还有很多所谓的“留学生”并没有找到愿意接收他们的学校，只是在社会上“闲晃”。当然，也存在一个中国留学生会报几个日本学校的情况。

所以，从 1896 年到 1911 年辛亥革命爆发的 15 年时间里，先后从中国到日本的留学生人数只有一个大致的估计数字，在 3 万人左右。

考虑到当时中国的国情，这不算是一个小数字了。

2

于是第二个问题就来了：为什么要选择去日本留学？

首先，有个大背景。

大家都觉得，经甲午一战，中日不共戴天，但事实并非如此。甲午战争后，中日关系反而进入了奇怪的“蜜月期”。

从清朝角度讲，与自己各方面都比较相近的日本通过明治维新迅速崛起，肯定有很多非常宝贵的经验，而自己战败后也必须在国内做出一种革新的姿态，所以愿意派留学生去日本学习。

而从日本角度来说，在击败清朝后，它在东亚地区的对手就只剩下了沙俄，此时最好的策略是拉拢清朝共同对付沙俄。日本接受清朝的赴日留学生，一方面可以笼络中国政府，一方面可以培植亲日势力，还能增加外汇，何乐而不为？所以当时日本社会各界很重视招收中国留学生。

其次，与欧美国家相比，日本在饮食、文字各方面更能让中国留学生适应，地理位置也非常近，有急事可以两地往返。而且，当时去日本是不用签证的——船票在手，说走就走。

再次，也是最重要的一个原因：便宜啊！

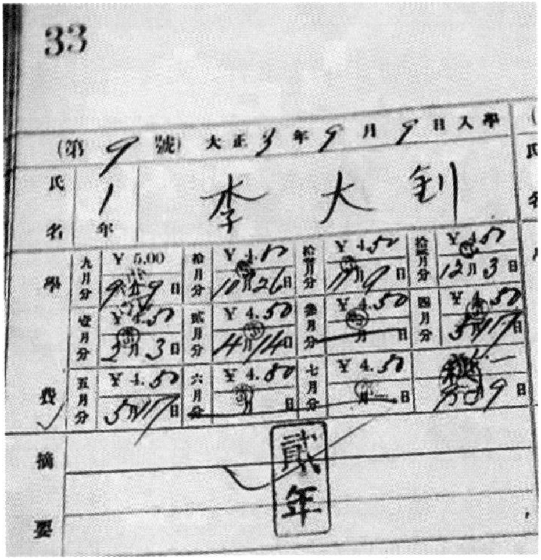

李大钊在早稻田大学就读期间的缴费情况，现存于早稻田大学史料中心

根据1905年的《日本早稻田大学中国留学生章程》记载，学校专为中国人设的“清国留学生部”每年的学费大约为35日元——大概相当于清朝的十七两白银。

如果留学欧美呢？清朝给官派的欧美留学生发放的津贴标准是每年一千二百两白银，其中学费是每月二十两，其他为住宿费和差旅费。

一年十七两和一个月二十两，再加上吃穿住行方面的费用差距，去日本留学的性价比立刻凸显。

所以，即使考不上“官派”，清朝当时的中产之家基本也都可以负担子女去日本留学的费用，甚至经济状况再差一点的家庭，咬咬牙凑凑钱也能勉强承受，但能将子女送到欧美去留学的家庭，必须是非富即贵的。

当然，由此也衍生出当时“欧美同学会”看不上“日本同学会”的情况。

3

两个背景问题说完，第三个问题来了：中国留学生在日本学得怎么样？

要问他们学得怎么样，先要看他们去日本留学的目的。

应该说，当时绝大多数赴日留学的中国学子，都是抱着一颗爱国之心去的。甲午一战，对中国人刺激极大，而日本在吸收了西方文明后立刻实现了富国强兵，这也让广大中国学子抱定了“师夷长技以制夷”的决心。这从他们在日本选修的科目就能看出来——绝大部分学生选的是当时中国最缺的方向：军事、政法、师范……

当然，也不排除有一部分学生是抱着“镀金”的心态去的，他们在日本学习也不努力，甚至日语都没学好，反而沾染了不少不良风气，终日旷课闲逛，搞同乡会小圈子，饮酒作乐，甚至嫖妓。

值得一提的是，绝大部分中国留日学生初到日本时，是抱着一种回国后要改良政治的态度的。但是到了日本之后，在亲身感受到近代化的日本与腐朽的清朝在各方面的对比之后，很多人的心态发生了变化——不是要改良，而是要推翻清廷，是要革命了。

所以，清末革命的熊熊大火燃起，一个重要的点火点，其实产生于日本的留学生团体中。

4

那么，第四个问题又来了：留学生酝酿造反，清政府不管吗？

管，当然管。

1903 年，留日学生群体中的革命倾向已经非常明显，各路线报都回送了清廷。时任湖广总督的张之洞曾非常支持派学生留日，但他也向清廷写了这样一份奏折：

“伏查，游学日本学生，年少无识、惑于邪说、言动嚣张者固属不少，其循理守法、潜心向学者亦颇不乏人，自应明定章程，分别惩劝，庶足以杜流弊而励真才。当即酌拟约束游学学生、鼓励毕业生章程各一通……拟定约束章程十依，已往者当知，续往者有范，上示朝廷瘴疠之公，下以昭学术邪正……”

但问题是，这些学生不在国内，清政府怎么管？唯一的办法，就是请日本政府帮忙立法来管。

那么日本政府为什么要听清政府的呢？

日本方面还是有自己的动机的。一方面正如前面提到的，为对抗沙俄，日本政府和清政府的关系在“蜜月期”。而另一方面，那些小部分终日游手好闲的清朝留学生，确实败坏了学校的风气，扰乱了正常的教学秩序，日本方面也早就想整治一下了。

1905 年 11 月 2 日，日本方面发布了《清国留学生取缔规则》。

一个巨大的火药桶，由此被点燃了。

5

第五个问题：为什么管一管留学生，就能“点燃火药桶”？

先来看日本颁布的规则，全文共十五条，简单概括来说有四条激怒了中国留学生。

第一条：清国学生留学日本，需要清国公使馆的介绍，方能入读日本公私学校。

第四条：清国学生转学、退学，需要征得清国公使馆的同意。

第九条：清国学生到校外租的房子或住的旅馆，需要所在学校监管。

第十条：如果有清国学生因为“性行不良”而被学校开除，其他学校也不准录取。

规则一出，当时在日本的中文报纸《新民丛报》立刻刊文批评，指出这四条的问题以及整个条例的大问题：

第一条和第四条，完全侵犯了清国留学生的留学自由权利；

第九条，据调查，在日本只有妓女才会被监管住所；

第十条，怎样定性“性行不良”？如果来自北京的官员一口咬定，留学生就将无校可上！

此外，《新民丛报》还透露，这个条例本来是叫《清韩留学生取缔规则》，把清朝和日本的附庸国并列在一起（当时韩国已沦为日本附庸），究竟是什么居心？

最激起留学生怒火的是规则中的“取缔”二字：世界上那么多国家都接受我国的留学生，只有你日本开“取缔”先河，这是赤裸裸地藐视我们的国权！

所以，此规则一出台，所有在东京的清朝留学生顿时沸腾起来，纷纷扔下课本冲上街头，开始进行声势浩大的罢课游行和抗议。

当时留学生团体提出的口号是：全体回国！

6

第六个问题来了：日本是真的要取缔清朝留学生吗？

其实，还真不是。

这件事是一个大乌龙。

日本方面颁布的这份规定，其实名字叫《关于准许清国学生入学之公私立学校之规程》，但日本报纸在报道这个规定的时候，简化了标题，改成了《清国留学生取缔规则》。

但问题是，在日文中的“取缔”有“监管”“监督”的意思，就像日本公司里的“取缔役”其实就是“董事长”的意思。而很多清朝留学生在当时的情况下，根本没机会看到原文，所以导致以讹传讹（不排除个别留学生也没学好日文）。

实事求是地说，日本颁布的这个规定，确实有盛气凌人、欺负清朝留学生的成分，但如果要上升到无限高度，却也有一些勉强。远在越南的孙中山当时就发回电报，希望留日学生不要意气用事，要留在日本完成学业，以防回国后被清朝“一网打尽”。而梁启超也客观地评价过这次事件，称一部分人“决非徒在此规则问题”，但是“蓄愤甚久，而借此一泄”。

何为“蓄愤甚久”？一方面，确实有相当一部分中国留学生，震撼于原本落后的日本突飞猛进，为自己的祖国感到痛心。另一方面，每个中国的有识之士，都把当时日本欺凌朝鲜看在眼里，对长期遭受日本的霸权有一种感同身受的痛恨之情。而在留学的生活和学习中，他们也确实受到过不少日本老师、房东、警察乃至车夫的冷嘲热讽和刁难，长久积累的怨气以这次事件为导火索一下子就爆发了出来。

当然，也有一部分纨绔子弟，生怕规则变严后影响自己的留学考勤，也加入了游行队伍。甚至还有一部分留学生纯粹是希望能够结识几个英雄豪杰式的人物，所以也开始罢课游行。

但是，留学生队伍也开始发生分裂。

一方，是以汪精卫、胡汉民为代表。他们遵从孙中山的意见，组成了一个“维持会”，希望留学生不要回国，完成学业再说。

另一方，以胡瑛、秋瑾为代表，成立了“联合会”，坚决要求留学生全体回国。

两方面的势力开始发生激烈冲突。

7

最后，不说问题，来说一个人。

这个人，也是留日学生，叫陈天华。

1905 年 12 月 8 日，31 岁的陈天华一步步走向大海，最终投海自尽。

按照长期以来的说法，陈天华的投海，就是为了抗议日本颁布

按永田圭介在《秋瑾——竟雄女侠传》中的说法，在 1905 年 12 月 9 日的陈天华追悼会上，盛怒的秋瑾拔出刀，宣判鲁迅等不愿回国的留学生“死刑”，并大喝：“投降满虏，卖友求荣，欺压汉人，吃我一刀。”后来就被传为著名的“秋瑾刀斩鲁迅”。但又据秋瑾的学生徐双韵后来回忆，当时秋瑾把刀拔出来插在讲台上，说的是：“如有人回到祖国，投降满虏，卖友求荣，欺压汉人，吃我一刀！”她并没有针对任何具体的人。不过，秋瑾在退学回国后，还是写信给留在日本的同学，称爱国的方式虽然不同，但大家的精神其实是相同的

《清国留学生取缔规则》。而陈天华的自杀，确实再一次把留学生的抗议活动推向了最高潮。

但是，陈天华真的是为了抗议《清国留学生取缔规则》而自杀的吗？

很多因为陈天华自杀而愤慨上街的清朝留学生，其实并没有仔细看甚至根本没看过陈天华留下的遗书《绝命辞》：

“但慎毋误会其意，谓鄙人为取缔规则问题而死。”

陈天华根本不是为了“取缔事件”而死。他甚至在仔细研读了条例原文后说：

“出于文部省，专言我国学务；且细观条文，重在办学方面，与前报（指之前《新民丛报》宣传的）迥乎不同。”

陈天华所恨的，是中国留学生在这次事件中表现出的愚昧、冲动和不团结，而且给了日本人进一步责难的把柄。果然，日本媒体就开始称中国留学生为“乌合之众”，“放纵卑劣”。

但无论如何，陈天华的死还是刺激了激进的留学生团体。“联合会”的学生开始组队带刀上街，声称要砍死不愿回国的中国留学生，也确实发生了殴打乃至捅刺事件。

在这样的多重压力下，从 1905 年 12 月 13 日开始，有数千名中国

留学生中断学业，回到国内。

清廷原本希望日本规范自己留学生的行为，压制革命浪潮，但这数千名义愤填膺的留学生回国后，一下子分散到各省各地，开始酝酿各种革命活动，反而加速了清王朝的灭亡。

日本原本希望管制留学生讨好清政府，结果却进一步激怒了这批留学生。当初希望能培植“亲日势力”的愿望被证明是一厢情愿。十几年来，日本接收的中国留学生绝大部分都依旧痛恨日本，并在后来的抗日战争中坚定地站到了抵抗的最前线。

这场为期十多年的大规模留日活动带来的最终结果，恐怕是清政府和日本当初都没想到的。

馒头说

公元 630 年，日本舒明天皇第一次向大唐派出了遣唐使。

在之后的 260 多年里，日本一共 19 次向中国派出过遣唐使（最终成行 16 次），总计 300 多人。

这 300 多人来到传说中的中土大唐，虔诚地学习文学、音乐、医学、茶道、手工业等各方面的先进知识，再把这些知识带回自己的祖国，希望能够让自己的祖国快速富强。

1 200 多年后，斗转星移，角色互换。

在那一批批留日的清朝学生中，至少有一半人是带着心中跃动的火焰去的，他们很清楚自己的使命。但也有一些人，心中只有浑浊的海浪，摇摇晃晃，昏昏度日。

而那批带着火焰的留学生，其实还面临着另一片汪洋：他们一开始大都是希望学成后能回来建设祖国。但眼界一开，格局一大，很快发现这是不可能的——1 200 多年前，日本虽然落后，但离先进的大唐，也不过是隔着一个东海；而 1 200 多年后，清朝和世界强国之间，已经隔着一望无际、无法逾越的大洋。

在那种绝望和痛苦的挣扎中，有的火焰选择献祭给了大海，而更多的火焰因此而坚强，闪耀出更倔强的光芒。

清末的日本留学潮，确实不是一次简单的留学行为，包括发生“取缔事件”，也是因为里面夹杂着万千中国学子太多的憧憬、彷徨、迷茫、绝望、愤怒、悲伤。

还有勇气和决心。

本文主要参考来源：

1.《清末留日学生“取缔规则”事件再解读》（李喜所、李来容，《近代史研究》，2009 年第 6 期）

2.《清末民初为何扎堆留学日本》（杨早，《北京晚报》，2016 年 7 月 5 日）

3.《日本取缔清国留学生事件真相》（“水经书屋”，新浪博客，2016 年 1 月 31 日）

4.《日媒嘲讽国人放纵卑劣　陈天华愤写〈绝命辞〉自杀》（《凤凰大视野》，凤凰卫视，2013 年 2 月 27 日）

5.《辛亥革命与留日学生》（王晓秋，《人民政协报》，2010 年 10 月 25 日）

6.《陈天华的最后一年：共和的殉道者》（罗雪挥，《中国新闻周刊》，2011 年第 37 期）

7.《愤青的狂欢——取缔清国留学生事件真相》（冯学荣，中国数字时代网站，2013 年 6 月 11 日）

8.《秋瑾是怎么“刀斩鲁迅”的》（李思达，腾讯大家，2016 年 7 月 4 日）

一次“简陋”的起义

清末著名的起义，一般人大概能说出两个：武昌起义，这没任何问题；黄花岗起义，对历史教科书的内容有点印象的，应该也没问题。可能还会有人说出第三次起义：广州起义（第一次），那是孙中山领导的第一次起义。但是这里要说的起义，可能知道的人并不多，但它却值得一写——黄冈起义。

黄冈起义爆发

1

首先要注明的是，此“黄冈”非彼“黄冈”，不在湖北，不以高考闻名。

这个黄冈，虽然被称为“黄冈城”，但指的是当时广东省潮州府饶平县黄冈镇——没错，就是一个小镇。

事实上，黄冈起义并不是一场波澜壮阔的大起义，只用几段话，就可以交代完整个起义的过程。

1907 年 5 月 22 日，同盟会在许雪秋的策划下，在潮州的领袖余既成、陈涌波的直接领导下，聚集了 700 余人，在黄冈城外誓师，发动起义。

经过一夜激战，起义军占领黄冈镇。

清廷潮州镇总兵黄金福其时驻扎在浒洲，急忙派三百援兵救援黄冈。起义军遂兵分两路，一路迎击敌人援军，一路奔袭潮州。没多久，攻袭潮州的那路起义军受挫，两路并一路，共同抵抗清廷的援军。在得到省城的增援后，黄金福的清军利用洋枪洋炮，轻松击败了只装备了土枪的起义军。

5 月 27 日，起义军已经被逼入绝境，余既成和陈涌波决定解散队伍，自己则转移至香港。

这场起义，坚持了 6 天，最终失败。

2

没错，这就是一场只持续了 6 天，双方参与人数加起来不超过 1 000 人的军事行动。

但它还是有写一写的价值。

比如说，黄冈起义其实在孙中山直接领导的十次起义中，拥有 6

个“第一”：

同盟会成立后（1905 年）举行的第一次武装起义；

第一次任命国民革命军干部（许雪秋当时被任命为中华革命军东军都督）；

第一次使用“青天白日旗”；

第一次攻克清廷衙署，诛杀清朝官吏；

第一次成立国民军政府；

在历次起义中伤亡最多、最为惨烈，位居第一。

看完这 6 个“第一”，你或许有点诧异：其他的起义都是怎样的一种情况，才会让这场起义拥有那么多第一？

在辛亥革命之前，孙中山一共直接领导过 10 次起义，黄冈起义是其中的第三次。

翻开这 10 次起义的记录，你会看到这样一些故事：

1895 年 10 月 26 日的第一次广州起义，是孙中山领导的第一次武装起义（那时候还是兴中会）。事实上，这可能根本算不上是一场起义——还没开始，孙中山就发现，约好的人没到，武器也没到。随即，起义军解散，孙中山开始逃亡。

1900 年 10 月 8 日的惠州起义，原本计划是起义军攻击广州城，他们却在日本人的指引下，转而攻击厦门——日本希望起义军抢劫厦门的台湾银行，这样他们就有理由出兵厦门，乃至占据福建。结果起义军在赶往厦门的中途就被清军击溃了。

1908 年 3 月 28 日的马笃山起义，一开始打得相当精彩，革命军连打 4 次胜仗，伤亡仅 4 人，从清军手中夺得步枪 400 余支，人数从 200 左右扩充到 600 以上。但打了一个月，枪倒是有，子弹却打完了，起义部队只能解散。

还有 1911 年 4 月著名的黄花岗起义。因为起义前有消息泄露，总指挥黄兴探明清军防守严密，遣散了之前通过各种方式来广州的 300

多人。随即又发现清军内部的军官有争取的可能，又发电把人召回来——一来一去，就没多少人愿意回来了。无奈之下，原来的“十路军围攻广州城”，成了黄兴带领 120 多个敢死队员直扑总督府擒杀两广总督张鸣岐——知其不可为而为之。但总督早就得到消息撤退了，革命党人陷入清军包围之中，伤亡惨重。

辛亥革命前声势最浩大的一场革命，可能是萍浏醴起义（由同盟会发动，但没有证据表明为孙中山领导）。但这场让清廷动用 5 万军队围剿的革命，也只坚持了半个月左右——抢到了两三千支枪，但没有明确的计划。起义最终被迅速扑灭，死难义军和群众超过万人。

3

值得回味的，还有黄冈起义的那批领导人。

黄冈起义是孙中山领导的，但直接策划者，是一个叫许雪秋的人。

许雪秋是一名华侨，而且是一名非常有钱的华侨。他的父亲是新加坡富商，去世后给他留下了非常丰厚的遗产。但许雪秋却没有因此成为一个坐吃山空的“富二代”，而是立志要拉起武装大干一场，推翻清朝。

许雪秋被当时的帮会人士称为“小孟尝”

黄冈起义是许雪秋一手策划的，但爆发的时间却比他预料的要早（和很多起义一样，因为各种机缘巧合，提前动手了）。当时许雪秋人在香港，一听到起义消息，立刻带人赶到汕头，准备发动周边地区响应——但是，他刚到汕头，起义军就已经解散了。

许雪秋深刻总结了这次起义失败的

教训，向孙中山提出要购买外国的新式武器，起义才可能成功。孙中山派人从日本运回了一船武器，由许雪秋负责派船接应。由于交接中出现了失误，那艘军火船最后一枪未卸，又开了回去。自此，一腔热血的许雪秋就开始失去同盟会高层的信任。

辛亥革命成功后，许雪秋重新召集队伍，配合革命军光复广东。但是，在当时已经山头林立的各种“革命队伍”中，许雪秋早已失去了“革命元勋”的光环。1912 年 5 月，广东警卫军总司令陈炯明部下吴祥达将许雪秋逮捕，不加审判，就地枪决。

一个抱着革命理想并付诸行动的革命元勋，富家子弟，竟然在革命成功之后，被“自己人”杀了，死时只有 37 岁。

而黄冈起义的两个一线领导者呢？

陈涌波，与许雪秋一起被枪杀，年仅 40 岁。

余既成，在辛亥革命成功后成为潮州光复军司令，之后没多久，被他的卫兵因擦枪不慎走火击中，治疗无效亡故，年仅 38 岁。

4

是不是觉得有点“无厘头”？

其实回顾一下武昌起义爆发之前的大大小小的起义，你就会发现，不仅起义的过程与你想象中的不太一样，像许雪秋这样的“离奇”牺牲，也不鲜见。

1895 年那场“夭折”的广州起义，一同谋划的有孙中山的密友陆皓东。他是上海富商之子，甘冒风险参加革命，却连起义爆发是什么样子都没见到，就被清军抓去处斩了。

陆皓东

史坚如

1900 年那场偏离攻击路线的惠州起义，参与者里有同样出生于殷实家庭的史坚如。他和哥哥卖掉了万贯家财，全身心投入革命。在惠州起义失败后，各革命党人遁走，他坚持自己一定要做成一件事，于是两次用炸药暗杀两广总督德寿，结果却搞错了德寿卧室的位置，失败后被捕处斩。

倪映典

1910 年初的广州新军起义，新军第一标的总指挥倪映典在阵前与前来劝降的清军将领谈话，被流弹击中落马，随后被清军抢入自己阵中处斩。起义军群龙无首，顿时溃退。

萍浏醴起义爆发后，其他省份的同盟会会员群情激奋，纷纷赶往起义地点，试图贡献自己的力量。但是清廷早就掌握了他们的行踪，分道守候，绝大多数赶往支援的同盟会会员连战场是什么样子都没见到，就在路上被清廷逮捕，处斩。

5

写到这里，你是不是觉得有点奇怪？

一场场甚至有点近乎儿戏的起义，一位位死得如此“冤枉”的仁人志士，怎么就把清朝推翻了呢？

那么我们不妨来看看那些志士临刑前的表现。

陆皓东，被捕时只有 27 岁，被捕后遭受各种酷刑，但没有供出一个同党，只是大骂清朝“狗官”，自白书最后一句写的是“请速行刑”。他被砍头时，只有 27 岁。

史坚如，入狱后同样受尽酷刑，同样不吐一字，只是怒目圆睁。

他被砍头时，只有22岁，是兴中会最年轻的会员。

倪映典，之所以肯出去和清军将领谈判，是因为对方也是同盟会会员。他上去怒喝：“你不是也是加入我党的吗？今义旗已举，何不响应?!”他被斩首时，只有25岁。

杨卓林

试图支援萍浏醴起义的杨卓林在扬州被捕，慨然承认自己就是革命党，在被逼供时怒喝：“我志不遂，死耳，天下岂有畏死杨卓林耶！”就义时31岁。

即便是黄冈起义中那个被同盟会疏远的许雪秋，也并没有潜回新加坡去舒舒服服地做他的“富二代”，而是又加入了陶成章的光复会，散尽所有的财产，继续搞革命推翻清朝。

翻开辛亥革命前各类起义的历史，我们会发现组织者和策划者很少有活过1912年的。但哪怕这些正值大好年华的革命志士死得有些不明不白，也丝毫没有动摇他们的同伴以及后来者的信心和决心。

一批批赴死，然后又一批批顶上来。

而在这些人的支持下，　开始近乎“粗糙”的起义，虽然爆发一次就被镇压一次，但被镇压一次就多了一些经验——这些经验是用同伴的鲜血和头颅换来的，且又多了一种动力、一分力量、一丝希望。

6

1911年10月10日，武昌城内响起了历史性的一枪。

其实像很多次起义一样，这一次的起义也充满了各种偶然性，甚至几乎就全盘皆输（参看《历史的温度》中《一根香烟点燃的革命》），但真的就这样搞成了。

若干年后，孙中山在倾尽自己全部精力写就的《建国方略》中这样评价黄冈起义：

“此次死难的同志都属同盟会干部，若无此次诸烈士轰轰烈烈足丧满虏之胆之善因，怎有辛亥武昌之义师一举而鄂督瑞澄入军舰之美果 ?!”

孙中山的这句话，应该指的不只是这场看上去有些“简陋”的起义，也包括在黄冈起义之前和之后爆发的大大小小各种起义。

没有这些起义，又哪来的辛亥革命?

馒头说

以前有一部电影，叫《十月围城》。

这部电影说的是 1906 年孙中山要到香港开会，香港各界人士，从商人到乞丐，从车夫到学生，都不惜死命保护孙中山的故事。影片结尾，孙中山终于如愿抵达开会地点，与国内各省派来的代表会晤。他在地图上指指点点，做出安排，然后全国各地革命烽火燃起，最终辛亥革命成功。

电影当然有虚构的成分，比如最后那幕孙中山指点江山的场景。

翻开孙中山在辛亥革命前的革命史，你可能会有这样一种感觉：孙中山在全国各处“流窜”，然后发动各种看上去“不靠谱”的起义，又潜逃到全世界各地，之后又潜回来，再组织各种“不靠谱”的起义。

哪有像电影里那样，对一切都胸有成竹、计划周密?

就连武昌起义，孙中山也是在美国，第二天睡醒后才知道有起义这件事的。

这恰恰是孙中山的最可贵之处——他确实有一些革命理想主义，但有些人以一句简单又戏谑的“孙大炮”评价他，对他实在有失公平。

试问，虽然那时的大清王朝气数已尽，但有多少人敢，又有多少人懂得如何来推翻一个旧世界，建立一个新世界？

大家都在尝试，都在努力，都在屡战屡败的时候，最需要的是什么？

最需要有一个人，他坚定无畏，他信念十足，他不怕失败，一直带领大家继续前进，乃至成为大家的精神领袖。

当时除了孙中山，没有人能担负这样一个角色。

所以你就能理解，为什么当时的中国，从富商到帮派首领，从将领到贩夫走卒，都愿意笃信孙中山，都愿意跟着他矢志不渝地走下去，甚至都愿意牺牲性命去保护他。

因为孙中山确实向大家展示了一个理想的未来，并且身体力行，屡败屡战，永不屈服——一般人可能只要遭受一次孙中山遭遇过的挫折，就早早缴械投降了。

也正是因为如此，我曾写过一篇关于当时孙中山和袁世凯谁更适合当大总统的文章（请参看《历史的温度》收录的《两个大总统，你选哪个？》）。无论从治国能力还是军队实力来看，袁世凯当时都有100个理由比孙中山更适合当大总统，但孙中山只凭借一个理由就能秒杀袁世凯，成为名垂千古、众人敬仰的伟人。

这个理由他自己写过，就是那著名的四个字：

天下为公。

悲壮黄花岗

这是一场被我们的历史教科书记载的著名起义，但同时，这又是一场对我们来说印象模糊的起义：100 多人起义，72 人牺牲，它为何在中国近代史上有这样大的意义？

1

1910 年 11 月上旬，身处南洋的孙中山，可能既失望又激动。

失望在于，自 1894 年亲自组织第一场起义以来，大大小小的起义，孙中山和同盟会已经发动过多次，无数义士前仆后继，却收效甚微。规模最大的一次萍浏醴起义，也就坚持了半个月，起义军和民众伤亡过万。

但这一年已经 44 岁的孙中山，也有一件颇为激动人心的事。

1910 年 11 月 13 日，孙中山在马来西亚槟榔屿召开了一次秘密会议，参会的有黄兴、赵声、胡汉民等同盟会主要骨干。

会议决定，以清朝的部分新军为主力，再配合八百革命党人组成“敢死队”，发动一次有史以来规模最大的起义——不仅要夺取一城，还要以一城为基地，兵分数路，大举北伐。

所有与会的同盟会会员都心情激动，因为他们一致认为：这次起义，将吸取之前失败的种种教训，做到筹备最细致、筹款最充裕、武器最完备、规模空前，最终给予清廷致命一击。

起义的地点，被定在了广州。

2

各路筹备活动，随即全面铺开。

孙中山直接奔赴美国，他肩负的使命只有一个，却是一切工作开展的根本：筹款。

这一次的筹款，比以前几次都要艰苦。海外华人的资助一直是孙中山进行革命的主要经济来源，但国内的几次起义结果，让海外的华人也一度感到悲观和迷茫。好在孙中山个人还是拥有强大的魅力和威信，经过多方奔走，最终为这次起义募来了大约16万大洋——其中来自美洲和南洋的筹款，基本各占一半。

16万大洋虽然和革命党人之前的预期还有点差距，但这已经是历次起义筹备中，资金最充裕的一次了。

起义的具体组织工作，则交给了36岁的黄兴。

黄兴

这位与孙中山并称为“孙黄”的著名革命家，也以最大的热情和精力投入这次起义当中。

黄兴在香港成立了起义统筹部，与以往的多次起义不同，黄兴这一次将准备工作做到最细，将起义筹备机构分了八个“课”：有专门调度新军起义人员的“调度课”，有负责购买和运送武器的“储备课”，有负责起草各种规则章程的“编制课”，有专门负责侦察敌情的“调查课”，还有专门负责各种文件的，专门负责掌管财政出纳的，连各路革命党人抵达广州的事务也有专人负责。

按黄兴的规划，届时这场在广州发起的起义，革命党人将兵分十路，一举拿下广州，然后一路人马出击湖南和湖北，一路人马出击江西到南京，然后会师，开始大举北伐。

无论从哪一点看，这应该是同盟会自成立以来策划的规模最大、准备最充分的一次起义。

起义的时间也定了下来：1911 年 4 月 13 日。

但就在起义日子渐渐临近的时候，一个意外发生了。

3

打乱计划的，是一个名叫温生才的人。

温生才，广东梅县人，家境贫苦，参军退役后，到南洋打工生活。在 1907 年听了孙中山的一场演讲之后，他加入了同盟会。

1911 年，温生才已经 41 岁了，但他依然血性十足。在目睹同盟会一次次起义失败后，温生才对清廷的愤怒与日俱增。尤其是同盟会在 1910 年 3 月刺杀摄政王载沣失败，更是让他大受触动。

那个去行刺的同盟会的 27 岁英俊青年，舍一己之命，试图用炸弹炸死摄政王载沣，事败后被捕，自知必死，但大义凛然，毫无惧色，在狱中写下万人传诵的诗篇：“慷慨歌燕市，从容作楚囚。引刀成一快，不负少年头。”

没错，这个青年，就是汪精卫。汪精卫当时的义举感动了天下无数志士，其中也包括温生才——他决定以汪精卫为榜样，以一己之性命，换千万国人之觉醒。

1911 年 4 月 8 日，广州将军孚琦在广州城外观看飞行师冯如（中国第一位飞机设计师）的表演后起轿返城，有一人从人群中飞奔而出，投掷三枚炸弹，欺近孚琦轿前，连开四枪，一枪中孚琦额，一枪中头，两枪中腹，孚琦当场毙命。

这个人就是温生才。

其实温生才想杀的，是屡屡挫败同盟会起义的广东水师提督李准。当杀了孚琦之后，他才发现杀错了人，但他并不后悔，当场被捕。

温生才被捕入狱后，两广总督张鸣岐亲自提审，问他为什么要暗杀大清官员。

温生才淡然回答："不是暗杀，是明杀。"

问他什么叫"明杀"，他回答："满清无道，日召外侮，皆此辈官吏阶之厉耳！杀一孚琦固无济于事，但借此以为天下先，此举纯为救民族起见，既非与孚琦有私仇，更非有人主事。"

严刑拷打之下，温生才一字不吐，官府最终决定将他在孚琦遇袭处处斩。

赴刑途中，温生才大笑不止，高声告诉围观百姓："今日我代同胞复仇，各同胞务须发奋做人方好。许多事归我一身担当，快死快生，再来击贼！"

温生才随后被斩首、肢解、挖心以祭孚琦。

但让人们震撼的不是温生才被处斩，而是他临刑前的言语。这些人中包括被暗杀的对象，水师提督李准——武昌起义爆发后他在广东率先起义，直接推动和平光复广东全省。

但是，温生才的暗杀行为，之前没有和同盟会的任何人打招呼，属于自己临时起意。

这样的义举虽然令人肃然起敬，但也起到了负面作用——让清廷顿生警觉，广州全城戒严。

原定于 4 月 13 日举行的起义，被迫推迟到 26 日。

4

张鸣岐，辛亥革命成功后携款逃往日本，随后拥立袁世凯称帝，被封一等伯爵，卢沟桥事变后投靠了日本人，1945 年 9 月 15 日病亡

起义军接到的坏消息，其实还不止这一件。

4 月 25 日，就在起义发动的前一天，坏消息再度传来：作为起义的重要力量，广州新军的机枪全被收缴，步枪虽然没上缴，但大部分子弹被收去。不仅如此，清军开始大量向广州增兵，城外的巡防营也开始调入城内。

做出这一切调动的，是两广总督张鸣岐。此人曾镇压过多次同盟会起义，可谓经验丰富。他的这些举动不仅釜底抽薪，更明显释放出一个信号：

和之前的多次起义一样，这次的广州起义，恐怕又提前被泄密了。

而且，因为广州城戒严，很多原先计划运入城内的枪支弹药都已经进不来了。

在这样的背景下，黄兴只能下令：暂缓起义。

一时间，分布于广州城内的各个机关迅速隐蔽，原先已经聚集到广州城的不少革命党人开始分批秘密出城。

但在这时候，又传来了一个有利的消息：在顺德的巡防三营即将被调入广州城。

这个三营里的官兵，从上到下，十有七八都是革命党人或同情革命的人。此外，原本在城中说好准备配合起义的新军第二标的官兵将在 5 月 3 日之前退伍。

这时，作为起义前敌总指挥的黄兴，就面临一个重大的抉择：到底要不要继续将起义进行下去？

起义筹备总部此时也陷入了争执之中：有人表示一定要暂缓，忍耐为先，而有人表示机不可失，这个时机如果错过，下次不知道要等到什么时候了。

最终拍板的，只能还是黄兴。而他考虑的，可能比别人还要更深一层：

这次起义，一方面筹备如此之久，大家都满怀期待；另一方面，又向海外华人筹集了那么多钱款，如果一枪不发就偃旗息鼓，不仅对革命党人的士气是一个巨大打击，今后孙先生在海外筹款也将困难重重。

但如果真的发动起义，以眼下的局势，有多大的把握成功？

可想而知，当时的黄兴，面临怎样的煎熬。

最终，在 4 月 27 日的清晨，思考良久的黄兴，留下了一封书信：

"……本日驰赴阵地，誓身先士卒，努力杀贼，书此以当绝笔。"

这是一封遗书。

知不可为而为之，黄兴准备拼死一战。

5

4 月 27 日下午 5 点 30 分，一声凄厉的螺号在广州总督府附近响起。

100 多个臂缠白色方巾，腰挂炸弹，手持长枪短枪的人出现在了大道上，呐喊着，向总督府狂奔而来。

只有这 100 多人？对，只有这 100 多人。

原先计划的十路起义军，因为各种原因，最终被减为四路，而四路中的三路，又因为各种原因没有发动，其中包括最重要的一路——要去广州城接应即将进城的起义新军和巡防营。

当然，即便有人当时开城门接应，也会看到一场乌龙——大部分新军和巡防营的士兵手里只有没装子弹的步枪，而且，很多人根本就没接到起义的通知。

这时候，再把镜头摇回向总督府扑去的那 100 多个人，就会让人产生一种空前的悲壮感——

他们勇往直前，他们孤立无援，他们，其实是去送死的。

起义军奔到总督府门前，遭遇了总督府卫队。起义者高喊："我们是为中国人扬眉吐气，你们也是中国人，有赞成的请举手！"

卫队以开枪作为回答。

双方顿时陷入枪战。

起义军一鼓作气攻占了总督府，却发现总督张鸣岐已经逃往广东水师提督府。在将总督府点火后，起义军随即扑向水师提督府，随后与水师提督的亲卫队遭遇。

林文的祖父林鸿年是清朝道光年间的状元，做过驻琉球的大使。整个清朝在福建一共出过三个状元，林鸿年就是其中之一。林文的父亲林聂是举人，也做过官。所以，林文其实是标准的"官三代"

由于之前听闻这支亲卫队中有自己人，所以一个起义者站了出来，大喊："我们都是汉人！应该一起同心！不要打了！"结果，被一枪命中头部，当场牺牲。

这个年轻人，才 24 岁，名叫林文。他家是官宦世家，本来根本就没必要出来抛头颅洒热血。

枪声大作之后，起义军伤亡惨重，伤者中包括黄兴。

黄兴是整个起义的领导者，也是可以和孙中山比肩的中国革命的领导者，但他在整场起义中根本没有打算坐镇指挥，留下遗书后，他冲在队伍的最前面。

林文中枪倒地后，黄兴随即也被子弹打断了右手中指和食指。忍住疼痛的黄兴随即改变战略，让本来就人数不多的起义队伍兵分三路：一路攻督练公所；一路攻小北门；黄兴亲率一路，攻南大门，接应计划中要来支援的顺德巡防营——把城外的巡防营接进来，成了起义成功的唯一希望。

攻击督练公所和小北门的两路起义军，因为人数上的劣势，虽然奋战到天黑，但最终还是都失败了，除牺牲者外，悉数被俘。

而黄兴带队去南大门接应的起义军，还真的接到了少数闻讯赶来支援的巡防营官兵。

但是，他们上演了一出让人扼腕的悲剧。

可能因为时间仓促，巡防营没有做最重要的一件事——臂缠白巾。黄兴手下的方声洞见对方没有白巾，率先开枪击毙了对方哨官温带雄，而温带雄恰恰是带队来支援起义军的。愤怒的巡防营立刻反击，一枪命中方声洞，后者当场身亡。

两队自己人，就这样激烈地交上了火。

乱战之中，双方伤亡惨重，最终竟只有黄兴一人脱离战场，逃入了一家洋货店，在店伙计的帮助下，乔装改扮逃出城去。他在城外遇见了副指挥赵声，两人抱头痛哭。

一场同盟会有史以来策划最严密的起义，最终竟然如此结局。

方声洞之前在日本留学，给妻子写下诀别信后，运送武器到广州，随后坚决留下要求参加起义，结果却死在自己同志手里

6

黄花岗起义后被捕的部分革命志士，均殉难

起义失败了，但故事并没有结束。

到了 4 月 27 日晚间，起义队伍已经完全被打散了，但很多人都没有屈服，有的人坚持巷战，有的人选择自杀，而最终有 31 个人被清政府抓获。

这些人，都值得留下一笔。

陈可钧

陈可钧，24 岁，被捕后清朝官吏问他："你一个白面书生，何苦要造反自己作践自己？"

陈可钧回答："起义没能成功，只能说是天意。但只要能唤醒同胞，继续奋斗，我也十分满足了，你们这种利欲熏心的冷血动物，怎么会懂得这些？"

临刑前，陈可钧慨然大笑，只求速死。

李德山，43 岁，临刑前对清廷官

林觉民

员说的话是："大丈夫为国捐躯，是分内事。我不是不能荣华富贵，是不能像你们这样认贼作父，不知羞耻！"

李雁南，31岁，临刑前说的话是："可恨的是我身受两处重伤，不能再打了。你们不过数年，必亡国。不要再说了！枪杀我的话，记得从我嘴里射击！"

陈更新，21岁，与清军激战三昼夜才被俘。清官员问他，年纪那么轻，为什么参与造反，他慨然回答："同胞们都在做梦，我们是在叫醒他们！怎么叫造反？杀身成仁，从古以来都是这个道理，你们这些鼠辈懂什么？求速死！"

喻培伦，精于研制炸弹，在汪精卫刺杀载沣时就参与提供炸弹。这次起义，他不带枪，只扔炸弹，最后伤重被俘，临刑前高喊："学术杀不了！革命更杀不了！"

在这些人中，还有一个是林觉民，他因一篇《与妻书》而被我们所熟知："……吾今以此书与汝永别矣。吾作此书时，尚是世中一人；汝看此书时，吾已成为阴间一鬼……"

被捕的革命党人，全都被处以死刑。

7

众义士死后，连同之前起义牺牲的同志，被暴尸街头，清廷明令不许收殓。

当时有个《平民日报》的记者，叫潘达微，也是同盟会会员。他组织了100多个收尸人，不顾当局禁令，将广州街头那些已经开始腐烂的尸体全部收殓，一共72具。因为潘达微的钱不够买棺木，只能

后来统计遇难烈士为 86 人，但仍取“七十二烈士”之名。潘达微 1929 年病逝于香港。1951 年，广东省政府遵其遗愿，将他的遗骨移葬至黄花岗旁

把几具尸体放到一个棺材里合葬。

随后，潘达微抵押了自己的房产，在广州城外郊区的红花岗买了一块地，作为烈士的安葬之地。

他觉得“红花”二字过艳，将此地改名为“黄花岗”。

黄花，即菊花，有节烈之意，亦取“黄花晚节”，比喻人到了晚年，依旧气节高尚。

只是，那座墓碑下埋的烈士，莫说晚年，大多正值青壮之年。

“寂寂黄花，离离宿草，出师未捷，埋恨千古。”

馒头说

看黄花岗起义全程，有时候会有扼腕之叹。

比如温生才突如其来的刺杀，比如因不缠白毛巾造成的自相残杀，在整个起义的筹备过程中，其实还有不少大大小小的失误，最后，功败垂成。

但再看整个起义的过程，有时又会血脉偾张，尤其是在不利的情况下，黄兴带着那 100 多人还是冒死起义。

要知道，那 100 多个人，不少是同盟会来自各省的精良骨干，若放到日后，很可能都是一军之帅、一省之长。而且很多人都家世良好，完全有理由不去送死。

但他们义无反顾。

可能也有些人会觉得这样的举动好傻——没把握，就等下一次嘛，

急什么？

说实话，以前我也这样觉得。但每多读一次那个时代的历史，就多理解黄兴他们一分：

火山的内部已经炙热难当，熔浆滚动，可能只要再有一颗火星，就能引发一场最猛烈的喷发，引爆黑暗时代，迎来新的世纪。

但是，谁来当火星？当一颗火星被扑灭后，谁来接力当第二颗、第三颗、第四颗？

在 1911 年 4 月 26 日的那个夜晚，对黄兴而言，最容易的一件事，莫过于说一句：

“先撤，再等下次机会！”

但难就难在，依旧下令出击。

谁都知道，漫漫长夜即将迎来黎明，但黎明前的那一刻是最黑暗的。那声划破夜空的鸡鸣，背后是无数志士仁人付出的鲜血和生命。

孙中山对这场起义的评价是：

“风云因而变色，全国久蛰之人心，乃大兴奋。怨愤所积，如怒涛排壑，不可遏抑。”

确实，黄花岗起义之后不到半年，武昌再度爆发起义，终于完成了之前所有起义者的夙愿。

前仆后继，星火燎原。

英雄不朽。

棉湖战役：决定黄埔军校存亡的生死一战

可能会有人觉得，“信念”是一种很玄的东西。但很多时候，“信念”确实是一个可以起到决定性作用的东西。即便是在真刀真枪的战场上，也不例外。

1

先回到1922年的广东。

这一年，孙中山实在有点郁闷。

尽管广东因他已俨然成了当时很多追求革命和进步人士心目中的圣地，但是，由于广东各路军阀盘根错节，手中没枪的孙中山一度四处碰壁，有时甚至寸步难行。

1922年6月16日，和孙中山一路“相爱相杀”的广东军阀陈炯明终于选择和他公开决裂，炮轰总统府。之后孙中山用尽各种办法，说服滇、桂、粤联军组成西路讨伐军击退陈炯明，这才重新回到广州。

痛定思痛的孙中山终于认清了“枪杆子里出政权”的道理，下定

1924 年 6 月 16 日，孙中山、宋庆龄在黄埔军校开学典礼的主席台上

决心要拥有自己的军队。1924 年 6 月 16 日——孙中山特地选择了这个日子，宣布他一手缔造的军校正式开学。

那所学校，就是黄埔军校。

按照原先的计划，黄埔军校的学生应该至少学满一年，但由于革命的形势实在紧迫，黄埔一期的学生 1924 年 5 月入学，半年之后就毕业入伍了。而在一期生毕业的时候，黄埔三期的学生也已经进校学习了。

也就是在 1924 年，从北京到广东，整个中国的局势一下子变得错综复杂起来。

在北京，冯玉祥发动“北京政变”，兵不血刃地推翻了“贿选总统”曹锟。但因为自身实力不够，他只能不断电邀孙中山北上“共商国是”，顺带掣肘各怀心事的段祺瑞和张作霖。

在广东，当时已经有恙在身的孙中山，思虑再三后毅然决定抱病北上。而孙中山前脚刚走，一直蛰伏在东江的陈炯明后脚就组织起“救粤军”，以他的手下悍将林虎为总指挥，洪兆麟为副总指挥，率领 7 个军和 5 个独立师共 6 万人分三路直扑广州，试图收复失地。

在这样的背景下，广州革命政府在 1925 年 1 月 15 日联合滇、桂、粤各军成立“东征军”，准备和陈炯明的“救粤军”决一死战，即广州革命政府的第一次东征。

就在大战一触即发之际，作为国民党自己的嫡系，黄埔军校的“学生军”却不满意了。

2

1924 年底，何应钦将一封学生军的联名请愿书交了上去。

那一年，何应钦 34 岁，是黄埔军校的副总教官。

何应钦上交的那份请愿书，是表达全体黄埔军校师生不满的。按照“东征军”的部署，分成左、中、右三路迎击陈炯明的军队：左路军是杨希闵的滇军，中路军是刘震寰的桂军，右路军是许崇智的粤军。而黄埔军校的学生军因为几乎没有战斗经验，只是被安排为“预备队”。

其时，黄埔军校已经建立了属于自己的正规军队：黄埔教导团一团和二团——何应钦就是教导一团的团长。说他们没什么战斗经验，也确实没错，因为这支学生军之前只参与了“广州商团事变”，与广州商团的雇佣武装交过火，这和真正上战场打仗还是有很大区别的。

而从军队的构成来看，他们也确实可以称为“学生军”：军校的教官担任团长和营长；刚刚毕业才几个月的一期生担任连长和排长，以及营、连一级的党代表；二期生是步兵总队、炮兵营、兵工队、辎重队的组成主体；三期生编入教导一团第一营。

但是，就是这支学生军，战斗积极性却空前高涨，因为绝大部分人都知道他们进校学习和毕业之后的使命——打倒军阀，完成革命，振兴中华。

在这批学生军的坚持请愿之下，黄埔军校的校长蒋介石和党代表廖仲恺也开始极力争取，最终，黄埔军校的两个教导团被编入了许崇智的右路军，随正规军一起战斗。

虽然成军，但那些滇军或桂军的“老兵”是看不起这些黄埔学生军的：在课堂上讲讲道理，去操场走个正步还行，真上战场，还不吓得屁滚尿流？

但谁也没想到，这支学生军上来就让所有人大吃一惊：1925 年 2 月 15 日，担任主攻的黄埔军校教导一团只花了半个小时，就攻下了陈炯明老巢东江的门户淡水。

这场战斗让陈炯明部和滇、桂、粤各部，都第一次认真审视起这支学生军。

首先，黄埔学生军的武器装备精良。由于苏联的大力支持，黄埔学生军配备的步枪、机枪、手榴弹都很充足，大炮的火力也明显强于其他各军。

其次，他们军纪严明。黄埔军校教导团编制为“三三制”（团辖三个营，营辖三个连，连辖三个排），分工明确，指挥灵活，可聚可散。且全军实行“连坐法”：一团人若全溃退，必须枪毙团长；若团长带头

黄埔军校教导一团在第一次东征时的合影

不退但全团退，必须枪毙三个营长，以此类推。

最后，他们用“党”来“武装”全军。黄埔教导团从团到排，各级都设“党代表”。虽然这种制度和中国共产党后来创立的“党领导军队”的制度有很大区别，但还是在一定程度上使得士兵的凝聚力高，战斗力强。以攻打淡水城为例，黄埔教导团上来就组织一个 100 人的敢死队冲锋，但冲在最前面的是 10 个营、连党代表（其中国民党员 2 人，共产党员 8 人）。长官带头，士兵立刻奋勇争先，瞬间夺城。

但是，正当以黄埔军校教导团为主力的右路军一路高歌猛进的时候，“东征军”的左路和中路却出了问题。

左路的滇军和中路的桂军其实本来就是碍于孙中山的压力，再加上有各自的目的才加入“东征军”的。当“东征军”高歌猛进的时候，一些问题也开始暴露出来，尤其是后勤补给路线当时拉得实在太长，存在一定风险。

于是，在 1925 年 3 月初，“东征军”的进攻路线图上出现了奇怪的一幕：

左路的滇军和中路的桂军，开始向广州方向撤退，虽然有保护补给线的战略意图，但也导致之前一路势如破竹的右路军顿时失去了侧翼保护，成了深入敌后的孤军。

老辣的林虎立刻调集之前被“东征军”左路和中路压制的部队，全方位向黄埔教导团扑来，企图全歼这支学生军。

3

1925 年 3 月 12 日，蒋介石夜不能寐。

那一年，蒋介石 38 岁，是黄埔军校的校长，也是此次东征右路军的总参谋长。

就在这一天，黄埔教导团和林虎大军要决一死战的态势已经非常明显了。

林虎军的左路前队已经抵达棉湖，右路前队驻扎到不远的鲤湖，两路军加起来超过 1 万人，还有 1 万多的增援部队在陆续赶来。

而“东征军”的右路军驻扎在棉湖正面战线的，只有黄埔教导一团的 1 000 多学生军，粤军的第七旅正在赶来途中，而黄埔教导二团在棉湖东南一带。

按能在短时间内直接投入战场的兵力来计算，黄埔军和林虎军的人数比例差不多是 1∶10，是典型的“以少打多”。

但蒋介石知道，自己已经无路可退。因为如果此战一退，东征一个多月来的成果将全部化为泡影，陈炯明的部队将重新获得喘息机会，然后继续威胁广州大本营的安全。

但是，如果要打，以黄埔两个教导团 3 000 学生军的兵力，若被打败乃至被歼灭，那么黄埔军校苦心培育的精英将毁于一旦，“黄埔军校”这四个字很有可能也将不复存在。不仅如此，当时国民党手里只有这两个教导团的兵力，如果失败，广州的各方势力都会重新抬头，整个根基也将全盘动摇。

在和同样亲临一线的黄埔军校政治部主任周恩来、随军苏联顾问加仑将军商议之后，蒋介石还是决定要打。他专门下令给何应钦：“此战事关大局，必须要决死一战，后退者一律杀无赦！”

而就在前线的黄埔子弟兵枕戈待旦的时候，他们还不知道一个令人震惊的消息：

孙中山在这一天因病医治无效，与世长辞。

这位黄埔军校的缔造者，在自己的子弟兵即将进行决定命运的生死大战之前，闭上了双眼。

临阵失去领袖，对士气的打击可想而知。

也正是因为如此，当时的国民党中央党部决定，不把孙中山去世的消息告诉正在棉湖一线准备决战的黄埔子弟。

大战在即，秘不发丧。

4

3 月 13 日上午 8 点 30 分，棉湖战役正式拉开战幕。

首先发起冲锋的，恰恰是人数占绝对劣势的黄埔教导一团。在团长何应钦的命令下，一营营长顾祝同率军向敌军正面防线发起冲锋。

林虎军确实经验老到，在稳住阵脚之后，开始利用居高临下的地势，发起了反冲锋。双方部队交织在一起，开始血战。

由于黄埔教导团人数上处于绝对劣势，所以在每一个战斗阵地上都面对着数倍于己的敌人，伤亡数字直线上升。但黄埔学生军在高涨的士气鼓舞下，战斗力也是惊人的，从营到连到排，都是长官带头冲锋，一营在顾祝同的带领下甚至已经和敌人拼起了刺刀。

在胶着的战况中，林虎军发现了教导一团的指挥部驻扎地——曾圹村。于是，潮水一般的敌军开始向村子方向猛攻。

负责拱卫曾圹村的一营一连拼死抵抗，连长余海滨（共产党员）当场阵亡，副连长刘赤忱负伤，排长、副排长都负伤或阵亡，全连军官只剩下党代表李奇中和司务长阎国福，其余死伤殆尽。

何应钦急忙调二营营长刘峙率六连增援，但林虎也摸清了团指挥部在村里的具体位置，派重兵冒死突击。何应钦把最后的预备队四连也顶了上去，却依旧抵挡不住敌人的冲击，林虎军已经逼近离团指挥部只有几十米远的地方——蒋介石本人甚至听到了敌军士兵“活捉蒋介石”的呐喊。

在团指挥部里不仅有蒋介石，还有廖仲恺、周恩来和苏联顾问团，一旦这个指挥部被端掉，整个中国历史就会被改写。

关键时刻，蒋介石对何应钦说：“必须想办法挽回局势，我们不能后退一步！假如今天在此地失败了，我们就一切都完了，再无希望返回广州了！革命将遭受重大挫折！”

何应钦于是下令吹起冲锋号，自己带头第一个冲了上去，而包括勤务兵、炊事班伙夫在内的所有人，都拿上武器冲了出去。

在指挥室里的苏联顾问加仑将军，也掏出手枪跟了出去。

5

棉湖战役指挥部旧址，如今成为棉湖战役展览室

就在这最关键的时刻，有两个人必须一提。

一个人是共产党员，叫曹石泉，是当时黄埔军校学兵连的连长。

就在林虎军冲进村了要“活捉蒋介石”的时候，曹石泉的学兵连正好从其他地方调回。看到战况危急，曹石泉带着60多名学兵连士兵立刻加入战斗，拼死阻击，大大缓解了危急局势。事后，蒋介石和何应钦等人都大大肯定了曹石泉的表现。

另一个人，是国民党员，叫陈诚，是当时教导一团的炮兵连连长。

大炮原来是黄埔学生军的优势所在，但在这场棉湖战役中，由于大炮使用次数过多，撞针过热而发软，通通成了哑炮。陈诚将炮兵

曹石泉，中国共产党党员。曹石泉在 1925 年 6 月 23 日，带领黄埔军校参加广州各界援助五卅运动的集会游行，被推选为军界总领队。当日，他率游行队伍进至沙基路时，遭英、法海军陆战队扫射，身中数弹壮烈牺牲，时年 33 岁

陈诚，棉湖一战后深得蒋介石信任，不断升迁，有“小委员长”之称。陈诚在国民革命军中的派系被称为“土木系”，因为“土”拆开为“十一”，“木”拆开为“十八”，是指陈诚起家的第 11 师和第 18 军。由于陈诚起了表率作用，所以“土木系”整体作风较为廉洁，战斗力较强，是当时中央军的主力部队

连撤到团部指挥所附近后，遭遇了敌军冲锋。

蒋介石在盛怒之下斥责陈诚：“你不是炮兵连长吗？炮都打不响！”

陈诚闻言，冲上前去亲自点炮。由于大炮经过了一段时间冷却，撞针已经变硬，所以陈诚一点火，一发炮弹呼啸而出，直接落在了冲入村子的敌人中间。陈诚又连发两炮，全部命中。

蒋介石一拍大腿：“好！”当场就将陈诚提升为炮兵营长。

冲入村子的林虎军忽然遭遇持续炮击，阵形大乱，再加上教导一团的拼死反击，只能向后溃退。

这场从早上 8 点开始的战斗，一直持续到了下午 4 点。

黄埔军校教导一团经过 8 小时鏖战，伤亡惨重：副营长阵亡一人；9 个连长，6 人阵亡，3 人负伤；三营的 9 个排长阵亡 7 个，一个 385 人的营只剩下 111 人。全团伤亡过半。

就在黄埔教导一团快坚持不下去的时候，粤军第七旅和教导二团相继赶到并加入战斗，开始全面反攻。林虎军虽然在兵力上依旧占据优势，但士气已经被完全摧垮，打到下午 6 点，开始掉头撤退。

至此，棉湖血战以黄埔学生军的获胜而告终。

6

棉湖之役，让黄埔学生军一战成名。

从东征的态势上看，棉湖一战击溃林虎部，让陈炯明最后反扑的希望破灭，在之后的战斗中几乎再也没有形成有力的反抗。

林虎，同盟会会员，曾响应孙中山进行“二次革命”，起兵讨袁，后因孙陈不和而跟随陈炯明；棉湖兵败后，再被“二次东征”彻底打败，就此淡出军政两界，之后与蒋介石也划清界限；1956年任中国人民政治协商会议广西省委员会副主席；1958年，广西壮族自治区成立，任自治区政协副主席，并任中国人民政治协商会议全国委员会常务委员；1960年逝世

从军校本身的角度看，黄埔军校的学生军通过这一战不仅大大磨砺了自己的战斗经验（当然，损失也非常惨重），更是一举打出军威，巩固了威信，对之后的北伐产生了重要影响。

在这场战役后的总结会上，党代表廖仲恺兴奋地说：“我们队伍的光彩出来了。”

而情绪最激动的，是苏联顾问加仑将军。

加仑将军在5分钟的发言中，高度赞扬了黄埔军校教导一团，称“只有非常优秀的苏联红军部队才打得出这样的战役”，“不独在中国少见，即使在欧洲世界大战中亦难见，是近代战争史上以少胜多的一个典型战例”。

为此，加仑将军在发言结尾高喊“何应钦团长万岁！”，并将自己的佩剑赠给了何应钦。

何应钦也因在此战中冒死冲锋，和蒋介石结下深厚的“战斗情

加仑将军，原名瓦西里·康斯坦丁诺维奇·布柳赫尔，是一名战斗经验非常丰富的苏联红军将领，被委派到中国做军事顾问，经常身先士卒。他在回到苏联后成为第一批元帅，但后来在斯大林的“大肃反”中被杀

谊”。尽管后来两人闹过不少矛盾，但始终没有彻底翻脸。而何应钦本人也很看重这次战斗经历，这可能是他戎马生涯中最后一次如此近距离地在战场上面临生死。在之后的几十年岁月中，每年的3月13日，何应钦都要召集经历此战的黄埔师生共同纪念。

而那些参与过此战的不少中低级黄埔军官乃至列兵，都在之后数十年晋升上将、中将：刘峙、陈诚、蒋鼎文（当时是连长）、宋希濂（当时是排长）、郑洞国（当时是排长）……

至于蒋介石，他曾经评价过自己一生中的几十场重要战役，把棉湖战役放在了第一位。这场战役对黄埔学生军，对黄埔军校，对他本人，都有无法替代的意义。

他在战役获胜后，由衷发出过一句感慨：

“此战适当总理逝世之翌日，盖在天之灵，有以默相其成也！”

馒头说

实事求是地说，如果论规模，棉湖战役并不是多大的一场战役，加仑将军的夸赞也多有溢美之词。

但是，如果从战略上来说，棉湖战役对于中国革命而言，确实意义非凡。

而这场战役最让我个人动容的，是整支黄埔学生军展现出的那股子“精气神”。

总结这支学生军获胜的原因，其实还有很重要的一条：这支军队是有信仰的。

孙中山在建立黄埔军校之初，就把一副对联挂到了门口：“升官发财请往他处，贪生畏死勿入斯门。”加上国共合作建校，重视对学生的政治教育工作，在黄埔军校读书、毕业、从军的学生们，无论出身、地位、党派，都是以统一广东、统一全国、振兴中华为目标的，所以打起仗来能够勇往直前、以一当百。而这是当时绝大部分偏安一隅，只想着抢占地盘的军阀部队望尘莫及的。

在东征的途中，黄埔军校官兵师生纪律严明，精神抖擞。沿途两旁的老百姓自发送水，送鸡蛋，送烤红薯——天下苦军阀久矣。老百姓会自发为黄埔学生军运送物资，刺探情报。

这一幕幕画面，是不是看起来很熟悉？

所以，当何应钦和当初的黄埔子弟们在海峡对岸纪念“棉湖战役”时，是否也会有过几分唏嘘：当年同样都是满腔热血、雄姿英发、深受人民爱戴，但后来为何差距越来越大？

回望棉湖战役，它不仅关乎初生的黄埔军校的生死，也留下很多别样的回味与思考——对他们，也对我们自己：

本是同根。

勿忘初心。

本文主要参考来源：

1.《棉湖战役》（张媛，《黄埔》，2016年第4期）

2.《孙中山先生与黄埔军校第一期生》（陈予欢，新浪历史，2014年6月9日）

3.《1924年11月20日，黄埔军校教导团第一团成立》（《黄埔》，2010年第5期）

4.《蒋介石与黄埔军校第一期生》（陈予欢，《黄埔》，2012年第6期）

5.《两次东征中的“黄埔军”》（张建安，中国共产党历史网，2011年5月

25 日）

6.《何应钦与棉湖大捷》（陈予欢，新浪历史，2014 年 7 月 1 日）

7.《在第一、二次东征中牺牲的黄埔军校共产党员》（卜穗文,《广东史志》，1995 年第 21 期）

8.《棉湖战役——国共精英以少胜多的经典之战》（聂凌、丁鹏，海峡之声网，2014 年 5 月 4 日）

日籍八路军：抗战期间的特殊群体

在我们熟悉的各种电视剧和电影中，“八路军”和“日本鬼子”，永远是一对势同水火的存在。但在抗日战争期间，在我们的八路军和新四军中间，还有这样一个特殊的群体……

1

1939年1月2日，位于山西省的八路军前方总指挥部举行了一场特别的“元旦迎新集会”。

之所以特别，是因为在迎新集会的舞台上，出现了三个日本人。

抗日战争进入艰苦时期，八路军刚刚成立不久的前方总指挥部集会上出现三个日本人，不得不说是一件引人注目的事。

这三名日本人不仅登上了舞台，其中一个叫前田光繁的还站到话筒前发了言。

前田光繁的发言时间不长，但内容却让人意外，主要就是三点：

第一，八路军让我们获得了新生；

第二，坚决反对日本法西斯发动的侵华战争；

第三，要求参加八路军。

前田光繁发言完毕，八路军总司令朱德走上了讲台，与三名日本人一一握手。面对台下所有八路军官兵，朱总司令说：

“我代表全军，欢迎三位日本青年参军。这三位日本青年参加我军，证明了我军俘虏政策的正确。今天只有三个人，明天便会有几十人、几百人！”

话音未落，台下掌声一片。

前田光繁和他身后的小林武夫、冈田义雄齐刷刷立正，敬了一个标准的中国军人军礼。

这三个人，由此成了抗日战争期间的第一批日籍八路军。

2

无论是国民党军队还是共产党军队，在抗日期间都有一点共识：日军俘虏不好抓。

1938 年的台儿庄大捷算是国军抓获日军俘虏比较多的一次，但也只抓到了 700 多个；1937 年的平型关伏击战，八路军更是一个日军俘虏也没抓到，让指挥作战的林彪大感意外。

那么，为什么有日本人不仅做了俘虏，还志愿加入八路军，为中国人作战呢？

首先，尽管日本当时举国陷入了军国主义的狂热之中，但毕竟不是每一个人都是心甘情愿踏上陌生国土作战的，甚至有些人并不是作战人员。

比如发言的前田光繁，他就是 1937 年作为“满铁”员工被派到中国的。1938 年，在河北邢台双庙车站监工的他，在睡梦中就被八路军俘虏了。

其次，即便是当初抱着“为天皇而战”的信念加入部队，有些人实际参军后也发现现实与想象有巨大差距。

比如后来成为俘虏的日本华北派遣军的小林宽澄，在新兵入伍第一天就因为戴眼镜被长官无缘无故用皮鞋抽了一顿耳光，理由仅仅是“看上去有文化，肯定很傲慢”。这种上级欺负下级、老兵欺负新兵的现象当时在日军中很普遍，有一些日军新兵甚至因为忍受不了而切腹自杀。

时任115师343旅686团团长的李天佑参加了平型关伏击战，他曾回忆：“我一营一个电话员，正沿着公路查线，看见汽车旁躺着一个半死的鬼子，他跑上去对那个鬼子说：‘缴枪不杀，优待俘虏！’没等他说完，那家伙扬手一刺刀，刺进了电话员的胸部。有的同志想把负了重伤的日本兵背回来，结果自己的耳朵被敌人咬掉了。更有的战士去给哼哼呀呀的鬼子裹伤，结果反被敌人打伤了。”

此外，日军的底层士兵待遇也很差。据后来被俘的大阪师团的小林清回忆，当时他作为上等兵，一个月薪饷也就10.24日元，其中3日元是必须扣除的储蓄金，5日元是必须买的公债，剩下的钱买几包香烟后就所剩无几了。而长官还要克扣下级士兵的薪饷，甚至冒用下级士兵的名字将他家乡寄过来的钱款贪污下来。

再次，踏入中国战场后，不少日本士兵目睹自己的战友在别国土地上奸淫烧杀，感到无法接受。

小林宽澄回忆，有一次他和班长等几个人外出，迎面走来4个中国男人，班长随即下令小林上去练刺刀。

“班长叫几个人上去抓了一个中国人，命令我上刺刀刺那人的胸膛。那个中国人抓住了我的刺刀，我不敢刺下去。结果班长一上来，就把那人踢倒在地，然后将刺刀直接插入了他的胸口。活生生一个人

1939 年，小林宽澄（前排右一）入伍前夕。他在入伍前是一名僧人，继承了家族传下来的一座寺庙

就这么被刺死了。”

小林一直记得那个村子的名字叫“桐林村”，称那一幕给他巨大的震撼。

最后还有很重要的一点，就是厌战和思乡情绪。

在侵华战争全面爆发之初，日本军方给官兵们宣传的是“三个月灭亡中国”，日本士兵的心气也很高，所以很少有投降的人。但历经淞沪会战等一系列血战之后，日军虽然在中国战场进展超出预期，但却始终无法迫使中国投降，反而陷入战争泥淖。

在进入相持阶段之后，那些本来就没有被彻底“洗脑”的日本士兵开始对战争的性质和目的产生怀疑，信念开始动摇，对自己未来的生死感到担忧，战斗意志开始逐步瓦解。

3

那么，就因为这些因素，那些日本人就会拿起武器去阻止乃至抵抗自己的同胞了吗？

必须承认的是，共产党军队的俘虏政策也起到了巨大的作用。

事实上，无论是前田光繁还是小林宽澄，那些后来成为八路军的日本人在一开始被俘虏时想到的都是两个字：自杀。这不仅仅是因为他们所谓的“忠君报国”思想，更因为日军一直向他们灌输的是“中国军队虐杀俘虏”。一想到自己的军队在中国做了那么多恶，他们也觉得自己肯定凶多吉少。

但恰恰是之前的宣传，让他们被俘后在心理上感受到了巨大的反差。

前田光繁在被俘时，也就挨过一个耳光——因为俘虏他的八路军战士太恨日本人。之后他被安排与曾留学日本的八路军 129 师政治部敌工科科长张香山同住一个窑洞。每天他的伙食是馒头加有肉的炒菜，而一般的八路军战士只能吃小米饭加野菜汤。

身着八路军军装的前田光繁（后改名杉本一夫）

张香山每天都会向前田光繁讲八路军的政策，以及日军侵华的本质，并对他说：

“我建议你先了解一下八路军，好不容易来了，体验一下我们的生活有什么不好，日本不是有句俗话说‘舍命最愚蠢’吗？不要急，可以多用些时间慢慢考虑，如果你想回去，就让你回去！”

被俘虏的日军士兵一个共同的

回忆，就是八路军非常尊重俘虏的人格，不虐待他们，也不会动他们的随身财物。这和抗战初期八路军就颁布的俘虏政策有很大关系：

第一，对于被我俘虏之日军，不许杀掉，并须优待之。

第二，对于自动过来者，务须确保其生命之安全。

第三，在火线上负伤者应依阶级友爱医治之。

第四，愿归故乡者，应给路费。

这些政策在实际运用中都被切实执行，这也使得日本俘虏在长时间和八路军相处之后，不仅在情感上被打动，在思想上也发生了改变。

原日军中尉医官山田一郎被八路军 129 师俘虏一年半，一直在策划逃跑计划。他曾在日记中写道：

“一年半的时间里，心中一直隐蔽着一个秘密计划，那就是逃跑——把我的行动报告给日军，然后死掉。不管八路军怎样热情地对待我，我都无动于衷。”

但是，有一次他发高烧三天三夜，在八路军医生的悉心照料下脱离危险。当他醒来后，守候在他身旁的是 129 师师长刘伯承，手里还拎着一桶当时在八路军中很珍贵的酱菜。

山田一郎在日记中写道：

“我睁开眼向外望，从坏了的窗纸处可以看见太行山山峰上的积雪和蓝色的天空，积雪在阳光下放出耀眼的光。那一瞬间，不知为什么，在我的心中，一种‘新生’的感觉如同泉水一般涌了出来。”

当然，鉴于日军对本方被俘虏士兵的严酷态度和审查制度，不少日本被俘士兵也不愿意再回去。当时也确实曾有过一例：一名被俘日军士兵坚决要求回去，八路军放行。但归队后的他被长官严酷虐待，并要交军法处判刑，最终他又逃出来重新向八路军投诚。

前田光繁就说过一句话：“八路军是其他军队无法相比的不可思议的军队。一到八路军的部队，就会被他们的优良作风吸引住，再也不想离开这支队伍。”

4

那么，那些成为八路军的日本籍战士，主要做什么呢？

首先，是发挥他们自己的特长。

由于日军的武器装备比中国军队先进不少，所以不少有技术特长的日军俘虏，最后成了八路军中的技术骨干。

比如小林清在日军部队中是机枪手，也会操作掷弹筒。当时的掷弹筒对八路军来说还属于比较先进的武器，缴获来了却不会用。小林清就成了教授使用这些武器的教员。

前田光繁本身就有技术底子，在抗日战争结束后，他还奉命来到解放军的东北民主联军航空学校担任日工科长，负责政治思想工作（当时航空学校的教员、技师、飞行员都是原关东军日本航空教练大队的成员），间接帮助航校培养出一批优秀的中国飞行员。

其次，就是利用自己日本人的身份，做最有说服力的反战宣传。

“在华日人反战同盟”的成员正在分发自己编印的反战宣传品

1939 年 11 月 7 日，前田光繁等 7 名日本人在八路军总部成立了“觉醒联盟”，并创办机关刊物《觉醒》。这是在华北敌后抗日根据地成立的第一个日本人反战组织。消息很快传遍了八路军、新四军和各个抗日根据地。随后，“在华日人反战同盟”“在华日人解放同盟”等组织陆续建立，遍及敌后各个抗日根据地。“觉醒联盟”在整个抗日战争期间针对日军士兵编写、印刷、散发了 100 多种

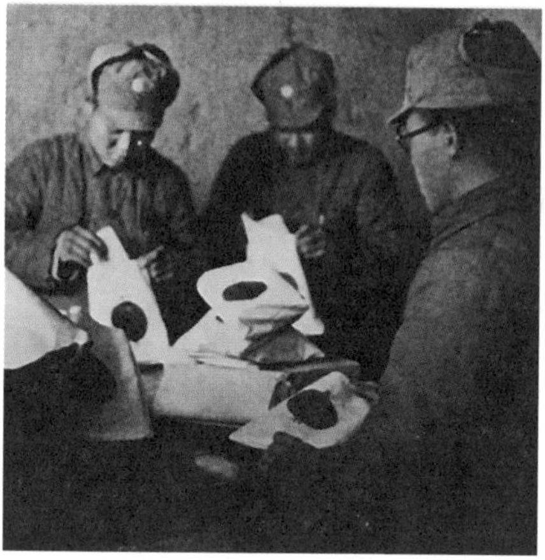
日籍八路军正在制作装有传单和食品的慰问袋

宣传品，促进他们的觉醒。

然后，就是亲自上前线送慰问袋和对日军喊话。

给前线官兵送慰问袋是日本的风俗。在侵华战争发动初期，日本的士兵平均每年能收到 8~12 只慰问袋，里面装的食品和物品也比较高级。但是，随着日军陷入战争泥潭，慰问袋的数量和质量直线下降。在这样的情况下，八路军开始给日军制作慰问袋——里面有烟、酒，但主要是各种反战标语和宣传画。在日籍八路军的建议下，慰问袋里的宣传画专门针对日军士兵的“痛点”——穿和服的女子、富士山风景等等，希望他们意识到自己离开家乡侵略他国是多么不明智。每年 4 月左右，给日军的慰问袋中甚至还会放进几枝樱花。

一开始，八路军也会在日军据守的碉堡前喊话，但内容大多是“打倒军部和资本家政府！”“举行兵变！到八路军中来！”。这些比较生硬的口号效果不佳，甚至还会引起日军士兵的反感。日籍八路军加入喊话队伍后，情况立刻发生改观。

日籍八路军写的传单《回家看樱花去吧》

1943 年深秋，日籍八路军石田雄到山东文登县城据点喊话。石田雄上来并不喊口号，而是用优美哀伤的男高音缓缓地唱起了一首日本的歌曲：“夜半人静月更明，寒光斜射照进窗。期待在渺茫异国的丈夫啊！妻子和孩子非常寂寞和悲伤……”

歌声随风飘进碉堡，原本还在开炮射击的碉堡变得寂静无声，日本士兵和军官都在静静听歌。

同为日籍八路军的秋山良照是“觉醒联盟”冀南支部的创始盟员，文章写得很好，还能画一手好画。秋山经常和日军通信，他收到的来自日军士兵的信摞在一起超过 30 厘米，后来有其他日籍八路军去日军碉堡喊话，对方还会有人问：“秋山君在哪里？他还好吧？”由于秋山的“攻心力”太强，日军还专门下令通缉他，悬赏是连升两级和奖励 1 万日元。

在被八路军俘虏的日军中，有一半人表示见到过八路军发送的慰问袋，有 20% 的人听过喊话，很多人都表示知道“八路军不杀俘虏”，以及“八路军中有不少日本人”。

5

在整个抗战期间，也有不少日籍八路军为阻止自己同胞的侵略行为而献出了生命。

1941 年被八路军俘虏的日本人宫川英男，一度担任日本人民解放同盟冀鲁豫边区协议会副委员长兼冀鲁豫边区参议员。1945 年 6 月 9 日，就在日本无条件投降的前夕，宫川英男随津浦铁路对日军工作队在万德西官庄执行任务时，被日军重兵包围。眼看突围无望，为了不当俘虏，宫川英男举枪自尽，时年 27 岁。当时宫川英男的中国战友冒了极大的风险，突破日军的封锁，最终抢回宫川英男的遗体，安葬在根据地内，后移入烈士公墓。

2014 年 9 月 1 日，中国民政部公布的第一批 300 名著名抗日英烈和英雄群体名录中，宫川英男是唯一的日本人。

原日军驻深县的小队长田中实原，在百团大战中重伤被八路军俘虏，经感化教育后成为日籍八路军。1943 年 5 月，田中实原不幸在河北唐县豆腐村被俘，被日军专门押送到北平，由冈村宁次亲自审讯。田中实原不吐一字，最终就义。

日籍八路军今野博，在 1941 年 7 月 7 日（“七七事变”四周年）宣誓加入八路军，一直和八路军的敌后武工队在敌占区开展工作。1945 年春，今野博在日照县傅疃一带被捕，受到酷刑，被要求说出他开展工作时联络的各种关系。但他一字不吐，并表示“只要我不死，仍回到八路军去”，最终被杀害。

今野博宁死不屈的一个证据是，他随武工队活动期间住过的 10 多家“亲戚户”事后没有一户暴露受害，而他秘密接过头的敌伪军中的人物，没有一个人受到牵连。

中国人民解放军档案馆的资料显示，自 1937 年至 1945 年抗战结束，中国共产党领导下的八路军、新四军以及华南游击队等俘虏日军 6 213 人，接受投诚日军 746 人。

据不完全统计，整个抗日战争期间，牺牲的日籍八路军、新四军有 36 人。

6

1945 年，日本无条件投降。

原先那些日籍八路军和新四军，也面临自己的人生抉择。

一部分日籍八路军选择直接回国，八路军方面给出了优厚的路费和安家费——按小林宽澄的回忆，当时共产党给的安家费，够他在东京买一栋房子。一部分日籍八路军因为工作需要，转战东北，变成了“日籍解放军”，参加了解放战争甚至之后的抗美援朝，1954 年之后，他们也开始陆陆续续回国。

只是，这批日籍八路军，包括后来的日籍解放军，回国后的日子却并不好过。

除了被自己的同胞嘲讽为“叛徒”，他们在生活上和工作上也非常困难，大多只能从事一些类似烧锅炉那样的劳苦低薪工作。而且，他们还因为有“赤化”嫌疑而受到监视——小林宽澄在70多岁退休后，附近一个岗亭的警察跑来对小林宽澄说：“我们监视你已经几十年了，一直把你当成国际间谍，但是发现你没有做过一次出格的事。从现在开始，你自由了。”小林宽澄这才知道自己原来一直是受监视的。

不过，尽管生活拮据，前田光繁、小林宽澄他们却一直组织各种集会，并到日本全国去发表演讲，揭露日军的侵华本质，呼吁大家不要忘记战争带来的创伤，追求和平。小林他们还专门组织了一个团体，为了避免不必要的麻烦，他们把这个团体取名为“椰子会”——在日文发音中，“椰子”的发音（不是片假名发音）有“八”和“四”的意思，寓意八路军和新四军。

而他们一刻都没有忘记中国。曾担任115师团政治处干事的符浩，后来在20世纪70年代担任了中国驻日本大使。在日本，还有当年的日籍八路军托人来问，他是不是当年的“符科长”。符浩惊喜地请他们到中国大使馆做客，并问他们想吃什么，而那批日籍八路军就提出一个要求：“包顿饺子！”

而中国也没有忘记他们。

小林宽澄后来运气不错，受聘于一家日本航运公司担任翻译。当时由于装卸手段落后，日本的轮船运货到中国港口后，经常要等好几天甚至半个月才能卸货。公司问小林宽澄有什么办法，小林宽澄就去中国找了自己的老战友。后来，目的地的港务局收到一份通知：小林宽澄先生公司的船到码头后，优先卸货。

2015年9月，小林宽澄作为代表，受邀来北京出席了中国人民抗日战争胜利70周年的纪念活动和阅兵仪式。作为一名八路军老战士，他还被授予了“中国人民抗日战争胜利 70 周年纪念章”。

2019 年 1 月 16 日，小林宽澄在日本去世，享年 99 岁。他是参加过抗战的日籍八路军中，最后一个离世的。

馒头说

记得第一次了解到有关“日籍八路军”的事迹时，我自己也觉得很新鲜。

因为在我们的印象里，侵华的日军士兵都是被彻底“洗脑”的，让他们做俘虏已经是千难万难了，怎么还能打动他们来投诚，甚至让他们反过去劝说自己当初的战友？

但是，这确实是有理由的，而且很充分。

小林宽澄加入八路军后，在山东日照的一个日军碉堡前喊过话，他是这么喊的：

“我真正认识到，日本是侵略者，跑到中国来杀人放火、强奸妇女、掠夺中国资源、抓中国劳工。你们想一想，中国军队没有一兵一卒跑到日本去侵略，他们为什么跟日军打仗，因为保卫自己的国家和人民呀！”

什么是理由？这就是理由。你再灌输什么“为天皇而战”，再宣传什么“大东亚共荣”，侵略就是侵略，这是毋庸辩驳的事实。而同样受中国儒家文化熏陶的日本人，从心底里还是知道《礼记》中“师出有名”这句话的含义的。

事实上，无论是武器装备还是战术素养，日军确实在很多方面都要比中国军队高一筹，所以日军士兵在心理上还是有一定优越感的。如果这是一场势均力敌的胶着战乃至日方处于劣势，在中国军队的心理攻势下，投诚的日军官兵很可能会呈几何倍数增长。

但越是如此，越显示出前田光繁、小林宽澄这批人的可贵。

他们不仅在抗日战场上发挥了作用，回到自己的祖国后，还在不断努力让人们不要忘记历史的真相和战争的残酷。

在参加完中国纪念抗日战争胜利70周年的典礼后，已经年近百岁的小林宽澄说："我唯一的愿望，就是在有生之年，把真实的历史告诉下一代，让更多的人知道日中友好来之不易，要珍惜爱护，切莫让历史的时针倒转。"

希望小林君的愿望能够实现，或者，能够传递下去。

本文主要参考来源：

1.《日籍八路军老战士：参加中国抗战是我一生的骄傲》(《人民日报》，2015年8月13日)
2.《日本籍八路军小林宽澄：我收到了最好的生日礼物"抗战胜利纪念章"》(新华网，2015年9月3日)
3.《日籍八路军老战士小林宽澄的传奇人生》(徐静波，《环球人物》，2015年第19期)
4.《忆山东战区"在华日人反战同盟"》(符浩，《人民日报》，1995年8月28日)
5.《冀南、冀中根据地的"日本八路"》(邓沛，《党史文汇》，2016年第2期)
6.《档案解读抗战时期中国共产党的日俘政策》(杨晓玲、张文友，中国人民解放军档案馆，2015年)
7.《"日本八路"被俘由冈村宁次审讯　英勇不屈就义》(钟正，《解放军报》，2016年6月7日)
8.《抗战中的在华日人反战同盟》(焦璐，《中国档案报》，2015年8月28日)
9.《前田光繁：最早的"日本八路"》(小林光吉，《光明日报》，2015年8月25日)
10.《日本士兵小林清的新生》(刘旭，《党史文汇》，2018年第10期)
11.《日籍八路军慰问日军士官》(王光荣，《党史文苑》，2004年第5期)

一个人的奥运会

小时候看奥运会开幕式直播，最喜欢看运动员入场式。有时候看到一些来自小国的运动员代表团，会觉得很新奇：这个国家是哪里的？他们为什么只派这几个运动员来？他们国家是不是很小？而就在 80 多年前，我们作为全世界人口最多的国家，也是被别人这样打量的。

1

这个故事，可以从 1922 年说起。

在那一年"关东州"（今属辽宁省大连市金普新区，当时属于日本租借地）的中日小学田径对抗赛上，出现了一个"短跑神童"。

那是个中国小学生，他在那一年的田径比赛上，100 米居然跑出了 11 秒 8（已经接近目前国家二级运动员水平），400 米跑出了 59 秒，以巨大的优势夺冠。

那个少年，那年 13 岁。

这让那次对抗赛的日方组织者多少感到有些尴尬：按照他们宣扬

的理论，大和民族是最优秀的民族，尤其是在体育方面，是不可能输给同为黄种人的中国人的。

而那场比赛后，很多在现场观看比赛的中国观众都兴奋异常，到处打听那个孩子是谁。有知道情况的人告诉大家，那个孩子在沙河口公学堂读书，名字叫刘长春。

刘长春，1909 年出生于大连，从小就跑得飞快，在同学里是有名的“兔子腿”。

在“关东州”那次对抗赛上一战成名后，刘长春进入了中学读书，但很快因为家境贫寒而辍学，去做了一名学徒工。不过虽然辍学，刘长春却始终没有放弃短跑和足球，经常自己一个人跑到体育场去训练。

1927 年的大连中华青年春季运动会上，刘长春在男子 100 米比赛中跑出了 11 秒。那一年，他 18 岁。

也就是在那一年，因为在一场足球比赛中展现出了惊人的速度和灵活的协调能力，刘长春被当时的东北大学足球队领队看中，推荐他进入东北大学体育系预科班，专攻田径。

东北大学由当时的“东北王”张作霖在 1923 年 10 月 24 日正式建立，投入巨大，是当时全国范围内最好的大学之一，全校共有 3 000 多名学生，当时北大也只有 2 000 多名学生。

就在刘长春进入东北大学练田径的第三年，学校在校运动场承办了第十四届华北运动会。在那次北方八省 100 多所学校共 2 000 多名运动员参加的比赛中，刘长春再次让所有人见识到了“兔腿子”的威力——在男子 100 米决赛中，他轻松拿到冠军，成绩是 10 秒 8。

1928 年，在荷兰阿姆斯特丹举行的第九届奥运会上，男子 100 米的夺冠成绩，也就是 10 秒 8。

刘长春不知道的是，他的命运因这场比赛而开始改变。

2

在那天的赛场看台上，有一个人对刘长春的表现印象深刻。

这个人，名叫张学良。

彼时的张学良，兼任东北大学校长，青春年少，兴趣广泛，其中一个爱好，就是体育。

张学良不仅仅是自己喜欢，而且确实为中国体育的发展做了些事。比如在 1928 年，他专门邀请法国田径队（后因故未来）和日本田径队，在当时沈阳的小河沿运动场举行一场对抗赛，并且让摄影师将日本撑竿跳运动员以及其他项目运动员的一些比赛动作全部拍下来，供中国的运动员学习。对于张家一手建立的东北大学的学生，张学良更是特别重视。

所以可以想象，张学良在看到刘长春的表现后那种兴奋之情。

至少在体育训练方面，张学良当时的思想还是很先进的：多办比赛，多让中国的运动员感受世界最高水平，这样就会进步更快。本着这样的想法，1929 年 10 月，张学良又将德国田径队和日本田径队都邀请到了东北，搞了一场“中德日三国田径对抗赛”。

代表东北大学出战的刘长春

在这次比赛上，刘长春再一次给人留下了深刻印象。

在男子 100 米和 200 米比赛中，刘长春虽然以微弱劣势输给德国名将彦鲁特拉比尔，获得了亚军，但战胜了当时日本著名的“短跑怪杰”吉冈隆德和“飞毛腿”冈健次郎，还赢了另外一名德国短跑名将。

当时刘长春的 100 米成绩是 10 秒 8，200 米成绩是 21 秒 6，不仅是全国第一，而且是当时的远东第一。

张学良立刻就做出决定：重点培养刘长春。

在张学良的力邀之下，来访的德国田径队队长步起（当时的男子 5 000 米世界纪录保持者）留下来做了东北大学田径队的主教练。张学良为步起开出了优厚的条件——每月 800 块大洋（当时东北大学一名教授的月薪是 360 块大洋左右，已是全国罕见），配两匹马、一辆小轿车。

而对于刘长春，张学良专门关照要给他开运动员小灶，另外每月发 30 块大洋的特别补助（作为参照，毛泽东 1918 年在北大做图书馆管理员时月薪是 8 块大洋）。

在步起的专业指导下，刘长春的竞技水平进一步提高，从起跑姿势到摆臂方式都有了很大的进步。在 1930 年杭州举行的全国运动会上，刘长春一人轻松包揽男子 100 米、200 米、400 米三项冠军，创造三项全国纪录，名震大江南北——杭州市政府当时甚至把一条路专门命名为“长春路”。

当时才 21 岁的刘长春，100 米成绩已经可以达到 10 秒 6，不仅在亚洲位列第一，在世界范围内看，也具有进入前十名的实力。

中国出了这样一个短跑天才，下一步应该怎么走？

不少有识之士其实心中已经有了一个憧憬：

让刘长春代表中国，去参加 1932 年将在美国洛杉矶举行的第十届奥运会。

然而，个人的命运，很多时候和国家的命运是分不开的。

3

1931 年 9 月 18 日晚，睡梦中的刘长春被不远处北大营传来的爆炸声惊醒。

那一夜，枪声大作，爆炸连连，很多东北大学的学生都不知道发生了什么事。直到第二天看到街上出现了很多日本巡逻兵，才知道一夜之间，沈阳已经沦陷。

9 月 19 日，张学良宣布东北大学迁校到北平。

也恰恰是在这一年，中国获得了参加奥运会的资格——国际奥委会承认中华民国的全国体育性组织“中华全国体育协进会”为中国的国家委员会。

很快，洛杉矶奥组委就给中国发来了参加奥运会的邀请。

然而，国民政府不久就以“时间仓促，准备不足”为由，宣布中国不会参加本届奥运会，只会派遣中华全国体育协进会的名誉主任干事沈嗣良前往观礼。

中华全国体育协进会于 1924 年 8 月正式成立，董事长为张伯苓，名誉会长为被称为“中国奥运之父”的 王正廷。这张照片为部分董事合影。前排左起：冯少山、卢炜昌、沈嗣良；后排左起：陈时、张伯苓、王正廷

消息一出，全国体育界哗然。沈嗣良尽管接受派遣，但公开向记者宣布：“余之赴美，未受国民政府丝毫津贴，旅费由协进会任之，数约五千。”

随后他忍不住又加了一句：“其实堂堂中国政府，岂有不早知此次世界运动大会在美举行，恐不过亦有惜于拿出钱耳！”

然而，事态却发生了出人意料的变化。

1932 年 5 月，已经被日本人控制的大连《泰东

日报》登出了一条引人注目的消息：

"'满洲国'已经决定派刘长春参加世界运动会，并已通过国际奥委会认可，并按要求准备递交'满洲国'国旗与国歌，以备届时应用。"

随后，日本《朝日新闻》立刻转载了这条消息。

消息一出，全国哗然：刘长春真的要代表日本扶植的"满洲国"参加奥运会？一时之间，"汉奸""卖国贼"等骂声四起。

事实却并非如此。

在"九一八事变"爆发的第三天，刘长春就从沈阳回到了大连。当时就有日本当局人士找到刘长春，问他"将来的打算"。刘长春客客气气地表示"没什么打算"，随即先去了北平，然后又躲到了旅顺。

在1932年的春天，日本人再次找到了刘长春，索性直接摊牌：请他代表"满洲国"去参加洛杉矶奥运会，只要他肯去，回来就在"满洲国"的体育部或教育部给他安排一个高官位置。当时被日本方面要求一起去参加奥运会的，还有冯庸大学的中长跑名将于希渭。

日本人的意图是很明显的：借奥运会的舞台，宣扬"满洲国"的形象，进而将"满洲国"建国一事坐实。

经过日本人的两次登门拜访，刘长春又悄悄把全家搬到了河口。

于是，在刘长春和于希渭并没有答应的情况下，日本人单方面通过媒体宣布了这件事，希望直接将"生米煮成熟饭"。

不过，日本人很快得到了刘长春的回应——同样是1932年5月，刘长春先是通过北平的《体育周报》发表了自己的声明：

"苟余良心尚在，热血尚流，又岂能忘掉祖国，而为傀儡伪国做马牛！"

随后他又通过《大公报》做出了更明确的表态：

"我是中国人，我是中华民族炎黄子孙，我绝不代表伪满洲国出席第十届奥林匹克运动会。"

4

声明是发了，但接下来该怎么办？

一个很现实的问题摆在眼前：不去，自然很简单。但如果中国没有运动员去参加洛杉矶奥运会，那就等于把舞台让给了“满洲国”。

那么，有没有可能让刘长春真的代表中国去参加奥运会？

大家萌发这个念头的时候，离奥运会开幕也就只有一个多月的时间了。

但各方真的立刻行动了起来：东北大学体育系主任郝更生开始牵头联系国内各方面的资源；时任南开大学校长张伯苓开始与国际奥委会联系，希望能够破例为中国运动员报名；整个中华全国体育协进会都开始施展出全部能量，为参赛报名运作。

多少有些出乎意料的是，一切手续都进行得非常顺利，国际奥委会也一路开绿灯，在最短的时间内通过了来自中国的申请。

接下来，就只有一个问题了：路费从哪来？

这时候，站出来的还是张学良：个人出资 8 000 块大洋，资助中国运动员去参加奥运会。

1932 年 7 月 1 日，已经迁校至北平的东北大学举行毕业典礼，张学良在典礼上亲自宣布：

“刘长春和于希渭作为运动员，宋君复作为教练员，将代表中国参加 1932 年洛杉矶奥运会！”

中国居然要派出自己的运动员参加奥运会了！

这个消息瞬间轰动大江南北。

7 月 3 日，刘长春和宋君复离开北京抵达上海，准备从上海出发去美国参加奥运会。整个上海为之轰动。7 月 4 日，刘长春在中华体育场训练，看台上挤满了慕名来围观的上海市民。7 月 7 日，上海体育界和新闻界为刘长春践行，东亚饭店居然涌进了 2 000 多人，挤得水泄不通。

国破山河在，奥运赤子心。

到了7月8日，刘长春要出发的日子，他们却没能等来于希渭——由于日本方面的监视，于希渭最终没能来成上海。但他表示自己"身体有病"，拒绝代表"满洲国"参加奥运会。

这也就意味着，参加洛杉矶奥运会的中国运动员，只剩下刘长春一人了。

7月8日上午9点半，在上海的新关码头，数千名各界人士到场，为刘长春和宋君复送行——他们将搭乘"威尔逊总统号"邮轮，横跨太平洋去美国参加奥运会。

中华全国体育协进会理事长王正廷亲自到场，为刘长春授旗壮行："我国此次派君参加奥运会，为开国以来第一次，实含有无穷之意义。余今以至诚之心，代表中华全国体育协进会授旗与君，愿君用其奋斗精神，发扬于洛杉矶市奥林匹克运动场之中，使我之国旗，飘舞于世界各国之前，是乃无上光荣也。"

刘长春肃立接旗，回答："我此次出席奥运会，受全国同胞之嘱托，深知责任重大，当尽我本能在大会中努力奋斗！"

掌声雷动中，"威尔逊总统号"缓缓离港。

当天，上海的一家报纸刊登了这样一幅漫画：

做关云长打扮的刘长春手握青龙偃月刀，立于一小舟上，望向远方。

孤帆远影，单刀赴会。

5

从上海到洛杉矶，"威尔逊总统号"邮轮足足开了22天。

在这漫长的行程中，不发生点小插曲是不可能的。

“威尔逊总统号”开到日本神户靠港之后，有日本记者登船采访刘长春，问了他一个问题：

“二位这次去参加奥运会，代表的是中国，还是‘满洲国’？”

刘长春当即回答：“我二人只代表中华民国！”

随后，船上又送来了一封日本当地体育组织发来的电报，信封上写的是“致奥林匹克选手刘长春”，刘长春签收后拆开一看，电报中写的是“祝‘满洲国’奥林匹克选手刘长春创造佳绩”云云。刘长春当即将电报退回，表示“船上并无‘满洲国’奥林匹克选手”。

有些事情可以避免，有些事情却无法避免，比如晕船，比如无法训练。

刘长春之前从来没有经历过如此长途的远洋航行，好在他的晕船反应并不明显。但奥运赛前的 20 多天备战训练的黄金时间，刘长春却只能在邮轮上度过。

为此，刘长春只能趁人少时，在甲板上做一些简单的训练。邮轮上有很多娱乐设施，但刘长春除了用一日三餐外，从来不进这些场所，除了做简单训练，就待在自己的房间。

7 月 29 日，“威尔逊总统号”终于在洛杉矶缓缓靠港。

当地数百名华侨早就等在港口迎接刘长春一行，然后直接把他们接去了唐人街。在那里，更多早已翘首以盼的华侨像迎来大明星一样围住刘长春，签名合影者络绎不绝。

尽管华侨们对刘长春过去的经历知道得并不多，但他们只知道一点：中国这次派选手来参加奥运会了！

7 月 30 日下午 2 点半，第十届奥运会在洛杉矶正式开幕。

可以容纳 10 万人的体育场座无虚席。在运动员入场式上，当第八个入场代表团进入运动场的时候，全场所有的华侨都站了起来，脱帽，挥手，很多人都流下了激动的泪水——

中国代表团入场了。

中国代表团入场时的情景

那真的是一个很小的队伍，小到只有6个人：教练员宋君复，中华全国体育协进会名誉主任干事沈嗣良，留美学生代表刘雪松，旅美教授申国权，上海西青体育主任托平（美国人），而刘长春走在最前面，是旗手。

事实上，刘雪松、申国权、托平三人是被拉来撑场面的，不然中国代表团的人实在太少了。

那确实是一幅让人五味杂陈的画面：

一个全世界人口最多的国家，却只派出了人数如此之少的一个代表团。

但另一方面，在很多现场热泪盈眶的华侨眼里——毕竟是来了！

这是自奥运会诞生以来，中国运动员第一次正式出现在奥运赛场上。

6

赛场上的刘长春

1932 年 7 月 31 日下午 3 点，洛杉矶奥运会男子 100 米预赛，第二组。

刘长春穿着白上衣、黑短裤出现在了跑道上——他把这套衣服命名为“白山黑水”，借此提醒大家沦陷的东北。

“啪！”发令枪响。

刘长春像离弦之箭一般冲了出去。

10 米，20 米，30 米，40 米，50 米……刘长春一马当先。

现场的华侨观众全都起立欢呼，准备见证一个奇迹的诞生。

然而，奇迹却没有发生。

到第 60 米的时候，开始有第一个选手超过了刘长春，然后是第二个、第三个，到第 80 米的时候，刘长春已经落到了第五位。

最后冲刺时，刘长春在所有六名选手中名列第五。

奥运会的舞台，就是这样现实和残酷。

而海上航行 22 天，从上岸到比赛一共只隔了 40 多个小时，刘长春的体力也实在支撑不住了。

当晚，刘长春在自己的日记中写道：

“第一名为星卜森，胜余有 4 码，成绩 10 秒 9，余居第 5，当在 11 秒左右。起码时头五六十米在先，约至 80 米后，被后来者超过，原因毕业考试一个月，航行劳顿，缺少练习所致。”

刘长春的最终成绩是 11 秒 1。虽然和小组第一相差不多，但这是电

刘长春在奥运会上参加 200 米预赛时的情景，赛道上跑在第四位的即是刘长春

光石火间就是一个身位的男子 100 米比赛——刘长春在小组赛被淘汰。

1932 年 8 月 2 日，男子 200 米预赛，刘长春再一次站到了跑道上。

发令枪响，刘长春又一次占到了领先位置，并且在前 170 米都保持在第二名。然而，在最后 30 米，依旧因体力出现了问题，被另一个对手超过，最终排在第四。

刘长春 200 米的成绩是 22 秒 1，虽然基本发挥出了自己的水平，但因为是在全世界最高水平的舞台比赛，他再次遭到淘汰。

虽然刘长春在比赛中表现出的斗志得到了包括裁判员在内的很多人的认可，但对他自己来说，两场预赛被淘汰，是一个很大的打击。

而且，他已经耗尽了几乎所有的体力。

男子 200 米预赛结束的那天晚上，刘长春的教练宋君复给组委会打了一个电话，表示中国运动员刘长春因为两腿酸胀，实在无法比赛，申请男子 400 米比赛弃权。

宋君复打电话的时候，刘长春就在旁边，一言不发。

那是他们两个一起商量下来的决定，刘长春深知自己的体能储备已经完全耗尽，如果真的再去比 400 米，很可能场面会非常难看。

那天晚上，刘长春在床上辗转反侧，难以入睡。

在之后没有比赛的日子里，刘长春天天去比赛现场看外国高水平运动员的比赛，并写下了很多心得，包括外国运动员的热身方式、热身时间等，并认识到“最难者，指导、管理、运动常识是否合理化、组织化”。

他希望能将自己在奥运会上得到的宝贵经验教训带回国，让中国运动员在下次有更好的表现机会。

然而，他还是想得简单了。

7

回到国内的刘长春，命运坎坷。

他在 1933 年的第五届全国运动会上以 10 秒 7 的成绩刷新了自己保持的男子 100 米全国纪录（这个纪录直到 1958 年才被解放军选手梁启勋打破），还在 1936 年再次代表中国去参加了柏林奥运会（那届奥运会的中国代表团处境更加尴尬），但是，此时的他已经饱受伤病困扰。

1937 年，刘长春的大腿又一次拉伤，由于当时的中国几乎没有任何保健和康复的概念，这次受伤让他彻底告别了运动生涯。

那一年，刘长春只有 28 岁。

退役后的刘长春，慢慢淡出了人们的视线，生活陷入了贫困。他辗转于北平和南京两地，靠打工养家糊口，还曾因“反满抗日”被日本宪兵队抓去坐过牢。而他当年参加奥运会的证件、照片等所有纪念品，都在抗战期间的长沙大火中被烧得一干二净，潦倒的生活让刘长春一度沉迷烟酒不能自拔。后来在北京和沈阳的大学里谋得一份教职，刘长春的窘迫生活才好转一些。

这样的生活，直到 1949 年之后发生了改变。

中华人民共和国成立后，作为“中国奥运第一人”，刘长春的名字重新被人提起，他很快被聘为大连工学院（现大连理工大学）的田径教练、教授，并出现在 1959 年第一届全国运动会闭幕式酒宴上，作为中国体育界代表向党和国家领导人敬酒。

“文革”结束后，刘长春先后担任中华全国体育总会常委、中国奥委会和中国田径协会的副主席。

1983 年，已经 74 岁的刘长春一直和家人念叨要去上海看看。

那时候，第五届全国运动会已确定在上海举办。而在他的儿子刘鸿图看来，父亲想去上海，可能还有另一个原因：当年去参加洛杉矶奥运会，刘长春就是从上海出发的。

而当时中国已经决定参加 1984 年在洛杉矶举行的第二十三届奥运会——那是新中国重返国际奥委会后，第一次派团参加奥运会。

可惜，1983 年 3 月 25 日，刘长春因病去世，享年 74 岁。

一年零四个月后，中国代表团重返奥运会。

7 月 29 日，就是当年刘长春乘坐的“威尔逊总统号”到达洛杉矶港口的日子，中国射击运动员许海峰在洛杉矶摘得了中国代表团在奥运历史上的第一枚金牌。

后来人们得知，刘长春的名字，其实当初已被列入 1984 年洛杉矶奥运会中国代表团观摩团的名单。

71 岁的刘长春

馒头说

记得刘翔曾经和我说过一个故事。

那是2000年，那年他才17岁，去智利参加世界青年田径锦标赛——他第一次出国去参加如此高规格的赛事。

“看到全场那么多观众，一方面感到很自豪，但另一方面却又很紧张。”他对我说，“站到起跑线上，看到旁边的外国运动员都那么壮，我明显感觉自己的腿肚子都在抖。”

那次比赛，他跑了13秒87，排在第四名，没登上领奖台。

每次看刘长春的故事，我都会莫名想到刘翔的这段往事。那时候刘翔出国比赛，就他和教练孙海平师徒两个人，就像68年前的刘长春和宋君复。

而刘长春那时面临的压力，远比当时年轻的刘翔还要大得多。

在刘翔刚出道的时候，虽然黄种人在讲究爆发力的田径直道项目上总是最默默无闻的角色，但中国作为一个大国，无论是国家整体实力还是体育综合实力，都已经崛起。

而在刘长春那个时代，不仅仅是田径，对整个奥运会乃至世界舞台而言，中国都是一个渺小乃至陌生的角色，不仅仅是体育，还有体育背后代表的各种东西。

所以可想而知，刘长春面临的压力——他一个人，肩负了一个国家、一个民族的期望。

如今，国人看待奥运会的视角已经多元化，在金牌和冠军之外，我们还可以欣赏很多其他的东西。我个人当然很赞赏这种转变，因为这代表了一种自信，一种已经不需要用奥运金牌去证明什么的自信。

但同时我又非常理解之前我们对一块奥运金牌的那种渴望。因为在过去很长一段时间，除去竞技运动本身，我们是多么想摘掉“积贫积弱”的帽子，想向世界展现我们自强的形象，想看到我们的国旗在颁奖仪式上最高的位置飘扬。

所以，每次想象那一刻，我都有点好奇：

当全场安静下来，刘长春站在起跑线前等待发令枪响的那几秒，他的心里在想什么？

很有可能，他什么都不会想。

在那一刻，他来了，他站到了跑道上，他起跑，他冲刺，这本身就是一种足以载入史册的成功。

无关成绩，无关金牌。

谨以此文，献给奥运先驱刘长春先生，以及所有为中国体育事业做出奋斗和牺牲的人。

本文主要参考来源：

1.《刘长春参加第十届洛杉矶奥运会始末》（朱元宝，《大连近代史研究》，2018 年 12 月 31 日）

2.《我国首次正式参加奥运会始末》（刘长春，《文史资料精选集》第十七辑，1980 年 7 月）

3.《刘长春：奥运赛场的中国第一人》（鲍京北，《文史博览》，2008 年第 2 期）

4.《孤帆远影——刘长春参加第十届奥运会写照》（李润波，《北京档案》，2007 第 11 期）

5.《刘长春：一个人的奥运会》（刘鸿图口述，江菲记录，《先锋国家历史》，2007 年第 20 期）

6.《“中国奥运第一人”刘长春奥运参赛始末》（高永健，《北京日报》，2008 年 8 月 2 日）

7.《中国奥运第一人：刘长春》（搜狐网，2008 年 7 月 14 日）

8.《浅析奥运会传入近代中国的历史进程》（张博，《历史教学》，2008 年第 10 期）

9.《回顾 1932 奥运男子 100 米：刘长春参赛》（腾讯体育，2017 年 12 月 17 日）

郭永怀：一位不应被历史遗忘的科学家

说起中国“两弹一星”的功臣，我们应该能报出一系列科学家的名字。其中有一个名字，我们可能会有些陌生，但不应该忘记。

1

1968 年 12 月 5 日，中南海怀仁堂。

一位秘书匆匆走了进来，来到正在接待外宾的周恩来身旁，对他耳语了几句。

一向处变不惊的周恩来脸色一变，站了起来。

秘书向总理汇报的，是刚刚发生的一场空难——一架飞机在北京首都机场着陆时坠毁，机上 13 人遇难。

而让总理尤为震动的是，他听到了一个遇难者的名字：郭永怀。

据身边的工作人员回忆，周恩来后来痛哭失声。

2

1909 年，郭永怀出生于山东荣成滕家镇郭家村，是家中的第四个孩子。

郭永怀的家并非书香门第。郭家世代务农，父亲郭文吉也只是粗通文墨。所以尽管郭永怀从小就聪颖好学，但直到他 9 岁那年，才有机会到本家三叔郭文秀开办的学堂里去读书识字。

但一旦给了读书的机会，郭永怀就表现出了惊人的天赋。

1922 年，13 岁的郭永怀因为勤奋好学，被送到石岛镇的明德小学读高小。

1926 年，17 岁的郭永怀以优异成绩考取了青岛大学附属中学，成为家乡的第一个公费中学生；1929 年，郭永怀又如愿考取了南开大学预科理工班，成为家乡的第一个大学生；1931 年，郭永怀转入本科，选择了物理学专业，成了当时国内知名教授顾静薇的学生；两年后，顾静薇推荐郭永怀进入北京大学物理系深造。

1939 年夏天，改变郭永怀命运的一场考试来临。

当时的“管理中英庚款董事会”举办了第七届留英学生招生考试，拟录取名额 26 人，报名人数近 400 人。郭永怀报考的物理应用弹力学专业只招一人，有 11 人报名。

郭永怀考试发挥出色，5 门功课总分超过了 350 分，名列第一——但是，居然还有一个考生和他考的分数一模一样，并列第一。

结果经过董事会讨论，将这两人全部录取。

和郭永怀同分的那个人，叫钱伟长（后来成为著名科学家、教育家）。

1940 年 1 月，郭永怀和当初 24 个被选中的学子在上海集合，准备前往海外留学——当时因为二战爆发，英国进入了战争状态，只能将这些学子送到各个英联邦国家去学习。

在辞别亲人上船之后，郭永怀他们忽然发现：自己的护照居然是由日本政府签发的，而且上面还写着："允许在横滨停留三日，上岸游玩。"当时中国正在日本的侵略下陷入苦战，这群学生立刻向英国代办人员提出抗议，要求更改护照。英国人表示绝不更改，要么你们就不要去留学了。

面对来之不易的机会，不少人陷入了沉默。这时候，平时沉默寡言的郭永怀站了出来：

"不出国就不出国。中国人要有自己的骨气。"

于是，一群学子拿着行李走下了即将起锚的轮船。

幸好，又经历了多番波折之后，郭永怀他们还是踏上了留学的旅途。

1940 年 8 月，第七届中英庚款留学生在俄国"皇后号"邮轮上。后排右三为郭永怀，前排左五为钱伟长（来源："纪念郭永怀先生"官网，中国科学院力学研究所）

3

事实证明，这批留学的中国学子，确实是当时精英中的精英。

郭永怀、钱伟长一起被送到了加拿大的多伦多大学应用数学系，两人都只花半年时间就拿到了硕士学位。

1941 年，郭永怀进入美国加州理工学院空气动力学研究中心学习。当时该研究中心的古根海姆航空实验室（GALCIT）是全世界顶级的研究中心，因为主持人是世界气体力学的大神级人物：冯·卡门。郭永怀遇见了一个好老师，同时也认识了一个成为一生知己的师兄——钱学森。

在学习期间，郭永怀主动提出要进行“跨声速流不连续解”的研究，这是当时空气动力学领域最前沿的课题。结果凭借这方面的研究，郭永怀顺利拿到了博士学位。

1946 年，冯·卡门的学生威廉姆·希尔斯准备在康奈尔大学创办航空工程研究院，冯·卡门立即向他推荐了自己的得意弟子郭永怀。当时准备去麻省理工学院教书的钱学森一路开车将师弟郭永怀送到了康奈尔大学。

冯·卡门堪称 20 世纪最伟大的航天工程学家，开创了数学和基础科学在航空航天和其他技术领域的应用，被誉为“航空航天时代的科学奇才”

去康奈尔大学任教的郭永怀一头扎进了飞机突破声障的研究中。当时，刚刚实现超声速飞行的飞机普遍面临一个巨大困难：一旦飞机速度接近声速，阻力剧增，操作失灵，往往会机毁人亡。很多人甚至认为，突破声障其实是不可能的。

但是，郭永怀凭借自己的研究，发表了一系列引起业界轰动的论文，开创了一套全新的计算方法，为人类实现声障突破做出了重要贡献。钱学森曾在专业期刊上发表论文，将此方法命名为“PLK”方法，其中“K”就是“郭”的第一个字母发音。

由于在空气动力学和应用数学方面的卓越表现和贡献，郭永怀在美国业界声名鹊起，很多大学纷纷邀请他前去任教或做讲座，相关企业开出高薪挖他去工作。当时郭永怀已经是康奈尔大学的教授，而且

1946 年 5 月，美国加州理工学院的钱学森和郭永怀向美国国家航空顾问委员会（NACA）—美国国家航空航天局（NASA）的前身提交了《可压缩无旋亚声速和超声速混合型流动和上临界马赫数》论文，解决了跨声速流动中的理论和计算问题，大大促进了超声速飞行器的设计

此照片摄于 1947 年 2 月，题为《与美国宇航精英同列的中国科学家》。第一排左起第三位是钱学森，第一排右起第四位是冯·卡门，第三排左起第二位是郭永怀

是航空工程研究院的三个核心主持人之一，在美国有车有房，完全可以过上非常舒适的生活。但他心中有一个念头却自始至终没有打消过，尤其是在 1949 年之后，这个念头更加强烈：回国。

当时有朋友劝他：你在这里什么都有了，将来孩子在这里也能接受更好的教育，为什么还要回到那个贫穷落后的国家呢？

郭永怀的回答是："家贫国穷，只能说明当儿子的无能。我自认是一个中国人，有责任回去和大家一起建设祖国。"

1946 年 10 月，创建美国康奈尔大学航空工程学院的五员大将。左一为郭永怀

4

但是，回国是没有那么容易的。

在刚到康奈尔大学时，郭永怀就做出一个声明："我来贵校是暂时

的，在适当的时候会离开。”而由于从事航空工程研究会接触不少机密资料，当时放到郭永怀面前的有一张表格，其中有一项是：“如果发生战争，你是否愿意为美国服兵役？”郭永怀毫不犹豫填写了“不”。此后，他就失去了进一步查阅机密资料的权利。

当郭永怀提出回国的想法后，他的行动就开始受到限制和监视。在当时“麦卡锡主义”盛行的美国，郭永怀作为美国数学学会会员、航空学和物理学方面的著名专家，想要回信奉共产主义的中国，可谓困难重重。

1950 年，郭永怀的师兄钱学森因为提出要回国而遭到关押，并且被抄家检查。同时，郭永怀的出国自由也开始受到限制，连去英国讲学也无法获批。这样的情况一直持续到 1955 年，中国和美国在日内瓦大使级会谈中达成一致，允许中国在美国的留学生和科学家回国，钱学森终于率先回国。

在钱学森回国后，郭永怀的归国之心更加迫切，天天和自己的妻子李佩商量回国的事情。其间，康奈尔大学开出了非常高的薪酬待遇想留住郭永怀，而台湾当局也派人来许以优厚待遇让他去台湾，但郭永怀从来没有改变过主意。

终于，定好的回国日期越来越近。为此，郭永怀做了一个特殊的准备：他将自己十多年来积累的大批科研资料和讲义手稿，统统付之一炬。

郭永怀的妻子李佩回忆，她知道这些手稿都是丈夫多年来的心血，所以忍不住阻止郭永怀，但郭永怀边流泪边继续烧：“这些东西是带不走的，都装进我脑子里了。”

郭永怀这么做，很大原因是师兄钱学森回国时，所带的 800 千克书籍和笔记本全都被美国海关没收了。

就在烧掉手稿的第二天，康奈尔大学航空工程研究院的院长为郭永怀夫妇践行，举办了一个大型的野餐会。在野餐会上，郭永怀又当众烧掉了他一部即将完成的书稿。

在场的师生都看着闪闪的火光，默然不语。

1956 年 9 月 30 日，郭永怀夫妇终于和几位归国的中国科学家一起，登上了回国的“克利夫兰总统号”轮船。但就在轮船即将启航的那一刻，美国移民局和联邦调查局的人忽然登船，要求搜查所有回国的中国科学家的行李。李佩后来回忆，她那时候才知道丈夫烧掉所有书籍手稿是多么明智。

郭永怀（左）和夫人李佩（中）在回国的船上

在延迟了 2 小时之后，“克利夫兰总统号”终于拉响了启航的汽笛。

那一年，47 岁的郭永怀，终于回国了。

5

郭永怀回国后，受到了毛泽东和周恩来的亲自接见。

当周恩来问郭永怀有什么要求，郭永怀只说了一句话：“我想尽快投入工作。”

1956 年底，中国力学研究中心成立，钱学森担任所长，郭永怀担任常务副所长。第二年，力学研究中心和清华大学合办了工程力学研究班，郭永怀担任班主任和主讲人。1958 年，中国科学技术大学创建化学物理系，郭永怀出任首任系主任。在这期间，郭永怀创办了《力学学报》和《力学译丛》，并翻译出版了大量力学学术名著，和钱学森一起，成为中国近代力学事业的奠基人之一。

与教学研究工作相比，郭永怀之后参与的工程更艰巨，但也更重要——制造中国自己的核武器。

由于当时中苏关系破裂，苏联撤走了所有相关技术专家和技术设备、资料，中国的“两弹”工程陷入困境。在一无图纸、二无资料的情况下，郭永怀临危受命，和王淦昌、彭桓武组成了中国核武器研究最初的三大支柱。当时九院（现中国工程物理研究院）成立了四个尖端技术委员会，其中郭永怀领导的是场外实验委员会，负责进行核武器研制的实验和武器化。

在原子弹的研制过程中，郭永怀一方面为科研人员传授爆炸力学和弹头设计的基本理论，一方面迅速建立实验室，研究结构强度、振动和冲击等方面的数据，同时还负责指导反潜核武器的水中爆炸力学和水洞力学等相关研究工作。尤其是在爆轰物理实验中，郭永怀带领团队反复实验，克服了各种困难，提出“两路并举，最后择优”的方法，为中国第一颗原子弹爆炸确定了最佳方案，这个方案后来被整个

在试验基地查看爆炸成型实验结果，右一为郭永怀，右二为钱学森

中国第一代核武器一直沿用。

1963 年，郭永怀随核武器科研团队一起迁到了核武器研制基地。已经年过半百的郭永怀和中国第一代研发核武器的科研工作者们一起，忍受最低零下 40 摄氏度的严寒和寸草不生的荒凉，以及各种高原反应带来的心悸、胸闷、浮肿，夜以继日地反复计算、研究、实验、爆破，一步一步顽强地把中国原子弹实验推向成功的那一天。

1964 年 10 月 16 日，新疆的罗布泊上空升起了一道蘑菇云——中国的第一颗原子弹试爆成功。

在欢呼的人群中，郭永怀流着眼泪，累得瘫软在了地上。

原子弹试爆成功后，郭永怀的使命并没有结束。在参与氢弹和导弹研制的相关工作之外，1965 年 9 月，中国第一颗人造卫星研制工作重新启动，郭永怀受命参与卫星本体及返回卫星回地研究的组织领导工作。

长时间高强度高密度的工作，让郭永怀完全没有了自己的业余时间。他喜欢听音乐，曾从美国带回来两箱唱片，结果连封都没拆，最终送给了中央人民广播电台。他爱好集邮，曾收集了三大本，结果后来全送给了邮政总局。他还喜欢摄影，结果忙得连镜头都没空摸一下。

20 世纪 60 年代初，郭永怀、李佩和女儿郭芹在北京家门口 。郭芹是夫妇俩的掌上明珠，但从小和父母聚少离多，后又去内蒙古插队落户，并在这个过程中受到父亲离世和母亲被隔离审查的打击，身体状况一直欠佳，于 1996 年病逝

由于要经常往返试验基地和北京，为了节约时间，郭永怀一直选择坐飞机。当时中央为了

确保安全，不鼓励郭永怀这批科学家坐飞机，周恩来也专门为此事叮嘱过。但郭永怀为了追时间赶进度，还是乘飞机，且喜欢选择夜航飞机，因为他认为在飞机上打个盹儿，抵达了还不影响白天工作。

1968 年 12 月 4 日，郭永怀再一次选择了乘坐一架夜航的飞机。

6

12 月 4 日那天，郭永怀本来不需要那么急着走的。

在 10 月初，郭永怀去核试验基地参与中国第一颗热核弹头的发射试验准备工作，一待就待到了 12 月初。

12 月 4 日这天下午，郭永怀在实验中发现了一条重要的数据线索，当即就表示要飞回北京汇报。他打听到当晚有一架飞机飞往北京，就要坐车去赶飞机。

当时就有同事劝他别坐夜航飞机，第二天早上再走。但郭永怀还是那句话："晚上飞省时间，打个盹儿就到了。第二天不耽误。"

在赶到机场等飞机的间隙，郭永怀还专门听取了课题组成员的汇报，然后就登上了飞机。

5 日凌晨，郭永怀搭乘的那架飞机在北京首都机场徐徐降落，但在距离地面只有 400 米的时候却忽然失去了平衡，挣扎了几下之后，坠毁在了离机场只有 1 公里的玉米地里。

机上搭乘的乘客和机组人员一共 14 人，只有 1 人重伤生还。他在回忆当时坠机前的场景时说，就记得郭永怀大叫了一声："我的材料！"

救援人员来到坠机现场的时候，13 具遇难者的尸体已经被烧得面目全非，散落一地。

但是，有两具尸体却紧紧抱在一起。

当救援人员费尽力气将两具已经烧得焦黑的尸体使劲分开的时候，发现在两具尸体的胸部中间，夹着一个几乎完好无损的公文包。

打开公文包，里面装的，就是郭永怀说要到北京汇报的那份试验数据文件。

经辨认，这两具尸体，一具是郭永怀，另一具是他的警卫员牟方东。

在场的救援人员，当场下跪痛哭。

7

郭永怀遇难，震动四方。

周恩来当时下令彻查失事原因，结果查下来是飞机导航系统在最后关头出了故障。

钱学森听到消息后也痛哭失声，后来写道："就那么10秒钟吧，一个有生命、有智慧的人，一个全世界知名的优秀力学研究专家就离开了人世。生和死，就那么10秒钟！"

遇难消息传来，郭永怀的妻子李佩没有落泪，却一个人走到了阳台上，望着远方，长时间不说一句话。这位随丈夫回国的著名语言学家，在后来的"文革"中受到冲击，遭受了6年的隔离审查。平反后，李佩担任了中国科学技术大学研究生院外语教研室主任。（2007年，李佩将自己的毕生积蓄60万元通过电汇的方式，分两笔捐给了中国科学技术大学和中国科学院力学研究所设立的"郭永怀奖学金"。当有人问李佩是否要搞个仪式时，她回答："要什么仪式，捐了就捐了。"）

1968年12月25日，中央授予郭永怀"烈士"称号。

两日后，中国第一颗热核导弹试验获得成功，离郭永怀遇难只过去了22天。

1999年9月18日，23名为"两弹一星"工程做出卓越贡献的中国科学家，被国家授予"两弹一星功勋奖章"，郭永怀是该群体中唯一一个在核弹、导弹和人造卫星三方面都做出贡献的科学家，也是唯一一名烈士。

馒头说

在《历史的温度》系列签售会上，我曾和读者讨论过这样一个问题：怎样看待所谓的“科学家不如戏子”？

我当时给出的建议是：心平气和一些。

乍一看，有些演技尚有提升空间的艺人（我并不赞成用“戏子”这样的称呼）出场费动辄百万元，拍一部电视剧收入动辄千万乃至上亿元，相比之下，我们的一些科学家堪称清贫，这确实是件让人有些愤愤不平的事。

但仔细想一想，这其实是两回事。

首先，艺人的出场费和片酬是市场机制决定的。就我国目前的演艺圈人才含量来看，真正有实力的演员不是太多，而是太少。在这样一个卖方市场环境下，能自带流量的艺人（无论采取怎样的营销手段）还是有不可否认的稀缺性，所以很容易导致出场费和片酬的无节制飙升。其实，一旦有“金主”发现一些所谓的“流量明星”其实带不动什么货，价格自然就会下来。

其次，限制艺人的超高收入或许可以规范演艺市场，但减下来的钱也不可能到科学家们的账户上。事实上，尽管提起“艺人暴富”这个话题不少人都会咬牙切齿，但该吃瓜时还是吃瓜，该看秀时还是看秀，让他们花钱进电影院看一部屠呦呦团队的纪录片，依旧是一件非常困难的事。

再次，还是要把时间轴拉长，心平气和地看待这个问题。我曾在签售会现场报了三个20世纪30年代中国电影明星的名字，在场的“90后”乃至“80后”，很多人都一脸茫然。但事实上，他们都是80年前红遍中国大江南北、家喻户晓的超级大明星，但如今，很多人都已经不记得乃至根本不知道他们了。

然而，那些著名的科学家，哪怕历经千年，我们却都一直清楚地记得他们的名字，知道他们的贡献。在各类书籍上、电影中，给道路、纪念馆乃至宇宙中的小行星命名……我们有各种各样纪念和缅怀他们的方式。

2018年7月，国际小行星中心正式向国际社会发布公告：编号为212796和212797的小行星，被永久命名为“郭永怀星”和“李佩星”。

活在尘世间，我们当然需要各种喜闻乐见的娱乐和消遣。

但是，每当我们抬头仰望，指引我们前进方向的，永远是那片璀璨的星空。

本文主要参考来源：

1.《永不陨落的“两弹”之星——共和国“两弹一星”功臣郭永怀追记》（金志涛、王士波、许运江、孙宗勇、田宏耀、卢杰，《科学新闻》，2000年第49期）
2.《科学家“烈士”郭永怀》（王志学，《春秋》，2017年第1期）
3.《“两弹一星”元勋郭永怀》（姜宗怀，《联合日报》，2018年8月25日第001版）
4.《一张照片发现两颗小行星　郭永怀李佩夫妇成为“夜空中的星”》（屈畅，《北京青年报》，2018年7月21日）
5.《感动中国2017候选人物——李佩　郭永怀》（央视网，2017年12月21日）
6.《被遗忘的一代人——写在郭芹去世20周年之际》（王丹红，财新网，2016年12月20日）
7.《记“应用语言学之母”李佩先生：创新者永远年轻》（王丹红、吕庆其、顾迈男、刘志峰、张苏，科学网，2015年9月10日）
8.《郭永怀：“两弹一星”元勋中的烈士》（观察者网，2016年5月10日）
9.《写在〈郭永怀文集〉的后面》（钱学森，1980年1月16日）
10.《两弹元勋郭永怀和夫人李佩的世纪传奇》（侯朝阳，《世纪风采》，2018年第5期）
11.《李佩：98岁的郭永怀夫人和她的国》（王丹红，知识分子网站）
12.《第七届中英庚款留学生的出国求学之路》（蒲以康，清华大学校史馆网站）

中国重返联合国的幕后较量

现在哪怕去问一个小学生，他都能明确地告诉你：联合国有五个安理会常任理事国，中国就是其中一个。但就在40多年前，对中国而言，别说安理会常任理事国，就连重回联合国，都是一件非常艰难的事。

1

说到中国和联合国的故事，必须先从罗斯福说起。

1943年，尽管全世界的反法西斯战争还处于胶着状态，但当时的美国总统罗斯福心里知道，胜利的天平已经倒向了同盟国。

这位美国历史上唯一一个连任四届的总统，开始为二战后的格局操心了。

按照罗斯福的想法：美国、英国、苏联和中国，只要这四个军事大国保持团结一致，决心维持世界和平，就不会再发生世界大战。

这就是他的“四警察”构想，也是后来“联合国”的雏形。

但是斯大林不同意这个想法。

斯大林认为，孱弱的中国没有这样的资格，世界的格局，由苏联、美国和英国控制就可以了。

在这一点上，丘吉尔倒是罕见地与斯大林保持一致：他也完全不理解为何中国要掺和进来，世界的格局由英美苏共管就行了。

但在这一点上，罗斯福却非常坚定，甚至对斯大林表示：要么让中国进来，要么索性就别搞什么联合国了。

罗斯福的理由是，中国现在确实很弱，但它毕竟是一个拥有4亿人口的国家，未来肯定是亚洲乃至全世界的重要稳定力量，把它当作朋友，总比当作一个潜在的麻烦来源要好一些。

而另一个可以推断的理由是，当时的中国处在依靠美援的蒋介石统治之下，把中国加进来，在四个拥有最高权力的国家里，美国可以多一个自己的可靠盟友。

1945年10月24日，联合国正式成立。加上后来吸收进来的法国，联合国最终拥有了美、苏、英、法、中五个常任理事国。

虽然1945年，共产党派出董必武作为代表参加了《联合国宪章》的签署，但那时在联合国代表中国的，自然是中华民国。

而罗斯福当时坚持中国成为联合国安全理事会常任理事国的两个理由，也成了日后联合国因为“谁代表中国”这个问题产生无数幕后较量的背景：

第一，美国需要一个作为盟友的中国；

第二，那么大一个中国，联合国不可能忽视。

2

然后，出场人物轮到了乔治·H. W. 布什。

又是一位美国总统，以及另一位美国总统（小布什）的爹。

不过，1970年的乔治·H. W. 布什，刚刚被尼克松总统任命为美国

美国驻联合国代表乔治·H. W. 布什

驻联合国代表。

布什上任之前，自然要翻一翻之前美国在联合国的表现记录，于是他很快就发现，为了阻止新成立的中华人民共和国加入联合国，美国在过去的十几年里真的挺辛苦的。

中华人民共和国从 1949 年成立后不久，就向联合国提出：驱逐台湾代表，恢复中华人民共和国在联合国的合法席位。

在这个问题上，美国首先采用了一个办法：拖。

从 1951 年第六届联合国大会到 1960 年第十五届联合国大会，整整 10 届，因美国在幕后操纵，每年大会都“暂缓讨论中华人民共和国恢复联合国席位的问题”。

美国制造阻力的原因，无非就是之前说到的罗斯福的其中一个理由：虽然现在中华人民共和国是真正意义上的“中国”代表，但不是美国的盟友，正相反，还是苏联的盟友。

但是到了 1960 年，美国有些扛不住了。

因为 1945 年联合国成立，非洲国家在联合国只有 4 个席位，而随着非洲独立的国家越来越多，1960 年时，非洲国家在联合国的席位达到了 26 个。越来越多的非洲国家赞成中华人民共和国重返联合国。

1960 年，第十五届联合国大会，虽然“暂缓讨论”的提案又一次得到了通过，但出现了 22 张弃权票和 34 张反对票，赞成票下降到了 42 张。

这个时候，罗斯福当年的另一个理由就显现出来了：没有人能忽视几亿人口的中国。

更何况，那个时候的中国，正在勒紧裤腰带支援非洲兄弟。

受中国支持最多的阿尔巴尼亚和坦桑尼亚，一直是发起“要求恢复中华人民共和国联合国席位”提案的主力军。

怎么办？美国人想出了第二个办法：转。

1961 年 11 月 15 日，美国、澳大利亚、哥伦比亚、意大利和日本联合发起了 1668 号方案，把联合国的中国代表权问题上升为“重要问题”——一旦成为“重要问题”，就必须在联合国大会上有三分之二的多数国家同意才能生效。

但这一招，也没能持续多久。

1965 年的第二十届联合国大会，在表决中国的“重要问题”提案时，居然出现了 47 票赞成和 47 票反对的平局——多数非洲国家都赞成中华人民共和国进入联合国，这让美国一下子感受到了失去主导权的威胁。

于是，美国只能想到第三个办法：分。

“分”这个办法，就由布什来执行了。

1971 年 8 月，布什向联合国秘书长吴丹递交了一封书信及备忘录，强调“双重代表权”。

按照布什的解释，美国主张“中华民国”和“中华人民共和国”同时拥有代表权，即在联合国大会上，“中华民国”和中华人民共和国，各有一票。

简单地说，就是“一个国家，两张选票”。

这个方案遭到北京的反对，布什早有预料。

但出乎布什意料的是，台湾居然也反对。

3

反对这个方案的人，是宋美龄。

当时的台湾，其实已经清楚地看到了自己的窘境：从 1949 年到 1971 年，和台湾“中华民国”维持“邦交”的国家越来越少，相反，与中华人民共和国建交的国家却越来越多。

20 世纪 60 年代，台湾还通过农业技术输出，专门去帮助非洲国家，以求能“以援助换选票”，但效果一年比一年差，和中华人民共和国建交的非洲国家还是越来越多。

在这样的背景下，美国的“双重代表权”传达到台湾“外交部”，“外交部”其实是默认的。

但就在台湾当局的最高层会议上，一直是“亲美派”代表的宋美龄却拍案而起，坚决反对这个方案。

宋美龄的理由也很简单：如果接受这个方案，那就等于承认“一中一台”，也就是承认了“两个中国”。

当时宋美龄说了这样一句话：“宁为玉碎，不为瓦全！”

当时的蒋介石就坐在宋美龄的身边，一言不发。

4

镜头给到毛泽东。

在中南海的毛泽东，其实一直很关心中华人民共和国能否重返联合国。1971 年，毛泽东还专门为此询问了当时外交部欧美司司长章文晋，想知道中华人民共和国在这一年有没有把握重返联合国。

章文晋就开始帮毛泽东算投票。他把截至 1971 年与中国建交的国家都算了一遍，一共 61 个，换句话说，就算它们全部投票给中国，也只有 61 张选票，无法达到“重要问题”所需要的三分之二多数。

听到这个答案，毛泽东倒也不急。他对罗斯福当初的第二个理由，同样抱有信心——这么大的一个中国如果不加入联合国，联合国存在的意义何在？

所以，毛泽东的重点主要放在拒绝美国的“双重代表权”提案上，指出总之就是不能上美国人“两个中国”的贼船：“不管乌鸦叫还是喜鹊叫，今年不进联合国！”

当时的毛泽东，低估了乐观的形势，但是北京对于进联合国“无所谓”的态度，却急坏了一个印度尼西亚人。

5

这个印度尼西亚人，叫马立克。

马立克当时的身份，是印度尼西亚的外交部长，但他还有一个身份，是 1971 年第二十六届联合国大会的主席。

最关键的是，他非常希望中华人民共和国能够进入联合国。

为此，他还专门委托自己的中国朋友打听，北京对于在 1971 年——自己的主席任期内——恢复联合国席位有何想法。马立克觉察到，中华人民共和国的机会可能就在 1971 年。因为就在 1970 年的联合国大会上，支持中华人民共和国恢复联合国席位的赞成票第一次达到了 51 票，超过了反对票的 47 票，只是没有达到三分之二多数而已。

黎明的曙光，就在眼前。

可惜，直到 1971 年 9 月，北京方面迟迟没有消息过来，马立克等到的，是印尼当时的总统苏哈托的指示：对“恢复中华人民共和国的联合国席位”的提案投弃权票，对美国的“双重代表权”提案投赞成票。

无法违抗总统命令的马立克，决定在投票当天，做一个“技术上的处理”。

6

1971 年 10 月 25 日，历史性的一天终于来临。

在此之前，除了场外，联合国内部也已经经历了一系列的幕后较量：美国总统尼克松亲自给很多国家代表写信，美国国务卿罗杰斯和常驻代表布什分别找 100 多个国家的代表谈话沟通，希望届时大家能够投票赞成美国提出的“双重代表权”提案。

而另一方，很多亚非拉国家的代表也在为北京拉票。坦桑尼亚驻华大使萨利姆甚至把 8 月 20 日中华人民共和国政府坚决反对“两个中国”的声明印成了联合国大会的正式文件发给各个代表，让他们明确知道北京的态度后，再投票给“两阿提案”——阿尔巴尼亚和阿尔及利亚等一共 23 个国家提出，立刻恢复中华人民共和国在联合国的唯一合法席位，并取代“中华民国”担任安理会常任理事国。

所以，1971 年 10 月 25 日的第二十六届联合国大会，就是“双重代表权提案”和“两阿提案”的大决战。

但大决战还没开始，似乎就已经分出了胜负。

美国和日本等 22 个国家每年提出的“重要问题”提案，居然以 59 票反对、55 票赞成和 15 票弃权的结果被否决——中华人民共和国取得联合国席位的提案，变成只需要超过半数赞成即可通过，不需要超过三分之二多数了。

这一结果，让整个会议大厅沸腾起来，谁都明白其中的含义。坦桑尼亚的代表萨利姆居然离开席位，带头跳起了非洲舞。

然后，该表决“两阿提案”了。但美国驻联合国代表布什表示需要发言。他快步走上讲台，提出了美国代表团的要求：“两阿提案”里要删除“立即将台湾代表团驱逐出联合国”的内容。

布什话音未落，非洲国家代表团的座席那里，传来了一片又一片的“NO”（不）。

出席第二十六届联合国大会的台湾“代表团团长”“外交部长”周书楷(右),“驻联合国首席代表”刘锴(左)及“驻墨西哥大使”陈质平(后)

而之前受到美国鼓动的沙特阿拉伯代表巴罗迪又提出，对“两阿提案”提出修正，建议表决推迟到10月26日——这样可以再给美国多一点拉票时间。

又是一片的“NO”。

联合国大会的主席马立克宣布：布什和巴罗迪的提议不被采纳。

这时候，现场的“中华民国”首席代表周书楷顿时脸色铁青，奔上讲台，宣布“中华民国”将不再参加之后联合国大会的任何程序，退出联合国大会。

终于轮到表决“两阿提案”了。

在表决前，马立克宣布了他的那个“技术处理”：和以往不一样，这次的投票，将进行公开唱票——哪个国家反对中华人民共和国进入联合国，都会被大声朗读出来。

后来有人分析，大声念出来，对一些国家代表的投票心理，还是产生了一些影响的。

结果出来，没有悬念：

76票赞成，35票反对，17票弃权。

通过了！

“两阿提案”通过，“双重代表权”提案就已无表决的必要。

中华人民共和国在这一刻取代了“中华民国”，成为“中国”在联合国的唯一代表，并担任安理会常任理事国。

全场支持中国的代表，长时间起立鼓掌。

乔冠华后来率团代表中国回归联合国，这张他大笑的照片获得了普利策新闻奖

7

最后还想说说基辛格。

1971 年 10 月 25 日，基辛格代表总统尼克松，正在北京和周恩来接触。

其实，这段时间中美关系的急剧升温，也是中华人民共和国最终获得多数票的一个重要原因——一些国家吃不准美国的态度，索性就投给了中华人民共和国。

但事实上，尼克松是想在 1972 年再考虑让中华人民共和国进入联合国的——至少要等自己访华之后。在此之前的解决方案，就是“双重代表权”。

10 月 26 日，基辛格准备返回美国。因为信息传递的问题，那个时候，基辛格还没得到中华人民共和国已经恢复联合国席位的消息，但北京方面已经知道了。

在钓鱼台开往首都机场的红旗轿车里，当时的中国外交部副部长乔冠华故意问基辛格："博士，你看今年这届联合国大会，我们能恢复席位吗？"

基辛格的回答秉承尼克松的意图："今年恐怕不行，明年有可能，等我们总统访华后。"

乔冠华没有点破。

基辛格乘坐的"空军一号"飞机起飞后，他便立刻收到了一份电讯稿，得知了消息。

后来，基辛格在日记中记录下了他当时的心情：

"我的话应验了，光是中美接近，就会使国际形势产生革命性的变化，对此连我自己也认识不足。"

馒头说

今天不想说什么感想或什么道理，只想静静地列出一份名单。

这份名单，是 1971 年 10 月 25 日，第二十六届联合国大会对"两阿提案"的最终投票表决统计结果。

今天，再回过头去看这份名单，依旧觉得很感慨。

这就是当时的世界形势吧。

76 张赞成票

亚洲 19 国：阿富汗、不丹、缅甸、锡兰（斯里兰卡）、印度、伊朗、伊拉克、以色列、科威特、老挝、马来西亚、蒙古、尼泊尔、巴基斯坦、也门民主人民共和国、新加坡、叙利亚、土耳其、阿拉伯也门共和国

非洲 26 国：阿尔及利亚、博茨瓦纳、布隆迪、喀麦隆、阿拉伯埃及共和国、赤道几内亚、埃塞俄比亚、加纳、几内亚、肯尼亚、利比亚、马里、毛里塔尼亚、摩洛哥、尼日利亚、刚果人民共和国、卢旺

达、塞内加尔、塞拉勒窝内（塞拉利昂）、索马里、苏丹、多哥、突尼斯、乌干达、坦桑尼亚联合共和国、赞比亚

欧洲 23 国：阿尔巴尼亚、奥地利、比利时、保加利亚、白俄罗斯、捷克斯洛伐克、丹麦、芬兰、法国、匈牙利、冰岛、爱尔兰、意大利、荷兰、挪威、波兰、葡萄牙、罗马尼亚、瑞典、乌克兰、苏联、英国、南斯拉夫

美洲 8 国：加拿大、智利、古巴、厄瓜多尔、圭亚那、墨西哥、秘鲁、特立尼达和多巴哥

35 张反对票

非洲 15 国：中非、扎伊尔（刚果民主共和国）、莱索托、加蓬、利比里亚、马尔加什（马达加斯加）、南非、马拉维、斯威士兰、冈比亚、达荷美（贝宁）、尼日尔、乍得、上沃尔特（布基纳法索）、象牙海岸（科特迪瓦）

美洲 13 国：美国、巴西、玻利维亚、乌拉圭、巴拉圭、委内瑞拉、多米尼加、海地、洪都拉斯、萨尔瓦多、尼加拉瓜、哥斯达黎加、危地马拉

亚洲 4 国：日本、沙特阿拉伯、菲律宾、柬埔寨

大洋洲 2 国：澳大利亚、新西兰

欧洲 1 国：马耳他

17 张弃权票

美洲 5 国：阿根廷、巴巴多斯、哥伦比亚、牙买加、巴拿马

亚洲 7 国：巴林、黎巴嫩、约旦、卡塔尔、泰国、印度尼西亚、塞浦路斯

欧洲 3 国：西班牙、希腊、卢森堡

非洲 1 国：毛里求斯

大洋洲 1 国：斐济

1991年，那场震动全国的“改革开放”大辩论

有时候，一件大家看起来理所应当、毋庸置疑的事，背后却有令人意料不到的博弈，以及暗流涌动。

1

1991年2月13日，是农历的除夕前夜。

时任上海市委机关报《解放日报》党委书记兼副总编辑的周瑞金，把市委政策研究室的施芝鸿和《解放日报》评论部副主任凌河请到了一起，说是要开个小会。

按照惯例，每年的农历大年初一，周瑞金都会在《解放日报》的“新世说”栏目上写一篇小的言论文章。但是，如果只是要写一篇小言论的话，是没必要把施芝鸿和凌河请到一起开会的。

果然，三人碰面后，周瑞金提出，要三个人一起，写几篇大的署名文章。

周瑞金提了一个总的大方向和写这个系列文章的初衷：新的一

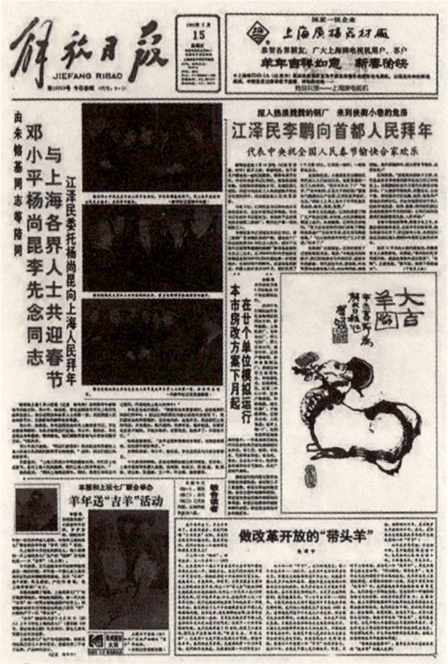
解放日报
JIEFANG RIBAO
15
上海广播器材厂
羊年吉祥如意 新春愉快
深入热浪滚滚的钢厂 来到狭窄小巷的危房
江泽民李鹏向首都人民拜年
代表中央祝全国人民春节愉快合家欢乐
邓小平与上海各界人士共迎春节
江泽民委托杨尚昆向上海人民拜年
由朱镕基同志等陪同
杨尚昆李先念同志
在廿个单位模拟运行
本市房改方案下月起
大吉羊图
羊年送“吉羊”活动
做改革开放的“带头羊”

1991 年 2 月 15 日的《解放日报》

年，是辛未羊年，按照中国人“十二年一轮回”的观念，又到了一个新的历史交替点上——12 年前的 1979 年，是中国改革开放的元年。

当然，在这个时间点，周瑞金要亲自牵头组织写这样一系列署名文章，肯定是有更深层的思考的。

经过两天的紧张撰写、推敲、修改、编辑，1991 年 2 月 15 日，也就是辛未羊年的正月初一，《解放日报》读者拿到手里的报纸头版是这样的：

半版刊登邓小平与上海市委、市政府领导迎新春的新闻报道和大幅照片，下半版加框出现了一篇大文章：《做改革开放的“带头羊”》。

这篇文章的开头这样写道：“亲爱的读者，当我们称颂‘三羊开泰’之际，当我们互祝吉祥如意之时，您是否想到，我们正处在一个意味深长的历史交替点上？”

文章的作者署名，是“皇甫平”。

2

接下来，我们把这篇文章放一放，来看看“意味深长”的 1991 年。

1991 年的国际形势，用“风云变幻”四个字来形容应该不算太夸张。在这一年，克里姆林宫的苏联旗帜被缓缓降下，让很多中国人在震惊中无法缓过神来。

在“苏联”变成历史名词之前，东欧也发生了剧变：两德统一，波兰、保加利亚、捷克斯洛伐克这些国家相继发生政权更迭，罗马尼亚领导人齐奥塞斯库更是被枪决。

再把目光放到 1991 年的中国国内。

1991 年 2 月 22 日，国家统计局发布第一号统计报告表示，1990 年经济形势有严峻的一面，主要问题是“产成品积压增多、经济效益下降，财政困难加剧，潜在的通货膨胀压力加大”。到了年底，统计局的数据显示：全国企业实现利润下降 67%，亏损总额已高达 310 亿元。

再把目光缩小一些，放到上海，这个中国最大的工业城市。

1991 年，美国《财富》杂志副总编小理查德·科克伦来到上海，说了自己对这里的印象：“只有一家接待外国人的饭店，只有大约 100 辆汽车，而且没有一栋摩天大楼。”而另一个刚刚从东京来到上海的美国人的言论似乎更扎心：“看上去日本结束二战已经 50 年了，可是上海好像是昨天才结束战争。”

在《人民日报》记者凌志军写的《变化》一书中，第一部是记录 1990 年到 1991 年的那段中国历史，他给这部分取名叫作“谷底”。

而就在这个“谷底”之年，87 岁的邓小平来到了上海。

邓小平是来过春节的，但他又不像是来过春节的。一到上海，他就去了很多企业和工厂考察。那一天，邓小平在锦江饭店旋转餐厅——上海那时候为数不多还算拿得出手的地方——对时任上海市委书记朱镕基说：“浦东如果像深圳经济特区那样，早几年开发就好了。”

他还回顾了自己当初制定“经济特区”时的考量：“那一年确定四个经济特区，主要是从地理条件考虑的。深圳毗邻香港，珠海靠近澳门，汕头是因为东南亚国家的潮州人多，厦门是因为闽南人在外国经商的很多，但是没有考虑到上海在人才方面的优势。上海人聪明，素质好，如果当时就确定在上海也设经济特区，现在就不是这个样子。”

说完上海，邓小平似乎自己做了总结：“改革开放还要讲，我们的党还要讲几十年。会有不同意见，但那也是出于好意，一是不习惯，二是怕，怕出问题。

……

“要克服一个怕字，要有勇气。什么事情总要有人试第一个，才能开拓新路。试第一个就要准备失败，失败也不要紧。希望上海人民思想更解放一点，胆子更大一点，步子更快一点。”

朱镕基听的时候，不断点头。因为就在不久前，朱镕基在向全市干部传达第十三届七中全会精神的会议上，曾修改了曹操的《短歌行》，提出了八个字：

“何以解忧？唯有改革！”

3

有时候，一件事要反复强调，那多半是因为遇到了不小的阻力。

1991 年 2 月 11 日晚上，上海市委一位领导把周瑞金叫到自己在康平路的家里。他拿出邓小平视察上海的谈话材料给他看。

看了邓小平的那些讲话，周瑞金回忆自己当初的感觉是“深受触动”：“实际上他（邓小平同志）已经感到，在当时国际大形势和国内政治气氛下，如果不坚决推动改革开放，不加快经济发展，再走封闭僵化的回头路，中国是没有前途的，中国人民是没有福祉可言的。”

周瑞金理解邓小平的担心，因为身处 1991 年，不要说在党报担任领导工作的他，恐怕普通读者对当时的舆论氛围也都有所感受。

在当时的国内媒体报道中，已经出现了这样一些比喻：

“经济特区”是“和平演变的温床”，“股份制改革试点”是“私有化潜行”，“企业承包”是“瓦解公有制经济”，而“引进外资”更是被称为“甘愿做外国资产阶级的附庸”。

在 1991 年，如何“预防和平演变”是一个重要的任务，但不知为何，“改革开放”被悄悄腾挪到了对立面。

周瑞金回去后，自己决定：作为当初延安时期的中央机关报，后来成为上海市委机关报的《解放日报》，在这样的一个历史节点上，应该发声！

“愿辛未年以名副其实的‘改革年’而载入史册！”

这是周瑞金的三人小组在那篇署名“皇甫平”的文章《做改革开放的“带头羊”》中，用来收尾的那句话。

至于为什么要用“皇甫平”作为笔名，周瑞金多年后的解释是：“许多论者把‘皇甫平’解释为黄浦江评论的谐音，这并不错，但又不仅仅是这个意思。从更深层的意思来说，这个‘皇’字，按照我家乡闽南话的念法，与‘奉’字谐音。这个‘甫’，不念‘浦’，而念‘辅’。我选这个‘甫’，就是取有辅佐之意。奉人民之命，辅佐邓小平。”

那时候，周瑞金自己也没想到，这篇文章以及后续文章，会引起一场大风波。

4

按照当时评论部副主任凌河的回忆：“第一篇文章出去，其实并没有什么大反响。”

这背后其实也有一定的原因：恰逢春节大年初一，看报的人并不多。凌河还记得，这篇稿子连当天本报评报的“好稿”称号都没获得。

可能凌河不知道的是，其实这篇稿件登报后，已经引起了一些人的注意，包括每天都要读报的邓小平。

暴风雨来临之前，有时会有短暂的平静。

1991 年 3 月 2 日，第一篇文章刊登之后两周，以“皇甫平”为笔名

解放日报
JIEFANG RIBAO

江泽民等同文艺界知名人士座谈
各抒己见气氛热烈融洽
共商繁荣文艺事业大计

国务院批准
建设沪宁高速公路
“八五”期间先建上海至常州段

中国国际友人研究会在京成立
江泽民题词、杨尚昆致词祝贺
邓颖超为名誉会长　黄华为会长

朱镕基会见伊瓦什科一行
热烈欢迎苏联贵宾来沪访问

全国政协四次会议23日召开

本市投放农资逾亿元

上海26家企业
荣获机电产品出口先进

流行色应用展评会在沪开幕

本市表彰新闻文艺工作者

改革开放要有新思路

1991 年 3 月 2 日的《解放日报》

的第二篇评论文章又在《解放日报》出现了。这一次的题目是《改革开放要有新思路》。这篇文章中提出：

“解放思想不是一劳永逸的。……我们要防止陷入某种‘新的思想僵滞’。”

与第一篇文章相比，进入“深水区”的第二篇文章直接触碰到了当时最敏感的一个话题：

“我们不能把发展社会主义商品经济和社会主义市场，同资本主义简单等同起来，一讲市场调节就以为是资本主义。”

第二篇文章一出来，各界的关注一下子就来了，但很多人还摸不准路子：《解放日报》哪来那么大的胆子？背后是不是有什么人？

还没等大家有所反应，3 月 22 日，第三篇署名“皇甫平”的评论文章又出现在了《解放日报》的头版——《扩大开放的意识要更强些》。文章强调：“必须要有一系列崭新的思路，敢于冒点风险，做前人没有做过的事。”

4 月 12 日，第四篇文章《改革开放需要大批德才兼备的干部》也见报了。

至此，《解放日报》以两周一篇的速度，在头版刊登了四篇署名

“皇甫平”的评论文章。

各方关注迅速升温。

三天以后，第一篇批判“皇甫平”的文章在北京的一本叫《当代思潮》的杂志上发表了，题目是《改革开放，可以不问姓“社”姓“资”吗？》。

文章里有一句话，看得周瑞金出了一身冷汗，他又觉得应该不是在说他自己：

“有人确实把改革开放引向了资本主义的邪路。”

也就是在这之后不久，原本已经定下来要调任香港《大公报》总编辑、已经买好机票的周瑞金发现，他的调动被卡住了。

5

一开始开炮的，都只是些小杂志。

6 月，《高校理论战线》杂志发表了文章《问一问“姓社还是姓资”》；7 月，《真理的追求》杂志发表《重提姓“社”与姓“资”》。

但是到了 8 月，《求是》杂志也加入进来，发表了《沿着社会主义方向继续推进改革开放》；9 月，《人民日报》发表了文章《当前改革的三个问题》。

在这些文章里，有的是理性讨论，有的则颇有火药味：

“所谓改革不要问姓社姓资，本来是‘精英’们为了暗度陈仓而施放的烟幕弹。”

“一切不愿做双重奴隶的中国人，在改革的大道上前进时，有责任也有权利问一问姓社姓资。”

“如果把群众的革命本能，轻率地归之为‘新的思想僵滞’，会不会压抑群众对资本主义复辟的警惕性和爱国主义感情呢？”

这让周瑞金他们感到有些冤枉：我们什么时候说过改革开放可以

不问姓“社”还是姓“资”了？

按照周瑞金的回忆，当时新华社的《半月谈》是唯一支持“皇甫平”的中央媒体，他们公开提出，对“改革开放”，不能任意提出“姓社还是姓资”的诘难——当然，《半月谈》也受到了其他中央媒体的批判。

周瑞金很快感受到了来自四面八方的压力。

当时的美联社、路透社、法新社等纷纷报道了“皇甫平”的系列文章引发了中国关于“改革开放”的辩论；台湾的《联合报》直接发文，说是“上海在向北京叫板”。而当时尚未解散的苏联塔斯社干脆派人来问：“这系列文章是不是邓小平在背后授意的？”

重重压力之下，当时中宣部还专门成立了调查组，到上海来调查“皇甫平”系列文章成文的背景。

当时上海有一位老干部，写了一篇非常长的文章，逐字逐句批驳了“皇甫平”的文章。他把文章寄给市委领导，市委领导转给了周瑞金，但没有批示什么意见。对此，周瑞金干脆没有理睬。

按照周瑞金的回忆，理论界当时有一个在全国很有名气的人写了一篇文章，让《解放日报》驻北京办事处一位记者转给他：“说是如果我把这篇文章刊登在《解放日报》上，可以视作一种自我批评，北京报刊就不会再发表批评文章了。”

周瑞金实在无法认同里面的一些论述，就让驻京办记者告诉作者：“删掉那些话，不然《解放日报》绝不刊登。”

当时，还有一位中央大报的社长，在没有通知任何人的情况下，以私人身份来到解放日报社，进门就问：“皇甫平文章是什么背景？是谁授意写的？”周瑞金的回答是：“没有人授意，是我组织撰写的。我从来没有向谁请示过，也没有送审，就是我做主的。我作为《解放日报》一把手，发表署名评论文章还是有这个权利的。”

不过，周瑞金还是以个人名义，给当时的上海市委书记、市长、分管宣传的市委副书记三位领导写了一封信，着重说明为什么这组“皇甫平”系列评论文章不送审。在此之前，上海的市委领导一直都没有给周瑞金施加任何压力，只是希望《解放日报》不要撰文反驳，淡化处理。

周瑞金在信中说：“按照历年的惯例，党报的社论、重要的评论员文章应该送审，但并没有规定署名文章、署名评论也要送审，皇甫平评论按惯例是可以不送审的。更重要的是，我担心送审会让你们为难和被动，如果由此产生什么问题的话，我愿意个人承担责任。”

对周瑞金的那封信，书记和市长都圈阅了，但没有表示意见；市委副书记做了批示，但批示没有讲文章该不该写、写得对不对，只批了一句话：“像类似这样的文章今后还是要送审。”

对此，周瑞金做了自我批评，表示愿意承担责任，但另一方面，他心里也更有底了。

6

周瑞金的底气，更多的是来自其他渠道的反馈。

当时的上海市委宣传部副部长刘吉，就一直在给周瑞金打气：

“有人说我是你们的后台，可惜你们写文章时我并不知道，当不了后台。你们把第五篇文章重新发表，加一个编者按，让广大读者来评判，‘皇甫平’文章哪一段哪一句主张过‘不要问姓社姓资’？”

经济学家吴敬琏在看到第二篇文章的时候就大感兴奋，他后来对周瑞金说：“一看‘皇甫平’就是大有来头的，改革开放的总设计师发话了！”

当然，吴敬琏是猜错了，在这件事情上，邓小平始终没有介入过。在 7 月 4 日中国社会科学院经济学科召开的“当前经济领域若干重要理论问题”座谈会上，吴敬琏和卫兴华、戴园晨、周叔莲、樊纲等经济学家一起，坦诚地发表了自己的意见。吴敬琏的观点是：

“从全局上说，从战略上说，一定要保证我国整个经济发展的社会主义方向。从具体问题来说，不能囿于‘姓社还是姓资’的诘难。对外开放用了一些社会化大生产通用的做法，如果问‘姓社还是姓资’，这些做法都不能用了。如果这样的话，从根本上说来，是妨碍社会主义经济繁荣的，甚至是破坏社会主义繁荣的。”

除了专家的意见，让周瑞金受到鼓舞的，还有普通读者的心声。他回忆：“每逢文章发表，都会有不少读者打电话到报社询问文章作者是谁，并纷纷表示读了这些文章很有启发，有助于进一步解放思想，认清形势，打开思路，坚定信心。

“《解放日报》驻京办事处当时也接到很多电话，有的打听文章背景，问是不是传达了邓小平同志的讲话精神，还有的表示这些文章以加大改革分量为主旋律，说出了他们的心里话。”

“皇甫平”的系列文章，在各省市之间当然也引起了巨大反响。

在互联网还没有在中国出现的年代里，全国不少省、市、自治区驻上海办事处人员都接到当地领导人电话，要求收集全部文章，有的还派出专人到上海来了解发表背景。

时任《新闻记者》杂志主编的魏永征，是“皇甫平”的坚定支持者，他不仅自己撰文，还拒绝刊登一位老干部写的批判文章。他回忆，当时上海有四位局级干部前往某省办公事，省委书记接见他们时开口便问关于“皇甫平”的文章。没等上海的干部回答，这位省委书记已经口若悬河，滔滔不绝地列举“皇甫平”种种观点。

最后，省委书记总结：

“都是我的心里话！”

7

在这场由“皇甫平”文章引发的大讨论中，有一个人始终没有发表意见。

这个人，就是邓小平。

在历时近一年的关于“改革开放”和“姓社姓资”的大讨论中，邓小平一直在安静观察。不过，当时不发声音，并不代表从此就不发声音了。

1992 年元旦，时任广东省委副秘书长的陈开枝，忽然接到了省委书记谢非打来的电话：“我们盼望已久的那位老人要来了。”

1992 年 1 月 17 日，一列没有编排车次的专列，在党的十四大即将召开的前夕，载着 88 岁的邓小平和他的家人从北京开出，向南方驶去。

邓小平开始了他的南方视察。

在视察南方的过程中，邓小平终于在等待了一年之后，公开、鲜明地表达了自己的观点：

“计划多一点还是市场多一点，不是社会主义与资本主义的本质区别。……计划和市场都是经济手段。”

“要害是姓‘资’还是姓‘社’的问题。判断的标准，应该主要看是否有利于发展社会主义社会的生产力，是否有利于增强社会主义国家的综合国力，是否有利于提高人民的生活水平。”

他还特别强调指出：

“现在，有右的东西影响我们，也有‘左’的东西影响我们，但根深蒂固的还是‘左’的东西。……右可以葬送社会主义，‘左’也可以葬送社会主义。……中国要警惕右，但主要是防止‘左’。”在参观深圳先科激光电视有限总公司时，邓小平说：“特区发展了十几年才有今天的样子，垮起来是一夜之间哪！……只要我们不坚持社会主义，不改革开放，不发展经济，不改善人民生活，走任何一条路，都是死路！”

邓小平的这些讲话，也让上海《解放日报》遭受的压力顿时消失。

1992 年夏季，在上海和全国相继举行的好新闻评奖活动中，《解放日报》的“皇甫平”系列评论文章均以高票获得一等奖。

不久之后，周瑞金调任《人民日报》担任副总编辑。在很多年后，回忆当年的“皇甫平”系列文章经历的风风雨雨，周瑞金用了一句话来总结：

“实践证明，在当代中国，坚持改革开放是人心所向。”

本文主要参考来源：

1.《邓小平文选（第三卷）》（邓小平，人民出版社，1993 年）

2.《我与皇甫平——写在〈解放日报〉创刊 60 周年之际》（周瑞金，《新闻记者》，2009 年第 9 期）

3.《1991 年的皇甫平到底是谁》（李月刚、周筱赟，南方新闻网，2008 年 12 月）

4.《邓小平南方谈话的先声：“皇甫平”的“四论改革”》（吴光祥，中国共产党新闻网）

5.《邓小平南方谈话前后》（陈雷，中央党史出版社，2014 年）

残酷太空路：中国“长征三号乙”首次发射失败幕后

在我们的印象里，“中国航天”一直是一个值得自豪的名词，但任何成绩，都不是一蹴而就的。我们要说的，是迄今为止在世界航天史上排名第五的一场事故。而这场事故，也是中国航天史上最大的一次灾难。说起“2·15”，每个中国航天人都刻骨铭心。

1

1996 年，是中国农历的丙子年，也就是鼠年。

那一年的 2 月，当中国人地上已经开始弥漫浓浓的年味时，西昌卫星发射基地却进入了临战状态。

按照计划，在 2 月 15 日的凌晨，中国将首次发射“长征三号乙”（CZ–3B）运载火箭。

这是一次意义极其重大的发射。

从火箭本身来说，“长征三号乙”是中国运载火箭技术研究院在“长征三号甲”的基础上，首次推出的新型运载火箭，是当时中国将卫

“长征三号乙”运载火箭是由中国运载火箭技术研究院在CZ-3A和CZ-2E火箭的基础上研制的大型三级液体捆绑火箭，以长征三号甲火箭作为芯级，在其一子级上捆绑四枚直径2.25米的液体助推器而构成，主要用于发射地球同步转移轨道卫星，亦可进行一箭多星发射或其他轨道卫星的发射，也是中国用于商业卫星发射服务的主力火箭

星发射到地球同步转移轨道的运载能力最大的火箭——这是它的第一次亮相。

从运载任务来说，“长征三号乙”首次亮相就负责运载一颗外国卫星上天——国际通信卫星组织委托发射的“国际通信708”卫星。

从传播范围来说，这次“长征三号乙”的“处女秀”将通过中央电视台向全世界进行实况转播。

“长征三号乙”在整个测试过程中虽然发生了一些意外，但总体非常顺利。整个卫星基地的相关工作人员虽然进入了紧张的临战状态，但心情还是相对放松的，当时基地里大家见面时都会说上一句：“打完这颗星，就可以回家过年了。”

“长征三号乙”火箭的总设计师和总指挥龙乐豪院士，事后回忆这场发射时说了一句话：“当时我们的胆子也够大了，首飞就承担发射一颗国际卫星，还全世界公开转播，这在国际上是没有先例的。”

2

1996 年 2 月 15 日凌晨 3 点，西昌卫星发射基地 2 号发射台，一切准备就绪。

崭新的“长征三号乙”运载火箭高高矗立，仿佛在接受检阅。

“10，9，8，7，6，5，4，3，2，1，0，点火！”

火箭顺利点火，升空。

但就在点火升空后的第二秒，在指挥室的专家立刻发现情况不对：火箭的箭体明显发生了倾斜！

当时正在西昌卫星发射基地和同事散步的火箭发动机专家王之任，特地拉住同事停下脚步，准备目睹火箭升空的壮美景象。

她回忆当时的情况：

“看着看着，怎么没往上去，忽然就拐着，横着过来了。我一看，哎哟，这是什么轨迹啊！一拐弯，火箭就往下扎，我一看就说，出问题了！”

当时在现场发生的情况，确实如王之任所见：

“长征三号乙”在发射升空两秒后，整个箭体就发生了明显倾斜，随着高度的上升，倾斜的角度越来越大，到最后几乎是横着飞了出去，像一枚巨大的导弹，掠过西昌卫星发射基地的天空，径直撞向了离基地大约 1.8 公里外的山头，整个过程只有 22 秒。

由于火箭刚升空不久，几乎装满了燃料，所以在撞击山头后，立刻引起了剧烈的爆炸，一朵巨大的蘑菇云腾空而起 ——整个“长征三号乙”运载火箭连同搭载的“国际通信 708”卫星，瞬间箭星俱毁。

整个控制室的专家和工作人员望着监控大屏幕，根本不敢相信自己的眼睛。

由于进入紧急状态，整个发射场随即断电，指挥室瞬间陷入黑暗，人们的脑海中只有爆炸的火球的画面。

当时在家中收看电视转播的中国运载火箭技术研究院运载处处长倪海龙，盯着电视屏幕目瞪口呆，下意识反复念叨一句话：

“完了，完了完了完了完了！”

3

这场事故的严重性超出了很多人的预料——出现了人员伤亡。

从爆炸本身来说，失控火箭爆炸的地点正好在西昌卫星发射基地航天工程技术人员临时住宿的协作楼和宾馆附近，强烈的气浪瞬间冲垮了钢筋水泥建筑，造成了严重破坏。

根据规定，每次火箭发射，基地的工作人员都应该在发射前进入地下掩体。但是，在那次发射前，有少数科研人员并没有按照规定进入掩体，而是待在宿舍内。根据《人民日报》当时的报道，事故造成 6 人死亡，57 人受伤。

不幸中的万幸是，耸立的山头挡住了失控火箭的行进路线，不然当时火箭将径直飞向发射指挥部，在那里有大批的专家和工程师。

但是，谣言还是开始慢慢传播：

“中国的‘长征三号乙’首飞爆炸，火箭直接坠入发射基地家属区，家属区荡然无存，至少 500 人死亡……”这个谣言随着时间的推移和互联网的传播逐渐升级，到了 2016 年左右，已经成了“坠落在附近村庄，至少造成 1 000 人

被爆炸冲击波摧毁的协作楼

死亡”。

但事实上，世界上任何一个发射基地都不会把家属区建在发射场附近。而西昌卫星发射基地周边的村落，向来就遵守“发射前 2 小时提前撤离”的规定。离发射基地最近（1 公里）的麻叶村全村加在一起也没有 1 000 人，且早已撤离。当时发射基地方圆 2.5 公里范围内已经基本没有村民。

伤亡人数是可以用数据来辟谣的，但有些事情带来的影响却是短时间内无法消除的。

4

很多时候，一枚火箭的发射不仅仅关系着国家利益和商业利益，更关系到民族感情。

在发射前的动员会上，总设计师和总指挥龙乐豪曾当众说过一句话：

“这次发射如果成功，是了不得；如果发射失败，是不得了。”

火箭爆炸的那一刹那，有人看见龙乐豪院士低下了头，独自一人离开了人群，在旁边的一个木箱上无力地坐了下来。

三天之内，当时 58 岁，原本只有一些灰白头发的龙乐豪，已是满头白发。

更无法平息的，是公众的情绪。

《风雨长征号》一书的作者李鸣生曾描述过这样一件事。“长征三号乙”运载火箭爆炸发生后一周，一位西昌卫星发射基地的高级工程师去小镇上买鸡。挑好了鸡准备过秤的时候，女小贩一把夺过鸡，说不卖了。工程师搞不明白：“前面几个人不都买走了吗？怎么轮到我就不卖？”女小贩满面怒容回答：“你们在这里几十年，拿着高薪高奖金，连西瓜大的美国卫星都打不上去，还有脸吃鸡？”工程师无言以对，默默转身离开。

一位从北京到西昌来分析事故原因的航天技术专家，在参加完会议后准备返回北京。基地的工作人员去火车站给他买软卧票，他的身份证和介绍信被递进售票窗口之后，被售票员直接扔了出来：“你们这些人，把中国的脸都丢尽了，还想坐软卧？”

憋足了一口气的中国航天人想立刻打个翻身仗，但迎接他们的却是又一次沉重打击。

1996 年 8 月 18 日，又一枚“长征三号甲”火箭在西昌卫星发射基地点火升空，任务是把运载的“中星 7 号”通信卫星送入预定轨道。这一次，火箭顺利升空，但三级发动机在二次点火时发生故障，未能把卫星送入预定轨道，发射再次失败。

半年之内失败两次，这让“中国航天”的声誉在国际社会蒙上了巨大阴影。一时之间，“长征”系列火箭在国际发射市场上几乎成了“失败”的代名词。

中国的航天人在那段时间遭遇了前所未有的打击和低谷——多家国际公司取消了之前与“长征”火箭签订的发射合同，而国际保险公司居然已经不愿意为中国的火箭发射承担保险。

中国火箭发射一度在国际商业发射领域面临被踢出局的窘境。

5

“中国的航天技术到底行不行？”

这是当时中国航天人面临的国际舆论提出最多的质疑。但事故摆在那里，需要反思的，只能是自己。

首先是彻查原因。

根据多方专家和独立调查团队长达半年的深入调查分析，“长征三号乙”火箭发射失败原因终于确定：是随动框架伺服回路里电压输出模块中的一个金－铝焊接点失效，阻碍了回路电流的输出，导致控制整个火箭的惯性平台失效，火箭按错误的姿态信号进行姿态矫正，最终坠毁。

这只是一个非常非常小的焊接点失效造成的。但就是这么一个小小的焊接点，几乎给整个中国航天带来毁灭性的打击。

原因查出来之后，立刻改进。

在之后的一年时间里，“2·15”成了中国航天人心中一碰就痛的数字，却也为他们重踏征程提供了巨大的动力。从那之后，44项共256条严厉乃至苛刻的改进措施被提了出来，从仓库保管员到火箭设计总工程师，小到一颗螺丝钉、一根电线，每个人都再一次明确了自己的责任。

据当时的中国航空工业总公司总经理刘纪原透露：“在实施新规章制度之后的一年半时间里，我们总共处理了500多人。”

科学实验和太空探索当然允许失败，但为失败付出代价，是为了今后避免再一次失败。

1997年5月12日凌晨，又一枚“长征三号甲”火箭不屈地矗立在了西昌卫星发射基地。0时17分，火箭点火，24分钟后顺利将搭载的中国新一代通信卫星“东方红三号”送入预定轨道。

当发射成功的消息传来后，西昌卫星发射基地指挥室的工作人员都自发起立鼓掌，不少人甚至热泪盈眶——这一年多时间，过得太不容易了。

而就在此时，总经理刘纪原宣布所有人到二楼会议厅开会。当兴高采烈的大家以为这是一场表彰大会的时候，刘纪原却毫不客气地又点名批评了一些他认为“绝不是技术上失误，而是工作态度马虎”的事，比如有一个伺服器漏气，送去检修后盖了个戳子，又原封不动地送了回去。

不少等着被表扬的人被骂蒙了，但也有不少人发自内心地理解：

火箭发射不是一场喊口号人多心齐就可以完成的运动，而是一项需要将每一个细节都精确到一丝一毫的系统工程。

中国航天再也经不起“2 · 15”这样的惨痛失败了。

6

1997 年 8 月下旬，由美国劳拉公司为菲律宾制造的“马布海 1 号”通信卫星运抵中国西昌卫星发射基地。

担任这颗卫星发射升空任务的，是第二次出场亮相的“长征三号乙”运载火箭。

在这次发射之前，中国航天人付出了巨大的努力：派出代表团经过多轮激烈谈判，说服国际公司再次信任中国的航天技术，尤其是要让已经成为惊弓之鸟的国际保险公司愿意再次承保。

而所有的承诺，必须有事实来兑现。

1997 年 8 月 20 日凌晨 1 点 50 分，改进后的“长征三号乙”运载火箭在所有中国航天人的注视下点火升空，30 分钟后，成功将“马布海 1 号”通信卫星送入预定轨道。

“长征三号乙”运载火箭

发射终于成功。

两个月后的 10 月 17 日，还是“长征三号乙”，再次将劳拉公司制造的“亚太二号 R”通信卫星成功送入预定轨道。

两次成功之后，中国航天技术的公信力，在国际市场上重新建立起来。

截至 2019 年 1 月 11 日，“长征三号乙”运载火箭一共进行了 54 次发射，其中成功 51 次，部分成功 2 次，失败 1 次，发射成功率达到 94.44%（其中在 2015 年发射 19 箭 45 星，达到 100% 成功率）。

唯一的一次失败，就是 1996 年 2 月 15 日首飞时的那场失败。

那是一场刻骨铭心的失败，也是一个再次出发的起点。

馒头说

2017 年 6 月 19 日，“长征三号乙”运载火箭发射又出了一次问题。

在执行运载“中星 9A”广播电视直播卫星的任务中，火箭三级工作异常，卫星没能被送入预定轨道。

中国航天科技集团公司的官方网站和中央电视台在第一时间播报了这个消息，而诸多中国网友的留言多少让人有些出乎意料：

“难得可以看到一次失败。真实！透明！”

“没事，失败了再总结教训，再接再厉！”

“难得失败一次，不过失败意味着未来的成功！加油！”

相对于当年遭遇“不卖鸡”和“不卖软卧票”的前辈们，现在的中国航天人无疑是幸福的，因为有了更充裕的资金、更自信的实力，关键是，还有了一个更宽松的舆论环境。

不过，我们也很难去苛责当年那些老百姓，并不具备专业知识的他们，渴望祖国腾飞的心情其实和航天人是一样的，也正是这种巨大的期待，成为航天人跌倒再爬起的巨大动力之一。

科学实验总是会有失败的，如今越来越多的人明白了这个道理，人们的态度也越来越宽容，这对中国航天人而言当然是一件好事。不过，相信这并不会成为他们可以放松懈怠哪怕一丝一毫的理由，因为在这条探索的道路上，还有太多太多的挑战需要严谨的态度和创新的精神去面对。

从无到有，砥砺前行。

中国航天人，请继续加油！

本文主要参考来源：

1.《撼天记》第 12 集《太空没有梦（上）》（优酷网）

2.《长征三号乙火箭事故原因查明》（《中国航天》，1996 年第 10 期）

3.《网传“长三乙首发失败死 500 人”是谣言 不存在“瞒报”》（孝金波、实习生刘婧婷，人民网，2016 年 2 月 18 日）

4.《萨沙谈：1996 年长征火箭发射失败，炸死 1 000 人？》（萨沙，东方头条，2016 年 6 月 17 日）

5.《中国航天科技澄清“长三乙火箭事故”：造成 6 人死亡》（张素，中国新闻网，2016 年 2 月 18 日）

6.《长三乙火箭首飞失败画面曝光》（央视网，2016 年 11 月 24 日）

7.《中国火箭发射失败画面曝光 揭秘背后故事》（央视新闻，2016 年 11 月 24 日）

8.《那年春节长三乙首飞却遭失败，22 年后中国航天早已今非昔比》（腾讯网，2018 年 2 月 16 日）

执念

“执念”首先是“执”，就是执着，不可动摇。

可能在不少外人眼里，虽然你想做的事并不能说是错的，但这种执着是不能理解的。但“执念”之所以为“执念”，就是因为它其实是人类不断寻找内心真实想法的一个过程，和外人无关。

这未必是一场能看到结果的斗争，但这关乎你自己一个人，或者是一群人内心的那种冲动、渴望和梦想。

所以执着，哪怕失败。

徐霞客：一个富二代的理想与实践

这是一个我们很熟悉的名字，而他在我们的脑海里，往往是这样一个形象：手持拐杖，身背行囊，风尘仆仆，餐风饮露。这些也对，也有些不对。徐霞客，值得我们了解的还有更多。

1

1587 年 1 月 5 日，也就是明朝的万历十四年，家住江阴的徐有勉迎来了自己第二个儿子。

用周围人的眼光来看，这个儿子一定是上辈子积了德，才能投这样一个好胎。

因为江阴的徐家，是当地有名的巨富。

徐家当时富到什么地步呢？徐有勉的爷爷徐洽当时从家里分家析产，光田产就分到了 12 597 亩——你没看错，是五位数。据说他们家的田产，从南到北，绵延二十几公里。

到了徐有勉的父亲徐衍芳这一代，出现了家道中落的迹象，但好在徐有勉还比较有头脑，在他和妻子王孺人的共同操持下，徐家又开

徐霞客

始兴旺起来。

徐有勉得到自己第二个儿子的时候，已经 42 岁了，而他的妻子王孺人也已经 41 岁了。要知道，那时候的女子在 41 岁产子，是一件非常罕见的事。所以，不少人认为这个孩子肯定是一个奇人。

徐有勉显然也对这个孩子抱有期待，所以给他取名为“弘祖”，字“振之”。

没错，这个徐弘祖，就是我们后来熟悉的徐霞客。

2

尽管徐有勉对自己这个儿子的期待从取名上就可以看出，但是，那份期待并不是通常人们以为的“升官发财”。

江阴徐家是个很有意思的家族。

徐弘祖的高祖名叫徐经，当初在江南也算是一个又有钱又有文化的小才子。徐经在乡试中举之后，结交了几个朋友一起去京城赶考。结果考试高中，却被人传出行贿考官，提前知道考题，这就是弘治年间著名的“会试舞弊案”。这起案件是否冤屈至今仍有争议，但在当时，徐经不仅被剥夺了功名和今后考试的资格，还牵连了一个和他一起赶考的铁哥们儿——唐伯虎，间接促成了之后一代江南风流才子的诞生。

徐经经此一变，35 岁就英年早逝。自此，江阴徐家对科考一途似乎心灰意冷，到了徐有勉这代，更是不愿意做官了。有人劝他捐钱买一个官，他听了掉头就走。平日里，徐有勉最喜欢的就是带着几个家童游山玩水，饱览风光。

父亲的这个爱好很快就感染了儿子。徐弘祖从小就对外面的山山水水很感兴趣，上课时别人在读《孟子》《中庸》，他在偷偷看《水经注》，放学后就喜欢去外面“野”，有山就爬，有水就下。

面对这样一个游手好闲的“野孩子”，徐有勉非但不责骂，反而还表扬，他曾对人说：

“次子弘祖眉宇之间有烟霞之气，读书好客，看来可以继承我的志趣，我并不愿意他富贵。”

有了父亲撑腰，徐弘祖更是理直气壮了。他在15岁时象征性地去参加了一次“童子试”，在科考仕途的第一场战斗中，徐弘祖愉快地名落孙山，然后就宣布再也不参加科举考试了，而是要实现自己的人生目标：

“大丈夫当朝碧海而暮苍梧！”

当时的名儒陈继儒因为徐弘祖眉宇间的烟霞气，以及总是朝霞出，晚霞归，于是在给客人介绍徐弘祖时称他为“霞客”。徐弘祖索性就以此为号，从此自称为“徐霞客”。

在徐霞客19岁的时候，父亲病故。守孝三年之后，22岁的徐霞客决定出门去实现自己“朝碧海而暮苍梧”的理想。

但是，有一个问题摆在面前：母亲王孺人还健在。

老祖宗早就教导：“父母在，不远游。”

不过，徐霞客的母亲主动帮儿子接了下半句：“游必有方。”

王孺人是一个非常通达的女性。尽管儿子出游并没有一个明确的去处，但她知道儿子的总目标是清晰的：游遍大好河山。为此，她还特地为徐霞客做了一顶“远游冠”，鼓励他去实现自己的理想。

于是，徐霞客和母亲约定每年春天出去，秋天回来，然后就开始踏上征程。

3

在很多人的印象里，徐霞客的旅行是“孤身一人，万里远征”。

“万里”不假，却不“孤身”。

徐霞客在旅行的绝大多数时候，都“不是一个人在战斗”。一般来说，他出行最少会带一个仆人，多的时候会有两三个，此外，有时还有他的朋友和族人相伴而行。

关于徐霞客的游历生活，曾经有过一段关于“污点”的争议，争论出自他《徐霞客游记》的《粤西游日记三》。徐霞客在这篇游记中记录了自己在广西旅行时因为雇用的仆人逃跑，征用了当地的“妇人”和“童子”抬肩舆，还因为丢失了自己带的鸡，绑了村民索讨（文中用了“縶”字），显得霸道又扰民。

后人有对“妇人”“童子”的定义做探讨，也对“縶”是否解释为“捆绑”有争论，但姑且撇开这段争论不说，单从这段记载，至少可以看出几点：

第一，徐霞客确实不是孤身一人进行游历的；

第二，徐霞客每次游历其实准备都很充分，带的东西很齐全；

第三，他的旅程肯定很艰苦，在《徐霞客游记》中曾不止一次记载仆人逃跑，一个很重要的原因就是仆人吃不了这个苦，或是徐霞客要去的地方太危险。

事实上也确实如此。即便有人相伴，有钱支撑，以当时的条件来看，徐霞客的游历还是非常艰苦与危险的。他常常一天就要走近百里路，在荒郊野地扎营过夜，碰到高山要爬，遇见怪洞要钻，可以想象，陪伴他的人的心理阴影有多大。

而且，虽然徐霞客不是“穷游”，但以当时他们家的财力，要支撑他进行持续三十多年的长途游历，还是有点吃力的（家里还有母亲、妻子和孩子）。尤其是到了徐霞客人生后期的“西南远征”时，徐家的财力已经大不如前，徐霞客基本上体会到了“穷游”的滋味，很多时候需要靠借钱、地方官员资助和当地村民免费接待来维持旅行。甚至有段时间还依靠政府官员发给他的“马牌”，免费享受明朝的驿站体系（其实徐霞客当时这样做是违法的，但明朝后期“驿站”系统确实已经处于一种脱管状态）。

但无论是“富游”还是“穷游”，徐霞客始终没有选择放弃。

这其实也让当时不少人感到奇怪：花费自己的所有去游山玩水，到底值得吗？

但事实上，徐霞客并不仅仅是在游山玩水。

4

说徐霞客是在用一种科学的精神进行考察，恐怕并不为过。

比如“游山”。

徐霞客在1616年和1618年两次到过黄山。那时候的黄山还人迹罕至，我们现在所熟知的“光明顶”“鲫鱼背”这些景点，都是他第一个发现并记录的。在攀爬天都峰之后，他觉得莲花峰更高（“万峰无不下伏，独莲花与抗耳”），于是再登上莲花峰，证明它才是黄山第一高峰。现代科技检测手段得出，莲花峰的海拔确实比天都峰要高54米，但两者相距1.1公里。在徐霞客那个时代，用目力测出，再用最原始的脚力去验证，确实是很不容易的。

再比如“玩水”。

徐霞客到过很多江河，但都是带着思考去的，纠正了很多史书上记载的河道错误。战国时期的地理书《禹贡》记载有“岷江导江”的说法，长期以来，大家都相信岷江是长江的源头。但徐霞客只信自己走到的和看到的，他“北历三秦，南极五岭，西出石门金沙”，最终勘察出金沙江发源于昆仑山南麓，比岷江还要长一千多里，所以他认为金沙江才是长江源头。1978 年，水利部长江水利委员会根据专家考察结果，确认长江的正源是唐古拉山的主峰格拉丹冬的沱沱河。

还有“钻洞”。

徐霞客考察过一百多个石灰岩洞，在没有任何仪器，全凭目测的情况下，他的很多记录如今都被证实基本不差。他还指出岩洞是因为流水的侵蚀造成的，石钟乳则是因为石灰岩溶于水，由石灰岩滴下的水蒸发后凝聚而成的。在徐霞客去世后一百多年，欧洲人才开始考察石灰岩地貌，法国的洞穴联盟专家巴赫巴瑞曾表示：“徐霞客是早期真正的洞穴专家。”

在徐霞客游历的三十多年时间里，他先后进行了四次长距离的跋涉，按现在的行政区划算，他到过江苏、浙江、山东、山西、陕西、河北、河南、安徽、江西、福建、广东、湖南、湖北、广西、贵州、云南和北京、天津、上海等 19 个省、市、自治区，足迹遍及大半个中国。

而更与普通游客不同的是，在游历的过程中，徐霞客把自己的经历、观察、考证和感悟都记录下来，经后人整理，形成了 60 余万字的《徐霞客游记》。

这本被后人称为“奇书”的《徐霞客游记》，是系统考察中国地貌地质的开山之作，不仅在地理学上有很高的价值，在文学性上也独树一帜，为人称道。

英国的科学家李约瑟在他的《中国科学技术史》中曾这样评价：

“《徐霞客游记》读来并不像是 17 世纪的学者所写的东西，倒像是一位 20 世纪的野外勘测家所写的考察记录。”

5

徐霞客的游历，大致分为三个阶段。

第一阶段，是他 22 岁到 28 岁这六年。这六年，他主要是在“开眼界”，游历了太湖、泰山等地方，并没有开始进行文字记录。

第二阶段，是他 28 岁到 48 岁这二十年。这二十年是徐霞客精力最旺盛，也是走的地方最多的一个阶段。他游历了浙江和福建的很多地方，并且攀爬了黄山、嵩山、华山、恒山、五台山等诸多名山。在这个阶段，他开始把自己的一些经历、观察、考证和感悟记录下来。

第三阶段，是 50 岁到 53 岁这个阶段。在这个阶段，徐霞客完成了自己心心念念的“西南远征”，深入云贵一带。

但是也就是在这个阶段，他遭遇了两件事。

第一件事，是他的朋友静闻之死。

之前说过，徐霞客每次游历，身边总会有朋友，僧人就是其中一类。静闻是一名虔诚的僧人，他用自己的血抄写了 7 万多字的《法华经》，想供奉到迦叶菩萨的道场——云南大理的鸡足山。听闻徐霞客要去云贵一带，静闻主动提出希望同行。

结果行至湘江，徐霞客一行遭遇了强盗，静闻为了保护徐霞客的

民国时期出版的《徐霞客游记大观》。徐霞客在游记中详细记录了静闻之死

书籍和行李，挨了强盗两刀。一路带伤行至南宁（今广西）崇善寺，静闻一病不起，最终客死异乡。徐霞客在大悲之下，跋涉千里，亲自把静闻的遗骨送上鸡足山，完成朋友的夙愿。这件事对他打击颇大。

第二件事，就是徐霞客也感受到了岁月不饶人。

在抵达云南后不久，徐霞客的脚就不行了，甚至无法下地走路。在云南拖了一阵子后，当地的土司派了几个精壮的小伙，用滑竿把徐霞客一路抬行四千里，从云南送回了江阴老家。

他再也无法旅行了。

6

回到家乡的徐霞客，已经 53 岁了。

一回到家，徐霞客的身体很快就不行了。

1641 年 3 月 8 日，徐霞客在家中病逝，享年 54 岁。

就在病卧床头时，他说了一句话：

“张骞凿空，未睹昆仑；唐玄奘衔人主之命，乃得西游。吾以老布衣，孤筇双屦，穷河沙，上昆仑，历西域，题名绝国，死不恨矣。”

言下之意是，张骞、玄奘都是受国家资助出行，也就这样了。我完全凭借自己的能力，去了那么多地方，这辈子值了，死而无憾。

2011 年 3 月 30 日，中国国务院通过决议，自 2011 年起，每年的 5 月 19 日为“中国旅游日”。

那是《徐霞客游记》第一篇开篇的日子。

馒头说

2018 年，埃隆·马斯克的私人太空公司 Space X 公布已签下第一个太空私人旅客，该公司将带着他环绕月球。

那是个日本人，叫前泽友作。这个人在日本也不算顶级富豪，他的资产大概也就20多亿美元，而这次太空旅行应该至少要花费1亿美元。

前泽友作还说，他准备带6到8名艺术家一起上去。

我和老婆热烈地讨论了这个话题，最后得出的结论是一致的：值！

当然，我们也不是超级富豪，只能站在我们的立场瞎想。但至少从我们的角度看：钱再多又有什么用呢？吃喝玩？买买买？但这最终又有什么意义呢？反正我们如果有那么多钱，肯定也会毫不犹豫签合同的。

300多年前的徐霞客，大概也是这么想的吧。

以徐霞客的智商和才学，再加上家族的财富和人脉，如果认真考个功名，问题应该不大。退而求其次，做一个富甲一方的财主，也是轻而易举的事情。

如果他真的做出了那样的选择，估计我们现在根本不会知道“徐霞客”的名字，当然也不会有《徐霞客游记》这样一本巨著传世。留在世上的，可能是崇祯年间的某一位淹没在历史尘埃中的进士，或者是江阴一些老者夏天纳凉给儿孙们讲故事时，说起的某个当年富甲一方的土财主。

可能也有人会说：这是富人们考虑的事，和我们又有什么关系呢？

说得也对。但我总觉得，有些事情，和钱多钱少是没关系的。

在力所能及的范围内，给自己留下最好的回忆。

如果还有余力，就给身边人，其他人，更多的人，留下有意义的回忆。

那是最好的事了。

本文主要参考来源：

1.《徐霞客旅行考察生活小考》（夏明亮、侯甬坚，《三峡论坛》，2012 年第 1 期）

2.《驳所谓徐霞客的“污点”“劣迹”》（陈锡良，《徐霞客研究（第 18 辑）》，2009 年 4 月 1 日）

3.《白银、性别与晚明社会变迁——以徐霞客家族为个案》[万明，《北京大学学报》（社会哲学科学版），2018 年第 4 期]

4.《徐霞客：科学主义的奇人》（朱亚宗，《自然辩证法研究》，1994 年第 3 期）

5.《那个孤独而伟岸的身影》（刘岸俊，《贵州日报》，2017 年 5 月 26 日）

6.《徐霞客是个什么样的人：徐霞客的家族及家庭》（“马核－霞客行”，新浪博客，2015 年 12 月 6 日）

7.《作为科学家的徐霞客：他的旅行和你想的不一样》（刘汉俊，《人民日报》，2017 年 5 月 25 日）

8.《徐霞客——做一个真正的“驴友”究竟有多难？》（搜狐网，2016 年 10 月 19 日）

9.《徐霞客：丈夫当朝碧海而暮苍梧，乃以一隅自限耶？》（中国历史网，2016 年 7 月 11 日）

人类历史上首次环球航行一周，究竟是什么在支撑着他们？

一个人要完成自己的梦想，尤其是那些看上去遥不可及的梦想，是需要强大和持久的动力的。有时候，这种动力未必来自什么崇高的理想，而是简单直白的人类欲望。

1

1522 年 9 月 6 日，西班牙的圣罗卡港。

港口的水手们看到，在远处的海平面，慢慢出现了一艘船的桅杆。

一些刚到港口来工作的码头工人，完全不认识这艘慢慢驶

智利麦哲伦海峡畔的蓬塔阿雷纳斯，有一座“维多利亚号”博物馆，里面有一艘“维多利亚号”的仿制品

向港口的船，但一些有资历的人很快就发出了惊叹：

天哪！居然是“维多利亚号”！

他们中有不少人清楚地记得，三年前，正是这艘“维多利亚号”，率领了其余的四艘帆船，浩浩荡荡地离开了圣罗卡港，但从此杳无音讯。

三年后，“维多利亚号”居然又出现了。

不同的是，回来的，只有“维多利亚号”一艘船。

而这艘船，刚刚成为全世界独一无二的一艘船——它完整绕了地球一圈。

2

当初率领那支船队出发的人，叫作费迪南·麦哲伦。

麦哲伦 1480 年出生在葡萄牙的波尔图，他的父亲在他 10 岁的时候把他送进了宫廷，担任王后的侍童。1496 年，16 岁的麦哲伦进入国家航海事务所工作，从此注定和海洋结缘。

麦哲伦应该是幸运的，因为他正好出生在一个风云际会的时代。那个时代，被称为“地理大发现”时代，而它有个更让人热血偾张的名称，叫作“大航海时代”。

麦哲伦

在那个时代，欧洲伊比利亚半岛上的葡萄牙和西班牙这两个国家率先崛起，凭借航海成为欧洲乃至世界范围内的强国。在成为强国后，它们开始踏出欧洲，在全世界范围内进行征服、殖民和贸易。

但在15世纪中叶，欧洲人碰到了一个强劲的对手，那就是盘踞在小亚细亚和巴尔干半岛上的奥斯曼帝国。

当时西方与东方做生意的商路，一般是三条：

第一条是陆路，就是我们熟悉的“丝绸之路”，船只从君士坦丁堡登陆，经小亚细亚、黑海和里海南岸到中亚，再翻过帕米尔高原到中国；

第二条是海路，从叙利亚和地中海东岸，经两河流域抵达波斯湾；

第三条也是海路，从埃及经过红海到亚丁湾，再换船到印度或中国。

奥斯曼帝国在中亚崛起之后，将这三条传统的商路都捏在了自己的手里，对来往的货物都课以重税，大大削薄了西欧贵族和商人的贸易利润。

怎么办？无非两条途径。

一条途径，就是打。但当时的阿拉伯人拥有绝不逊于欧洲人的航海术以及剽悍的军队，欧洲军队很难讨到便宜。

另一条途径，就是躲。躲开三条传统的商路，从海上开辟新的航路。

1505年和1511年，麦哲伦随同葡萄牙的军队两次前往印度作战。在1511年之后，葡萄牙人从阿拉伯人手里夺到了位置关键的马六甲海峡，东方的宝石和香料通过马六甲海峡源源不断地输往欧洲，葡萄牙因此国力大增。

1513年，随葡军攻打摩洛哥要塞受伤而落得终身跛脚的麦哲伦，不甘寂寞地回到了葡萄牙。

那一年，麦哲伦33岁。对于他来说，个人的野心和目标还远没有达成，因为他有一个叫法力罗的朋友，是一名占星学家，他测算出了“香料群岛”的大致位置。

“香料群岛”是当时的欧洲人对出产香料的东印度群岛的称呼，对于渴求香料的欧洲人来说，那里简直就是遍地黄金的天堂——如果能开辟一条新的航线直达香料群岛，那肯定能发一笔横财。

怎么去呢？麦哲伦有他自己的想法。

麦哲伦一直是坚定的“地圆说”支持者，他推测，在“香料群岛”的东面，肯定还有一片大洋，再过去，就是哥伦布发现的美洲大陆。

在他之前，一批航海家几乎已经证明了“地圆说”的理论：哥伦布、迪亚士、达·伽马……现在，只需要有人去补上最后一个角。

于是，麦哲伦决定进行一次环球航行。

3

几乎一无所有的麦哲伦，开始为他“环球航行”的创业项目寻找投资人。

他首先想到的，自然是葡萄牙国王。

麦哲伦向当时的葡萄牙国王曼努埃尔陈述了自己的想法，希望能够得到资助，组建一支环球航行的船队。

葡萄牙国王听完后十分感动，然后拒绝了他。

对于葡萄牙国王而言，他确实没有资助麦哲伦的动力：我都已经控制了从东方到欧洲的航线了，我干吗还要开拓新的航线呢？

麦哲伦想了想，也对，于是就来到了西班牙。

为什么呢？

1494 年，葡萄牙和西班牙这两个早期的航海强国，在西班牙小镇托尔德西利亚斯签订了著名的《托尔德西里亚斯条约》。

这个条约简单来说，就是两个国家各自豪迈地发出宣言：

我的征途，是半个星辰大海——它们两家约定，将全世界一分为二，一人一半。

这个约定以西经 46°37' 为界限，以西归西班牙，以东归葡萄牙。

虽然那个时候无论是西班牙还是葡萄牙，对整个世界的大陆和海洋轮廓还不是非常清楚，但它们却雄心壮志地订立了这个约定，而且，双方还基本都遵守这个约定。

麦哲伦的想法就是：要打破葡萄牙对现有贸易航路的垄断，西班牙就有足够的动力去开辟一条新的航线，绕过葡萄牙的势力范围。

麦哲伦首先来到了西班牙的塞维利亚。在那里，麦哲伦的运气非常不错，他的想法和才能打动了塞维利亚的要塞司令，这位司令不仅很欣赏麦哲伦，还把自己的女儿嫁给了他。

在要塞司令的引荐下，麦哲伦见到了当时的西班牙国王卡洛斯一世。麦哲伦送给国王一个自制的精美地球仪，然后当着国王的面，向他分析为什么说地球是圆的，以及自己愿意绕地球航行一周，为西班牙开拓疆土，开辟新航线。

西班牙国王确实很难拒绝麦哲伦提出的宏伟计划。

1519 年 8 月 10 日，宣布放弃葡萄牙国籍，加入西班牙国籍的麦哲伦，坐镇旗舰“特立尼达号”，率领着“圣安东尼奥号”、“康塞普逊号”、“维多利亚号”和“圣地亚哥号”五艘舰船，浩浩荡荡离开了西班牙的圣罗卡港。

人类历史上第一次环球航行，就这样开始了。

4

11 月 29 日，在大西洋上航行了 70 天后，麦哲伦船队抵达了巴西海岸。

在休整了一个月后，麦哲伦船队继续起航，来到了一个一望无际的大海湾。当时船员们都很兴奋，以为已经到了南美洲的尽头，可以绕过去进入一个全新的大洋了。但是他们后来发现自己搞错了，那只是一个河口而已。

玩过《大航海时代》系列游戏的人都会有一种相同的感受，那就是发现未知地理和新事物的新奇感和成就感，前进的每一步，哪怕是误打误撞，都会颠覆自己原有的认知。

但长期的航海，除了有新发现带来的刺激感外，更多的是各种潜伏的危险。

3 月底，南美洲进入了隆冬季节，麦哲伦为了避寒，率领船队进入了圣胡利安港（在今阿根廷的圣克鲁斯省）。

圣胡利安港虽然被称为“港口”，但那时候还是一片荒凉之地。这时候，远洋航行中一个常见的危险爆发了——船员叛乱了。

因为天气非常寒冷，而船队的粮食补给又出现了困难，所以几艘船的船员都开始后悔跟随麦哲伦进行这次未知的远航。五艘船里有三艘船的船长联合起来开始反对麦哲伦。

经过一场激烈的争斗，麦哲伦这一边的人杀死了叛乱的船长和船员，乱局暂时平复了下来。当然，最关键的是，麦哲伦他们在圣胡利安港发现了大量的淡水和海鸟，由于吃饭问题得到了解决，所以船员们的情绪又恢复了平静。

在度过了一个寒冷的冬季后，1520 年 8 月，麦哲伦的船队又一次拔锚起航。

但出发的船队，只剩下四艘船了，而这时，离从西班牙出发已经整整过去了一年。

10 月，麦哲伦船队接近了南美洲的最南端。在那里，麦哲伦苦苦寻觅可以穿越美洲大陆，到达他们认为的“南海”的航道。经过两天两夜与滔天巨浪和风暴的搏斗，麦哲伦船队付出了又损失一条船的代价，终于穿越了一条狭长的海峡，顺利进入了“南海”。

那条海峡，后来被命名为“麦哲伦海峡”。

麦哲伦海峡全长 592 公里，最宽处有 33 公里，最窄处只有 3 公里，最深处超过 1 公里，最浅处只有 20 米。在巴拿马运河开通前，麦哲伦海峡是全世界船队经过南美洲的重要航道。

麦哲伦他们认为的“南海”，是一片真正一望无际的大海。

船队在这片海洋中一共航行了 100 多天，居然一次风暴也没有遇到过，激动的麦哲伦于是就给这片大海起了一个名字：太平洋。

但是，尽管没有风暴，在没有任何岛屿和陆地的大洋中航行 100 多天后，远航的又一个致命危险悄然来袭——他们断粮了。

在 100 多天的时间里，因为没有任何陆地和岛屿可以停靠，所以麦哲伦和他的船员们没有吃到过任何一点新鲜的食物，只能用面包干充饥。然后面包干也吃完了，他们开始吃面包屑——面包屑生了虫，散发出一种像老鼠尿一般的臭气。等面包屑吃完，用作船上遮盖物的牛皮也充当了食物。被风吹雨淋过的牛皮硬得像石头一样，需要在海里浸泡四五天，放在炭火上烤很久才能食用。最后，水手们还吃木头的锯末粉充饥。

与食物一样短缺的还有淡水。淡水越喝越少，最后大家只能喝带着臭味的浑浊黄水。

在最后的生死关头，站在桅杆瞭望台上的水手终于用嘶哑的嗓音发出了大家久违的呼喊：

前方发现陆地！

麦哲伦船队看到的，是马里亚纳群岛。

他们真的穿越了太平洋。

5

1521 年 3 月，在历经了一年半的航行之后，麦哲伦船队到达马里亚纳群岛中的几个小岛。

在那里，麦哲伦和他的船员们终于显露出了他们的另一面：殖民者。在和当地人发生冲突之后，麦哲伦带了一队武装人员登上海岸，开枪打死了 7 个当地居民，放火烧毁了几十间茅屋和几十条小船。

再往西行，麦哲伦的船队终于抵达了菲律宾群岛。当麦哲伦发现他重新回到说马来语的人群中时，他知道，自己的环球航行真的已经接近成功了——他用自己的实践证明，地球确实是圆的。

但麦哲伦的死期却也渐渐临近了。

麦哲伦的船队被当地人带到了当时的菲律宾大港口宿务，麦哲伦向宿务的首领展示了自己的火枪和刺刀之后，首领表示愿意成为西班牙国王的属臣，并接受洗礼。

但麦哲伦还想得到更多——他开始插手附近几个小岛首领之间的矛盾。

1521 年 4 月 27 日晚，麦哲伦带领 60 多个船员分乘三艘小船前去攻打一座小岛，但遭到了岛上居民的激烈反抗。在战斗中，麦哲伦的舰队司令身份暴露了，引来了愤怒的岛民的集体围攻，在漫天的标枪中，麦哲伦被人用大斧砍死了。

就差一步，麦哲伦就完成他的环球航行创举了。

6

领头人就这样死了，怎么办？

船员们推举麦哲伦的内弟哈尔迪担任指挥，继续完成环球航行。但随后，船队内部又发生了叛乱，船员们互相射杀，经过一番折腾之后，当初的五艘船最后只剩下了两艘，而且其中的“特立尼达号”受损严重，需要大修。

最终，一位叫埃尔萨诺的舵手被选为“维多利亚号”的船长，留下需要维修的“特立尼达号”，孤独地踏上了返回的旅程。

为了躲避葡萄牙的船队，“维多利亚号”决定横渡印度洋，经非洲南端的好望角返回西班牙。

在航行中，因为船员患上维生素 C 缺乏病，整艘“维多利亚号”

实际上是埃尔萨诺完成了最后一段的环球航行

船上只剩下了35名船员，他们在登陆非洲西海岸的佛得角换食物时，又被统治那里的葡萄牙人捉走13个。22名船员驾驶着破旧的“维多利亚号”艰难航行，最终望到欧洲海岸线的时候，全船只剩下了18个人——他们出发的时候，整个船队一共有270名船员。

1522年9月6日，破旧的“维多利亚号”终于接近了圣罗卡港，于是出现了本文开头的那一幕。

极度疲劳的船员们走下了船，连当初熟悉他们的人都已经完全不认识他们了。但他们认得船舱里堆得满满的宝物：各种香料。

整个远征船队的所有损失都弥补了回来——随手抓一把新鲜的丁香，就可以换取一把金币。除了丰厚的回报，这支船队横穿太平洋，完成人类历史上第一次环球航行的壮举，更是被载入了史册。

只是，麦哲伦本人却看不到了。

馒头说

你知道这二十多年来，全世界互联网技术发展背后的其中一个推动力是什么吗？

答案可能出乎你意料：色情网站。

我们现在所熟悉的各类技术，其实不少是色情网站为了满足用户需求而慢慢推动发展起来的：

为了满足人们观看色情视频的需求，视频播放技术被大力发展；为了满足人们储存色情电影的需要，硬盘产业发展神速；为了保证观看影片的质量，宽带速度日新月异；为了能让人看完之后即时交流，在线聊天技术开始完善；为了让人们在冲动时更方便做出消费行为，在线支付技术因此茁壮成长……

下一个会被色情产业推动着往前发展的，是智能硬件，对，比如 VR（虚拟现实）设备。

写下这段话，并不是想和大家讨论这个话题，而是想讨论人类文明不断发展背后的一个原动力是什么。

没错，就是欲望。

有人曾说，麦哲伦算什么航海家呀，他不就是一个殖民者吗？他航行那么远，不就是为了获得黄金和香料，地位和声望吗？

说得没错，但问题是，这正是麦哲伦和他的船员们的动力源泉所在呀。

在面对滔天巨浪的时候，在饥渴难耐的时候，在孤立无援的时候，麦哲伦他们能够以惊人的毅力坚持下来，并不是依靠什么伟大崇高的精神，而是那些非常物质的欲望。就连麦哲伦想实现环球航行的伟大梦想背后，也可以归结为欲望：开创第一，青史留名。

所以，关于麦哲伦这个人，其实也没什么好争的：他确实是一名出色的航海家，也确实是一个贪婪的殖民者。

法律从没规定，一个航海家必须是为了人类文明的进步和发展，无私奉献，才能历经艰辛完成环球航行的壮举。他就是有自己的目的和私心，因为他也是人——你可以评判他的行为是否正确，但却无法无视他有自己的欲望。

每个人，都有自己的欲望，这个世界，就是因为人类欲望的驱动而不断向前发展的。

只是，有节制和有规划的欲望释放，大可造福世界，小可成就自己。

反之，就不一一举例了。

海底两万里：不管你是否凝视，深渊总是在那里

毛主席曾写道："可上九天揽月，可下五洋捉鳖。"不过从人类科技发展史来看，上九天难，下五洋，也难。

1

在人类的探险史上，1960 年 1 月 23 日是值得记录的一笔。

在这一天，瑞士探险家雅克·皮卡德和他的搭档唐纳德·沃尔什，搭乘由皮卡德与他的父亲奥古斯特·皮卡德设计的潜水器"的里雅斯特 2 号"，下潜到距离海平面约 11 000 米的深渊。

那是马里亚纳海沟的底部。

作为地球海洋的最深点，马里亚纳海沟被认为形成于 6 000 万年前，最深深度为 10 911 米。这个深度是日本探测艇"海沟号"（Kaiko）于 1995 年 3 月 24 日测得的，是目前公认的最精确深度。

10 911 米是一个怎样的概念呢？就是如果把陆地上最高的山峰珠穆朗玛峰整体填进去，峰顶离海平面还有 2 000 多米的距离。

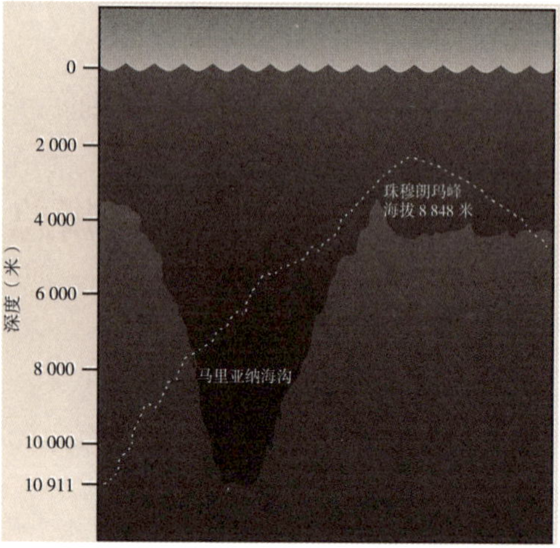

马里亚纳海沟位于北太平洋西部马里亚纳群岛以东，为一条洋底弧形洼地，延伸 2 550 公里，平均宽 69 公里

考虑到深海的各种不可测因素和令人恐惧的压强（可能相当于在一个指甲盖上压一辆坦克），再加上人类下潜工具的落后，马里亚纳海沟的沟底一直是一片未知区域。

那个未知世界，直到 1960 年 1 月 23 日才被人类触达。

2

先来说说人类探索海底的历史吧。

人类早期进行的专业化潜水，不是为了探险，也不是为了看鱼，而是为了寻宝和谋生，比如说采集珍珠。在明人宋应星的《天工开物》中，就有关于当时潜水技术比较详细的图文记载。

当然，这种潜水方式基本上等于徒手潜水，潜水的深度完全受到人类自身肺活量和对水底压强承受能力的限制。

人类目前徒手潜水的最深深度是吉翁 · 奈瑞于 2015 年创造的 129 米，可惜因为他在上浮途中失去意识，纪录未能获得主办单位正式确认，但仍被公认为自由潜水比赛史上最深的下潜距离。

那么，如果人类带上装备呢？

这里就必须提到全世界潜水界殿堂级人物：雅克 – 伊夫 · 库斯托，他对人类潜水之路的一个里程碑式贡献，就是在 1943 年发明了“水肺”。

按《天工开物》记载，当时的潜水员腰系长绳，鼻子上套着锡做的空管用于呼吸。如果感到有什么不舒服，潜水员就可以拉动绳子让船上的人将他提上水面

这套可以让潜水员自动调整及提供压缩空气的吸气器，使得人类的潜水深度大大拓展。

目前世界公认的人类带装备潜水的纪录是 332 米，这是由埃及男子阿梅德 · 加布尔在 2014 年创造的。阿梅德 · 加布尔当时 41 岁。他曾在埃及特种部队服役，同时是一个拥有 17 年潜水经验的教练。为了创造这项纪录，他足足准备了 4 年。当时他花了 12 分钟潜到这个深度，并花 15 小时重新浮出海面（上浮过快会对人体造成巨大伤害）。

应该说，无论是徒手还是带装备，人类潜水的深度，是不太可能超过水下 400 米了。

那么，如果是搭载人的潜水装置呢？

从达 · 芬奇设计所谓的“可以在水底航行”的船开始，人类就一直在这条路上摸索。1620 年，荷兰裔英国物理学家克尼利厄斯·雅布斯纵·戴博尔应该算是“潜艇之父”，他成功地制造了人类历史上第一艘潜水船——木质结构，外面覆盖涂油脂的牛皮，船内装有作为压水舱使用的羊皮囊，可载 12 名船员，人力划桨驱动。

那么，这艘木质潜水船能下潜到什么深度呢？

3~5 米。没错，还没有徒手下潜的深度深。

随后，出于战争的需要，人类的潜艇技术发展得相当快。但考虑到潜艇对机动性、武器携带性的需求，所以下潜深度并不是被主要考虑的因素。

真正要进行深海科研性探索，还是需要专门制作的深海探测器。

这时候，就轮到皮卡德父子登场了。

人类历史上第一艘成功炸沉敌舰的潜艇，是出现在美国“南北战争”期间的南军“亨莱号”。它于 1864 年 2 月在水下成功炸沉了北军的一艘护卫舰，但同时也被卷入军舰沉没产生的漩涡中，最终二者同归于尽

3

居住在瑞士的皮卡德一家，可谓是真正的“探险之家”。

雅克·皮卡德的父亲奥古斯特·皮卡德，其实是一个高空气球探险家——他是全世界第一个乘坐热气球达到15 000米高度的人。而雅克·皮卡德的儿子伯朗特·皮卡德是全世界第一个乘坐热气球不间断环游世界的人。

至于雅克·皮卡德本人，则成了全世界第一批到达最深海底的人之一。

雅克·皮卡德的父亲无疑是一个设计潜水器的天才。早在1948年，他就制造出了一个名叫“弗恩斯2号”的载人可操控潜水器，下潜深度约为1 370米。

仅仅三年之后，皮卡德父子来到了意大利港口城市的里雅斯特，制造了一艘15米长的潜水器“的里雅斯特号”，头三次下潜就分别达到了1 088米、3 048米、3 150米——每一次都打破了人类潜水器的下潜纪录。

“的里雅斯特号”

皮卡德和沃尔什在“的里雅斯特 2 号”上

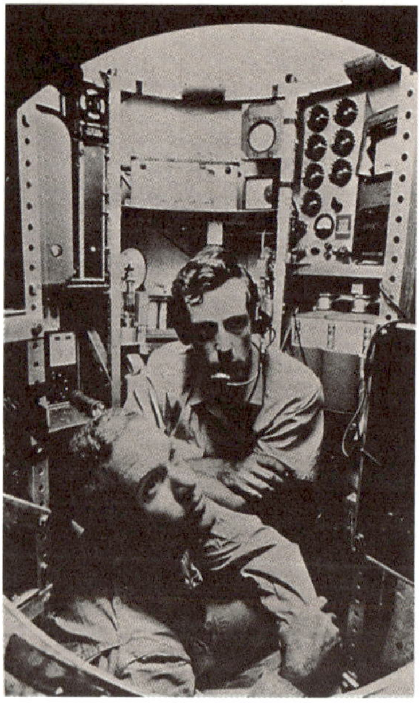
沃尔什（下）与皮卡德（上）在潜水器内

在“的里雅斯特号”成功的基础上，1958 年，皮卡德又设计了“的里雅斯特 2 号”潜水器，第一次下潜就创造了 5 600 米的世界纪录。

而这绝非皮卡德的目标。对他而言，“的里雅斯特 2 号”的使命，就是到达人类从未到达过的马里亚纳海沟沟底。

即便用现在的眼光看，“的里雅斯特 2 号”潜水器都堪称天才之作：

这艘深海潜艇长 16 米多，看上去像是一艘普通潜艇，但它由两部分组成。一部分是由铝制外壳制成的长筒状容器，里面充满了比水轻的汽油——油比水轻，这是潜艇上浮的动力，也不会被压强挤爆。另一部分是一个重达 14 吨的钢球载人舱室，有一个观察窗。整个球体直径只有 2 米，可以容纳两人。钢球附近系了重达 9 吨的钢珠，返航时通过扔掉钢珠上浮。

1960 年 1 月 23 日，到达菲律宾海域的皮卡德和沃尔什钻进了这个钢球，开始下潜。

他们的目的地，正是马里亚纳海沟沟底。

这绝非一次轻松的旅程。

在整个下潜的过程中，潜艇内的温度越来越低，最后只有 2 摄氏度左右，冻得发抖的皮卡德和沃尔什只能靠吃巧克力棒补充热量。比这更糟糕的是，当潜水器下降到海底 9 000 多米处时，钢质球体外的那个树脂玻璃观察窗被海水压裂，雷鸣般的破裂声在寂静的海底响起时，两位探险家的魂都被吓飞了——如果这时候他们直接暴露在海底，巨大的压强会在 2 毫秒之内将他们压扁。好在观察窗是双层的，内层的塑料窗没有破裂。

在下潜了近 5 个小时之后，潜水器终于在 10 911 米处的海底缓缓着陆（当时潜水器显示的深度是 11 521 米，后来校正）。

在人类之前没有抵达过的深海海底，皮卡德和沃尔什做了什么？

他们什么都没做，静静待了 20 分钟。

4

于是，一个令人关心的问题来了：

在海沟的底部，皮卡德和沃尔什看见了什么？

事实上，他们两人什么都没看见。

在宁静的马里亚纳海沟底部，皮卡德和沃尔什肉眼看到的只有黑暗，以及透过微弱探照灯灯光照出的平静海底。

不过，在整个下潜过程中，两个人还是惊讶地看到了一些从舷窗外游过的鱼——原先人类认为，在那个深度是不可能有鱼类生存的。

所以，皮卡德和沃尔什的这次下潜，在相当程度上丰富了人类对深海的认知。

一般来说，深海分为中层带、深层带、深渊带与超深渊带。

中层带指的是 200~1 000 米深的水层。在这个层面，虽有些微光

在深层带还有不少沉船遗骸，最著名的莫过于“泰坦尼克号”，它长眠于纽芬兰东南偏南 600 公里的 3 800 米深的海底

线透入，但也不足以进行光合作用，只能供生物辨识。此层也是深海生物密度较大和种类较多的一层。代表生物是磷虾。

“深层带”指的是 1 000~4 000 米深的水层。这一层因为完全没有阳光，所以一般认为这里的生物不是眼睛退化，就是演化出“照明设备”。但是，就在 1960 年的那次下潜中，皮卡德和沃尔什发现在这个深度的一些鱼类依旧长有眼睛，这令他们大为惊奇。

深渊带指的是 4 000~6 000 米深的水层。在这一层，生物种类已经大为稀少，由于温度大大降低，生物高度集中在海底热泉附近。

超深渊带指的是 6 000 米以下的水层。在这一层，人类发现有海蜇、蝰鱼、管虫与海参等生物生存。但由于这一层的生存环境已经类似于外星球，所以即便有生物，也和我们所知的种类长相大为不同——也就是所谓的“反正没人看，可以随便长”。

在马里亚纳海沟的最底层，当初皮卡德和沃尔什没有发现有生物存在的迹象，但那是因为肉眼无法观察到。

由于皮卡德和沃尔什的那次下潜纯粹是为了检测是否能下潜到那

2011 年 7 月，美国的一台深海探测器在马里亚纳海沟内水深 10 641 米的赛琳娜海渊中，发现了直径达 10 厘米的球状动物。科学家分析后发现，这种奇特的动物居然是阿米巴原虫类的单细胞动物，它被确认为世界上最大的单细胞动物。巨型阿米巴原虫不但能适应漆黑、高压和冰冷的海水，而且对有毒的重金属有很强的耐受能力。令人感到恐怖的是，它们还主动“吸毒”，体内富集了高浓度的铅、铀、汞等重金属元素

个深度，所以没有带任何科学实验器材。按照他们的想法：既然这次实验成功，那么下次人类可以频繁探测这一区域。

但是他们没想到的是，自他们那次下潜后整整 52 年，人类就再也没有去过。

5

这个纪录，一直维持到 2012 年。

2012 年，终于有一个人又一次到达了当年两位探险家下潜到的那个深度：10 911 米。

而这个人不是别人，正是大名鼎鼎的好莱坞导演詹姆斯·卡梅隆。

卡梅隆在 12 岁的时候写了一部科幻小说《深渊》（后来他将它拍成了电影），之后潜水就成了他一直以来的梦想和爱好。他曾下潜过 30 多

次，就为了能一个人静静地待在泰坦尼克号沉船旁边。在卡梅隆成名之后，他每天花费大量的时间（有时甚至一天工作 16 小时）和金钱（最多时每天砸下去 4 万美元），打造了一艘叫“深海挑战者号”的单人潜水器。

2012 年 3 月 26 日，卡梅隆带着他童年的梦想，独自一人钻进了“深海挑战者号”，向马里亚纳海沟的沟底下潜。

这一次，卡梅隆只花了 2 小时 36 分钟就到达了海底——那个 52 年前皮卡德和沃尔什到达过的地方。

卡梅隆在出发前曾表示，希望能在海底看到奇怪的生物甚至是怪物，但他和他的前辈们一样，还是失望了：那里什么都没有，除了黑暗，就是沉寂。

而值得一提的是，卡梅隆的这次下潜创造了一个新的纪录：单人下潜到海底最深处。这个纪录的获得，也让卡梅隆体会到皮卡德和沃尔什在 52 年前没能体会到的感觉：孤独。

“当时我停了下来，思考了下，我到这了。我到了海底了，地球上最深的地方。这意味着什么。那真是与世隔绝的感觉，让你意识到在这片黑暗又未知的巨大领域里自己有多渺小。”

按照原计划，卡梅隆应该可以在海底停留 6 个小时。但由于潜水器发生了漏油故障，他只待了 3 个小时就开始上浮。

但这对他而言，已经足够了。

他成了三个人中的一个。

到目前为止，全世界有 12 个人曾经到达过月球，但到达过马里亚纳海沟的人，只有 3 个。

馒头说

我曾写过不少探险类的故事。

从南极，到珠峰，到月球，到海底。

每次写这类文章的时候，内心总有一种抑制不住的激动。

这是一种建立在一对矛盾基础上的激动：一方面，在各种探险中，人类会意识到自己在大自然面前是多么卑微，在整个宇宙中是多么渺小；但另一方面，在意识到这一点的过程中，人类的那种顽强、进取、永不放弃的精神又让人动容。

对我们自己生存的这个世界，其实我们了解得还是太少了。中国人说“一屋不扫，何以扫天下”，而就我们目前的认知和科技水平而言，别说月球、火星、太阳，就连我们自己生存的家园地球，都还有很多未知的领域和现象。

当然，这也给我们未来的探索留下了太大的想象空间。

如果不出什么意外的话，人类的科技发展总是呼啸向前的。当可控核聚变、人工智能、新材料等真正成为现实的时候，人类肯定能发现之前很多被认为是不可思议或闻所未闻的现象和领域，探索到更多前人从未触达过的地点和空间。

每每想到此，我就会感叹自己的寿命太短。

目睹人类文明究竟会发展到怎样一种程度（或者毁灭），对我而言，应该是此生的最大诱惑了吧。

本文主要参考来源：

1.《记者手记：在马里亚纳海沟探索海洋最深处的科学奥秘》（张建松，新华网，2018 年 12 月 16 日）

2.《世界上最深的海沟，马里亚纳海沟深度 11 034 米（地球最深处）》（探秘志网站，2017 年 12 月 25 日）

3.《解密：专家究竟在马里亚纳海沟发现了什么？引 27 国密切关注？》（腾讯网，2018 年 11 月 28 日）

4.《五分钟带你读完人类潜水简史》（潜途网络，搜狐网，转载自知乎号“SME 情报员”，2018 年 1 月 22 日）

5.《全球唯一探秘万米深海的两个人——皮卡德和沃什》(“wangernest”，百度贴吧“伪阿鲁纳恰尔邦吧”，2013 年 6 月 25 日)

6.《探秘马里亚纳海沟》(周颖，《地理教育》，2017 年第 10 期)

7.《人类第一次下潜到马里亚纳海沟的底部》(搜狐网,2018 年 1 月 14 日)

8.《卡梅隆的深海神器：90 分钟潜入世界最深海沟》(邓琦，《新京报》，2013 年 6 月 23 日)

9.《世界上潜水最深潜艇失踪是深海研究重大损失》(孙玉庆，中国日报网站，2003 年 7 月 1 日)

10.《没人看就可以随便长了？深海生物的生存法则》(Raychelle Burks，探索发现，2017 年 7 月 10 日)

“请问，你为什么要去攀登珠穆朗玛峰……”

人类是什么时候第一次登上珠穆朗玛峰的？按照现在的记录，应该是1953年。但是，在登山界还有一个小小的“争论”，不过，这其实是一个大家都心知肚明的“争论”。因为，一部分人相信——或者希望：有人在1924年就登上了珠穆朗玛峰。

1

1912年7月，一条消息让乔治·马洛里陷入了悲痛之中。

那是一条关于英国著名探险家斯科特的消息：他带着一队人马前往南极，试图代表英国成为全世界第一个抵达南极点的人。但是，当他们在1912年1月千辛万苦抵达南极点时，却发现那里留下了一面挪威的国旗——挪威探险家阿蒙森早在一个月之前就已经到达了南极点。

更令人感到悲伤的是，斯科特的探险队在回归途中遭遇了强暴风雪，五人探险队最终无一生还。6个月后，斯科特的尸体被人发现，距最近的补给点只有20公里。

斯科特遇难的消息震动了英国，也震撼了乔治·马洛里的内心。

在 20 世纪初，人类对自己居住星球的各个角落的探险，正进入一个黄金时期。最具有标志性的，就是对地球两个极点的探索。

1909 年 4 月 6 日，美国海军中校皮尔里率探险队第一个抵达北极点，宣布人类征服北极点。

1911 年 12 月 14 日，挪威人阿蒙森乘着狗拉雪橇抵达南极点，创造了人类第一次征服南极的纪录。

虽然这两次征服纪录的背后，都是无数探险家的殉难，但那种征服和突破极限后的成就感，依旧让许多探险家接踵而至。

在两个极点都被征服之后，全世界探险家的目光，都落在了被称为“世界第三极”的地方——海拔 8 848.86 米的珠穆朗玛峰。

从来没有人能够登上这个地球上的最高峰，甚至连接近都基本不可能。

乔治·马洛里同样也心动了。

那一年，他 25 岁。

2

乔治·马洛里，1886 年 6 月 18 日出生在英格兰北部柴郡的一个牧师家庭。

马洛里从小就显露出了一种特别的天赋：攀爬。他在 7 岁的时候就爬上了自己父亲供职的教堂的屋顶。马洛里的攀爬姿势和其他人不太一样，是四肢并用，带有滑行的姿态，像波浪一样起伏。

马洛里在 19 岁的时候进入了剑桥大学，成了众人眼中标准的“校草”：颜值高，功课好，是校赛艇队的一员，处处散发着迷人的魅力。（著名的经济学家凯恩斯也是他的同窗好友。）

但是，马洛里的关注点却和别的同学不一样，他特别关注世界各

年轻时的马洛里

露丝·特纳

地关于探险的新闻。而且，与当时在全世界流行的极地探险不一样，马洛里更关注向高处的探险——登山。

1909 年，马洛里从剑桥大学毕业，在法国短暂居住了一段时间后回到英国，在著名的查特豪斯公学任教。任教期间，马洛里开始频繁登山。他几乎征服了欧洲所有的高山，包括西欧最高峰勃朗峰。

也正是在这期间，他遇到了自己的挚爱露丝·特纳，两个人很快就举行了婚礼。就在婚礼之后的第三天，马洛里就应征入伍，上了第一次世界大战的战场。

年轻的马洛里不仅参加了一战，他所在的部队还被投入到了一战最惨烈的战役之一——索姆河战役。索姆河战役是一战中英国打得最惨烈的一场战役，战斗第一天就伤亡 6 万人，总共伤亡 58 万人。在那里，马洛里近距离目睹了人世间最残酷的生死。他在给妻子露丝写的信中这样说：

“每天死的人不计其数，活着对我来说就是最好的礼物。”

一战结束后，马洛里奇迹般地生还归来。

原本大家以为，马洛里经过战争的洗礼，会更珍惜平静的生活。但马洛里在目睹近在咫尺的亲密战友被德军的机关枪杀死之后，却产生了另一种感悟：人的生命实在太脆弱，人生一定要过得充实，不能留下遗憾。

他的目光，瞄向了此前还从来没有人登上过的珠穆朗玛峰。

恰巧，在一战结束后，满目疮痍的英国迫切需要一个能够振奋国民信心的事件——英国皇家地理学会准备开始对珠穆朗玛峰展开史无前例的探险。他们很快相中了具有丰富登山经验的马洛里。

而需要支持的马洛里，也欣然答应。

3

1921 年，35 岁的马洛里，带着一支 12 个人的探险队伍，正式向珠穆朗玛峰进发。

他们花了整整 8 个月的时间，终于来到了珠穆朗玛峰的山脚之下。

马洛里是从北面的西藏地区进入珠穆朗玛峰山区的。现在的人们都知道，珠穆朗玛峰的攀登路线是从尼泊尔境内的南面上去容易，北面上去困难。但在当时，尼泊尔完全不对西方人开放南面路线，所以马洛里的队伍只能尝试从北面登顶。

马洛里是这样描述自己第一次看见珠峰时的感受的：

“就像是梦中最狂野的杰作！珠穆朗玛！一个崎岖的巨人，一个白色的巨大獠牙，一个被雪覆盖着的巨大石头！在登山者的眼里，没有比这个更大的挑战了！”

马洛里他们随即开始寻找登山的线路，为此花了整整一个月，因为马洛里他们是试图攀登这座世界最高峰的第一批人类——没有前人留下的路线，没有任何一张地图。

终于，在 8 月底的时候，马洛里发现了一条巨大的冰川峡谷，顺着这条峡谷走到尽头，再爬上一堵高达 300 多米的冰墙，就可以从最近的地方开始攀登传说中的珠穆朗玛峰。

马洛里兴奋地给妻子露丝写信：“我亲爱的露丝，我们找到了登上这座山峰的路……我们为那些热爱冒险的人确定了登上珠峰的路线！”

但是，也正是在这个时候，珠峰地区的季风季节来临了。漫天的暴风雪宣告他们不可能再进行任何登山活动，马洛里只能宣布撤退。

第一次尝试，无功而返。

但只过了 6 个月，马洛里带着队伍又回来了。

这一次，马洛里他们还带了摄像机，留下了许多珍贵的珠峰风貌的画面。当然，他们最主要的目的，是要登顶。

这一次，马洛里的队伍正式开始了登山，而且进展顺利。但是不幸的是，他们在登山过程中遭遇了一场巨大的暴风雪，为了躲避暴风雪，马洛里让队伍躲到了冰坡下的一个角落里，然后，就发生了一场巨大的雪崩。

在这场雪崩中，7 名队员遇难。

这也是有记录以来，第一批在征服珠峰过程中遇难的人类。

因为这次雪崩，第二次登顶努力也宣告失败了。

这次雪崩，也给马洛里留下了巨大阴影，他在给妻子露丝的信中说：“我亲爱的露丝，7 位勇士遇难了，我应该为此负责。事已发生，我的任何举动都于事无补。”

在回到欧洲的一年多时间里，马洛里似乎真的决定远离登山，忘记关于雪崩的一切。他开始陪伴家人，把更多的时间留给自己的妻子和三个孩子。

但是，英国皇家地理学会关于攀登珠峰的探险计划却没有停止。

随着时间的推移，马洛里内心似乎越来越烦躁。

终于，他和妻子露丝吵架了。

露丝的观点很简单：

“我爱你，你也爱我，这是一生中最幸福的事了。但我真的需要你，我想和你一直生活在一起，一起分担欢笑和苦难，当我们在一起的时候，我们不能再分开。”

而马洛里的想法也很直白：

“我进退维谷，很痛苦。选择远走而离开将是一个残酷的决定，但更残酷的是，眼看着别人征服那座巅峰，而不是我。”

1923 年 3 月，马洛里被一件事触动了。

他应邀去美国纽约做一次关于珠峰冒险的演讲。在场的观众都被他描述的珠峰风貌和艰苦环境所震撼。

一位《纽约时报》的记者随后向马洛里提了一个问题：“请问，你为什么要去攀登珠穆朗玛峰？”

马洛里想了一下，说出了自己的心声，也就是那句流传后世的著名回答：

“因为，它就在那里。”

4

1924 年，马洛里最终做出了决定：第三次挑战珠峰。

那一年，他已经 38 岁了。

这一次，他为了能够一次性成功，还精心挑选了一个助手——来自牛津大学化学系的安德鲁·欧文。

欧文没有尝试过登山，但他是一名出色的赛艇选手。在牛津与剑桥一年一度的著名赛艇对抗赛中，他的体魄和技巧给马洛里留下了深刻的印象。此外，欧文的专业知识可以保证氧气瓶在高海拔地区的正常使用。

欧文对能够得到当时最顶尖的登山家的邀请而感到荣幸：

“我们全都要到达山顶！如果真的要死的话，没有什么比征服珠穆朗玛峰更好的死法了。”

1924 年 2 月 29 日，马洛里带着助手欧文以及其他成员，从利物浦登上了开往印度的轮船。

他对妻子露丝发誓：

“这是我们最后一次分离，今后将永远在一起。”

4 月 29 日，马洛里和他 70 人的探险队到达了珠峰脚下，开始搭建大本营。在那里的一座喇嘛庙里，马洛里他们接受了喇嘛们的祝福。但一位喇嘛警告他：

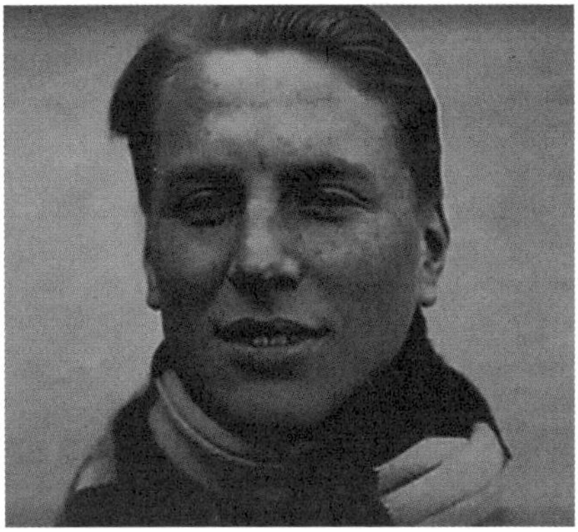

安德鲁·欧文

“灾难降临，你们会成为珠穆朗玛峰的祭品。”

马洛里不迷信，他不会将警告放在心上。但他确实为攀登珠峰做了充足的准备，包括决定在登山路线上建立一系列营地，作为一个个据点——如果体力透支，就回到营地休息，等适应海拔高度后再重新攀爬。

第三次出征，马洛里（后排左二）和他的队员们

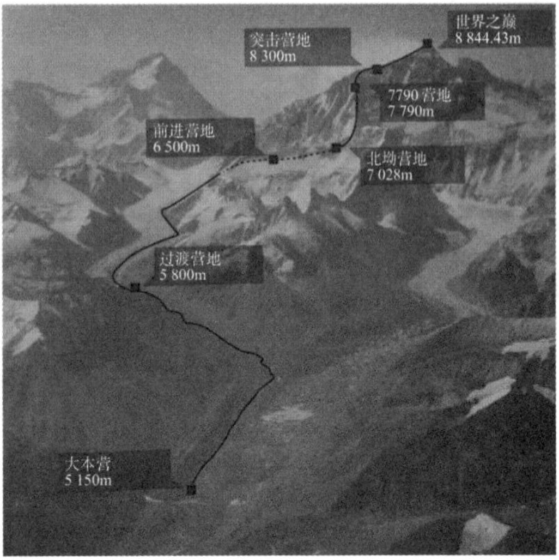

马洛里发明的登山方式

马洛里发明的这种登山方式，到现在依旧被攀登珠峰的人们沿用。

没多久，马洛里的队伍顺利来到了二号营地——这里的海拔已经超过了 5 300 米。这时，天气突然变得极其恶劣，暴风雪肆虐。无奈之下，马洛里只能让队伍撤回大本营，但是，两位队员已经因为恶劣的气候引发身体机能失调，不幸去世。

马洛里给女儿写了一封信，隐瞒了自己遭遇的困难：

“亲爱的：今天风不大，天气很好很温暖。现在茶来了，都不记得有多久了，现在又吃到了蛋糕。8 月我们举行一个小小的茶聚吧，只需要一块味道淡淡的热蛋糕就够了。爸爸我是不是太贪心了！”

由于时间的耽搁，离 6 月的季风季节已经越来越近，危险也越来越大。但马洛里坚持必须继续攀登。经过艰苦的前进，马洛里的队伍终于扎下了四号营地——大概在海拔 7 000 米的地方。

没有现代的羽绒服，只有夹克和裹上的七层衣服，这支登山队的情况开始变得越来越糟糕：马洛里开始严重咳嗽，而欧文则腹泻不止。

5 月 22 日，马洛里冻伤了一根手指，但他随即在笔记本里写道：“为了能登上珠穆朗玛峰峰顶，一根手指又算得了什么？”

暴风雪停不下来，马洛里自己也知道，气候已经越来越不适合最后的冲顶。但是对他来说，已经没有退路——他已经38岁了，这次撤回去，就不会再有机会来了。

之前所有的前进路线，都是他和他的队伍一手开拓的。作为一个登山家，他在这一点上确实无法做到不自私——他不希望看到别人遵循着他开拓出来的路线，取代他成为第一个登上珠峰的人。

他给妻子露丝又写了一封信：

“这段时间很糟糕……可能又是愚蠢在作怪吧，可我怎么能又放弃呢？我们小队离登顶还有6天的时间，大概是五十分之一的机会，但我们会抓住机会，让我们自豪！

“爱你！永远爱你！”

最后的冲顶需要用到氧气瓶，马洛里的助手欧文顶着严重的高原反应，给他们两人各制作了两个氧气瓶。

6月5日，欧文在自己的笔记中写道：“如果我临时制作的装备能将我们带到顶峰，这将是一场伟大的胜利。我为明天早上的出发准备了两个吸氧器。”

这是欧文留在人世间的最后一段话。

5

6月6日清晨，马洛里和欧文两个人从北山坳出发了。

在此之前，马洛里曾派出两个队员冲顶（这等于把首次登顶的机会让给了队友），但因为天气原因，那两个人被逼了回来。虽然所有的人都认为该回家了，但马洛里决定最后一搏，而欧文表示马洛里去哪儿，他就去哪儿。

6月7日，马洛里和欧文终于扎下了最后一个营地，此时，他们离珠峰的山顶只有600米的距离了。

一切都触手可及。

马洛里和欧文最后出发前

那一夜，肆虐的风雪和严重的高原反应让两个人几乎一宿没合眼。第二天醒来，他们头痛欲裂，且全身脱水——这样的状态，绝对不适合登山。

但谁又能抗拒离世界之巅只有600米的诱惑？

马洛里在收拾行囊时，郑重藏好了一张照片——那是他妻子露丝的照片。临行前，他向妻子保证，要将她的照片放在珠峰的山顶。

两个全靠精神信念支撑的登山者，在1924年6月8日的清晨，拖着疲惫的身躯，开始向地球之巅发起最后的总攻。

6月8日12点50分，探险队的摄影师诺尔在下边的营地全神贯注眺望时，发现了远处山上马洛里和欧文攀爬的身影。但就在这时，天空忽然飘来了一阵云雾。

然后，两个人就都不见了。

诺尔回忆："我目不转睛地盯着那个小黑点，他已经离主峰很近了，这时另一个人也过去了。他们的速度很快，好像要补回失去的时间。然后这迷人的景象瞬间消失了，被厚厚的云层所取代。"

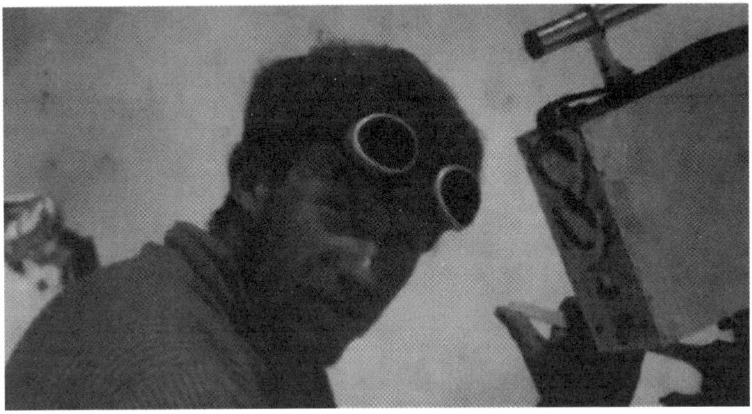

马洛里留下的最后一张照片

两个人就此失踪。

营地里的其他队员在焦灼地等待了几天之后，只能做出这样的结论：两个人已经死亡。

因为在海拔 8 000 米左右的山上，人类不可能在失去保护的情况下待上几天。

失踪，是和死亡画等号的。

一直在家中焦急等待消息的露丝，没有等回丈夫，而是等到了英国皇家地理学会发来的通知书：

"很遗憾得知这个噩耗，在这次的珠峰探险行动中，您丈夫在最后的攀登过程中失去了生命。学会对您和您的家人表示深深的惋惜。"

6

马洛里遇难的消息很快传遍了英国。

整个英国陷入了悲痛之中，全国各地都敲响了大钟，而马洛里的追悼会是在英国第一大教堂圣保罗大教堂里举行的。

马洛里成了英国人乃至全世界登山爱好者心目中的英雄，但同时有一个问题又引得大家争论不休：

他和欧文最终到底有没有登上珠穆朗玛峰的山顶？

1999 年，在马洛里失踪 75 年之后，一支由 BBC（英国广播公司）赞助的美国攀登队，在珠穆朗玛峰北坡海拔大约 8 170 米处发现了一具英国人的尸体。

尸体外套内衬的铭牌证明：他就是 75 年前失踪的马洛里。

马洛里的尸体被发现时，是趴在一个山坡上，右脚踝骨处已经骨折，可见是摔下来的。但从他尸体的位置上看，似乎是在下山的路线上。

马洛里和欧文究竟最终有没有登顶，还是无法证明。因为当时拿着柯达相机的是欧文，只有从相机胶卷中才能看到马洛里有没有登顶——欧文的尸体，至今依旧没有被发现。

大多数的登山者还是客观地指出，当时马洛里到达山顶的可能性微乎其微。

首先，用现在的眼光看，马洛里在 1924 年的登山装备近乎原始，包括他所带的人工氧气最多也只能维持 8~10 个小时，仅够攻顶全程所需时间的一半。

其次，在最后登顶前，有一道著名的天险——“第二台阶”。在那里并没有发现绳索等人工遗物，而徒手攀爬“第二台阶”几乎是不可能的，更不要说考虑到当时马洛里和欧文的身体状况。

但是，也有人认为马洛里最终是到达了山顶的。

因为美国登山队在马洛里的尸体上，没有发现他妻子露丝的照片。

还记得马洛里的那个誓言吗？

他要把妻子的照片留在珠峰的山顶上。

而这个细节，也成为马洛里的缅怀者们一个美好的信念。

他们相信，人类第一次到达珠峰山顶，是在 1924 年。

那个人，就是把妻子照片留在山顶的乔治·马洛里。

"中国梯"是中国登山队于1975年攀登珠穆朗玛峰时在"第二台阶"的岩壁上架起的一座高近6米的金属梯。之后，每一位从北坡登顶的登山者都要用到这部梯，所以就把它称为"中国梯"。2008年5月27日，"中国梯"被撤下，收藏于珠峰登山博物馆

馒头说

我没爬过珠峰，但我上过海拔5 200米的地方。

那是在2008年，我坐越野车从日喀则（海拔4 000米）去定日县（海拔4 300米）采访，途中要翻越两座海拔5 200米的山头。

那是我进藏的第二天。由于第一天晚上喝了不少酒，半夜里头痛欲裂，一个人靠在床上拿着氧气瓶吸氧。路上经过一处景点，陪同的上海援藏干部问，要不要下来拍几张照片？

我当时几乎是趴在车后座上，用尽全身力气摆了摆手，话都说不出。然后顺眼瞄到了自己的手指甲——我印象深刻——全是暗紫色的。

说这些，是想说明，在海拔5 200米这个高度，一般人已经是怎样一种身体感受。

然后可以想象一下，在海拔8 000米以上，宿营，负重，攀爬，

前行，又是一种怎样的感受。

我曾看过一篇文章，说在攀登珠峰的沿途，有很多登山遇难者的尸体。因为海拔太高，很少有人有能力为他们殓尸，久而久之，他们就成了一个个“路标”。

看文字觉得没什么，但真的看到照片，还是很有冲击力的。

可能也会有人说：好好地热爱生命不好吗？

我虽然无法体会探险家们的心境，但还是多少能理解他们的想法——在他们看来，这就是他们热爱生命的最好方式吧。

毕竟，山就在那里。

附录：珠峰攀登简史

- 1924年，马洛里和欧文在冲击珠峰峰顶时遇难。
- 1953年5月29日，来自新西兰的34岁英国登山队队员埃德蒙·希拉里与39岁的尼泊尔向导丹增·诺尔盖一起沿南坡登上珠穆朗玛峰，成为人类有记录以来第一支登顶成功的登山队伍。
- 1960年5月25日，中国人首次登上珠穆朗玛峰，他们是王富洲、贡布、屈银华。此次攀登也是人类首次从北坡攀登成功。
- 1975年5月16日，日本人田部井淳子成为世界上首位从南坡登上珠穆朗玛峰的女性。
- 1975年5月27日，中国登山队第二次攀登珠峰，9名队员登顶，其中藏族队员潘多成为世界上第一位从北坡登顶成功的女性。
- 1978年，奥地利人彼得·哈贝尔和意大利人莱茵霍尔德·梅斯纳尔首次未带氧气瓶登顶成功。
- 1980年，波兰登山家克日什托夫·维里克斯基第一次在冬天攀登珠穆朗玛峰成功。
- 1988年，中国、日本、尼泊尔三国联合登山队首次从南北两侧双跨珠穆朗玛峰成功。

- 1996年，发生1996年珠穆朗玛峰事故，15名登山者在登顶过程中牺牲，这是史上攀登珠穆朗玛峰牺牲人数位居第三的一年。
- 1998年，美国人汤姆·惠特克成为世界上第一个攀登珠穆朗玛峰成功登顶的残障人士。
- 1998年，狄斯特法努·阿森提夫成为第一个不用供氧装置登顶的美国女性。她在回程时因无力移动而冻死，她的丈夫谢尔盖·阿森提夫在试图救她时失足摔死。
- 2000年，尼泊尔著名登山家巴布·奇里从大本营出发由北坡攀登，耗时16小时56分登顶成功，创造了登顶珠峰的最快纪录。
- 2001年，美国人维亨迈尔成为世界上首个登上珠穆朗玛峰的盲人。
- 2008年5月8日，北京奥运圣火珠峰登山队的队员抵达珠穆朗玛峰峰顶，并点燃祥云火炬，进行了约200米的火炬传送。
- 2010年5月22日，英国人普伊在珠穆朗玛峰上的冰湖里游了1 000米，用时22分51秒，成为珠峰长泳的第一人。
- 2010年5月22日，来自美国加州的13岁少年乔丹·罗麦罗从北侧成功登上珠穆朗玛峰，成为世界最年轻的登上珠穆朗玛峰的人。
- 2012年5月19日，来自日本山梨县的73岁女登山家渡边玉枝于当地时间上午7时成功登上珠穆朗玛峰，成为年龄最大的女性登顶者。

本文主要参考来源：

BBC纪录片《最狂野的梦》（腾讯视频、爱奇艺均可观看）

加加林之死

我们常说一句话："英雄迟暮。"但是如果英雄正当壮年，就因意外去世了呢？

1

1968 年 3 月 27 日上午 10 点 30 分左右，莫斯科郊外的弗拉基米尔新村附近，发出了一声巨大的爆炸声。

惊恐的村民循着爆炸声去寻找，却发现爆炸现场周围几公里范围内，没多久就被政府的军队封锁了起来。

加加林

由于弗拉基米尔新村的旁边就是契卡洛夫斯基航天场，有稍微了解情况的村民做出了猜测：是不是有飞机坠毁了？

没错，确实有一架飞

机坠毁了，而且是一架米格 –15 战斗机。

但是，不仅仅是村民不会想到，全世界的人都不会想到——随同坠毁飞机一起遇难的是谁。

是加加林。

尤里·阿列克谢耶维奇·加加林，人类历史上第一个进入太空的宇航员。

那一年，加加林 34 岁。

2

1934 年 3 月 9 日，加加林出生在苏联斯摩棱斯克州的一个小村庄。

由于家境原因，加加林在 15 岁就停止了学业，进入工厂工作，帮家里减轻经济负担。加加林先是去翻砂车间做工人，然后又受训成了冶金工人。繁重的工厂生活不仅没有压垮他，反而磨炼了他的体格和意志。

但加加林的人生理想并不是做一名工人，而是成为一名飞行员。

为此，他把自己的理想付诸实践：先是去了萨拉托夫工业技术学校，利用业余时间在这所学校的航空俱乐部学习飞行，随后又去了奥伦堡航空军事学院，并在 1957 年如愿加入了苏联空军，成了苏联北海舰队航空军团的一名歼击机飞行员。

1957 年，是人类航天史上很重要的一年。

在这一年的 10 月 4 日，苏联成功地将一颗重达 83 千克的人造卫星送上了太空，开创了人类向太空发射卫星的纪录；就在一个月后的 11 月 3 日，苏联又成功地将一只叫“莱卡”的流浪犬送上了太空，成了第一个有能力将地球生物送上太空的国家。

在得知这个消息后，加加林曾对他的同学说过一句话：

“接下来就该送人上去了吧？”

加加林在说这句话的时候，对自己的未来一无所知。但他知道的是，苏联和美国的“太空争霸”已经进行到了白热化状态，这两个当时的“超级大国”都在投入全部的研发力量做一件事——

成为第一个把人类送上太空的国家。

为此，苏联的天才火箭设计师科罗廖夫，在创造性地发明出捆绑式火箭的基础上，于 1959 年开始了全国范围的宇航员选拔工作。

科罗廖夫认为——或者苏联当时的领导人认为——苏联已经具备了送人上天的能力。

作为全国 3 400 名志愿者中的一员，25 岁的加加林因为身高只有 1.57 米但体格健壮灵活（因为太空舱很小，需要宇航员身材小巧），成为最后 20 名入选成员之一，并且凭借过人的身体和心理素质，入选最终的“契卡六人小组”。

负责挑选宇航员的苏联官员卡尔波夫对着最后入选的 6 个人说了一句让加加林激动万分的话：

“你们中间任何一个人，都可能成为全世界第一个宇航员。”

3

但是，要成为一个真正的宇航员，哪有这么简单？

加加林和他的同伴被送入了当时位于莫斯科东北的契卡洛夫斯基航天场，开始接受严酷的训练和测试。

加加林曾回忆：“医生用锤子敲击每根骨头，检查所有器官的体征状态，从心脏到前庭都需检查。”

在检查合格之后，就是跳伞、失重、体力等各方面的苛刻训练，光以离心机实验为例，加加林和他的同伴们就一共经历了 95 次之多。

而比起严酷的训练，宇航员必须冒生命危险才是最关键的。

在 20 世纪 60 年代，太空技术远没有现在先进和成熟，无论是苏联还是美国的专家都认为，以当时掌握的技术，要送活人进太空并安全返回，要冒极大的风险——基本上等于是在故意杀人。

苏联的天才火箭设计师科罗廖夫。根据后来揭秘的档案，苏联曾在 1960 年 10 月 24 日进行过一次载人火箭实验（没有宇航员），当时科罗廖夫表示时机还不成熟，但苏联当局要求必须发射。结果发射当天出现重大事故，火箭在发射台发生爆炸，包括陆军元帅米特鲁番·尼德林在内的 54 名苏联国防航天精英统统葬身火海，这被认为是人类航天历史上最大的事故

以当时苏联掌握的太空技术，他们其实无法让宇航员乘坐着陆舱返回地面进行“软着陆”，但苏联最高领导人赫鲁晓夫命令：苏联的宇航员返回时必须落在苏联的领土。为此，总设计师科罗廖夫只能想出一种取巧的方法——在离地面 7 000 米左右时，将宇航员从着陆舱中弹射出来，用降落伞进行着陆。

但宇航员刚刚经历过失重和极速下坠，然后又要被弹射并完成高空跳伞，这对宇航员的身体素质是个极大考验，任何一个环节出现任何一个细微闪失，宇航员就会送命。事实上也正是如此：在高空弹射跳伞实验中，就有跳伞员因此牺牲。

而之前苏联为载人航天所做的 7 次实验结果，也令人担忧：

7 次中有一次是飞船停留在太空轨道上无法回来，一次是飞船在返回途中被烧毁，乘坐在里面的宇航员也壮烈牺牲（苏联方面一直否认这个说法）。剩余 5 次实验取得成功，但真正意义上完全成功的，只有 3 次。

按照国际惯例，只有成功实验 8 次才能算是完全做好准备，苏联

连失败的实验算进去也就只有 7 次（不过最后两次确实完全成功了）。

但是，在 1960 年年末，美国人忽然宣布：美国将在明年的春季进行首次载人航天飞行。

这个消息急坏了苏联人。赫鲁晓夫随即下令：不惜一切代价，一定要抢在美国人之前登上太空。

1961 年 4 月 3 日，苏共中央主席团做出决议：立刻进行载人飞行。

4 月 9 日，加加林忽然接到通知：他被选定为上太空的宇航员。

此时，离发射日期 4 月 12 日只有三天时间了。

曾有一种说法，说当时加加林并不是第一候选，甚至只是第三候选。但第一候选宇航员邦达连科在训练时，随手将一块擦拭传感器的酒精棉扔到了一个电路板上，纯氧环境的实验舱顿时燃起熊熊大火，邦达连科重伤后不治身亡。在讨论谁来接任时，科罗廖夫选中了加加林，因为他曾观察到，在所有选中的志愿者第一次进入太空舱时，只有加加林一个人脱掉了靴子，只穿袜子进入了舱室。当然，也有说法是科罗廖夫其实早就看中了身体素质和心理素质都上佳的加加林。

在接到通知后，加加林给妻子和孩子写了一封家书，那是一封类似"遗嘱"的家书，他关照友人"只有发射失败后才能交给家人"。后来人们打开这封家书看到的内容是，加加林嘱托妻子把两个女儿好好抚养长大，并且"根据你的意愿选择是否改嫁"。

4 月 12 日清晨，加加林在睡梦中被叫醒，被通知立刻准备登舱发射。

来到发射场，总设计师科罗廖夫早就站在那里迎接，他对加加林说："你真幸运，你将从无与伦比的高处观看我们的地球。但你也要做好思想准备，经受各种考验。"

当加加林坐进飞行舱后，发现舱门无法密闭，然后舱门再一次被打开，检修人员又重新检查了一遍电路。

科罗廖夫告诉加加林："飞船有一个接点接触不良，你不要担心，一切都会正常。"

30 分钟准备，10 分钟准备，2 分钟准备，10 秒倒计时。

1961 年 4 月 12 日上午 9 点 07 分，搭载加加林的人类第一艘载人飞船"东方 1 号"由火箭推送，正式点火升空。

监控显示，加加林早上起床时心跳为每分钟 64 下，在点火时的心跳骤然上升到了每分钟 150 下。

通过麦克风，大家听到加加林激动地大喊：

"我出发了！"

4

曾有人问太空归来后的加加林："你看见上帝了吗？"

加加林的回答是："我差点自己去见上帝了。"

当加加林乘坐的"东方 1 号"飞船进入离地面 312 公里的轨道之后，他开始体会到了失重的感觉。此时的他被眼前的迷人景象所震撼。由于没有带相机，他只能通过通信系统，向地面中心激动地描述他在太空看到的地球、森林、大海——加加林激动地喊道："这一切实在是太漂亮了！"

地球孕育的人类，终于第一次在太空中看到了自己的母体。

在以每小时 2.8 万公里的速度环绕地球 78 分钟后，处于非洲上空的加加林开始准备降落。

然而这个时候，麻烦来了。

苏联的地面控制中心发现：加加林乘坐的返回舱和仪器舱无法分离。

按原定计划，返回舱和仪器舱分离只需要 10 秒钟时间，但显然是连接两个舱体的一根导线出了问题。两舱如果无法分离，将导致加加林在穿越大气层时被活活烧死。

此时，加加林乘坐的飞船已经开始旋转，每 12 秒旋转一圈，他在通信系统里说："我从头到脚都在旋转，像一个完整的芭蕾舞团。"

地面控制中心紧张地观测着加加林的返回速度，并推测出一个最好的结果：在飞船通过大气层时，那根失灵的导线会因为温度过高发生热熔化而脱离。

所幸，结局正像地面中心所预料的那样——在延误了 10 分钟之后，返回舱和仪器舱终于分离了。

在离地面 7 000 米的时候，加加林又发现了问题：原本给宇航员准备的气筏、医药包、自卫武器、联络工具等救生工具全都不翼而飞，这也就意味着一旦他落入陌生区域（比如深山或原始森林），将没有任何求生能力。

但时间已经容不得他多想。在离地面 4 000 米时，舱门"砰"的一声弹开，加加林连同座椅一起被弹射了出去，刚刚经历一个多小时失重和极速下坠状态的加加林，被抛射到空中，随后降落伞包打开。

在空中，并没有失去意识的加加林欣慰地看到，脚下并不是山区或原始丛林，而是他熟悉的伏尔加河。

"东方 1 号"的返回舱

最终，加加林缓缓地降落在伏尔加河畔的萨拉托夫州恩格斯城西南的一片耕地上。

落地后，加加林甚至不相信自己还能够站起来。

军用直升机随即呼啸而来，将加

加林接上了飞机。

当天，苏联塔斯社发布了一条震惊世界的消息：

“苏联空军少校尤里·阿列克谢耶维奇·加加林，乘坐‘东方1号’宇宙飞船绕地球一周后安全返回，完成了人类第一次宇宙航行。”

那个“少校”军衔，还是加加林在环游太空时被晋升的。

当时，苏联方面事先准备了三份消息，只有一份是宣布成功的。

5

加加林一举成名。

作为人类第一个进入太空的宇航员，加加林在苏联被视为伟大的英雄，他被授予了包括“列宁勋章”在内的大大小小许多勋章，还有“苏联英雄”称号。苏联各地请他去演讲的邀请如雪片一样飞来。一夜之间，全国很多街道都以他的名字命名。

不仅是苏联，全世界也都出现了一股“加加林热”，加加林一共受邀出访了27个国家，成为22个城市的“荣誉市民”。

加加林得到了他所能想象到的一切，但有一点，他却似乎永远得不到了——再次进入太空。

由于加加林已经成了苏联的“国家形象”，所以他再也不被允许进入太空，以防发生任何不测。

这在外人眼里看起来是一件无比幸福的事：什么事也不用

莫斯科欢迎加加林回来时的景象

登上《时代》周刊封面的加加林

做了，享受政府给予的高额津贴和各种福利，只要出席一些充满鲜花和掌声的社会活动就可以了。

但是，这却让加加林陷入了无比的痛苦——他发现自己"失业"了。

事实上，随着后来人类进入太空的宇航员越来越多，人们才渐渐意识到，这一人群在返回地球后会产生巨大的空虚感和落寞感，是需要及时进行特殊的心理治疗的。但由于加加林是全人类第一个上太空的人，之前没有人有这样的经验，所以只能由他自己去承受那种失落和痛苦。

加加林开始酗酒，试图从酒精的麻痹中忘记暂时的苦闷。他的精神也开始恍惚，甚至有一次从疗养院的阳台上跳下，造成头骨和面部骨折。由于加加林要经常代表苏联出席各种活动，国家还出钱帮他做了整容手术。

最后，终于有一件事让加加林觉得似乎找回了自己，让他觉得自己好像还有点用。

那就是驾驶飞机。

自从获准驾驶飞机后，加加林几乎每天都会去契卡洛夫斯基航天场，和那里受训的宇航员一起做飞行训练。尽管他那时候已经身居高位，但似乎只有飞行才能让他找回当初的自己。

加加林还不断提出希望重返太空，甚至一度被列入苏联某次太空飞行的替补宇航员。（加加林作为替补的那次太空飞行，后来也成了一场悲壮的太空灾难，这个故事请参看《历史的温度 2》收录的《他以 500 公里时速撞向地球，最后时刻说了什么？》。）

但所有的一切，都终结于 1968 年 3 月 27 日。

6

关于加加林遇难的经过和原因，从一开始就被蒙上一层神秘色彩。

那天清晨，已经出门的加加林在半路上想起自己的基地通行证忘在了家里——他从来没有忘带过证件。虽然同行的人劝他不用回家拿了，因为基地的门卫都认识大名鼎鼎的他，但加加林认为不能破坏制度，还是执意回家拿。

这个“半途而返”被后人认为是不祥之兆。而也有不少人觉得，当时是天意暗示加加林已经不需要带证件了。

上午 10 点 19 分，加加林驾驶米格 –15 冲上云霄，同机的还有他的飞行教练谢寥金。10 点 30 分，加加林和地面塔台取得联系，请求准许以航向 320° 返航。

就在这时，无线电通信忽然中断。

1 分钟后，本文开头的一幕发生：加加林驾驶的米格 –15 一头栽向地面，随即发生剧烈爆炸。

一开始，搜救队员集中搜索白色的降落伞——他们相信，加加林和谢寥金肯定已经弹射跳伞。

但是，搜救队随后惊恐地发现：两个飞行员根本就没有

1968 年，加加林在米格 –15 战斗机上的照片

跳伞。

根据后来的调查显示，当时那架米格 –15 在离地面 300 米左右时，倾斜角已经达到了 70°~90°，几乎是垂直俯冲坠毁的——全程只有 2 秒钟不到。

苏联政府在 3 月 28 日就成立了事故调查组，但最后只有一份简单的官方讣告：

“加加林死于训练飞行中的一次灾难。”

在这样的背景下，各种猜测接踵而来。

第一种猜测是加加林喝醉了才上天的。但这个说法很快被否认：加加林和谢寥金当天都没有饮酒。

第二种猜测是同机的谢寥金突发心脏病，拖累了加加林。但这种猜测并不被谢寥金之前的体检报告支持。

第三种猜测是飞机出现了技术故障。但专家通过对包括飞机残骸在内的各种证据进行分析，发现飞机在坠毁前一切设备正常（当时还没有能记录声音的黑匣子）。

第四种猜测是飞机撞上了飞鸟，但这种猜测从飞机残骸中又无法找到证据。

第五种猜测比较玄，称当时上台的勃列日涅夫认为加加林是赫鲁晓夫时代的英雄，过于出风头，所以指使克格勃在飞机上动了手脚。但这种说法纯粹出于想象，得不到任何证据支撑。

目前相对主流的是三种说法：一是加加林的战斗机有部件脱落；二是加加林的飞机遭遇了高空气流；三是当时他们遇到了风切变①。

但无论原因是什么，结果已无法改变：

人类第一位进入太空的宇航员，在 34 岁的年纪就英年早逝。

---

① 风切变指风向和风速在空中水平和（或）垂直距离上忽然发生变化，是飞机起飞和着陆的大敌。

在加加林坠机砸出的那个大坑周围，很快就摆满了各地赶来悼念的人送上的鲜花。

7

加加林并没有被人遗忘。

加加林的骨灰，被安葬在了克里姆林宫宫墙壁龛里；他的故乡格扎茨克市，被命名为“加加林市”；他训练时的宇航员训练中心，也被命名为“加加林宇航中心”。

值得一提的是，月球上有一座环形火山，也是以加加林的名字命名的。

苏联人在整个“太空争霸”中每一个环节都取得了领先，但在最后的登月环节，却一败涂地。而加加林，曾经也梦想自己成为第一个登上月球的人类宇航员。

2011 年 4 月 7 日，第六十五届联合国大会通过决议，宣布将每年的 4 月 12 日定为“载人空间飞行国际日”。

因为 1961 年 4 月 12 日，是加加林代表人类第一次成功进入太空的日子。

馒头说

位于美国奥兰多迪士尼乐园 Epcot（未来社区的实验原型）主题公园的项目“Mission：Space”（太空任务），就是通过真实的离心机模拟，让游客体会宇航员发射和着陆时所要承受的 2.5 倍重力。每个舱内都放有呕吐袋，很多游客经历过一次后都会有剧烈呕吐现象，这个项目开始营业至今已有两名游客死亡，均在体验时死于突发心脏病。我也亲身去体验过。

我记得当时我还不屑地拒绝了“地球探险”的那个分支通道（其实就是因为这个项目死了人，所以加了一个“温柔版”项目），选择了最刺激的“火星探险”。但当我坐进模拟舱，发现旁边放着呕吐袋的时候，就意识到有点不妙了。

随着倒计时点火的指令结束，我那种体验宇航员的兴奋感很快就被急速上升的不适感所取代，那种感觉真的很难形容，好像整个身体都在膨胀，马上就要爆炸一样。后来我去网上搜资料，看了结构图才知道，这个项目在 2003 年建成，当时投资 1 亿美元，是真的造了两个一般用于太空实验的离心机。

在模拟太空飞行的过程中，系统会提示你去按一些按钮。我也是后来才知道，那些按钮其实不按也没关系，但设计者就是希望你体会一下人类在 2.5 倍重力下的那种感觉——我连抬胳膊都很费力。

所以加加林曾回忆，当时在太空舱里讲话都很困难，因为成倍放大的重力不断往下扯着他的面部肌肉。

当我强忍住呕吐的感觉走出模拟舱时，立刻就想到了加加林——他和他的队友在训练中至少做了 95 次比这强度大得多的离心机实验。

我们有时候会觉得，宇航员真的风光无限，走到哪里都是鲜花和掌声，但这些荣誉，其实是他们用血与汗，乃至生命换来的。更不用说，他们代表的是人类探索太空的努力。

加加林太空归来后出访的第一个国家，是捷克斯洛伐克。在这个国家的卡罗维发利市，有一座加加林的纪念碑。

1992 年，这座加加林的纪念碑被缠上了钢丝绳，卡罗维发利市市长的意思是要拆除这个“苏联的象征”。但很多人随后就提出了抗议——加加林代表的并不是苏联，而是全人类。

于是，加加林的纪念碑被搬到了卡罗维发利市国际机场的大楼面前，让更多的人能看到。

就像当初大家认为的那样：当宇航员进入太空的那一刹那，其实他代表的已经不仅仅是自己的国家，而是整个人类文明。

本文主要参考来源：
1.《伟大而落寞：英雄加加林的后太空生活》（扬·申克曼，《透视俄罗斯》，2014 年 4 月 12 日）
2.《故人追忆加加林：揭露诸多不为人知的幕后故事》（《羊城晚报》，2011 年 4 月 11 日）
3.《我的朋友加加林》（阿卜杜勒－拉赫曼·韦济罗夫，《国外社会科学文摘》，2004 年第 11 期）
4.《加加林的印象与随想》（俞邃、施蕴陵，《世界知识》，1999 年第 8 期）
5.《加加林遇难的那一天》（秦德岐，《大众科技》，1999 年第 3 期》）
6.《人类首航太空历险记——写在加加林漫游太空四十周年》（刘登锐，《质量与可靠性》，2001 年第 2 期）
7.《加加林太空探险的一面旗帜——纪念世界载人航天 40 周年》（庞之浩，《中国科技月报》，2001 年第 4 期》）
8.《解密加加林空难原因》（徐仁吉，《科技日报》，2013 年 3 月 26 日）
9.《永远的加加林》（汪嘉波，《光明日报》，2001 年 4 月 20 日）

那些从月球回来的宇航员

人类的太空梦，一直在克服种种困难和险阻，艰难地延续。而作为冲在第一线的最直接个体——宇航员，他们遭受的各种挑战和压力，我们一般人可能真的体会不到。

1

1971年2月5日，“阿波罗14号”的登月舱顺利降落到了月球表面。

这是美国继“阿波罗11号”和“阿波罗12号”之后的第三次载人登月任务。

为什么跳过了“阿波罗13号”？

因为1970年，“阿波罗13号”在前往月球的过程中发生了服务舱爆炸，多个设备受损，只能中途放弃登月。虽然“阿波罗13号”的安全返回堪称人类航天史上的一个奇迹，但这也让“阿波罗14号”的登月行动背负了不小的压力——只能成功，不能失败。

幸运的是，“阿波罗14号”的登月任务进行得很顺利。

执行“阿波罗14号”登月任务的三名美国宇航员，分别是指令长艾伦·谢泼德、指令舱驾驶员斯图尔特·罗萨和登月舱驾驶员埃德加·米切尔。

1971 年 2 月 6 日，谢泼德在月球表面的照片，来自 NASA

为了完成那次登月的任务，埃德加和谢泼德前往一个叫“火山锥坑”的地方进行考察——NASA（美国国家航空航天局）认为那里肯定有 1 亿年前留下的珍贵岩石。

“火山锥坑”是月球的制高点，虽然月球的重力只有地球的六分之一，但这段旅途对来自地球的宇航员而言也是一段艰难的旅程。埃德加和他的伙伴创造了 9 小时 17 分钟的人类在月球表面行走的最长纪录，但最终还是选择放弃到达目的地——那里实在太远了。

尽管如此，“阿波罗 14 号”还是出色地完成了任务，相对于之前实验性质的“阿波罗 11 号”和“阿波罗 12 号”，“阿波罗 14 号”创造了一系列新的纪录，包括在月球停留了 33 个小时，成为第一个在月球过夜的团队。

但这些，都不是最重要的。

2

关于“阿波罗 14 号”的争议，是在登陆 36 年后出现的。

争议的爆发点，其实只来自一人——当年完成 9 小时 17 分月球表面行走的登月舱驾驶员埃德加·米切尔。

2007 年，作为全世界第六个登上月球的人，埃德加在接受美国广

“阿波罗 14 号”的三名宇航员，从左到右分别是斯图尔特·罗萨、艾伦·谢泼德和埃德加·米切尔

播电台节目“Kerrang!”采访时表示：“我碰到了外星人！”

按照埃德加的说法，当时他“有一种被某种东西注视的奇怪感觉，仿佛和宇宙中的智能生命产生了一种心灵的接触”。

埃德加的这番话当时把电视节目的主持人尼克惊得目瞪口呆：“我一直以为这是米切尔的玩笑，但是我发现他在这件事上确实是认真的。”而埃德加的回答是：“这只是个开始，以后外星人到访地球的消息会越来越多。”

埃德加抛出的“炸弹”不止这一个。他进一步指出，因为他在 NASA 工作，所以能接触到大量绝密的“X 档案”，里面记录有很多 UFO（不明飞行物）到访过地球。他信誓旦旦地表示，1947 年 7 月发生在美国的“罗斯威尔事件”是真的，而美国政府一边不断调查外星人事件，一边向公众隐瞒。

他表示，自己作为一名曾经登上月球的宇航员，又在军事和情报部门工作过，他掌握很多公众不了解的事实——人类其实经常被外星人拜访。

对于埃德加的说法，NASA 立刻给予了回应：

“NASA从来没有跟踪过不明飞行物，也从来没有掩盖过在地球上发现外星生命或者在宇宙中发现外星人的事实。米切尔博士是一个伟大的美国人，但我们在这个问题上不敢苟同他的观点。我们的任务是探索更多的真相，如果外星人真的存在，我们没有任何理由对此加以隐瞒。”

埃德加对“外星人”的描述与不少科幻电影相似：“这些外星人体形非常小，但长有大大的眼睛和脑袋，相貌非常怪异。”

而美国UFO调查基金会主席唐·勃林格也对此表示怀疑：“我对此抱怀疑态度，除非他能提供证据或其他证人。”

埃德加认为他有“证人”，而且不是别人，恰恰是第一个踏上月球的人类：

尼尔·奥尔登·阿姆斯特朗。

3

关于阿姆斯特朗说看到过外星人的说法，早已不鲜见。

一种颇为流行的说法是，当美国“阿波罗11号”宇航员阿姆斯特朗乘坐“鹰号”登月舱踏足月球表面后，曾遭遇过3个直径15~30米的UFO。阿姆斯特朗震惊地向休斯敦地面控制中心汇报看到的一切时，NASA专家将和阿姆斯特朗进行通信的频道迅速切换掉。人们听到的阿姆斯特朗的最后一句话是：

“那儿有许多大东西！老天，它们真的非常大！它们正待在陨石坑的另一头！它们正在月球上看着我们到来！”

“登月第一人”阿姆斯特朗

但是，这个说法从来没有被证实过，NASA的登月录音中也没有这段话——当然，有人认为NASA肯定将这段话剪去了。

而另一种说法是，阿姆斯特朗在自己的自传中透露，美国终止登月，就是因为受到了外星人的警告。

然而，阿姆斯特朗并没有出过自传，也从没有过出自传的念头。

毫无疑问，每年世界各地都可能有数以万计的“目击UFO”的报告，但之所以美国这批登月宇航员说出的话震撼力强，是因为他们确实是一群实打实进入过太空、踏上过另一个星球的人。

但是，要证明任何事物的存在，都要拿出证据，哪怕你是登月的宇航员。

迄今为止，除了埃德加外，其余登陆过月球的美国宇航员都没有提到过外星人。

不过，相对于探讨没有证据的“外星人”，那一批登月归来后的宇航员的境遇和生活，可能更值得关注。

4

在这个世界上，有一个神秘的“12人俱乐部”。

这个俱乐部，无论是大国政要还是超级富豪，都无法加入，因为这个俱乐部只有一个入会条件——你登陆过月球。

迄今为止，只有12个人真正登陆过月球，全部来自美国。

英国作家安德鲁·史密斯曾采访12名登月宇航员中的9名，写成了一本书，叫作《月亮之尘：登月档案揭秘》。书中披露的那些登月宇航员回到地球后的境遇，出乎很多人意料。

“阿波罗15号”登月舱驾驶员詹姆斯·欧文

那位站出来声称自己看到过外星人的“阿波罗14号”宇航员埃德加·米切尔，在回到地球后就创办了一个“抽象科学研究所”（Institute of Noetic Sciences），专门研究各种无法解释的神秘现象，当然也包括外星人。

“阿波罗15号”的登月舱驾驶员詹姆斯·欧文在月球的亚平宁山的一块岩石上，发现了一块有着数十亿年历史、被称为“起源石”的水晶，他表示自己当时就感到这块“起源石”仿佛正在那儿等待他的到来。回到地球后，詹姆斯就建立了一个叫作“高飞”（High Flight）的宗教组织，然后开始不断率团队去土耳其亚拉拉特山寻找“诺亚方舟”的遗骸——他经常说，在太空中的经历使他觉得离上帝前所未有地近。

“阿波罗16号”的登月舱驾驶员查尔斯·杜克，在返回地球后就开始严重酗酒，并且经常虐待自己的孩子。后来，他也皈依了宗教，在回忆自己的登月经历时，他的评价是“我生命中的灰尘”。

和查尔斯·杜克一样，作为阿姆斯特朗的搭档，当年执行“阿波罗11号”登月计划的巴兹·奥尔德林在回到地球后也陷入长期的抑郁和酗酒状态。

作为第四个登上月球的人，“阿波罗12号”的指令长艾伦·宾在回到地球后成了一名画家。但他的画永远只有一个主题：用混合着月

艾伦·宾

艾伦·宾的画

球尘土的油彩，描绘他看到过的月球表面的场景。

要知道，这批宇航员之前绝大多数都是美国空军的试飞员，无论身体素质还是心理素质，都要比平常人高出很多。

那么，这是否暗示——他们遭受了巨大的刺激？

5

受到刺激是肯定的，但原因，却未必来自所谓的“外星人”。

首先，是宇航员回到地球后，对公众的狂热崇拜难以适应。

“登月第一人”阿姆斯特朗的境遇可能最有代表性。

阿姆斯特朗返回地球后，发现来自四面八方的赞扬和崇拜简直让他无法抵御，以至慢慢产生了抵触情绪。阿姆斯特朗的故乡俄亥俄州沃帕科内塔是一个只有 1 万居民的小镇，但居民们却自己捐款造起了一座“尼尔·阿姆斯特朗航空航天博物馆”，只是，阿姆斯特朗本人几乎从不去那里。

因为频繁到各地演讲和做活动，无暇顾及家庭，1989 年，阿姆斯特朗的妻子珍妮特提出了离婚。阿姆斯特朗后来曾回忆：“我很爱我的妻子，离婚成了我成功的最大代价。”

而后来有人问起阿姆斯特朗如何看待自己的脚印将永远留在月球，他的回答是：

“我希望未来有人上去把我的脚印擦掉。”

阿姆斯特朗后来甚至在一个偏僻的乡下买了一个小农庄，开始过半隐居的生活，他曾感慨：“到底要多久，人们才不会把我当一个宇航员看待？”

6

与周围人的狂热相比，宇航员自己内心深处的失落感，也是一道难以克服的障碍。

在20世纪60年代，美苏两国陷入了狂热的“太空争霸”，从1969年到1972年，美国开始频繁进行登月计划，从总统到NASA，从宇航员到普通百姓，美国上下都陷入了一种亢奋情绪中。

然而，在1972年12月“阿波罗17号”成功登月后，美国的“探月计划”却偃旗息鼓了，仿佛从来没有发生过一样。这导致包括宇航员在内的很多探月计划参与者心中都产生了或多或少的困惑：我们的人生，接下来该干些什么？

阿姆斯特朗的登月搭档，巴兹·奥尔德林后来写自传回忆了当初自己的心态：“30多岁的时候，仿佛就完成了自己人生全部的使命，接下来根本不知道该干什么了。”

于是奥尔德林开始酗酒，和自己的妻子离婚；然后再结婚，一年之后再次离婚，之后继续酗酒。从空军退役后，他因为没有人生目标，甚至靠推销汽车谋生。

2002年，在洛杉矶一家酒店的门口，72岁的奥尔德林被一个年轻人缠住，不停地被质问：“你敢对着《圣经》发誓说你登上了月球吗？”“你因为你没有真正做过的事收了钱。”“你是个不折不扣的骗子、懦夫！”奥尔德林在和年轻人争辩之后被激怒了，最终一拳挥向了对方——这一幕被全程拍了下来。

阿姆斯特朗在过着半隐居生活时，有朋友劝他多出去走走，而阿姆斯特朗的回答只有一句话：“我连月球都去过了，地球上还有什么地方吸引我呢？”

7

这张著名的“地出”照片，由“阿波罗 8 号”的宇航员威廉·安德斯在月球轨道上拍摄

还有一个原因，和公众及宇航员本人都无关，而是和宇宙有关。

虽然我们都知道宇宙无边无际，但只有当宇航员真的身处其中，才能感受到那种浩瀚带来的强大冲击力。

“阿波罗 14 号”的航天员埃德加坚信存在外星人，与其说是因为他发现了证据，倒不如说是因为他的信仰发生了改变。

埃德加在回忆自己的登月过程时说：“忽然从月球边缘缓缓升起了一个蓝白相间的星球，我一时呆住了，当时没有意识到，那就是我们的家园——地球。”

埃德加承认自己的信仰发生了改变：“在返回家园的途中，透过 24 000 英里[①] 的天空，看到了我们的星球，我忽然想到了智慧、爱与和谐。30 年前，我认为人是宇宙间唯一的生物，现在我不这么看了。”

① 1 英里约为 1.61 千米。——编者注

成立宗教组织的“阿波罗15号”宇航员詹姆斯·欧文也感慨：“每当晚上，你抬起头就能看见月球，我在月球上看地球也差不多，它活像一个脆弱的蓝色皮球挂在黑暗的宇宙内，你几乎可以伸手就握着它，这种感觉可说无法想象得到。”

8

2017年1月16日，NASA宣布，尤金·塞尔南去世，享年82岁。

尤金·塞尔南，“阿波罗17号”的指令长。“阿波罗17号”是人类迄今为止最后一次实现登月的飞船，而尤金作为最后一个返回登月舱的宇航员，也成了人类到目前为止最后一个在月球上行走过的人。

尤金去世时，在月球上行走过的宇航员，在世的只剩下了6位。

他曾用手指在月球上写下了当时9岁女儿的名字首字母“TDC”，并称这是他一生中的“高光时刻”。

而以尤金为代表，所有曾经登上过月球的宇航员，都有一个共同的愿望：希望能重返月球。（阿波罗计划的故事可参看《历史的温度》收录的《45年过去了，我们为什么没有再回月球？》。）

馒头说

为《历史的温度》写序的老师严锋，也是《三体》第三部的序言作者。我至今对他《三体》序言的第一段印象深刻：

“多年以后，我还会记得看完《三体》的那个秋夜，我走出家门，在小区里盘桓。铅灰色的上海夜空几乎看不到几颗星星，但是我的心中却仿佛有无限的星光在涌动。这是一种奇异的感受，我的视觉、听觉和思维都好像被放大、重组和牵引，指向一个浩瀚的所在。”

这完全说出了当时我自己看完《三体》后的心境。

有不少人曾说，登月宇航员的后半生大多有异于常人，多半和他们看到过外星人有关。

我虽然是“外星人存在”的支持者，但我反对任何没有证据的“外星人”推断，而对于这批登月宇航员，我认为仅仅用“遭遇过外星人”来概括他们后半生的心境变化，太草率了。

我们总说，人类在宇宙中真的不算什么，但有多少人能像他们一样，在外太空，真真切切感受到宇宙的浩瀚，地球的卑微，生命的渺小？

不一定要登月。法国的首位女宇航员克洛迪·艾涅尔，后来曾做到过法国的科技部部长，但依旧无法摆脱抑郁症的困扰，自杀未遂，震动法国。

但越是这样，其实越能体现这批宇航员的伟大，他们就是我们，就是体现了人类面对超出想象力的新世界的心态，而他们背后折射的，是整个人类探索和征服未知领域的天性和雄心。

确实，无论是霍金还是《三体》，都通过各种方式提出警告：不要去主动探索地外文明，否则很可能会给人类带来毁灭性灾难。但我认为人类的探索之路是不可逆转的，因为人类探索未知、克服孤独感、证明自己存在的这些天性，是人类一路演化而来成为万物之灵长的强大驱动力，是不可能被改变的。

就用恩斯特·施图林格那封著名的回复赞比亚修女的信的最后一段话作为结尾吧——1970 年，赞比亚修女曾给施图林格写信，询问他地球上有那么多吃不饱饭的儿童，而人类为什么还要探索太空：

“太空探索不仅仅给人类提供了一面审视自己的镜子，它还能给我们带来全新的技术、全新的挑战和进取精神，以及面对严峻现实问题时依然乐观自信的心态。我相信，人类从宇宙中学到的，充分印证了阿尔贝特·施韦泽那句名言：‘我忧心忡忡地看待未来，但仍满怀美好的希望。’”

“挑战者号”悲歌

其实我们都知道，在很多探索成就的背后，是默默无闻的牺牲，但当这一幕赤裸裸展现在你面前时，带来的震撼是怎样的？

1

1986 年 1 月 28 日上午，19 岁的杰弗里 · 奥尔特一直心情激动。

作为一个“太空迷”，奥尔特这一天专门赶到了美国佛罗里达州肯尼迪航天发射中心附近。在这一天，美国的“挑战者号”航天飞机将搭载七名宇航员升空。为此，奥尔特还专门购买了一台柯达 Super 8 手持摄像机，准备将这一幕激动人心的场景全部记录下来。

事实上，心情激动的人远不止奥尔特一人。

在离发射现场 6.4 公里的看台上，1 000 多名观众满怀期待地等待着人类又一次挑战太空的壮举。在这 1 000 多名观众中，还有 19 名准备到时起立欢呼的中学生——他们的老师麦考利夫在全国应征报名的 11 000 名教师中被选拔出来，将成为七名宇航员中的一位，在太空给全国的中小学生上两节科普课。

“挑战者号”航天飞机升空瞬间

而这场发射，还将通过 CNN（美国有线电视新闻网）电视台向全国直播。

上午 11 点 39 分，激动人心的倒计时开始了：“10，9，8……3，2，1，发射！”

随着承载“挑战者号”的助推火箭点火升空，看台上的观众纷纷起立欢呼。在远处，奥尔特拿着摄像机的手甚至有些发抖，他看到取景框中的航天飞机缓缓升空，不断加速，很快就会突破天际……

然后，摄像机画面里就出现了奇怪的一幕——

在升空过程中，助推火箭和“挑战者号”忽然爆出了巨大的火焰，瞬间就四分五裂了。

那是它升空后的第 73 秒。

看台上的 1 000 多名观众被突如其来的变化震惊了，很多人还没意识到发生了什么，一位观众甚至对着那团烟花赞叹：“天，太美了！”

然而很快，大家都意识到一幕悲剧刚刚发生——

“挑战者号”爆炸了。

“挑战者号”爆炸时的场景。航天飞机此前已有 24 次的任务成功经验，并宣告美国已脱离使用火箭的年代

2

“挑战者号”爆炸的场面震惊了所有人，但其中可能未必包括博伊斯乔利。

罗杰·博伊斯乔利是塞奥科公司的高级工程师，而塞奥科是负责为 NASA 制造航天飞机 SRB 部件的承包商——SRB 是“solid rocket booster”的缩写，也就是“固体火箭推进器”，是决定航天飞机发射成功与否的最重要环节之一。

作为 SRB 部件的主要工程师之一，博伊斯乔利到最后一刻，都不同意“挑战者号”发射。

这不仅仅是因为“挑战者号”的发射一直都非常不顺：按照计划，

发射前一天，肯尼迪发射中心的发射台其实已经出现了结冰现象

“挑战者号”应该是在美国东部时间 1 月 22 日下午 2 点 43 分发射的。但是，由于上一次发射其他飞行器的任务有延迟，发射时间推迟到了 23 日，随后又推迟到了 24 日。因为恶劣的天气，发射时间再一次推迟到了 25 日。之后又是糟糕的天气，时间改到了 27 日。最后，由于外部舱门通道的问题，发射时间最终被定在了 1 月 28 日。

但是，1 月 28 日依旧不是一个发射的好天气。

根据天气预报，当天的气温降到了 0 摄氏度以下（–0.5 摄氏度）。虽然这没有超过发射所允许的最低温度，但这样寒冷的气温让博伊斯乔利非常担心一个关键部件：O 形环。

O 形环，简单来说，就是避免火箭膨胀爆炸的一个重要部件。在火箭点火升空的过程中，火箭助推器会因遭受巨大的内部压力而膨胀，而此时 O 形环也要瞬间随着钢壁迅速膨胀，防止高温气体泄露进而接触燃料箱。只要 O 形环膨胀稍慢，哪怕是 0.1 秒，就会造成热气外泄，进而引发不堪设想的后果。

博伊斯乔利和几个工程师都担心：低温会使 O 形环变得僵硬，进而在火箭发射时不能及时膨胀，随后引发灾难。

为此，以博伊斯乔利为首的几个工程师联名向公司提出了这个问题，但他们也面临另一个问题：无法拿出数据方面的证据和解决办法。怎么才能确定O形环出问题的概率呢?

而发射的时间因为一拖再拖，已经迫在眉睫。

所以，当NASA再一次询问塞奥科公司究竟能否发射时，公司经过一番激烈的讨论乃至争论，最终决定忽略博伊斯乔利他们担心的问题，给出了回复：可以发射。

在发射那天，远在犹他州的塞奥科公司职员都在会议室收看电视直播，但博伊斯乔利却在会议室门外来回踱步，他表示自己太紧张了，不想看直播。

在“挑战者号”成功点火升空后的最初几十秒，博伊斯乔利兴奋地握住同事的手，说：“我们刚刚躲过了一颗子弹！”

但是，就在第73秒，会议室里传来了一阵惊呼。

看到电视屏幕上“挑战者号”在爆炸中碎裂成了数千片，尽管博伊斯乔利之前有心理准备，但那一刻，他还是感觉自己的心跳几乎停止了。

3

“挑战者号”究竟为何爆炸？这个问题困扰着全美国乃至全世界的人，也包括费曼教授。

理查德·菲利普斯·费曼，1965年诺贝尔物理学奖的获得者。他在“挑战者号”爆炸三天后，被邀请加入由前国务卿罗杰斯领衔的失事原因调查委员会。

费曼一开始是拒绝这个邀请的，因为秉性正直的他认为政府里充满谎言和欺骗，不想和他们进行任何协作。但由于“挑战者号”爆炸事件影响实在太大，他也确实希望能帮忙找出事故原因，所以最终接

费曼教授，犹太裔

受了邀请。

在排除了多项可能的原因之后，费曼把目光聚焦在了O形环上。

按照费曼自己的说法，他当时接到了同样参与调查工作的库提纳将军的一个电话："今天早上修汽车的喷嘴时想到，航天飞机起飞的那天，佛罗里达的气温只有零下二三摄氏度，而以往发射时，最冷的一天也有12摄氏度。请问费曼教授，冷冻对O形环有什么影响？"

费曼立刻想到了温度对O形环的影响。

但他后来才知道，其实当时是NASA的一名宇航员向库提纳将军提起的O形环问题，而库提纳将军为了保护这名宇航员（他还要在NASA工作），才谎称是自己修车时想到的。

事实上，无论是制造部件的塞奥科公司的部分工程师，还是NASA的部分工作人员，当时都已经意识到了O形环可能是这次灾难的主因。但是，如何证明这一点，是相当困难的。

而这个任务，最终由费曼完成了。

在一次有媒体在场的事故原因调查会上，费曼在没有事先通知的情况下，当着媒体的面，拿出了自己事先组装的O形环模型，用钳子压扁，浸到了冰水中，然后取出，松开钳子——O形环没有恢复原状。（腾讯视频可以搜到当时的视频。）

这一幕通过媒体传播，在当晚轰动全美——这意味着"挑战者号"升空爆炸的主要原因被找到了。

而打捞上来的残骸碎片和一系列的验证最终也证明了这一点：

由于发射时气温过低，发射台已经结冰，火箭推进器固定右副燃料舱的 O 形环硬化。在点火时，O 形环未能及时膨胀，火焰外冒。好在添加在燃料中的铝形成了铝渣，临时堵住了裂缝，起到了密封作用。

但是，就在升空 58 秒左右时，飞船遭遇一股威力相当于“卡特里娜飓风”的风切变，随之而来的震动让铝渣脱落，缝隙再次暴露，于是火焰直接喷射在了主燃料舱上……

在 4 万升燃料爆炸的冲击下，“挑战者号”被气流撕成了碎片。

而这个原因的公布，也证明了一点：NASA 和承包公司在这次灾难中有不可推卸的管理和沟通上的责任。

由于这事关 NASA 的公众形象和研究经费，所以费曼在整个调查报告的公布过程中受到了很大压力，但他坚持两句话：

“大自然是不可欺骗的！”

“公关不能比人的生命更重要！”

4

但是，“挑战者号”上的七名宇航员已经为“欺骗”付出了生命代价。

这七名宇航员分别是：

机长弗朗西斯·斯科比，曾是美国空军战斗机飞行员；驾驶员迈克尔·史密斯，也曾担任过战斗机飞行员；宇航员朱蒂丝·雷斯尼克，在闲暇时喜欢弹钢琴；宇航员罗纳德·麦克奈尔，曾是加州南部的农民；宇航员格里高利·杰维斯，他还随身带着母校送给他的一面旗子，希望能带入太空；埃里森·奥尼佐卡（鬼冢承二）日裔美国人，最大的梦想是去月球。

还有就是中学教师克里斯塔·麦考利夫，她算是七人中唯一一名“业余宇航员”，有一个儿子和一个女儿，通过层层选拔最终入选七人名

“挑战者号”上的七名宇航员

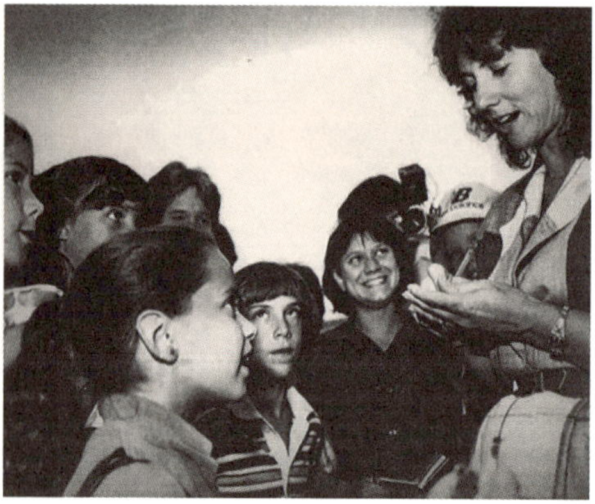
麦考利夫在她成功入选后的一个庆祝仪式上给大家签名

单。按计划，她将在太空通过电视为美国和加拿大 250 万中小学生讲授两节太空课和一些太空科学表演。

当时，她的学生全都停课，希望通过电视直播亲眼看到自己的老师进入太空。

事实上，在升空后，舱内的七名宇航员并没有发现什么异常。到了升空后 68 秒，地面的太空舱通信员和舱内的宇航员还有对话：

“执行加速！”

机长斯科比回答：

“收到，执行加速！”

这是“挑战者号”宇航员和地面的最后一次通话。

5 秒后，飞机解体。

而更令公众伤心的，是另一份调查报告：

在“挑战者号”解体时，至少有三名宇航员并没有死亡，他们甚至还有自主意识，打开了航天飞机上的应急供氧设备。然而，他们随后在低温和缺氧的环境下，死于坠落时舱体和海面的重击——当时的下坠速度超过 334 公里每小时。

于是又一个问题被提了出来：难道不给宇航员配备用于逃生的弹射座椅吗？

很遗憾，在“挑战者号”的实验中，确实给每位宇航员配备了弹射座椅，但到正式任务时却被拆除了。事故原因调查委员会给出的原因是：作用有限，技术复杂，花费过多金钱，重量原因，日程拖延。

5

“挑战者号”失事的余波，当然不止于此。

由于“挑战者号”的发射过程是通过 CNN 全程直播的，所以很多美国人通过直播画面目睹了灾难的发生（其中还有不少是停课看直播的孩子），而即便没有看直播的人，也在事故发生一小时内通过各种渠道迅速知道了这个新闻。

在这样的高关注度下，NASA 面临巨大压力。

在调查组出具最后报告时，前国务卿罗杰斯曾要求加上第十条建议：“我们强烈建议 NASA 应该继续受到政府和全国的支持，因为它在开发太空的工作中起了关键作用……祝贺 NASA 以往的成就，并预祝新的业绩更辉煌！”

但作为专家的费曼坚决不同意加上这一条。

费曼并不是不赞成太空探索或否定 NASA 以往的工作成绩，而是认为，这次事故，NASA 在管理和沟通上应该负很大责任。他甚至认为这个组织已经背离了当初探月工程时的精简有效原则，成了一个臃肿低效且会逃避责任的机构——作为一份事故调查报告，这种政策性的鼓励根本就不是什么建议，显得不伦不类。

所以，费曼做出的答复是：如果要加上第十条，那么他不会在调查报告的最终结论上签名。

事实上，NASA 因为这次事故也确实付出了惨重的代价：发射计划因此被冻结了 32 个月，直到 1988 年 9 月 29 日才重新恢复。

6

但是，教训需要吸取，脚步却并不停止。

尽管NASA 的发射计划被暂时终止，但谁都知道会有重开的一天。因为从当时美国总统罗纳德·里根的演讲中，大家已经得到了答案。

1 月 28 日原本是里根要发表国情咨文的日子，但因为“挑战者号”失事这场灾难过于巨大，里根宣布推迟到一周后再发表国情咨文，取而代之的是在白宫的椭圆办公室发表了一篇演讲。

在这篇演讲中，里根表达了自己的哀悼，并着重强调：

“我们将继续我们的太空探索。我们会有更多的航天飞机、更多的航天机组，并且，是的，更多的平民、更多的教师飞向太空。

“一切都不会在此时此地停止——我们的希望，我们的探索之旅正在继续。”

馒头说

还是想说说我的老东家《解放日报》在当年是如何处理这个新闻的。

当“挑战者号”事故发生后，作为上海市委机关报的《解放日报》不仅将事故新闻放到了头版的醒目位置，而且还配了两张照片，这在全国引起轰动——自 1942 年延安《解放日报》改版后，全国报纸从来没有让国际新闻上过头版（当天《人民日报》也在头版右下角放了两条消息）。

后来我和我的领导、当时经历此事的陈振平老师（后任《解放日报》副总编辑，《文汇报》总编辑、党委书记）聊及此事，他说过一句话：

“这和国家无关，是全人类的事。”

没错，这也是“挑战者号”失事当时、现在乃至未来依旧能够让人铭记的最重要原因，也是我在之前的《海底两万里：不管你是否凝视，深渊总是在那里》中表达过的一个观点：

人类在探索宇宙的过程中才能明白自己的渺小和卑微，但同时，我们不怕牺牲，永不言弃。

从加加林到麦考利夫，从阿姆斯特朗到杨利伟，他们有的人成功，有的人牺牲，但所有人都付出了让人难以想象的艰辛和努力。

而在这个过程中，他们每一个人都有国籍，但他们所从事的事业是无国界的——代表的是全人类。

在“挑战者号”失事之前，NASA 最严重的一次事故是“阿波罗 1 号”在测试时指令舱发生大火，三名宇航员遇难。遇难者之一、指令长维吉尔·格里森曾说过这样一句话：

“要是我们死亡，大家要把它当作一件寻常的事情，我们从事的是一种冒险的事业。万一发生意外，不要耽搁计划的进展。征服太空是值得冒险的。”

虽然不愿意看到，但我相信，人类探索太空的过程中还会继续出现牺牲。

但我们的脚步不会停止。

本文主要参考来源：

1.《美太空迷拍摄 1986 年挑战者号失事新视频曝光》（新浪科技，2012 年

3 月 13 日）
2.《纪念“挑战者号”失事 10 周年》（潘厚任，《自然杂志》，1996 年第 1 期）
3.《挑战者号的失事真相以及你不知道的费曼冰水实验》（巴特，知社学术圈，雷锋网转载，2016 年 5 月 12 日）
4.《“挑战者”号航天飞机失事的原因》（郑学文，《上海航天》，1986 年第 3 期）
5.《碎片背后的伤逝与梦想》（高珮砉，《青年参考》，2016 年 2 月 17 日）
6.《30 年过去了，“挑战者”号工程师仍在自责》（霍华德·伯克斯，美国公共电台，2016 年 1 月 28 日）

18 年前的今天，人类超声速旅行的梦想破碎……[1]

一说起 20 世纪，我们总会有一种很遥远的感觉，尤其是在科技方面，更有一种恍若隔世之感。但事实上，当时的一些科技应用，其实很超前，反而会让现在的我们产生一种“科幻感”，比如下面这个故事。

1

2000 年 7 月 25 日，下午 4 点 40 分。

法国巴黎的戴高乐机场第 26 号跑道，法航 4590 号航班开始在跑道上滑行，准备起飞。

当这架客机以超过 300 公里的时速滑行了 1 200 米的时候，飞机左翼忽然冒出了一团烈火。

地面塔台立刻通知 4590 号航班的机长，但机长已经没有办法——前方跑道只剩下 2 000 米，已经无法安全停下，只能强行起飞。

---

① 本文写于 2018 年。

起火后强行起飞的“协和号”

3 分钟后，客机拖着长长的火焰强行升空，几秒后，起火的机翼就开始解体，飞机开始向左倾斜。

2 分钟后，挣扎的客机一头栽进了机场旁一个小镇的一家酒店。

机上 100 名乘客和 9 名机组人员全部遇难，酒店里的 4 名住客也因“天降之灾”而罹难。

这起空难立刻震惊了全世界。

不仅仅是因为空难本身，更因为这架客机不是普通的客机。

那是人类历史上第一次用于商业飞行的超声速客机——“协和号”。

2

人类首次研制出超过声速的飞行器，是在二战时期。

1943 年，美国人研制的 X–1 试验机第一次飞出了 1.06 马赫的速度——人类飞行器首次突破了声障（1 马赫大约相当于 340.3 米 / 秒，大约等于 1 225 公里 / 小时。声音在空气中的传播速度为 340 米 / 秒）。

X-1 是人类历史上一架划时代的飞机，不仅仅因为它首次实现了超声速，也因为它是世界上第一架纯粹为了实验而研制的飞机

超声速的飞机最先肯定是用于军事领域，但随着时代的发展，各个国家的政府都开始动起了脑筋：能否让大型商用客机也实现超声速飞行？

当时世界上的四个军工强国——美国、苏联、英国和法国，都相继开始了超声速客机的研发。在这个过程中，英国最重视，且在一开始是走在最前面的。

1956 年，英国就成立了“超声速运输飞机委员会”（Supersonic Transport Aircraft Committee，STAC），这个委员会联合了英国皇家飞机研究院和布里斯托尔飞机公司，开始全力研发超声速客机。

但经过了一段时间的研发之后，英国人喜忧参半：喜的是，经过多次实验和论证，制造能实现百人载客规模的超声速客机是可行的；忧的是，整个研发和制造需要投入巨额资金，政府实在吃不消。

怎么办？只能找合作伙伴。当时美国出于种种原因，退出了这一领域的探索，而苏联因为“冷战”的影响，隔着“铁幕”自己闷头研发，英国找来找去，只能找到法国。

好在，法国对研发超声速飞机也表现出了极大的兴趣。

当时的欧洲刚刚经历过二战的摧残，百废待兴，整个民航客机市场几乎被美国的波音和道格拉斯占据。要强的法国总统戴高乐非常希望有欧洲国家自己的客机，打破美国的垄断，所以对与英国合作研发一事非常支持。

1962 年 11 月 28 日，在法国总统戴高乐和英国首相麦克米伦的推动下，法英两国签订了共同研发超声速客机的协议。英国人还特地加了一个条款：谁中途退出，谁就要支付巨额赔款。

我们可以想一下：在 50 多年前，人类就开始研发超声速客机了，这是一件多厉害的事。

正因为如此，所以整个过程也注定不是一帆风顺的。

3

研发计划才进行了两年，英国人就后悔了。

1964 年，英国工党在大选中胜出，新上任的英国首相哈罗德·威尔逊面对财政赤字，想退出超声速客机的研发计划。但法国警告说：一旦退出就要付巨额罚款。犹豫再三的英国最终只能硬着头皮继续开发。

1967 年 12 月 11 日，经过两国不懈的努力，第一架超声速客机终于出厂。然而，在飞机的命名问题上，两国又产生了分歧。

早在四年前，戴高乐就将这架飞机命名为“Concorde”——这个单词在法语中代表“合作”“和谐”。但是，一开始表示同意的英国，在之后认为这个名字忽视了英国的作用，所以决定将“Concorde”改为“Concord ”——意思是一样的，但这是英语单词。

到了飞机出厂的时候，英国科技部部长宾特表示英国愿意使用最初的法语单词。这个行为引起英国国内很多人的不满，认为研制超声速飞机的计划是英国先提的，应该用英文单词。

5

那么，“协和号”就没什么缺点吗？

当然是有的。

首先，“协和号”充分体现了一句话：“时间就是金钱！”

1982 年，一张巴黎往返纽约的“协和号”机票，价格为 3 900 美元，到了 2000 年，价格提升为了 8 148 美元。所以有人津津乐道“协和号”的乘客素质都很高，其实一个重要原因是当时能搭乘这架飞机的客人都非富即贵，连英国女王伊丽莎白二世和法国总统希拉克都经常搭乘“协和号”。

其次，由于毕竟是超声速飞机，又飞行在 18 000 米的高空，所以机舱内再怎样进行消音处理，依旧会有很大的噪声。有人做过形容，在“协和号”上基本和处在一个嘈杂酒吧里类似，说话需要贴着对方耳朵大声说。

当然，与这些比起来，“协和号”飞机最大的隐患是两个字：安全。

因为飞行高度和飞行速度都是普通客机的 2 倍，所以“协和号”上每一个小故障都会被放大无数倍。与一些零星的小事故相比，“协和号”当时面临的最大问题是“爆胎”。从 1975 年的一次试航爆胎开始，“协和号”几乎每年都有爆胎事故发生，所幸每次都化险为夷。

不过，总的来说，“协和号”在各方面还是比较安全的，从 1976 年到 1999 年，“协和号”没有发生过一次重大事故，由此还获得了“全世界最安全航班”的称号。

然而，这个光荣纪录，在 2000 年 7 月 25 日画上了一个悲惨的句号。

也就是发生了本文开头的那一幕。

6

2000 年 7 月 25 日的那架出事的“协和号”，是满载的。

在那 100 名乘客中，有 96 名是德国人，他们通过一家旅游公司包机前往纽约，然后乘坐“加勒比海号”游轮度假的。值得一提的是，另有 33 名乘客因为飞机满座，只能搭乘普通客机先行前往纽约——由此可见当时“协和号”受欢迎的程度。

坠机消息传来后，整个德国陷入巨大的悲痛中，时任德国总理施罗德惊愕地表示：“德国不知所措！”

而飞机失事的主要原因也很快被找到——还是“爆胎”！

官方调查结果显示：当时跑道上有一条由美国大陆航空的麦道 DC–10 客机（编号 N13067，飞往纽瓦克）一号发动机掉落的长条形金属零件。不幸的是，在“协和号”起飞之前，这根金属零件并没有被清理——当轮胎碾过这根铁条时，发生了爆裂。更不幸的是，轮胎爆裂的碎片高速射向位于机翼的满载油箱，造成的震荡波导致油箱盖受压打开，大量燃油泄漏；而另一块较小的轮胎碎片割断起落架的电缆线，导致火花引燃漏油。

当飞机起火后，得到塔台通知的机长发现停止起飞已经不可能，所以试图强行起飞后降落到 5 公里外的巴黎 – 勒布尔热机场。但由于火势太大，引起飞机机翼解体，两个发动机相继出了问题，各个部件也开始熔毁，起落架也无法回收。

最终，机毁人亡。

7

这一次空难事故，对整个超声速客机行业而言是致命一击。

之前还荣膺“世界上最安全航班”的“协和号”，很快就因为每

100 万次航班的丧生旅客数为 12.5 人成为“世界上最危险的客机”之一——当然，因为“协和号”载客量比一般客机低，所以一出事就很容易导致丧生人数比例上升。

但更大的震慑，是在公众的心理上。

由于“协和号”的事故就发生在起飞过程中，所以被大量的机场乘客所目睹，人们拍摄的照片甚至视频被广为流传，“协和号”拖着长长火焰坠毁的形象通过媒体传播，震撼了全世界，给很多人都造成了心理上的阴影——超声速飞机还是不可靠啊！

尽管这次事故后，“协和”飞机的制造厂商采取了一系列改进措施，包括使用新型的特制轮胎，使用防弹衣的材料来包裹油箱等，但公众的信心一旦被击垮，就很难再重新建立了——“协和号”航班的生意一落千丈。

一旦机票收入大幅下降，立刻暴露了“协和号”运营的最大命门——成本高昂。

单是燃油费一项，就让英国航空和法国航空两家公司撑不住了。

与波音 747 相比，“协和号”的每小时耗油量接近它的两倍，乘客运载能力却只有它的 1/4，这就导致每位乘客每 100 公里的耗油量接近它的 8 倍——这也是当初美国放弃研制的原因之一。

而油费的高昂也直接影响了英法两国飞机制造公司的命运。“协和号”在研发的时候，国际原油价格才 3 美元一桶，当时有包括中国在内的十几个国家的航空公司给“协和号”开出了订单。但之后全世界经历了三次“石油危机”，原油价格上升到了三四十美元一桶，这些订单全都消失了，只剩下作为制造商的英法两国继续采购。事实上，凭借着高昂的票价，英国航空公司的“协和号”航线一直是赢利的，但乘客人数一旦断崖式下跌，公司很快就陷入了巨额亏损。

虽然经过多次努力和挣扎，但“协和号”在 2003 年还是走到了自己的命运终点。

2003 年 10 月 24 日，英国航空公司的最后一架“协和号”客机完成了最后一次飞行（法国航空公司的“协和号”已经在 6 月 27 日完成了告别），宣布正式退役。

“协和号”客机在 1976 年开始商用，一共服役 27 年，出过一次重大事故，就此退出历史舞台。

人类的第一次超声速旅行之梦，到此终结。

馒头说

现在回过头来看，20 世纪五六十年代，人类真是进入了一个“打了鸡血”的时代。

1957 年的第一颗人造卫星，1961 年的第一次载人宇宙飞行，1969 年的载人登月，包括超声速客机的问世。有些事情，即便过去了四五十年，但我们到现在都还没能重现，比如登月，比如乘坐超声速客机旅行。

毫无疑问，这背后有“冷战”催化的因素，但生活在那个年代的人，肯定还是觉得非常兴奋吧——感觉人类的征途，真的是星辰大海。

那么，是我们的科技水平在倒退吗？显然不是。

就我个人看来，是因为现在的人更冷静、更理智了。一旦政治挂帅的模式改变，在科技账之外，大家算得更多的其实是一本经济账：要造，肯定没问题，但造出来后谁来用，怎么用，怎么能够一直用下去，都是需要考虑的问题。

所以，“协和号”退役当然有事故的因素，但真正压垮它的，还是背后的运营成本高居不下。同理，“阿波罗登月”计划之所以没能继续，不是因为所谓的美国人在月球受到了外星人的警告，而是投入太大，在完成之前的探索之后，就目前阶段而言，回报还不足以支撑投入。

当然，现在高铁的进一步普及，其实给航空业造成不小的压力，尤其是基于磁悬浮和真空技术的“超级高铁”一旦成为现实，航空业将面临前所未有的挑战。

在这样的压力下，可能航空业提升客机速度的动力会大大增加。

波音公司和 NASA 都提出了要重新研发超声速客机的计划，而攻关的重点一个是加速（超过 4 倍声速，即时速超过 5 000 公里），一个是静音（达到普通客机水平）。

我们这代人坐上超声速客机，可能还是有希望的吧。

人类能不能扮演“上帝”？

就人类科技文明今天所能达到的水平，能不能创造一个属于我们的世界？我指的是，真正意义上的“创造世界”。25 年前的今天，有这么一群人，也在探寻这样一个答案。

1

1987 年，美国的《发现》杂志刊载过一篇文章，介绍了一个“美国继肯尼迪总统启动登月计划后，最激动人心的科学工程”。

这个工程，就叫“生物圈 2 号”（Biosphere 2）。

生物圈 2 号

“生物圈 2 号”这个想法，最初来自一个环保组织。1982 年，一场在法国乡间举行的会议上，他们和一批世界顶尖的科学家经过热烈的讨论，决定进行一个实验——在地球上建立一个封闭型的结构空间，作为未来以下一些行为的实验基地：

人类移民火星之后的栖息地，世界爆发核大战后的庇护所，当然，也可作为地球生态系统的一个最大规模的研究室。

这也是“生物圈 2 号”名字的由来——“生物圈 1 号”，就是我们人类栖息的地球本身。

“生物圈 2 号”实验室的入口，有没有点科幻片的感觉？

这确实是一个伟大的构思：地球哺育了人类，而人类现在要脱离地球，自行建造一个可以供他们栖息的“地球”。

换句话说，人类希望自己可以开始当“上帝”了。

2

当“上帝”，是要很多钱的。

按照设计，“生物圈 2 号”需要占地 1.3 万平方米，里面要有 5 种地形形态：热带雨林、热带草原、沼泽、沙漠和海洋——是的，你没看错，还需要有海洋，不仅“海水”是用外面的海水和淡水按比例配置，而且要通过人工机械制造波浪。此外，要有两个人工生物群落：集约农业区和居住区。

此外，为了充分模拟地球真实生态，需要在“生物圈 2 号”内投放 3 000 种动植物以及 1 000 种微生物。

最关键的是，“生物圈 2 号”是由 8 000 根白漆钢梁和 6 000 块玻璃构成的一个封闭环境，但由于温度会造成内外压力的不同，进而破坏玻璃板，所以在“生物圈 2 号”里，还装了两个被称为“肺”的体积可变室，用来调节封闭结构内的气压。

不过，这样一个激动人心的计划，“金主”还是不难找的。最终，来自美国得克萨斯的艾德·巴斯成了主要投资人。

尽管“生物圈 2 号”最终建成的费用达到了 2 亿美元左右（是预算的 6 倍），但还是完全竣工了。

1991 年 9 月 26 日，四男四女共八名科研人员，如同宇航英雄一般，在公众和媒体的欢呼下，进入了建立在亚利桑那州海拔 1 200 米沙漠上的“生物圈 2 号”。

人类，终于开始尝试扮演一回“上帝”了。

3

自“生物圈 2 号”的封闭舱门被关上的那一刹那，一切不顺利就开始了。

按照原先的规定，在舱门关闭之后，两年之内，“生物圈 2 号”不允许有任何东西进出。换句话说，“生物圈 2 号”里所有的生命（包括人类）必须坚持两年——八个人必须吃自己耕种的食物，喝循环的水，呼吸循环的氧气。

但问题是，生存下去成了唯一的目标。走进“生物圈2号”的八名科研人员，再也没有什么其他系统的计划。

第一批进入的八名科研人员

舱门关闭的第十天，意外就发生了。

“生物圈人”——这样听起来有点酷——简·波因英特，把手伸进了一台打谷机，然后被削掉了一截中指。

尽管这八名科研人员在进入“生物圈2号”之前，都受过大量专门的训练，但可能他们并未预料到这类事件的发生。事实上，如果处在任何一个真实的野外环境，发生这类事件后也只有一种选择：“顺其自然”。但毕竟这是一次“实验”，所以简·波因特被送出“生物圈2号”几个小时处理伤口。

“两年内不得进出”的规定，一开始就被打破了。

随着时间的推移，那八位科研人员发现，“中指被截断”这类事件，其实只是小事一桩——他们的生命受到了威胁。

“生物圈 2 号”内的热带雨林

造成这一威胁的因素，是“生物圈 2 号”内的氧气含量开始下降。

这一现象首先造成“生物圈 2 号”内海水变酸，然后很多动物死亡，其中大部分是脊椎动物。然后，所有的传粉昆虫开始死亡，进而造成靠花粉传播繁殖的植物也全部死亡。当然，也有“野蛮生长”的物种，科研人员发现，建筑物里随处可见两种黑乎乎的生物——蟑螂和蚂蚁。

科研人员百思不得其解，因为“生物圈 2 号”内的二氧化碳–氧气循环是经过多次验证和设计的。但他们最终发现，原来种植庄稼的肥料里的微生物，以及建造建筑的混凝土，会对大气成分产生严重的影响。而这些，大家之前根本连想都没想到。

当然，氧气含量减少带来的最大威胁，是人类的生存。

如果“生物圈 2 号”真的是一个建立在火星上的基地，那么我们今天可能只能以缅怀的方式来纪念那八位勇士了。但好在它毕竟只是一个实验基地。

1993 年 1 月，“生物圈 2 号”里的氧气含量已经从当初的 21%，下降到了 14%。八个“生物圈人”都饱受缺氧的痛苦，最终，外界决定开始向圈内输入氧气。

尽管在圈内的八名科研人员基本实现了自给自足（就是都瘦了好多），但从科学实验的角度来说，氧气是一切生存的基础——如果是外界输氧，那实验的数据就变得不精确了。

1993 年 6 月 26 日，在顽强生存了一年零九个月后，最初进去的

“生物圈 2 号”里科研人员的生活区

八名科研人员，有七名选择了走出“生物圈 2 号”，哪怕离当初约定的两年时间只差三个月。

1994 年 3 月 6 日，由五男两女组成的“第二批居民”再次进入了“生物圈 2 号”。但这一次，大气里的二氧化氮浓度又失控了，十个月之后，第二批“居民”全部撤离。

至此，“生物圈 2 号”就再也没有人住进去过了。

4

从“人类的壮举”到“奢侈的科学”，其实当时媒体的风向转变是很快的。

很多人开始反思：这样一个昂贵的实验室，究竟给我们带来了想要的什么？

有吗？应该还是有的。

比如圈内大气中氧气与二氧化碳比例失调的具体原因，就是一个宝贵的教训。此外，一个封闭生态里，多少物种的存在才能适合人类的生存，也是一个很好的课题——科学家后来发现，尽管只有八个人，但“生物圈 2 号”里投放的动物和植物种类还是太少了，他们想象中

“生物圈 2 号”内部

的“生态链”并没有运行起来。

当然，得到启发的除了纯粹的科学研究，还有人类社会学研究甚至心理学研究。

比如在各种恶劣情况下（缺氧和农作物歉收等），因为意见不合，哪怕只是八个科研人员的一个人类小团体，也分成了各四个人的两个帮派——两个帮派之间几乎不沟通交流。

但另一方面，先后进入“生物圈 2 号”的两批科研人员中，各有一对男女在出来后结成了夫妻。

你觉得这很适合做什么？没错，很适合拍电视真人秀对不对？事实上，源自美国，红遍全球的电视真人秀《老大哥》，据说就是受此启发。

“生物圈 2”内的人造海洋

还是说点正经的吧。

在不再进行科学实验后，“生物圈 2 号”向游客开放，成为一个旅游景点。不过当初的投资人巴斯并不希望看到这样，所以在 1996 年，他把这座巨大的实验室交给了哥伦比亚大学，并追加了 4 000 万美元投资。

1998 年，一篇有关“生物圈 2 号”内大气二氧化碳浓度上升对人造海洋影响的论文，发表在了美国《科学》（*Science*）杂志上，人们开始认识到，原来“生物圈 2 号”真的可以在研究人类与地球环境相互作用的领域做出贡献。

当时的哥伦比亚大学雄心勃勃，希望将“生物圈 2 号”打造成地球生态研究、科研、交流的首选基地，并自己追加了数千万美元投资。

但不知道什么原因，2011 年，亚利桑那大学从哥伦比亚大学手中接过了“生物圈 2 号”。不过，不管怎么变，当年的那个投资人巴斯却一直初心不改，从来没有间断过资助——光维持“生物圈 2 号”的电力供应，每年就需要花费 100 万美元。

如今，“生物圈 2 号”依旧对游客开放，但同时也已经开始了几个关于地球生态研究的科研项目。

投资这个毫无利润回报可能的投资，巴斯可能真的是被某种情怀驱动吧。

馒头说

记得我很小很小的时候，在一本《少年科学画报》上看到了一篇“生物圈 2 号”的报道。

当时给我的感觉就是两个字：震撼。我瞬时感到，人类真的很伟大。

等长大了才知道，这个给我少年时期造成极大震撼的“生物圈 2 号”，其实最后失败了。

但仔细想想，这场实验，是否可以用“失败”来形容？

建造“生物圈 2 号”并开始实验，本身就是为了证明，人类是否可以通过一个闭环的生态系统生存下去。生存下来了，自然可以证明很多东西，生存不下来，难道就不能证明另一些东西了吗？

比如影响大气各成分比例的新原因，比如温室效应对海洋的影响，比如物种类型和人类生存的比例问题，甚至人与人之间在极端环境下的社交模式……这些难道不都是通过“生物圈 2 号”探索得到的吗？

“生物圈 2 号”用客观事实证明，地球通过几十亿年的进化，孕育了生命，成为适合人类居住的星球，是有万千内在联系和原因的，并不是一个简单的生态系统就能模拟的。

而这，恰恰说明“生物圈 2 号”实验不能被简单归为失败。因为它让我们认识到了地球家园的唯一和可贵，同时也告诉我们，寻找人类新家园的道路，漫长而又充满坎坷。

而这，也是我认为“生物圈 2 号”值得被大家知道的原因。

文念

“文念”算是一个生造词，“文人之念”。

说文人，很容易联想到“书生”，随即难免会联想到“手无缚鸡之力”。但是，文人没有剑，却有笔。他们可以用一支笔营造一整个世界。这个倾注了他们所有情感的世界，有时能触动千万人，有时却也会反噬，让别人对他们产生怀疑和指责，让他们自己陷入焦虑、急躁，乃至癫狂。

文人之念，可歌可泣，可悲可叹。

聊聊颜真卿，以及他的《祭侄文稿》

但凡小时候练过一些毛笔字的，基本上都知道“颜真卿”的名字，因为习字之人的启蒙字帖，很多都是颜真卿的字。不过颜真卿这个人留下的，还真的不仅仅是他的字。

1

颜真卿出生的年代，是公元709年，正是盛唐到来前的黎明。

颜真卿的祖籍是山东临沂，出生在长安（今西安）。不过让颜真卿引以为豪的并不是首都户口，而是他的家世渊源：颜真卿一脉的始祖，是大名鼎鼎的颜回，孔门七十二贤之首；五世祖是南北朝时的颜之推，有《颜氏家训》流传于世；曾伯祖是颜师古，初唐著名儒学家、经学家。

公元734年，25岁的颜真卿登进士第，开始步入官场。公元746年，他做了监察御史。这个官级别不高，才正八品，大致相当于现在的纪委监察部门巡视组的一个科级干部，但权限不小——看到有不公平、不公正的事，都可以参一本。

颜真卿

按《新唐书》（卷一百五十三·列传第七十八）记载，颜真卿在监察御史这个职位上，做过两件还算比较有名的事。

第一件事，是颜真卿到五原巡察，了结了当地一场很有名的冤案。当时五原大旱，但在颜真卿平反冤案之后，天降大雨，所以当地百姓把这场雨称为“御史雨”。

第二件事，是颜真卿在巡察河东时，发现朔方县县令郑延祚在母亲死后三十年不将其下葬，他一封报告直接写给了当时的唐玄宗李隆基，李隆基立刻做出回应：郑延祚终身不能录用。

后来，颜真卿升职到七品的殿中侍御史。不过，颜真卿如果真的在这条业务线上一直干下去的话，我们现在是几乎不可能知道他的名字的。

能青史留名的人，总是因为有一些普通人不具备的东西。

2

让颜真卿流芳百世的，首先当然是他的字。

颜真卿练字，最初学的是褚遂良的楷书。褚遂良位列“初唐四大家”，他的字对颜真卿产生过不小的影响。不过让颜真卿更上一层楼的，是“草圣”张旭。

当然，颜真卿向张旭学的是楷书，他甚至弃官投到张旭门下，潜心学习。最后，颜真卿集两大家之长，融会贯通，开创了一代书法名体——颜体。

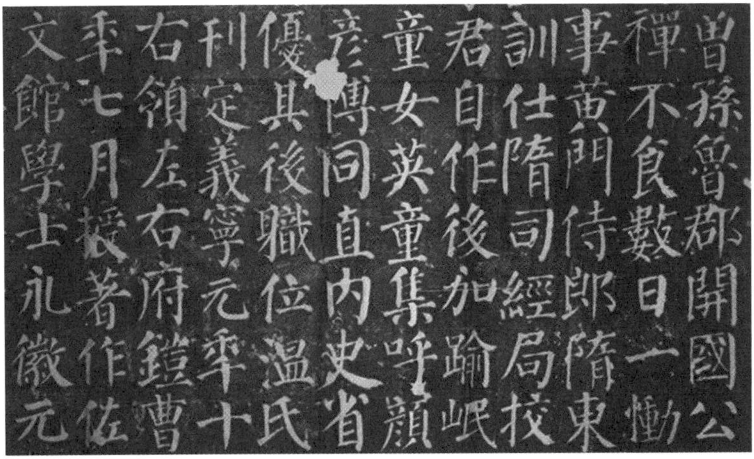

《颜勤礼碑》局部

宋朝的范仲淹在他的《祭石学士文》写道：“曼卿之笔，颜筋柳骨。”所谓“颜筋柳骨”之名，由此传世。

范文澜在《中国通史简编》中给的评价很高：“初唐的欧、虞、褚、薛，只是二王（王羲之和王献之）书体的继承人，盛唐的颜真卿，才是唐朝新书体的创造者。”

颜真卿的书法，自然不用多加评述。但有意思的是，颜真卿的书法在唐朝时期虽然已有名声，但在同时期的书法家中却并不是最突出的。颜真卿真正声名鹊起乃至奠定地位，其实是在北宋时期。

其中一个原因，可能就是在书法之外，颜真卿给后人留下了别的东西。

3

公元755年，繁华一时的大唐帝国其实已经进入了崩盘的前夜。

那一年，兼任范阳、平卢、河东三镇节度使的安禄山终于撕下了恭顺的面具，起兵造反。

渔阳鼙鼓动地来，惊破霓裳羽衣曲。

已经有好几代没看见过大规模战争的大唐各地官员惊慌失措，叛军所经州县，大多望风而降。尽享太平盛世的唐玄宗李隆基一开始根本不相信安禄山会造反，但待到叛军席卷河北，他听到诸城尽降的消息后，也只能叹息："河北二十四个郡，难道就没有一个忠臣吗？"

直到臣下来报：平原郡死守不降，且平原太守派司兵参军李平专门赶到长安，说太守已尽起全郡之兵，效忠勤王。

这时的唐玄宗还不知道平原太守是谁，经人提醒，才知道那人叫颜真卿。

那一年，颜真卿 46 岁，因为一直为宰相杨国忠所讨厌，被找了个借口调出京师，担任平原太守。

玄宗闻讯后大喜："我平时真不了解颜真卿的为人，原来他做的事竟这样出色！"

其实唐玄宗如果了解当时颜真卿的处境，可能会更加感动。

颜真卿镇守的平原郡，属于安禄山的势力范围。安禄山其实早就注意到了颜真卿，想知道他会不会成为自己起兵后的绊脚石。颜真卿心知肚明，于是每天和各路宾客驾船饮酒，吟诗写字。安禄山通过线报了解到情况后放下了戒备，认为颜太守毕竟只是一个读书人，不足为虑。

但事实上，颜真卿一直在暗暗招募兵丁，储备粮草。并且借口阴雨不断，要防止山洪暴发，所以开始加高城墙，疏通护城河——当时全天下人都看得出安禄山要造反，除了唐玄宗。

等到安禄山起兵后，颜真卿立刻宣布平原全郡戒严，严阵以待。在原有的三千精兵基础上，颜真卿又招募了一万士兵，宣布讨伐安禄山。

颜真卿的这支部队，等于是在安禄山的后方"中心开花"。更重要的是，在大唐军队望风而降的时候，颜真卿勇敢竖起“勤王”大旗，等于是给其他惶恐不安的太守们打了一针强心剂——不久之后，饶阳太守卢全诚、济南太守李随、清河长史王怀忠、邺郡太守王焘等纷纷领军前来。

在颜真卿的率领下，17 个郡在同一天宣布效忠朝廷，起兵勤王。勤王军队很快聚集了二十万兵马，并奉颜真卿为总盟主。

原本只是一介书生的颜真卿，瞬间就完成了角色转换。在接下来与叛军的各场战斗中，颜真卿表现出了不同寻常的统帅力和果敢力，配合河东节度使李光弼屡立战功。

而同为颜氏一族，颜家的子孙在这场关乎大唐国运的平叛战中，都表现得可圈可点。

4

安史之乱爆发时，颜真卿的堂兄颜杲卿是常山太守。

和自己的堂弟一样，颜杲卿也立刻举兵勤王，与颜真卿结为同盟，誓死抵抗叛军。但是，就在抵抗的第二年，颜杲卿在关键的土门一战中被叛军击败，颜杲卿一家三十余口被俘。

叛军先是把刀架在颜杲卿年仅十几岁的儿子颜季明脖子上，要求他立刻投降。颜杲卿不从，叛军手起刀落，当即将颜季明斩首。颜杲卿随后被叛军押送到洛阳交安禄山亲自审问。当着安禄山的面，颜杲卿痛斥叛贼，安禄山大怒，下令将颜杲卿“节解”——一种将人四肢骨骼肢解的酷刑。

随后，颜杲卿一家被抄斩。

两年之后，战事稍缓，颜真卿托人寻找自己亲戚的遗骸，最终颜杲卿一家三十余口，只寻到了颜季明的一颗头颅。

面对自己侄子的头颅，颜真卿悲愤难已，研墨铺纸，奋笔疾书，写了一篇不到300字的祭文。

这就是流传千古的《祭侄文稿》。

全文如下：

维乾元元年，岁次戊戌，九月庚午朔三日壬辰，第十三（“从父”涂去）叔银青光禄（脱“大”字）夫使持节、蒲州诸军事、蒲州刺史、上轻车都尉、丹杨县开国侯真卿，以清酌庶羞，祭于亡侄赠赞善大夫季明之灵。惟尔挺生，夙标幼德，宗庙瑚琏，阶庭兰玉，（“方凭积善”涂去）每慰人心，方期戬谷。何图逆贼闲衅，称兵犯顺。尔父竭诚（“□制”涂去，改“被胁”再涂去），常山作郡。余时受命，亦在平原。仁兄爱我，（“恐”涂去）俾尔传言。尔既归止，爰开土门。土门既开，凶威大蹙（“贼臣拥众不救”涂去）。贼臣不（“拥”涂去）救，孤城围逼，父（“擒”涂去）陷子死，巢倾卵覆。天不悔祸，谁为荼毒。念尔遘残，百身何赎。呜呼哀哉！吾承天泽，移牧河关（“河东近”涂去）。泉明（“尔之”涂去）比者，再陷常山。（“提”涂去）携尔首榇，及兹同还（“亦自常山”涂去）。抚念摧切，震悼心颜。方俟远日（涂去二字不辨），卜（再涂一字亦不辨）尔幽宅（“相”涂去），魂而有知，无嗟久客。呜呼哀哉！尚飨。

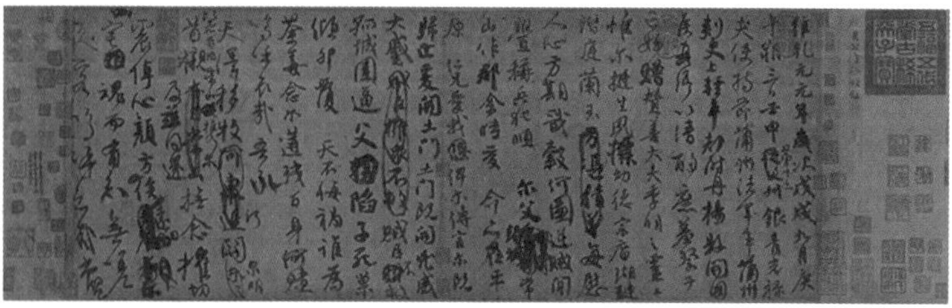

《祭侄文稿》

颜真卿写《祭侄文稿》时，完全没有把它当作一部书法作品来写。而且因为心情极度悲愤，情难自已，全文有很多错误之处，涂涂抹抹，甚至连用墨都不讲究，全文仅蘸墨 7 次，第一笔蘸墨后连写 53 字，一气呵成，这也导致全文多处枯笔，让人更感苍凉。

但恰恰是因为在这样的状态下，这部作品成了千古名作——大开大合，笔锋圆转，恣意灵动，浑然天成。尤其是那种悲愤苍凉之意，被融入笔法之中，力透纸背。

如果说王羲之醉酒写《兰亭集序》之后自己也无法复制，那么颜真卿悲愤之下写的《祭侄文稿》，同样无法再写一篇。

而这篇《祭侄文稿》也成为如今书法界公认的“天下三大行书”之一，列于《兰亭集序》之后，被称为“天下第二行书”。（“三大行书”中的另一篇为苏轼的《黄州寒食诗帖》。）由于《兰亭集序》真本已经失传，所以藏于台北故宫博物院的《祭侄文稿》真本堪称无价之宝。

5

成了一代书法家和一代名臣，但颜真卿的故事还没结束。

安史之乱平定，颜真卿勤王有功，自然获得升迁，一度做到刑部尚书和吏部尚书。但由于他刚正不阿的性格，在朝廷中也得罪了不少人，尤其是得罪了三任宰相：元载、杨炎和卢杞。

得罪元载，颜真卿从朝廷中被贬到地方做了刺史；得罪杨炎，被分配做了太子少师；而得罪卢杞，却给颜真卿带来了杀身之祸。

卢杞的父亲叫卢奕，玄宗时官拜御史中丞，在安禄山叛军攻打洛阳时遇害，被割下头颅送到颜真卿处劝降。颜真卿怕动摇军心，对外谎称这是假的，但偷偷将首级接于草人身躯后安葬，设灵堂哭拜。

当得知卢杞排挤自己时，颜真卿曾当面去找过他，对他说：“你父卢中丞的头颅被送到平原郡，脸上满是血，我不忍心用衣服擦，亲自用舌头舔净，您忍心不容忍我吗？”

当时的卢杞惶恐地拜服在地，但内心却起了杀机。

恰好在这时，又一场叛乱爆发——公元782年，淮西节度使李希烈起兵反叛。由于孱弱的大唐尚未恢复元气，叛军又一次攻城略地。

而就在此时，宰相卢杞说服了当时的唐德宗李适：派一位德高望重的老臣，去劝说李希烈投降。

这位德高望重的老臣，当然指的是三朝元老颜真卿。

李希烈是一个什么样的人？他派人督促民工修路，一旦工期不能如约完成，就命人直接把民工推进壕沟，用人肉来填；在上阵之前，他必定要杀人，而且当着血肉模糊的尸体大吃大喝。

就这样杀人不眨眼的一个魔头，打出了要自立为帝的旗号，这是能够劝服的吗？

那一年，颜真卿已经73岁了。

很多与他交好的官员都让他不要去，但颜真卿还是坚决要去，他的理由只有一个：

“这是圣旨，要我去，我就去。”

6

一代书法名家，就这样来到了杀人不眨眼的魔王阵营中。

到了李希烈那里，颜真卿刚准备开始宣读圣旨，李希烈安排好的1 000多个部将和养子们就包围了上来，用手里的尖刀对着颜真卿谩骂和威胁。颜真卿面不改色，照样宣读圣旨，李希烈一看场面难看，自己护住了颜真卿，然后把他安排到了驿馆。

颜真卿毕竟德高望重，李希烈一时不敢动他。但也正是因为颜真卿名声在外，所以李希烈希望能让他投降，增添自己的声望。

一代名家和名臣颜真卿，就这样被软禁起来。

为了迫降颜真卿，李希烈用了很多手段，比如软的——让人去劝降颜真卿并许以“开国宰相”之位，结果被颜真卿怒斥：

“你们听说颜常山（即颜杲卿）没有？那是我的兄长！安禄山反叛时，首先起义兵抵抗，后来即使被俘了，也不住口地骂叛贼。我将近八十岁了，官做到太师，我至死保持我的名节，怎么会屈服于你们的胁迫！”

李希烈后来决定登基称帝，为表示对颜真卿的敬重，派人去请教他关于登帝位的仪式，被颜真卿一句话就呛了回来：

“老夫年近八十，曾掌管国家礼仪，只记得诸侯朝见皇帝的礼仪！”

卢杞其实一点都没料错：刚正不阿的颜真卿，根本就不是能劝降的人，他在李希烈阵营中的命运，从一开始就注定了。

随着军队的败退，李希烈本人也慢慢失去了耐心，开始对颜真卿用上一些硬手段——派人将颜真卿逮捕，在庭院中挖一个一丈见方的坑，说准备将他活埋，颜真卿淡然地说：“生死有命，何必搞这些鬼把戏。”

李希烈还派人在颜真卿住所升起过一堆火，说再不投降就烧死他。颜真卿闻言就起身往火里跳，最终被旁边人拉住。

到了公元 784 年 8 月，李希烈的部队已经掌控不了局势，而这也意味着颜真卿的生命走到了尽头。

8 月 23 日这一天，李希烈派来了自己的宦官，对颜真卿说“有诏书”。

颜真卿闻言对诏书拜了两拜，准备听诏。

宦官说：“赐死。”

颜真卿面不改色：“老臣没有完成使命，确实罪该万死，但请问使者是哪一天从长安来的？”

宦官回答：“从大梁（李希烈称帝的首都）来！”

颜真卿当即起身，痛斥使者：“原来是叛贼！凭你也敢称‘诏’?!”

随即，颜真卿被强行缢死。

一代书法名家、名臣，就此辞世，终年 76 岁。

一年后，走投无路的李希烈被部将毒死，叛乱平定。

颜真卿灵柩被恭迎回朝，当初的宰相卢杞早已被贬，客死他乡。

当初同意颜真卿去劝降的唐德宗此时似乎大为悲伤，宣布废朝五日，追赠颜真卿为司徒，谥号“文忠”。

馒头说

好了，接下来我们来聊聊这件事吧：台北故宫博物院把《祭侄文稿》借给日本东京国立博物馆展览。

我曾经和几个同学朋友聊了聊这件事，大家都是文史专业的，其中一位还是见过无数出土文物的专家学者。

大家有三点想法还是比较一致的。

首先，虽说“纸寿千年”，但比《祭侄文稿》更老的《平复帖》也正常展览，再老的马王堆帛书也展览。文物的损耗当然是存在的，尤其是那么珍贵的文物。不过“展出一次就少一次”是一个相对模糊的概念，因为文物在保存过程中也存在损耗。

其次，运输和展览期间的安全保障当然是重中之重。所幸现在的文物保存技术已经大为进步，而且必须要承认的是，日本东京国立博物馆在文物保存技术方面还是在世界上处于前列的——只要他们愿意认真保护，是可以把损耗减到最低的。据“澎湃新闻”的前方记者报道，这次的展览，《祭侄文稿》是放在单独展室里展出的（这在东京博物馆历史上比较罕见），除了指定媒体，参观者不能拍照。

最后，既然出境展览已成既成事实，我们就只能往积极的方面看——日本可能是全世界除中国外，对中国书法最推崇的国家。《祭侄文稿》是书法界的无价瑰宝，也正因如此，它能够最大程度向全世界展示中国书法的魅力。这次的书法展览其实是一个关于“唐代书法演变”的系列展，包括颜真卿、褚遂良、怀素在内的一批名家作品都会参展，确实是一个比较重要的学术交流活动，也对传播中国的书法艺术有不小的益处。

说完这三点，接着想说三个“但是”——没错，是有“但是”的。

首先，《祭侄文稿》这个级别的文物是够资格禁止出境展览的——出境展览确实对传播书法艺术有帮助，但并不意味着对这一级别的文物我们就应该随便允许出境展览。《蒙娜丽莎》真迹到全世界任何一个博物馆展览都会引起轰动，但法国现在是绝不会允许她出境的。

其次，尽管日本保存文物的技术是世界一流，但并不能排除人为因素可能造成的损失。之前国宝《西泠八家印存》在日本展览期间居然被借展人声称弄丢，赔200万日元了事，这样的事确实让人心有余悸。令人遗憾的是，《蒙娜丽莎》最后一次出国展览是在1974年，展出地就是东京国立博物馆，在展览期间差点被日本游客泼油漆毁容。自那以后，法国再也没允许《蒙娜丽莎》出过国。

所以，保存技术是客观的，人为破坏乃至做出其他行为是主观的，这是必须要提高警惕的。

最后，是我个人质疑台北故宫博物院这次将国宝——没错，这是两岸共同的国宝——展出的程序是否合法合规。尽管台湾方面声称这是合规的，但从岛内民众的各种质疑和反对声音来看，这次的流程有很大的问题，以至于连借出展览的消息还是公众从日本方面得到的，至少说明台湾当局是心虚的（具体报道请自行查阅）。

艺术当然是没有国界的，但艺术一旦被夹杂上政治的因素，就会变得面目全非。希望台湾当局这次的心虚，并不是因为如此。

其实在这件事中比较令人尴尬的是，台北故宫博物院送去外国展览的都是凝结着中国千年文化传统的国宝，但包括《祭侄文稿》在内的所有馆藏文物，却从来没有一次到大陆的博物馆进行交流展览过。据我所知，大陆的博物馆一直还是敞开胸怀的，但对岸的博物馆似乎一直对一些细枝末节的问题抱有执念。

所以，这次的事情还有一个好处是，让我们国人对中华民族的国宝又多了一份认识，更多的人愿意去了解颜真卿，去了解《祭侄文稿》，进而对我们的国宝更充满好奇和期待。

衷心希望，两岸的民众能亲身感受到更多出自我们中华文明共同的国宝。

这一天，应该不远。

本文主要参考来源：
《新唐书·卷一百五十三·列传第七十八》

蒲松龄：贫穷从来不会限制你的想象

说起《聊斋志异》，我们第一时间联想到的，总是那些狐仙鬼怪。在这部被誉为中国“短篇小说之王”的奇书背后，是作者坎坷一生的故事。

1

如果要形容蒲松龄出生的时代，四个字就够了：生逢乱世。

蒲松龄出生在1640年。那一年，离大明王朝的覆灭还有四年。神州大地，灾荒连年，刀兵四起，大明王朝内忧外患，风雨飘摇。

而从大时代跳转到小背景，蒲松龄的家境用四个字形容也够了：家境一般。

蒲松龄的家乡是现在山东省淄博市淄川区洪山镇蒲家庄，如今早已成为名人故居、风景名胜，但在那时只是一个普通的小村庄而已。

蒲松龄一家从父亲蒲槃开始，就没过上什么好日子。蒲槃也算是个读书人，一直想考取功名，却回回落榜，无奈只能做些小生意，勉强能够养家糊口。不过，蒲槃虽然自己考试技能一般，倒也算教子有

蒲家庄

方，四个儿子被他从小要求熟读诗书，勤修功课，学习成绩都还不错。

其中最突出的一个，就是蒲松龄。

不过与兄弟几个不同，蒲松龄虽然也读《论语》《孟子》《中庸》《大学》这些科考必学书目，但他更大的兴趣是读“闲书”，尤其是小说：《三国演义》《西游记》《封神演义》……

应该说，他是几个兄弟中最被寄予厚望的一个——考取功名，出人头地，为蒲家增光添彩。

2

蒲松龄倒还真的算是一鸣惊人。

18 岁的他第一次出征淄川县的县试，轻松获得第一名；然后出征济南府的府试，再获第一名。考得两场第一名之后，蒲松龄已经在全县闻名，然后他踌躇满志地去参加院试——相当于省一级的考试。

顺治十五年（1658 年），18 岁就已获得“童生”资格的蒲松龄踌躇满志地坐到了院试的考桌前，摊开了主考官出的试卷，题目是“蚤起”。

“蚤”通“早”，“蚤起”即为“早起”，语出《孟子》名篇《齐人有一妻一妾》中的“蚤起，施从良人之所之”。

这个故事说的是当初齐国人有一个妻子和一个妾（也是成语“齐人之福”的出处），他每天都很早出去，然后吃得酒足饭饱回来，和妻子、小妾说自己和达官贵人们天天在一起吃饭。但妻子因从不见他带贵人回家吃饭而起了疑心。一天早上，妻子跟踪丈夫出去，发现他只不过是去坟地里偷吃人家祭奠的酒食，然后回家。妻子回家后和小妾抱头痛哭，随后大声斥责回来试图继续装下去的丈夫。

按照已经成型的八股文写法，应该按“破题”“承题”“起讲”等顺序写文章，模仿孔子或孟子的口吻，发表自己的看法和理解。对于《齐人有一妻一妾》这个故事，一般是围绕孟子最后一句“由君子观之，则人之所以求富贵利达者，其妻妾不羞也，而不相泣者，几希矣”（从君子的角度看，能用不使他的妻妾羞愧而相拥哭泣的手段升官发财的人，是多么少啊！）展开论述。

但蒲松龄偏不。

他上手第一句“破题”是：

“起而早也，瞷之计决矣”。

“瞷”，也是出自《孟子·离娄下》，是“窥视”的意思。而整句话的意思，就是“（妻子）起得那么早，是因为决定要去跟踪窥视了”。

虽然严格地按照了八股文的“破题”格式，但这句话一上来就设置了一个悬念，堪称侦探小说式的开头——试想一下，即便是放到现在，如果有一部小说的开头第一句是“我今天起得很早，因为我决定去跟踪我的老公”，是不是让人有一种很想读下去的感觉？

而整篇文章蒲松龄完全就是按照小说套路来写的，通篇写的是这个妻子为何要去跟踪丈夫，她剧烈的内心斗争，担心晚起错过跟踪丈夫机会的紧张心情，最后结尾“束股”的一句话是妻子对小妾的一句交代：

“姑掩关以相待矣，我去矣。”

就此收尾，却又留下了一个更大的悬念。最关键的是，整篇文章体例完全符合“八股文”格式，但基本上就是一篇小说。

这是什么概念呢？相当于现在的高考作文要求针对一件事发表议论，你写了一篇微型小说就交上去了。

换作其他的主考官，不当场把卷子撕了就不错了。但蒲松龄这场考试的主考官，是当时赫赫有名的大文学家施闰章。施闰章的名声很好，文才也佳，关键还能以宽广的心胸来看待人才。

施闰章看完蒲松龄的答卷，拍案叫绝，给的评语是：

“观书如月，运笔如风，有掉臂游行之乐。”

说看蒲松龄的文章，感觉有一种甩着手臂，参加游行的轻松乐趣。

放榜结果：蒲松龄院试还是第一名！

按照规定，如果院试及第，那就是“秀才”了。不要看这个“秀才”在很多电视剧或小说里似乎很常见，往往和“落魄”画等号，但其实大概只有 5% 的童生可以被录取为秀才。成为秀才后是可以享受免除徭役、见知县不跪、不被用刑这些特权的。洪秀全考了三次，直到 25 岁还是没能考取秀才，结果心性大变，回金田村造反去了。

年纪轻轻就当了秀才，且是县、府、院三试头名，蒲松龄的仕途一片光明。

但这却是他考场生涯的顶峰了。

3

后人曾有一种说法：施闰章害了蒲松龄。

为何有此说？因为不少人认为蒲松龄独辟蹊径的写法获得了施闰章的首肯，可能让他产生了一种错觉：考场文章如果这么写，反而容易拿高分。

但理想是丰满的，现实却是骨感的。蒲松龄从 20 岁开始参加乡试（每三年一次，考中即为“举人”，是参加会试和殿试的必要途径），就此开始了“屡败屡战，屡战屡败”的征程——用他自己的话说，就是“年年交战，垂翅而归”。

那么真的是施闰章害了蒲松龄吗？很难这么说。因为从蒲松龄流传后世的八股文文章来看，大多数都写得中规中矩。事实上蒲松龄终其一生，是非常想取得功名的，所以他不会傻到每次考试都像押宝一样去写篇侦探小说。

但是，施闰章确实也影响了蒲松龄，因为他让蒲松龄认识到很珍贵的一点：这样的文字，也是能受到赏识的。

落榜后的蒲松龄，和几个朋友一起结伴苦读。但与此同时，蒲松龄也开始做一件自己觉得更感兴趣的事——一件在他很多朋友看来是不务正业的事。好友孙蕙（也是个才子，后来中了进士，做了知县）就写信劝他：“兄台绝顶聪明，稍一敛才攻苦，自是第一流人物，不知肯以鄙言作瑱否耶？”

蒲松龄几次落榜之后，他的一个好友张笃庆（也是一个怀才不遇的才子）也实在看不下去了，写信劝了他一句：“此后还期俱努力，聊斋且莫竞谈空！”

这里面提到的“聊斋”，就是朋友们认为蒲松龄在准备科举考试的同时，还在干的那件“不务正业”的事——收集和编写一个“聊斋”系列。

这个系列里，有俚语、曲子、诗集等五花八门的分类，但蒲松龄花心思最多，自己也最感兴趣的，是他听别人讲述和自己查阅后撰写的一系列神鬼狐仙的故事。

他给这个系列起名为《聊斋志异》。

4

在蒲松龄编写《聊斋志异》的那段时间里，他的生活已经陷入了窘迫状态。

在蒲松龄 22 岁那年，家里起了矛盾，他只能和哥哥嫂嫂们分家，带着自己的媳妇刘氏分到了几间破屋，二十多亩贫瘠的田地。

蒲松龄的贫苦生活，从他自己写的诗中就看得出来。

“午饭无米煮麦粥，沸汤灼人汗簌簌。”（《日中饭》）

而到菜市场看到卖青鱼的，也只能咽一口口水：

“虽然烹饪不尽致，俭吻一见流清涎。二月初来价腾贵，妄意馋嚼非所暨。”（《青鱼行》）

唯一一篇写得行云流水，一看就精于此道的文章，是《煎饼赋》。

后来有说法是蒲松龄备一桌茶水，请往来客人歇息，只要贡献鬼怪故事一个，就可以免去茶钱（清人笔记《三借庐笔谈》）。这个说法受到了鲁迅的质疑，理由只有一个：蒲松龄实在太穷，连茶水钱其实也是出不起的。

那么蒲松龄靠什么为生呢？终其一生，他主要的职业，和不少落魄的秀才一样：给人教书。

蒲松龄给不少人家做过私塾先生，也给其他村子的塾馆做过老师，但是“乡村教师”那一年几两银子的菲薄收入，实在不够他养家糊口，所以他还给做了宝应县知县的好友孙蕙做过幕僚，但由于思家心切，之后还是回到了故乡。

真正让蒲松龄安定下来的，是在他 40 岁那年接受毕际有的招聘，到离自己家乡 30 多公里的毕家去做孩子们的老师。毕家是个实力雄厚的大家族，毕际有的父亲毕自严做到过明末的户部尚书，毕际有自己也做过县官，家境丰厚。

而且，蒲松龄在毕家得到了普遍的尊敬，毕际有不仅让他教自己孩子读书，还让他帮自己代写一些应答信件，甚至去接待一些宾客，所以蒲松龄在一定程度上是毕家的幕僚。

而最让蒲松龄心动的，是毕家那有几万册藏书的藏书馆是对他完全开放的。

在那样的安定环境下，蒲松龄在白天忙完事务之后，夜深人静时，点上一盏烛灯，铺开案纸，就开始进入自己的神鬼世界。

也正是在那段时期，蒲松龄的《聊斋志异》已基本成型。

5

曾有人说，《聊斋志异》其实就是蒲松龄一个穷秀才的意淫之作，满足很多失意之人的幻想。

其实并不是这样。

《聊斋志异》全书40余万字，收录近500篇短篇故事，之所以能传世，绝不仅仅是因为它记录的是鬼怪故事，而是因为蒲松龄所体现出来的写作手法、文字功力、丰富想象，以及他想要表达的思想和精神。

限于篇幅，不展开讨论。如果用一句比较贴切的话形容，应该是老舍先生的评语：

“鬼狐有性格，笑骂成文章。”

当然，蒲松龄肯定在《聊斋志异》中寄托了不少自己的理想和感情。

比如科举考试给蒲松龄留下一生的阴影，在《聊斋志异》中就有大量关于科举的故事（《考城隍》《续黄粱》《叶生》《王子安》等等），这些故事明显体现了蒲松龄自己的感受和他对科举制度的看法。

又比如《聊斋志异》中有不少悍妇形象，其中一些就是蒲松龄当初在分家那次财产分配中对自己嫂子们印象的折射。

还比如被蒲松龄视为恩师的施闰章，被蒲松龄在《胭脂》中直接把他写了进去，并在末尾用不小的篇幅表达了自己的感激之情："方见之时，余犹童子。窃见其奖进士子，拳拳如恐不尽；小有冤抑，必委曲呵护之，曾不肯作威学校，以媚权要。"

这几百个短小精悍、嬉笑怒骂的故事初成规模时，就在蒲松龄的老东家毕家引起了关注。

毕家的亲戚，官至刑部尚书的王士祯（王渔阳）曾专门为《聊斋志异》赋诗一首：

姑妄言之姑听之，豆棚瓜架雨如丝。
料应厌作人间语，爱听秋坟鬼唱诗。

而蒲松龄侄女的舅父高珩（官至吏部左侍郎、刑部左侍郎，就是他推荐蒲松龄去的毕家）亲自为《聊斋志异》作序，并将这本"奇书"广为传播。

当然，虽然获得了一定的好评，但蒲松龄那时并未想到这本书会在日后获得如此地位。

他当时心心念的，还是科考。

6

其实在蒲松龄 47 岁那年，差点达成人生理想。

在那一年的乡试中，据说主考官久闻蒲松龄大名，本已有意给他头名，但蒲松龄不知是文思泉涌，还是过于激动，居然在答题中"越幅"了——答卷翻页时多翻了一页，导致当中有空白页。这在规定非常严格的科考中是绝对不允许出现的低级失误，结果他就此被取消了考试资格。

最终，屡败屡战的蒲松龄在71岁高龄的时候，终于成了一个“贡生”。

所谓“贡生”，是对秀才中的优异者的一种褒奖，可以获得去京师国子监读书的资格。不过，“贡生”相当于举人的“副榜”，理论上是不能做官的。而以蒲松龄当时的年龄，一不可能再做官，二是不可能去读书了，这完全是一种安慰性质的褒奖。

而且，这个“贡生”资格还是蒲松龄去青州（今属潍坊）拿的——当时本地应该已经没有了名额。

此时的蒲松龄，已经辞去了在毕家的职务，告老还乡。在回到家乡之后，蒲松龄似乎已经看开了一切：“世事年来方阅尽，眼中总觉海天宽。”

两年之后，辛苦照顾蒲松龄一生的结发妻刘氏去世，73岁的蒲松龄悲伤不已，感叹：“尔来倍觉无生趣，死者方为快活人。”

又过了两年，当又一个春天刚刚到来之时，蒲松龄在他的书房“聊斋”里“倚窗危坐而卒”，享年75岁。去世后，他与夫人刘氏合葬在村东墓园。

在他的书房里，挂着一幅后世很多人都很熟悉的对联：

> 有志者，事竟成，破釜沉舟，百二秦关终属楚；
> 苦心人，天不负，卧薪尝胆，三千越甲可吞吴。

在蒲松龄去世约50年后，《聊斋志异》初刻，洛阳纸贵，轰动全国。

馒头说

说些延伸出来的感想。

我记得大概几年前吧，我太太有一天在电脑前写微信公众号推送文章，因为盯着屏幕时间太久了，眼泪都流了出来。

那时候应该是凌晨2点，她转头眼泪汪汪地对我说："我的眼睛真是酸死了，也困死了，但我还是觉得很开心，因为这是我自己喜欢做的事。"

我完全能理解她的感受。

记得2016年7月我决定连续更新"馒头说"的时候，其实很大一个原因就是内心有一股冲动，那种想写作的冲动。那个时候，离开记者的一线岗位也有三四年了，总觉得手非常痒，有一种想写点东西的强烈欲望。

于是后来写了，也坚持了下来。现在回想起来，那正是我所效力的东家进行新媒体转型的关键时刻，我冲在第一线，白天的工作几乎让我筋疲力尽，但等到晚上夜深人静的时候，打开电脑，点开微信公众号的编辑后台，写下"今日由头"这行字后，就感觉自己进入了另一个神奇的世界，白天的疲惫、焦虑、委屈都被抛在脑后，开始和古人们进行一种奇妙的交流和对话，感觉神清气爽。

所以当我看到蒲松龄坚持写《聊斋志异》的时候，心里是有一种共鸣的。

当然，我和我太太那个时候虽然没什么钱，但也不至于贫困，这点也没什么好矫情的。只是我俩直到现在其实消费欲望都非常低，我觉得有一点很重要的原因，我们无须从物质消费中获得满足感和成就感，因为我们有一个共同的爱好：写作。

我相信每一个喜欢写点文字的人，多少都会有这种感受：当你拿起笔（现在是敲击键盘），就会进入一个忘我的全新世界。在那个空间里，你其实可以摆脱一切束缚，尽情享受你自己的世界。

我相信蒲松龄也是这样：哪怕现实再骨感，生活再残酷，但只要有写作的欲望在，写作的动力在，写作的能力在，那么一切都是可以微笑面对的。

所以，至少在写作这一点上，限制想象力的从来不是贫穷，或是平淡，而是行动力和毅力。

每一个愿意写作的人，其实都拥有一个只属于自己笔下的无限精彩的世界。

它只是等着我们去发掘而已。

本文主要参考来源：

1.《施闰章与蒲松龄的交往及其影响》（邹莹，《洛阳师范学院学报》，2008年第4期）

2.《蒲松龄与高考满分作文》（马伯庸）

3.《痛苦——蒲松龄创作的动力》（黄荣志，《明清小说研究》，1995年第4期）

4.《一腔悲愤，一生倾诉——读蒲松龄的〈聊斋志异〉》（高虎，《河南图书馆学刊》，2003年第1期）

5.《〈聊斋志异〉中的女性与科举》（阳达、徐彦杰，《蒲松龄研究》，2017年第1期》）

6.《蒲松龄的简朴生活》（戴永夏，《齐鲁晚报》，2013年12月5日）

杀妻自尽的天才诗人：黑夜给了他黑色的眼睛，但是……

一段爱情，如果爱到极致会是怎样？可能是童话，但也可能是悲剧，凄美，乃至残酷。

1

1993 年 10 月 8 日下午，新西兰奥克兰市的激流岛。

顾乡看到弟弟忽然走进了屋子，走到盥洗台旁洗手。

顾乡忽然觉得不太对劲。

弟弟洗完手后，转身又向门口走去，随后说了一句话：

“我现在去死，你别拦着我。”

顾乡大吃一惊，连忙问弟弟怎么了。

弟弟回答：“我把谢烨给打了。”

顾乡顿时觉得天旋地转。她奔出屋子，很快在屋外的草丛里找到了躺在那里的谢烨，满脸是血。而当她想起去找弟弟时，发现他已经上吊自杀了——用的是晾衣服的铜芯塑皮绳子。

谢烨，是顾乡弟弟的妻子。而顾乡弟弟的名字，在今天可能知道的人越来越少，但在20多年前的中国文坛，却是一个如雷贯耳的名字。即便不知道他的名字，至少很多人都知道那首著名的诗《一代人》：

黑夜给了我黑色的眼睛，
我却用它寻找光明。

这首诗写于1979年，作者就是顾乡的弟弟。

他的名字，叫顾城。

2

1956年9月24日，顾城出生在北京。

其实按籍贯算，顾城应该是一个上海人，因为他的父亲顾工就是一个上海人。

1945年参加新四军的顾工，也算是一个“老革命”，他曾担任新四军政治部文工团团员、三野政治部文工团创作员，创作过不少小说、剧本，还有诗歌。

1968年，顾工从北京被下放到山东的一个部队农场。顾工是带着全家去的，其中包括那一年才12岁的儿子顾城。

在农场里，顾城每天和父亲一起拌猪饲料，喂猪，以及无所事事。这些在成年人眼里看起来无法接受的生活，在顾城看来却是非常有趣和新鲜的体验——可以不和人打交道。

顾城从小就不喜欢和人说话，家里如果来了什么客人，他就会立刻逃开。而当别的孩子和同龄小朋友玩耍的时候，他宁可一个人躲到树下看蚂蚁。自从跟着父亲到了一个陌生的地方后，顾城显得更加孤

顾城的全家福。小女孩是顾城的姐姐顾乡。小时候，顾城只愿意和姐姐说话

僻。当地人说的方言他们听不懂，他们也不愿意接触当地人。

在这样的环境下，父亲其实成了顾城人生的重要引路人。

一方面，也算是诗人的顾工，抓住一切机会培养自己儿子的文学兴趣。在农闲时，父子俩对着田园风光，可以一首接一首地赋诗。

而另一方面，顾工又决定不让儿子和当地的孩子一起去上学，认为自己有一套教育方法能把顾城教育得更好。所以，当别的同龄孩子在学校里开始初步感受群体和社交时，小顾城却待在自己构建的孤独城堡里——他非常乐意。

1969 年，13 岁的顾城第一次正式发表了自己的诗歌——虽然在此之前，他其实已经写过好多首颇具灵气的诗，最早一首甚至写于 6 岁，是姐姐顾乡代笔的。

13 岁顾城写的那首诗，叫《我的幻想》：

我在幻想着，
幻想在破灭着；
幻想总把破灭宽恕，
破灭却从不把幻想放过。

时至今日，这首诗仍能引发很多人共鸣，而如果考虑到这是出自一个 13 岁孩子之手，更是让人惊诧。

惊诧的人中，就包括顾城的父亲顾工。

一方面，顾城在写了自己的第一首诗歌之后，就开始在文学尤其是诗歌方面表现出了惊人的才华。在 1974 年全家返回北京后，顾工发现儿子顾城确实堪称诗歌方面的天才。随着顾城的诗作发表得越来越多，影响越来越大，任何父亲都有理由为儿子感到骄傲。

但另一方面，在欣喜的同时，顾工也有了隐忧。因为他发现，儿子虽然已经成年，但诗歌里却依旧透露出浓烈的孩子气，以及和现实完全脱节的想法，而且就诗歌本身而言，他觉得也不算正统。

为此，革命出身的顾工曾专门带着顾城去了重庆的渣滓洞和白公馆，希望这些革命旧址能给顾城带来一些触动，让他的诗歌向更积极的方向发展。

但是，顾城流着泪写出的诗歌是《结束》：

一瞬间——
崩坍停止了，
江边高垒着巨人的头颅。
戴孝的帆船，
缓缓走过，
展开了暗黄的尸布。
多少秀美的绿树，
被痛苦扭曲了身躯，
在把勇士哭抚。
砍缺的月亮，
被上帝藏进浓雾，
一切都已经结束。

顾工尝试着劝儿子：“把‘头颅’换成‘鹅卵石’不好吗？太恐怖压抑了。”

顾城回答："不，我不能这么写，我不允许我这么写！"

顾工知道，自己无法再影响儿子了。

但他相信，肯定有人能影响自己的儿子。

3

1979 年，在一列火车上，23 岁的顾城遇见了一位姑娘。

那个姑娘，叫谢烨。

和顾城正好相反，谢烨出生在北京，却在上海居住。

顾城在后来给谢烨的情书中，这样回忆当初两人在火车上的邂逅：

> 买票的时候，我并没有看见你，按理说我们应该离得很近，因为我们的座位紧挨着。火车开动的时候，我看见你了吗？我和别人说话，好像在回避一个空间、一片清凉的树。
>
> ……
>
> 晚上，所有的人都睡了，你在我旁边没有睡，我们是怎么开始谈话的，我已经记不得了，只记得你用清楚的北京话回答，眼睛又大又美，深深的像是梦幻的鱼群，鼻线和嘴角有一种金属的光辉，我不知道该说些什么，就给你念起诗来，又说起电影，又说起遥远的小时候的事。
>
> 你看着我，回答我，每走一步都有回声。我完全忘记了刚刚几个小时之前我们还很陌生，甚至连一个礼貌的招呼都不能打。现在却能听着你的声音，穿过薄薄的世界走进你的声音，你的目光，走着却又不断回到此刻，我还在看你颈后的最淡的头发。

那天在火车上，顾城看到谢烨准备下车，就立刻把自己的地址写在了一张纸条上，鲁莽地走上前去，一把塞到了谢烨的手里。

那么谢烨的感想如何呢？从她后来写给顾城的情书，也可以看得出来：

> 你是个怪人，照我爸爸的说法也许是个骗子。你把地址塞在我手里，样子礼貌又满含怒气。为了能去找你，我想了好多理由，我沿着长长的长着白杨树的道路走，轻轻敲了你的门，开门的是你母亲，她好像已经知道了我，就那么注意地看我。你走出来，好像还没睡醒，黑钢笔直接放在口袋里。你不该同我谈哲学，因为衣服上的墨迹惹人发笑，我想提醒你，又发现别的口袋同样有许多墨水的颜色，才知道这是你的习惯。
>
> 我给你留下地址，还挺傻地告诉你我走的日子，离开那天你去送我，我们什么都没说，我们知道这是开始而不是告别。你会给我写信吗？你说会的。写多少呢？你用手比了比，那厚度至少等于两部长篇小说。

顾城和谢烨

毫无疑问，字里行间，两人已经产生了强烈的好感。

但在那个年代，可以说“没有固定工作”的顾城，是很让谢烨父

谢烨和顾城初结婚时，日子过得非常清苦，但两人却非常快乐

母担心的。为了追求谢烨，顾城特地搬去了上海，在谢烨居住地附近的武夷路上买了一套简陋的民居。他甚至愿意接受谢烨父母的要求，去医院检查了精神疾病——那时，谢烨的父母已经开始怀疑他在精神方面可能有些障碍。据顾城的上海友人毅伟回忆，那次检查，顾城和医生聊了很多关于弗洛伊德的问题，医生给他开具的证明是：没有疾病。

当然，在这段感情中，拥有决定权的还是谢烨。

作为一个同样爱好文学和诗歌的女性，谢烨无法掩饰自己对顾城的仰慕和爱意，在顾城追求了谢烨四年之后，两人在 1983 年终于结婚。

在顾城的父亲顾工看来，谢烨是上天赐给顾城的礼物，两人婚后的感情好得简直无法形容，“每天连买菜都是手牵手一起去的”。

而诗人舒婷也曾这样回忆顾城夫妇婚后的生活：“他们连一毛钱都没有。有一次有人给他寄了一笔稿费，很多，一百五十块。他就很开心，和谢烨两个人手拉手穿过一个很大的公园，手拉手去存在银行里。可到下午就发现了，必须领十块钱买白菜。然后又手拉手去领了十块钱。第二天早晨，又发现他们的自行车胎破了，就跟谢烨手拉手，又去领了十块钱。然后那个银行的小姐就打趣他：你能不能把下午的十块钱也一起领了。我觉得太好玩了！一百五十块钱对他们就是巨款。然后我就开玩笑说他们：你们一直走路鞋破了，再去领十块钱买双鞋子。”

而谢烨本人，也沉浸在巨大的幸福之中。

这对夫妇的共同好友文昕回忆起当时的谢烨："那时的谢烨是一个无比幸福快乐的妻子，她对人生充满感激，因为她拥有一份令她沉醉的爱。她常说她和顾城的爱是独一无二的，所以她一直不停地向我们周围的人讲述她的快乐。她的感情真诚自然，感染了周围的每一个人，也深深感染了我，我那时把她和顾城的婚姻看成是崇高的理想。"

这是一段值得所有人羡慕的爱情，如果能一直这样持续下去的话。

可惜，没有如果。

4

顾城和谢烨的爱情无疑是纯粹的，但纯粹到极点，也带来了很多意外。

首先，顾城对谢烨体现出了无尽的依赖——远远超乎爱情，是那种婴儿对于母亲的依赖。

顾城的生活自理能力非常差，或者说，他认为做这些事是毫无必要的。所以顾城的衣食住行和生活起居，都由谢烨打理照顾。

但与此同时，因为依赖，所以顾城又对谢烨有极强的控制欲。

比如尽管一日三餐都由谢烨负责，但顾城不希望谢烨把饭菜分开做，要实行"一锅煮"，因为这能节约火。甚至在顾城写作的时候，他都要求谢烨不能离开他的视线范围，因为他希望"一抬头就能看见她的笑脸"。

对于这一切，谢烨都接受，因为她也深爱并且仰慕顾城。她服从顾城的要求，辞去了工作，也不再进修，慢慢从一个同样有追求、有想法的文学青年，变成了顾城背后的那个女人——从某种意义上说，也是一个保姆。

20 世纪 80 年代初期，随着顾城的大量诗歌发表，他的名气越来越响，而中国文坛以顾城为代表的"朦胧诗"一派也开始迅速崛起。1982 年，顾城成为北京市作家协会成员，1985 年成为中国作家协会成员，开

顾城和谢烨在激流岛上的故居

始受到正式的认可。

1988年，是顾城和谢烨夫妇命运发生改变的一年。在周游西欧和北欧诸国进行文化交流和讲学之后，他们来到了新西兰的激流岛，获得了新西兰的技术移民资格，决定在此定居。

这是一个面积达92平方公里，常住人口却只有几千人的岛。但顾城第一眼就看上了这里："这是我12岁以来一直寻找的地方。"于是，他们在这个岛上买下了一栋虽然颇大但很破旧的房子，养了几百只鸡，开始过一种与世隔绝的田园式生活。

顾城说他不想影响母语写作的水平，所以拒绝学习英语。而谢烨只能一个人学英语、学开车，在外面打工，在家里养鸡、洗衣、烧饭，以便能让顾城专心画画和写作。尽管顾城始终表现得像一个孩子，但谢烨除了有时感到疲惫，并没有过什么其他想法。

直到他们俩的孩子来到这个世间，谢烨才开始感到，两人之间可能真的存在裂痕。

顾城、谢烨和儿子

两人爱情的结晶是一个儿子，谢烨把他叫作"小木耳"。但是，作为父亲的顾城却非常不喜欢这个孩子。一方面，他并不想要孩子，如果一定要有孩子，他希望是一个女儿。顾城似乎一直有一个"女儿国"的幻想，而儿子的到来打破了他的幻想。另一方面，他认为孩子晚上的啼哭吵闹打扰了他写作，弄得他心神不宁。

顾城的著名形象，就是带着“一截”帽子。他对这顶“帽子”有很多解释，心情不好时就简单说为了“保暖”，心情好时，会说是“避雷针”或者用来发泄怒气的“烟囱”。事实上，这是他用一条旧牛仔裤裁剪出的一段，但确实成了他独具一格的标志

诗歌评论家钟文作为夫妇两人的朋友，回忆有一次聚餐时听谢烨说了这样一件事。

谢烨在外面打工，准备好了奶糕让顾城在饭点时喂儿子吃。结果有一次谢烨下班晚了，回家发现顾城饿了就把奶糕吃掉了，也不管儿子。

当时钟文劝谢烨：“你当初嫁给他的时候就应该知道他是个孩子，生理会长大，但心理永远不会，所以才能写诗。”

但在谢烨看来，顾城这样不仅仅是“不成熟”，而且是对家庭不负责任。

在顾城的再三要求下，谢烨最终只能把小木耳托付给当地的一家毛利人家庭寄养。每次她去看望自己的儿子，那位毛利人老太太都会责备她没有尽到母亲的责任。每当这个时候，谢烨就心如刀割。

但真正导致顾城和谢烨出现巨大裂痕乃至引发悲剧的，不是这个孩子，而是另一个女人。

5

那个女人，叫李英。

1986 年夏，北京作协在昌平举行了一个关于新诗的研讨会，顾城夫妇应邀参加。在那里，他们第一次见到了李英——作为参加社会实践的北京大学分校中文系大四学生，被指导老师谢冕带到了会议上。

当时，谢烨、李英还有另一位女作家文昕被分到了一个宿舍，谢烨经常向两位室友讲自己和顾城的传奇恋爱经历和顾城的各种故事。据文昕回忆，李英当时听到感动时，会把自己蒙进被子悄悄流泪。

在那次会议上，有人批评顾城的新诗，谢烨反驳后愤然离场，而李英则哭着发言，为顾城辩护。经过那四天的会议，顾城夫妇和李英成了好友。

仰慕终成爱慕，很快超出了“好友”的界限。

1987 年 5 月，顾城和谢烨收到了德国明斯特“国际诗歌节”的邀

左起依次为：顾城，谢烨，李英，文昕

请，准备去欧洲做一次巡访。在夫妇俩要离开的前一晚，李英当着谢烨的面，哭着向顾城表白，倾诉自己对他的爱慕。

当时的顾城很受震动，以至说了这样一句话：“你和我天生是一模一样的，我们太像了。谢烨不一样，她是我造就的。”

当时谢烨就在一边翻着杂志，不知心里做何感想。

顾城夫妇在新西兰定居期间，依旧和李英保持着通信来往，尤其是顾城。在小木耳出生之后，苦于在丈夫和儿子之间进行抉择的谢烨，做出了一个外人完全看不懂的决定——用自己省吃俭用节约下来的钱，为李英办好一切手续，买好机票，请她来新西兰和他们一起居住。

顾城的姐姐顾乡第一次知道这件事后非常震惊：“怎么可以这样?!”而谢烨的回答是：“他也没怎么样啊。”而顾城的态度，当然是求之不得——李英的到来，进一步完善了他对“女儿国”的追求。

这种至今让人无法理解的生活方式，谢烨一开始却并没有觉得有什么不妥。在家里，李英洗澡时，指定要顾城送毛巾，顾城不好意思，谢烨还说：“人家叫你去，你就去呀！”

在这个三人世界里，李英自比林黛玉，谢烨则是薛宝钗，而顾城，自然是贾宝玉。

谢烨原本还算可以接受这种局面，直到过了相当长一段时间，她发现不对了：从灵魂到肉体，顾城都开始真正痴迷李英了。

她这才发现：自己的丈夫可能要被人抢走了。

1992年初，德国学术交流中心给顾城批了一笔经费，邀请他和谢烨去德国访问交流。谢烨决定抓紧这次机会和李英摊牌：“如果我们回新西兰后你还在，我就认命，承认这是天注定。”

李英接受了谢烨的提议。

当顾城夫妇回到新西兰时，发现李英走了。

谢烨以为，他们终于可以回归到正常的夫妇生活，但出乎她意料的是，她的丈夫却精神崩溃了。

李英后来出了《魂断激流岛》一书（麦琪是她笔名）。在这本书里，李英的倾向比较明显：她只是出于纯粹的仰慕，而一切都是顾城主动。她甚至暗示两人在新西兰第一次发生关系是顾城“强迫”的。之后文昕和顾乡都曾公开表示李英说的很多话显示出她的“人品问题”

顾城开始四处打听李英的消息，后来终于打听到了，却给他带来更大的折磨——李英嫁给了一个大她 20 多岁的英国移民。

这是让顾城完全无法接受的现实。

在丈夫精神萎靡的时候，谢烨又想到了一个办法：她建议顾城写一本回忆录似的小说，记录他、李英和自己的故事。

谢烨的初衷，是希望顾城能够从萎靡中振作起来，并且通过这本小说的写作，体会到她作为妻子一路走来的辛苦，以及认识到李英只是一个后来的“第三者”。

但这本后来取名为《英儿》的小说，却成了顾城怀念李英的最大寄托，他花了很大的笔墨来回忆对李英的感情，对那些缠绵的场景也毫不避讳。

顾城不会用电脑，整本小说，是谢烨帮忙用电脑打出来的——那些丈夫疯狂依恋另外一名女子的文字，一个字一个字敲打在键盘上，也敲打在谢烨的心里。

《英儿》的作者署名“雷米”，是顾城给谢烨起的笔名，因为顾城说：“雷为神，诗为灵”，而谢烨就是他的“诗歌之神”。

在经历了一段时间的精神崩溃之后，顾城慢慢走了出来，他发现自己生命中唯一不可缺少的女性，还是谢烨。没有人知道顾城当时是否真的就此决定和谢烨好好过日子，但至少他开始做出一些努力，比如想过把小木耳接回家。

但是已经晚了。

谢烨也遇见了自己的追求者。

6

追求谢烨的男士，被称为“大鱼”（也有说叫“大渝”）。

大鱼是谢烨随顾城在德国访问期间认识的，是已经获得德国国籍的中国流体力学博士。

在大鱼身上，谢烨感受到了顾城不具备的东西：懂生活，有情趣。并且两人在一起时，总是大鱼把一切安排得井井有条，不需要谢烨操心。

在一段疲惫的爱情长跑中，一方始终没有下定决心离开，往往可能是因为之前没有（或没打算）遇见更好的人。

毫无疑问，谢烨的情感世界起了波澜。

很快，谢烨的异常被顾城发现了。痴迷于李英的顾城却完全无法接受这个现实，暴跳如雷，并且第一次打了谢烨——用手死死掐住了谢烨的脖子。

夫妇两人的争吵惊动了邻居，邻居选择了报警。警方赶到后觉得顾城有暴力倾向，要将他送进精神病院，为期三个月（一说这件事情发生在德国）。事实上，顾城所在的社区居民都认为他有暴力倾向，因为有一次社区居民投诉顾城家养鸡干扰邻居生活，结果顾城愤怒地把自己的鸡全都砍死，收集了几百只鸡头装在一个麻袋里扔给了社区官员，后者被吓得半死。

但是，谢烨站了出来，作为受害者，但同时也是妻子，她拒绝签字。

不过，经过这件事情，谢烨的决心却更坚定了——她决定带着儿子，离开顾城。

这一次，顾城真的慌了。

他曾给好友文昕写信：

“文昕，醒了才知道人心有多冷，我爱是因为我渴望，也是因为我恐惧。我怕世界把她们拿走，我是不值得被爱的，所以我不会爱人。……谢烨只要离开我，死就到我面前来了，她的生命力真强，你看见过她多好看，在花园里，我因离光太近已经瞎了。”

1993 年 10 月初，谢烨和顾城其实已经开始进行离婚谈判，而这时候传来了消息：大鱼要来新西兰接谢烨。

尽管早已知道结局，但顾城觉得这一切还是来得太快了，他其实还想再努力一下。事实上，顾城不仅仅在生活起居上完全依赖谢烨，不会英语的他平时和人交流也要依靠谢烨，可以说，他已经完全离不开谢烨了。

所以，他认为谢烨在把自己逼入绝境。

10 月 8 日那天，大鱼登上飞往新西兰的飞机时，还和谢烨有过沟通，等他下飞机的时候，却已经无法联系谢烨了。

7

按照顾乡的回忆，10 月 8 日下午她发现谢烨的时候，她还有呼吸。

谢烨的伤在右边额角，不清楚是怎样受的伤。当时谢烨的身边有一把斧子，所以后来相当长一段时间的通行说法是“顾城用斧子劈死了自己的妻子”。但根据后来新西兰警方公布的结果，斧子与谢烨的死亡无关。

当医生赶来的时候，顾乡回忆自己对医生的要求是快先救谢烨，医生提出去看看顾城，而顾乡的回答是：

"别管他！先救她！她不能死！"

而当得知顾城已经死了之后，作为姐姐的顾乡的第一反应却是：

"我心里在暗暗地凶狠地恨他，想着他罪有应得；又无可奈何地隐隐作痛。"

谢烨在被直升机送去医院不久后重伤不治。警方在现场发现了顾城留下的四封遗书，字迹潦草，一看就是临时匆忙写就。

第一封推测是原本写给父母的家信，但后来临时加了个"姐"字，成了遗书。信中声明房子归儿子小木耳，稿费和《英儿》书稿拍卖的钱给父母，其他书稿都归姐姐。

第二封单独写给母亲，开头就是一句："今天我过不得了，烨要跟别人走，木耳我也得不到。妈妈，我没法忍了，对不起。"

第三封单独写给姐姐顾乡，叮嘱姐姐要帮妈妈把自己的后事办好，并指出"我是受不了了，他们得寸进尺"。

第四封，顾城选择写给自己当初并不欢迎来到世间的儿子小木耳，也叫"三木"（Sam），在信中的最后一句，顾城写道：

"三木，我只有死了。愿你别太像我。爸爸顾城。"

馒头说

顾城曾给谢烨写过一首诗，在他们热恋的时候。

今天，
我和你，
要跨过这古老的门槛。
不要祝福，

不要再见，
那些都像表演。
最好是沉默，
隐藏总不算欺骗，
把回想留给未来吧。
就像把梦留给夜，
泪留给大海，
风留给帆。

现在回过头来看，有种说不出来的感觉。

毫无疑问，顾城当然是天才诗人。但也正是他的天分，成了这出悲剧的最主要根源。

天才诗人都是痛苦的，因为他们对这个世界的感触完全超出我们凡夫俗子。只是，痛苦可以往自己内心深处挖掘，感情可以找到各种渠道宣泄，一条最基本的原则应该是：不能给别人带来痛苦，更不能剥夺别人的生命。

顾城的好友舒婷后来回忆起顾城时，曾说过这么一段话：

“这块伤疤挖掘起来还是疼痛不已。结局永远无法挽回无法遗忘。只有谢烨有权宽恕。我深信，她已经宽恕过了。”

也对，也不对。

对的是，只有谢烨有权宽恕。

不对的是，我们都不是谢烨，舒婷也不是。

本文主要参考来源：

1.《我面对顾城的最后十四天》（顾乡，国际文化出版公司，1994 年）

2.《顾城：从迷恋到迷失》（央视网，《家事》，2013 年 4 月 27 日）

3.《伟大的诗人在生活中一败涂地》（沈祎，《东方早报》，2013 年 10 月 8 日）

4.《一个本真的诗人无法逃避的悲剧》（沈祎，《东方早报》，2013年10月8日）

5.《顾城辞世20周年 舒婷深情回忆与其相识之初》（罗皓菱，《北京青年报》，2013年10月8日）

6.《唐晓渡：我们这代人都有病，顾城在撤退时出了问题》（徐鹏远、吕美静，凤凰网文化专题，2013年10月）

7.《“诗意化”顾城出轨、杀妻行为的人，你的良心不会痛吗？》（微信公众号“晏凌羊”，2017年10月7日）

8.《顾城与谢烨：精神成了灵魂的殉葬品，此为人类孤独的症结所在》（李丹，微信公众号“佳人”，2015年10月9日）

一个因写关于中国的小说获得诺贝尔文学奖的美国人

曾经有人说，她才是第一个获得诺贝尔文学奖的中国人。也有人说，她的获奖拉低了诺贝尔文学奖的水平。她是美国人，但加入过中国国籍，她因写中国而成名，却在美国引起很多争议。而在晚年，她也一直无法回到中国。

1

1892 年 6 月 26 日，40 岁的赛兆祥在美国的弗吉尼亚州迎来了自己的女儿。

赛兆祥虽然有一个中国名字，但实际上他是美国人，本名是阿布萨隆·赛登斯特里克（Absalom Sydenstricker）。至于他为什么会起一个中文名字，那是因为他是美南长老会的著名传教士，长期在中国传教。

这个女儿得到了赛兆祥和妻子卡洛琳无上的宠爱——他们之前在中国生了三个孩子，但都不幸患了热病，不治身亡。为此，卡洛琳专门返回美国生下了这个孩子。

赛赛珍珠（左一）和她的父母、妹妹以及家里的女佣王妈在一起

或许是把这个女儿视为中国人传统说法中的“掌上明珠”，赛兆祥给女儿起名“Pearl”——中文“珍珠”的意思。

在女儿只有三个月大的时候，赛兆祥夫妇就带着她启程返回中国，来到了江南名城镇江。

那个只有三个月大的女儿，就此开始了在中国长达数十年的生活。

她的父母根据她的英文名，给她起了个中文名，叫“赛珍珠”。

2

赛珍珠是美国人，但父母在她 10 岁那年，给她请了一位中国的私塾先生。

那位被赛珍珠称为“孔先生”的老师，是一位晚清的秀才，负责教赛珍珠汉语和一些中华元典。同时，母亲卡洛琳又希望她别“忘本”，亲自教她英语和拉丁语。

所以，赛珍珠其实从小就掌握了双语听说读写的能力。

和很多传教士的子女一样，赛珍珠虽然生活在中国，但读的都是教会学校，直到考大学才返回美国。在美国读大学期间，赛珍珠最引以为豪的一件事，是在大四的时候包揽了学校的年度“最佳短篇小说奖”和“最佳诗歌奖”。

由于母亲患病，赛珍珠在大学毕业后就返回了中国的镇江，一面

青年时期的赛珍珠

照顾母亲，一面接替了母亲的教会工作。在这段时期，她结识了美国的青年农学家约翰·洛辛·布克，之后和他结婚。

丈夫的职业对赛珍珠其实产生了不小的影响，她因此有了大量接触中国最基层农村和农民的机会，这也使得她比其他在中国的外国人对当时中国的农村生活有更深刻的了解。

对于赛珍珠而言，尽管她从小生长在中国，但美国家庭出身和在美国大学求学的经历，使得她能以一个既不同于中国人又不同于西方人的视角来审视中国，这从她在美国拿到文学硕士的毕业论文题目就可以看出来——《论西方对中国生活与文明的影响》。

值得一提的是，她之前还参加过学校历史系的一个匿名论文竞赛，她的长篇论文获得了第一名并赢得了 200 美元奖金，这篇论文的题目是《中国与西方》。

1926 年，34 岁的赛珍珠结束硕士学业再次回到了中国，开始在国立东南大学教书。同时，她在《亚洲杂志》上发表了她的第一部小说《东风·西风》(1930 年正式出版)。

这是赛珍珠第一次尝试用自己的理解来把她观察到的中国生活和文化——那些西方人难以理解的"缠脚""三从四德""传宗接代"——用小说的形式表达出来。

《东风·西风》并没有引起多大的反响，但这对赛珍珠本人而言意义非凡，因为她意识到自己可以用这种方式告诉西方人中国的故事，并且她觉得自己很擅长这一点。

1931 年，赛珍珠出版了自己的第二部小说。

她原先想用这部小说男主人公的名字作为整部小说的题目，起名《王龙》。但出版商在看了她的书后，认为将她全书表达中国农民最深的执念的一个名词作为书名更好。

那本小说，就是后来轰动一时的《大地》(*The Good Earth*)。

3

其实《大地》的出版一开始并不顺利。

当赛珍珠拿着这本书的原稿去找一家伦敦出版商的时候，对方嗤之以鼻：“谁会关注一个中国农民和他的乡下女人的故事？你为什么不写那些古老的中国传说？或者紫禁城里的皇帝和他那几百个女人的故事？”

赛珍珠没有放弃，又找到了一家美国的出版公司。那家濒临倒闭的出版公司的老板沃尔什看了这部作品后，立刻拍板决定出版，只是提出了那个改名的建议。

1931 年春天，装帧精美的《大地》出版，随即受到了铺天盖地的好评，连续在美国畅销书排行榜上占据头名宝座长达 21 个月。《纽约时报》的著

《大地》英文版

名专栏作家威尔·罗杰斯甚至给出了这样的评语：

“它不仅是关于一个民族的最伟大著作，而且是我们这个时代最伟大的著作。”

《大地》写的是一个名叫王龙的中国贫农，娶了一个富户的女佣阿兰做妻子后发生的故事。阿兰是典型的中国传统妇女：吃苦耐劳，沉默寡言，默默地为家庭付出一切，却一直不知道争取自己的地位。而王龙一方面展现了中国农民勤劳朴实的一面，另一方面也彰显了人性的局限：在通过一次偶然机会发财之后，他在阿兰的帮助下慢慢富了起来，却嫌弃妻子相貌平庸，另外娶了一个妓女。在王龙年老之后，他终于慢慢又回归了本心，临终前告诫子孙们无论做什么都不能“卖地”，因为土地才是他们最珍贵的财富。

在这部 17 万字的小说中，赛珍珠展示了自己不动声色却又非常传神的写作手法，开篇第一章第一句非常简单，却把读者深深抓住了：

“今天是王龙结婚的日子。”

在接下来的短短 1 万多字里，赛珍珠通过简单的白描，栩栩如生地向读者展现了当时中国最基层农村的各种元素和传统：纸糊窗、灶台、几个月洗一次澡、喝茶、辫子，以及孝道、面都没见过就可以结婚的亲事、妻子像用人一样服侍丈夫、传宗接代……

《大地》在美国受到热捧，一方面是因为“中国人”的形象此前一直停留在很多美国人的想象之中：异教徒；开餐馆和洗衣店的；贼眉鼠眼长辫子，奸猾狡诈贪便宜。通过阅读《大地》，他们第一次认识到中国人是和他们一样有传统、有生活、有奋斗、有喜怒哀乐的活生生的人。另一方面，美国当时正好处于经济大萧条时期，《大地》中那些一直生活在艰苦环境但一直坚持努力活下去的农民，深深感染了同样感受到生活艰辛的美国人。

随着《大地》的畅销，德文、法文、荷兰文、瑞典文、丹麦文、挪威文等译本很快出现。就在出版的第二年，《大地》获得了美国的“普利策文学奖”。

但更大的荣誉还等待着赛珍珠。

1938年，经评委会一致认定，写出以《大地》为代表的一系列文学作品的赛珍珠，获得了当年的诺贝尔文学奖。

这是美国历史上第三次有作家获得诺贝尔文学奖，也是第一次美国女作家获奖。事实上，这也是诺贝尔文学奖历史上第二次出现女作家（第一位是瑞典作家塞尔玛·拉格洛夫，她的代表作是《尼尔斯骑鹅旅行记》）。

1938年的诺贝尔文学奖颁奖典礼上，瑞典国王为赛珍珠颁奖

赛珍珠和她的《大地》就此轰动世界。

4

但是，《大地》给赛珍珠带来巨大声望和财富的同时，也给她带来了不少争议。

不同的声音首先出现在美国的文学界。

首先，美国的很多作家并不认为赛珍珠的写作技巧有多高超。著名的美国诗人罗伯特·弗罗斯特就曾公开不客气地说：“如果赛珍珠都能得到诺贝尔文学奖，那么每个人得奖都不应该成问题。”

在美国的作家们看来，赛珍珠只会用简单的白描叙事，但在西方重视的心理刻画这方面却乏善可陈。更重要的是，《大地》成了一部超级畅销书——在他们看来，纯粹的文学和畅销书绝对是矛盾的。

其次，是因为赛珍珠长期生活在中国，几乎和美国的文学圈子形同陌路，很多作家都不认识她。她所写的题材又发生在遥远的中国，而且还是中国的农民而非精英阶层，这更显得她和美国的主流文学圈格格不入。著名小说家威廉·福克纳就曾说过："我宁愿不拿诺贝尔文学奖，也不愿意同赛珍珠为伍。"（福克纳后来在 1949 年开心地去领了诺贝尔文学奖，代表作是《喧哗与骚动》。）

第三个原因就比较隐晦了。在赛珍珠获得诺贝尔文学奖之前，美国有两名作家获奖：辛克莱·刘易斯（1930 年）和尤金·奥尼尔（1936 年），都是男性。在诸多"嗷嗷待奖"的美国男作家群体中，忽然天外飞仙般空降来一个他们闻所未闻的女作家，很多人在心理上或情感上接受不了。

赛珍珠。据联合国教科文组织数据，截至 1970 年，赛珍珠的《大地》系列英文本就已经印行了 70 多个版次，印刷数量达到数百万册

由于赛珍珠的传教士家庭背景和身份，她的这部《大地》还在宗教问题上引起了很大的争议。

在《大地》这部小说的世界里，基督教和上帝是根本不存在的。中国人按照他们传统的信念敬天地、祭鬼神，所有的祈福活动都是对自己信仰的神灵进行。即便在小说中偶尔出现的传教士，也并非正面形象。

考虑到作家是一位传教士，美国教会中的保守派深感“震惊和愤怒”，很多教徒都写信指责赛珍珠，甚至发出威胁。而从小就在定居中国的传教士家庭长大的赛珍珠，认为自己比任何没去过中国的美国教徒更有发言权。

1932 年，赛珍珠接受长老会女教徒的邀请，在美国的阿斯塔饭店发表了一个著名演讲。面对近 2 000 名听众，赛珍珠的演讲题目是《海外传教，真的有用吗？》

这场大胆的演讲震惊了美国宗教界，赛珍珠做出的否定回答更是让她受到了来自四面八方的教会教徒的人身攻击甚至侮辱，但赛珍珠完全没有退缩，而是坚持自己的观点：

“正统的传教士，对他们所谓要拯救的人民如此缺乏同情；对他们自己国家的文明以外的其他文明如此不屑一顾；对一个高度文明、十分敏感的人民，竟如此粗暴鲁莽，我直感到自己的内心因羞愧而在滴血。”

最终，赛珍珠辞去了传教士的职务。

5

如果说赛珍珠在美国引起了争议，那么在她所热爱的中国呢？

在如何评价赛珍珠和她以《大地》为代表的小说这一问题上，中国的文学界也表现出了一种矛盾的心态。

一方面，不少中国人是感谢赛珍珠的，因为尽管可能在有些地方有些夸张，但赛珍珠毕竟把一个相对客观和真实的中国呈现在了世界面前，中国不再是以前那样除了“留辫子”就是“缠小脚”的形象。

而另一方面，不少中国知识分子对赛珍珠选择王龙这样一个贫穷且有些愚昧的中国农民来展现中国，感到很大的不满。

著名的出版家和文学批评家赵家璧在肯定赛珍珠的一些真实描写

之外，指出以王龙这样的落后农民形象出现在西方人眼中，只会加深他们对中国人的歧视。而《大地》的畅销，很大原因是因为符合西方人“居高临下”的审美口味。

而文艺理论家胡风在承认赛珍珠对中国农民“满怀同情”的同时，也认为她“并不懂得中国农村乃至中国社会”。

当然，赵家璧和胡风这一批知识分子还算是客气的，一些中国知识分子毫不留情地对赛珍珠提出了批评。

著名的翻译家伍蠡甫是《大地》的译者之一，但他在自己的“译者序”（长达 28 页）中指出，《大地》中的中国男人只知道土地，中国女人只知道服从，整个中国看上去兵荒马乱，愚昧落后，“这难道是中国的真实情况吗？”，而且，伍蠡甫还指出，中国农村的现状，恰恰就是因为封建势力勾结帝国主义造成的，而赛珍珠根本没有指出或者根本没有看到这一点。

当时在美国大学执教的文化学者江亢虎（后来投靠汪精卫成为汉奸），用英文在《纽约时报》上发文批评赛珍珠的《大地》“太过夸张”，尤其指出赛珍珠凭借年幼时与身边苦力和女佣王妈的接触，写出来的东西肯定是失之偏颇的，因为这些底层人“可以构成中国人口的大部分，但不能代表中国”。

赛珍珠对此进行了反击，她提出的一个观点是：“倘若在任何国家内，居大多数者不能为代表，则谁复能代表？然而我晓得江教授及其他类似江教授者，颇愿以极少一部分的知识阶级来代表全部中国人民……对此，我是永难赞同的 。”

而在诸多批评中，鲁迅的声音是最引人注目的。

鲁迅在 1933 年 11 月 15 日写给著名翻译家和剧作家姚克的信中说：

“中国的事情，总是中国人做来，才可以见真相，即如布克夫人（指赛珍珠，她跟随夫姓），上海曾大欢迎，她亦自谓视中国如祖国，然而看她的作品，毕竟是一位生长中国的女教士的立场而已……她所觉得的，还不过一点浮面的情形。只有我们做起来，方能留一个真相。”

鲁迅的这段评价，后人有过很多解读。从这段话看，鲁迅对赛珍珠的评价一般，但态度还算温和。如果从鲁迅向来警惕外国人对中国人的夸赞以及他对中国农民“哀其不幸，怒其不争”的了解程度，这个评价也是符合他观点的。

不过，鲁迅当时读的《大地》译本似乎一般，他在1936年9月15日给日本朋友的一封信中曾这样写道：“关于《大地》的事，日内即转胡风一阅。胡仲持的译文，或许不太可靠，倘若是，对于原作者，实为不妥 。”

在写完这封信后一个月，鲁迅就病逝了。没有人知道如果鲁迅读过其他译本，是否会对赛珍珠和《大地》做出新的评价。

6

事实上，中国怎么看待自己，成了赛珍珠一生最牵记的事之一。

赛珍珠在获得诺贝尔奖之后并没有停止写作，反而成了一个高产作家，甚至接受了丈夫的建议（她结束了第一段婚姻后，嫁给了当初为她出书的出版商沃尔什），为了避免让读者觉得自己粗制滥造，用笔名发表其他小说（其中有一本书又成了畅销书）。但所有的作品里，她最着力的还是和中国有关的作品，包括又写了《儿子》和《分家》，构成“大地三部曲”，还包括剧本《光明飞到中国》、散文集《中国的小说》等等。

在中国遭受日本侵略之后，赛珍珠通过各种渠道为中国发声，在报刊上撰文，去集会上发表演讲，宣传中国，呼吁帮助中国抵抗侵略，为援助中国集资。她曾在一次公开广播中这样说：

“中国绝对不会屈服日本！因为我不能想象到我们认识的那些健壮实在的农人，那些稳健的中产商人，那些勤苦的劳工，以及那些奋勇热心的学界领袖，会受到日本降服的。所以在言论上，在著作上，我曾大胆地发表我的自信。我说，中国人是不会投降的！”

此外，她在文化领域也和包括老舍、巴金在内的很多中国作家有交流，还帮助老舍翻译了几部他的代表作，并帮助林语堂在美国出版后来大为畅销的《吾国与吾民》（事实上《水浒传》也是赛珍珠第一个翻译成《皆兄弟也》带入西方的）。

但作为一个跨越东西方文化、曾经加入过中国国籍（同时没有放弃美国国籍）的女性作家，赛珍珠却一直在感受一种特殊的尴尬。

《大地》在 1937 年曾被改编为电影，需要到中国取景。但当时的国民党相关部门却提出，剧中的中国农民不能穿破破烂烂的衣裳，必须穿新衣。当电影需要拍摄水牛耕田的场景时，相关部门又要求必须用拖拉机取代水牛。在摄制组即将离开中国之际，他们发现储藏胶片的箱子被人泼了硫酸，导致很多镜头都只能重拍。

《大地》这部电影由米高梅电影公司于 1937 年出品。出品方最终拒绝了当时国民政府“由中国人出演”的建议，由美国人出任男女主角，整个过程接受了中国方面多达 16 次的审查。整个电影的主场景是在加州搭棚拍摄完成的。1938 年，《大地》在第十届奥斯卡颁奖典礼上斩获两大奖项：“最佳女主角”（饰演阿兰的路易斯·赖纳）和“最佳摄影”

在新中国成立后，赛珍珠的地位有时让她自己也感到迷茫。

在美国，由于“麦卡锡主义”的盛行，她被认为是“亲中”和“亲共”分子，受到冷落和不公。而在中国，她因为不满当时中国政府对一些知识分子的不公待遇和一些错误的政策，写过不少批评的文章和书籍，又被中国列为“不受欢迎的作家”。

这样的僵局一直持续到 1971 年“乒乓外交”中美破冰，尼克松总统准备访华，赛珍珠成了最高兴的人之一——她自 1934 年离开中国后，做梦都想回到自己长大的地方。

为此，已经 80 岁的赛珍珠同意主持美国国家广播公司（NBC）的专题节目《重新看中国》，并通过各种渠道传递重新访华的愿望，甚至希望担任尼克松代表团中的一名记者。

不过，赛珍珠的愿望很快破碎——一位中国驻加拿大的外交官给她发来一封拒绝信，表示鉴于她之前在文章和书里对新中国的一些“歪曲、攻击和谩骂”，她无法获得进入中国的准许。

这对赛珍珠而言，是最大的打击。

7

在得知自己重返中国梦碎之后，赛珍珠迅速衰老了下去。

1973 年 3 月 6 日，81 岁的赛珍珠走到了自己生命的尽头，在美国的佛蒙特州丹比市逝世。她一生共收养了 8 个来自亚洲的孩子，用自己的基金会资助了 1 万多名儿童。

赛珍珠墓碑

按照她的愿望，她是穿着中国的旗袍被火化的。

她的骨灰，被埋葬在宾夕法尼亚州。同样是按照她的愿望，她的墓碑没有任何墓志铭，上面只有三个字：

“赛珍珠。”

是汉字。

馒头说

记得当初张艺谋刚刚成名那会儿，也一直被一些人诟病。

被诟病的主要原因，就是他那一系列的电影，比如《大红灯笼高高挂》《菊豆》《秋菊打官司》等，被认为是“迎合西方人猎奇的审美趣味，把中国人最丑陋的一面展现出来”。

是否有点似曾相识？

张艺谋拍那一系列电影的时代，正好是20世纪90年代初，中国经历了十多年改革开放，正铆足了劲准备加速发展，而国家的各方面都日新月异。在那样一个时代里，人们对未来的期望都是美好的，希望自己的祖国以一个文明而进步的形象出现在世人的目光中。

而赛珍珠写《大地》的那个时代，正好也是处于当时中华民国所谓的“黄金十年”，整个国家虽然还处于战火和各种灾难之中，贪腐问题也并没有得到解决，但在教育、交通、工业等领域，还是开始慢慢有了一些起色，取得了一定的成就。

所以，那些批评家的心理是完全可以理解的：

“我们有那么多好的东西放在这里，我们一直在努力，为什么你偏偏要展现最丑陋的？”

但是，从拍摄者或写作者的角度出发呢？他们的动机是故意抹黑吗？恐怕也并非如此。他们所描绘的那些事物，是真实存在过，甚至是正在发生的。他们不拍不写，这些东西并不会就此随风消散，没人记得。

有时候，爱得深切，才会说得深刻。

就好比相亲看外貌，我这张脸就摆在这里了：眉毛好，眼睛好，嘴巴好，但就是鼻子长得太大。但这就是真实的我，有美有丑，你要接受我，就要了解我的整体，接受我的整体。

东西方文化的交流乃至交融，其实从某种意义上来说也是如此：我不避讳我的短处，但也请你多看我的长处，或者我的努力。

如今，你可以说张艺谋的《英雄》剧本太天真，《长城》故事编得烂，《影》拍得太理想化，这些从业务角度都可以探讨，正如可以探讨张艺谋当初的那个系列，但很少会有人再谈起“展现中国人丑陋的一面”。

同样，赛珍珠在中国的纪念馆、故居如今都建了起来，她的书也一版再版，大家可以讨论她的写作手法，讨论她当时对中国社会认识的深刻或不足，但不太会有人说她“故意要塑造王龙这样一个农民丑化中国人”了。

观念的进步固然是很重要的一方面，还有一个原因，是我们现在已经比当初强大了很多。

强大的体现不只在于财富，在于科技，在于武力，更在于内心。

本文主要参考来源：

1.《赛珍珠与中国》(刘海平，《外国文学评论》，1998 年第 1 期)

2.《赛珍珠生平及著述大事年表》[刘龙，《镇江师专学报》(社会科学版)，1992 年第 3 期]

3.《赛珍珠生平事迹补遗》(廖康，《国外文学》，1992 年第 4 期)

4.《如何理解鲁迅对赛珍珠的评价》(顾均，《鲁迅研究月刊》，2006 年第 6 期)

5.《鲁迅的赛珍珠简评所引发的讨论：一个回顾》[姚望，《江苏大学学报》(社会科学版)，2019 年第 1 期]

6.《赛珍珠与后殖民主义》[朱坤领，《江苏大学学报》(社会科学版)，2006 年第 3 期]

这些著名的日本作家，为何最终都选择自杀？

在日本，有不少特别的忌日，比如“河童忌”“樱桃忌”“康成忌”。这些忌日，不是用来祭奠樱桃或河童的，而是祭奠一个个著名作家的，而这些著名作家，都是选择自杀结束生命的……

1

让我们按照时间的顺序，先说第一位作家。

这位作家，叫芥川龙之介。

中国不少读者对他的了解，可能主要来自日本导演黑泽明的那部著名的电影《罗生门》——这部堪称神作的电影，剧本就是来自芥川龙之介的短篇小说《竹林中》（很短，推荐一读）。

1892 年 3 月 1 日，芥川龙之介出生于东京。他原来不姓“芥川”而姓“新原”，而这个改姓的过程，可能也是影响他后来性格的一个重要原因。

芥川出生那年，母亲已经 32 岁了，父亲 42 岁。在芥川 8 个月大的时候，母亲就疯了——发疯的母亲对芥川的童年影响非常大。他曾在自己的作品《点鬼簿》中这样写：

“我一次也没有从我的母亲那里感受过母爱。”

芥川龙之介

而作为“疯子的小孩”，那种自卑和恐惧，其实也伴随了芥川的一生。在他的作品《河童》中，一个河童的胎儿因为害怕遗传父亲的精神病，因此不想出生，这很可能就是芥川自己的心声。

在母亲发疯后，芥川被送到了母亲的娘家，过继给了舅舅芥川道章，由此改姓“芥川”。芥川家是一个颇为富有的大家族，且重视文学和艺术，这给芥川龙之介提供了一种很好的培养土壤，他从小就立志做一名作家。

不过，芥川的父母辈实在是有点乱——他的生父后来又娶了生母的妹妹为妻，芥川多了一个继母。但真正无微不至照顾他的，是生母的姐姐，也可称为他的养母。

所以，芥川其实有生父、养父、养母、继母四个亲人长辈，但事实上，在他的作品中却一直透露出缺少关爱的气息。

关于芥川龙之介的作品解读有许多，这里就不展开了。总的来说，芥川在他的小说里用笔非常简洁，叙述的口吻也似乎很冷峻与轻松，但表达的主题却往往是阴郁和对人性的失望——这在《罗生门》这篇小说中就很明显，文中他描写的老妇人在死人堆里拔头发的画面，让人不寒而栗。

到了1927年，年仅35岁的芥川龙之介其实已经决定结束自己的生命了。

那一年，他饱受胃病、神经衰弱、痔疮等各种疾病的困扰。同时，他的姐姐家失火，姐夫欠下高利贷卧轨自杀，姐姐举家来投奔他，生活压力大增。

7 月 24 日，芥川龙之介在卧室里服用过量的安眠药，结束了自己的生命。

自杀前，他在自己枕头边放了一部《圣经》（基督教在他的小说中也占有很重要位置），并给家人留下多封遗书，还写下一篇《给老朋友的信》，其中有一句：

“自杀者也许不知道自己为什么要自杀。我们的行为都含有复杂的动机，但是，我却感到了模模糊糊的不安，为什么我对未来只有模糊的不安呢？”

芥川龙之介的忌日，现在被称为“河童忌”。他去世后，他的好友菊池宽提议设立了“芥川奖”，专门用来奖励文坛新人。这个奖后来成为日本文坛的重要奖项。

芥川在 35 岁的年龄就选择了自杀，其实给当时很多日本作家以极大的震撼，并深深影响了他们。

其中，就包括我们接下来要说的第二位作家。

2

第二位作家，叫太宰治。

太宰治这个名字，近几年为不少中国读者所熟悉，因为他的成名作品连续几年高居图书畅销榜前几名，那就是《人间失格》。（关于《人间失格》这几年的大火，说实话我还是有点看不大懂。我至今仍记得大概十多年前我看完这部作品后在当时的百度贴吧里看到两个帖子，大为惊奇。一个小学四年级的学生发帖说自己看完《人间失格》后不是太明白，然后一个初二学生回帖："别说你才四年级，我今年初二了，我也不敢说我完全看懂了《人间失格》，但我深深被感动了……"当时我非常惭愧。）

与芥川龙之介出生于平民家不同，太宰治是含着金汤匙出生的。

1909年，太宰治出生在青森县中西部的津轻地区。他原名津岛修治，是家中的第六子——津岛家是津轻地区的首富。

太宰治是个富二代，但他也是个学霸。他小学毕业的时候成绩就是全校第一，大学更是考进了东京帝国大学的法文科。

1927年，一个消息让热爱文学创作的太宰治备受冲击——芥川龙之介自杀了。

太宰治一直对芥川龙之介非常推崇，并一直以获得"芥川奖"为目标。26岁时，太宰治凭借自己的作品《逆行》入围"芥川奖"的候选。那时候，太宰治已经从帝国大学退学，因为治疗腹膜炎而欠了一屁股债，所以非常渴望用"芥川奖"来填补自己遇挫的心情——尽管奖品只是一块怀表和500日元奖金。

但是，他最终落选了。

到了第二届"芥川奖"评选时，太宰治的获奖诉求已经几近狂热，这在他给评委之一佐藤春夫的一封信中就可以看出：

"我一定能成为一名好作家。您的恩情，永志不忘。第二届芥川奖，请颁发给我吧……佐藤先生，请您不要忘记我。请不要见死不救啊……现在，我是

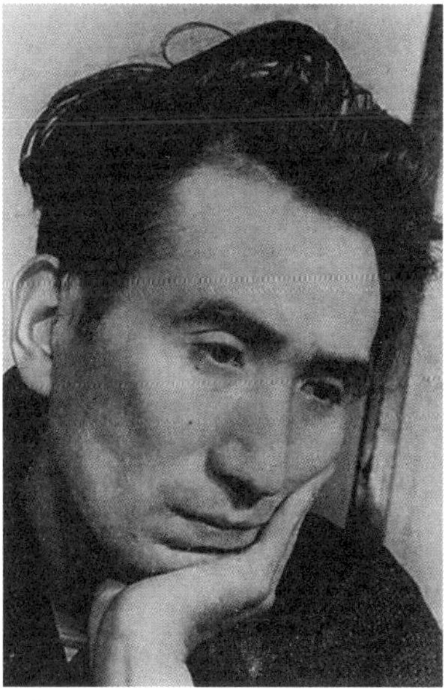
太宰治

在以命相托。”

而原本欣赏太宰治才华的佐藤（第一届就是他提名太宰治的），却从太宰治的信中读出了他在精神方面的隐患。

佐藤春夫的猜测可能并没有错。

如果说芥川龙之介是因为各种病痛折磨、生存压力的诱发才生出自杀求完美的想法，那么太宰治似乎生来就对整个世界抱着一种阴郁和悲观的看法。这在他的多部作品中都有明显的表达。

事实上，太宰治一生一共尝试过五次自杀，有约情人一起跳海自杀（结果情人死了他没死，还因此被起诉“协助自杀”），有吃安眠药自杀，有上吊自杀，都未遂，直到第五次。

1948 年，太宰治创作完《人间失格》后，身体已经非常虚弱，因为肺结核，甚至到了经常咯血的地步。

6 月 13 日深夜，太宰治与崇拜他的女粉丝山崎富荣一起投水自尽——这一次，他成功了。

6 月 19 日，他的尸体被人发现，而这一天，正好是他的生日。

生死同一天，他的忌日，就是“樱桃忌”（出自其作品《樱桃》）。虽然他是和女粉丝一起投河的，但他在给妻子的遗书中写的却是：“我最爱的就是你。”

太宰治终于用自己的行动践行了在《人间失格》中多次出现的一句话：

“生而为人，对不起。”

3

轮到说第三位作家了，他叫三岛由纪夫。

三岛由纪夫曾获得过三次诺贝尔文学奖的提名，而他的自杀方式也最离谱。

少年三岛由纪夫，放到现在也是“小鲜肉”级别了

三岛由纪夫曾被人安排见过太宰治一次。虽然三岛由纪夫承认太宰治有文学才华，但当着太宰治的面，他只说了一句话就告辞了：“我不喜欢太宰治先生的作品。”

这简直太符合三岛由纪夫的性格了。

三岛由纪夫 1925 年出生在东京。如果说太宰治的出身是“富”，那三岛由纪夫就是“贵”——他的祖母夏子家算是德川幕府时代的贵族。到了三岛由纪夫这一代，家道已经中落，但祖母还是对这个孙子寄予了厚望，从小就把他送到只有皇族和贵族才能读的学校去读书。

三岛由纪夫从小就表现出了超高的文学天赋，15 岁就能发表诗集。而且他也是个学霸，从学习院（日本著名的贵族私立学校）高中部毕业考入东京帝国大学的时候，是全校第一名，为此还拿到了天皇奖励的一块银表。

但和芥川龙之介与太宰治柔弱阴郁的性格不同，三岛由纪夫尚武，而这种性格也影响了他的一生——他最躁狂懵懂的青年时期，正好是日本军国主义的最高峰。

1944 年，在日本在二战中已经陷入困境的局面下，三岛由纪夫成了一名等待征召的预备役士兵（就是他高中毕业那一年）。1945 年，三岛被征召，但在出发准备参战前，他的感冒被军医误诊为肺病，他被遣送回乡——他原本要去的部队后来前往菲律宾，基本上全军覆没。

但三岛由纪夫却并不因此感到幸运，而是感到遗憾。尤其是当他 17 岁的好友莲田善明参军后，在 1945 年日本宣布投降后于马来西亚自杀，给三岛非常强烈的冲击——他认为他也应该为国牺牲，而不是苟且偷活。

不过，无缘在战场上显身手的三岛由纪夫，由此在文坛上崭露头角，进而一发不可收拾。他的《禁色》、《夏子的冒险》以及《潮骚》等一系列作品，让他在日本文坛的声望越来越高。

不过，真正让三岛由纪夫奠定地位的，是他的代表作《金阁寺》。这部作品的主角是一个外表猥琐但内心却崇尚极致美的少年。似乎是在与自己的小说呼应，1955 年，30 岁的三岛由纪夫开始疯狂健身，希望练就一副展现阳刚之美的身材。

健身成功后的三岛由纪夫表示："终于将这个身体弄到手之后，就像得到了新玩具的孩子一样兴奋，想到处去卖弄，到处去炫耀，到处去操作给所有的人看。我的身体就像我的新车一样。"

已经声名鹊起的三岛由纪夫在 1963 年、1965 年和 1968 年一共获得过三次诺贝尔文学奖的提名，却一次都没有最终折桂，这其实也是让三岛非常失望的一件事。

尤其是 1965 年那次，三岛由纪夫得知自己被提名后，他带着夫人周游欧美、东南亚多国，在回国抵达机场前联系了很多媒体，满心以为届时可以发表获奖感言，但最终却事与愿违。在机场，尴尬的三岛面对记者们只说了一句"大家辛苦了！"就走了。

但没有获得诺贝尔奖并不是让三岛由纪夫觉得最痛苦的事，他自己认为最不能接受的，是日本战后天皇权威的衰落、武士道精神的消失和所谓的"世风日下"。没错，他就是一个军国主义者。

为此，他在 1970 年上演了一幕电影剧本也不敢这么写的自杀。

1970 年 11 月 25 日，三岛由纪夫带着他自己的私人武装"盾会"的四名成员，来到了日本陆上自卫队东部总监部，直接将师团长给绑架了。

在把师团长绑架为人质后，三岛由纪夫站在总监部的阳台上，对着下面 800 多名自卫队官兵发表演说，要求大家随着他一起发动兵变，推翻现有宪法，让自卫队重新成为“真的武士”，恢复保卫天皇的传统。

没错，这很容易让人联想起当初的日本“二二六兵变”。

但在三岛由纪夫发表演说时，800 多个自卫队官兵根本没人理会他的话，有的甚至还发出嗤笑。

沮丧的三岛由纪夫随后从阳台退回了室内，按照原计划，决定切腹自杀。

额头上绑着“七生报国”字样头巾的三岛由纪夫，经历了一个漫长而痛苦的自杀过程：

他先用短刀把自己的腹部切出了一个很大的伤口，肠子直接就流了出来。随后，他一旁的“盾会”成员森田必胜用刀为三岛进行“介错”（切腹仪式中帮助自杀者砍下头颅，目的是让他更快死亡）。但森田连砍三次，都没能砍下三岛的头颅。

疼痛难忍的三岛由纪夫试图咬舌自尽，还是失败了。最终另一名“盾会”成员古贺浩靖进行第四次“介错”终于成功。

三岛由纪夫的葬礼，有 8 200 人参加，创造了迄今为止日本作家葬礼参加人数之最。

他终于实现了自己在多部作品中的愿望：用完美的男性肉体死亡，去实现美的极致。

但正如他自己在《金阁寺》中说的一句话：

“人这东西，一旦钻在美里不出来，势必不知不觉撞进世间最为黑暗的思路。”

4

终于轮到了第四位作家：川端康成。

川端康成是这四名日本著名作家中活得最久的一个——芥川龙之

18 岁时的川端康成

介活了 35 岁，太宰治活了 39 岁，三岛由纪夫活了 45 岁，而他活了 73 岁。

而且，他是四个作家中得到荣誉最高的——他真的获得了诺贝尔文学奖。

但他还是自杀了。

川端康成 1899 年 6 月 14 日出生在日本的大阪，与前三位作家相比，他的家庭算是中产之家——父亲是个医生。

但川端康城童年的不幸，却与前几位作家类似：2 岁的时候，父亲因肺结核去世；3 岁的时候，母亲也因肺结核去世；10 岁的时候，相依为命的姐姐芳子也因为热病去世。

川端康成也是很早就显示出了文学天赋，他的作文一直是全班第一。从成名的时间看，川端康成比芥川龙之介晚——芥川自杀的 1927 年，川端康成刚刚发表了他的成名作品《伊豆的舞女》。但他比太宰治和三岛由纪夫成名要早不少。

所以，他与太宰治和三岛由纪夫都有过交集，而且对他们俩的影响还不小。

之前说到过，太宰治在 26 岁时凭借一篇《逆行》获得评委佐藤春夫的青睐，入围“芥川奖”候选。但是，他却并没有获得当时另一位评委的欢心——那位评委，就是川端康成。

川端康成当时对太宰治作品的评价是：“据一己的私见，作者目下的生活，罩着一重讨厌的阴云，有种才能无法正常发挥之憾。”

应该说，川端康成的眼光还是比较准的，但也因此惹恼了太宰治——他认为自己落选就是川端康成造成的。

太宰治写了一封题为《致川端康成》的公开信，发表在《文艺通信》杂志的1935年10月号上：

“我愤怒地燃烧着，几夜难成眠。养小鸟、观舞踏，难道就是如此了不起的生活吗？真想捅了他。大坏蛋一个。……我只感到遗憾。对川端康成若无其事地装着，而装又装不像的扯谎，我感到除了遗憾，还是遗憾。”

这件事当时在日本文坛闹得很大。

相比太宰治，川端康成对三岛由纪夫的影响更大。

1946年1月，47岁的川端康成接受了21岁的三岛由纪夫的拜访，之后，川端就开始推荐三岛的作品。

川端康成对三岛由纪夫非常欣赏，不断给他推荐机会，而后者也对前者非常尊敬。从某种意义上说，两人不仅是好友，也有师生之谊。

前面说到，三岛由纪夫在1963年、1965年和1968年三次获得诺贝尔文学奖的提名，但最终都功亏一篑，而1968年的诺贝尔文学奖最终颁给了川端康成（获奖作品是《雪国》、《古都》和《千只鹤》）。

川端康成在获奖后接受媒体采访时谦虚地表示：“托三岛由纪夫君的福，他前年便进入候选人，因为太年轻不行，所以才让我碰上了。”

三岛当然表示了祝贺，但后来有不少研究者认为，川端康成获得诺贝尔文学奖，对三岛由纪夫冲击很大——其实和

川端康城（中）和三岛由纪夫（右）

川端康成本人无关，主要是因为三岛是一个非常争强好胜的人。

在三岛由纪夫那场轰动一时的劫持和自杀事件中，很多日本作家都赶到了现场，想劝三岛由纪夫。但被允许进入的，只有川端康成一人。

虽然川端康成并没有见到三岛由纪夫的尸体，但这件事给他造成了巨大的冲击，他后来对自己的一名弟子表示："该被砍下脑袋的是我！"

其实，功成名就的川端康成，虽然曾指出太宰治的阴郁，但他自己的作品也从来没有摆脱死亡的气息。尤其是中年以后，这种情况越来越明显。

在他的名篇《雪国》中有这样的句子："一个人如果死得快乐，如果认为死是一种恒久的解脱，世人就不应为他叹息，因为快乐的死亡总好过灵魂里面最深层次的疼痛，有朝一日，对生命也心不在焉了。死亡是极致的美丽，死亡等于拒绝一切理解。"

老年川端康成

而他最终也真的这样做了。

1972 年 4 月 16 日下午 2 点 45 分，73 岁的川端康成对家人说"我去散步"，就独自一人离开了。

家人没有任何怀疑，直到晚上久等川端康成不归，才让他的助手岛守敏慧去川端康成的工作室寻找。

晚上 9 点 45 分，助手在工作室的盥洗室发现了川端康成——躺在自己铺好的棉被上，身边有打开瓶盖的威士忌和酒杯，嘴里含着煤气管。

死了。

与其他三位作家不同的是，川端康成没有留下任何遗书。

他最后用自己的行动实践了自己曾说过的一句话：

“自杀而无遗书，是最好不过的了。无言的死，就是无限的活。”

馒头说

我并不赞成自杀，本文也无意围绕“自杀”做一探讨。

只是因为写这篇文章时是川端康成的忌日，顺带想起了一系列自杀的日本作家。

其实日本自杀的作家还有不少，他们四个是最有名的——就自杀的概率而言，日本作家还是比较高的。

当然，对于这些自杀的作家，后人已有太多的分析和讨论：

从日本人的“自杀情结”，到日本社会结构和阶层的特点——尤其是二战前后；从这些作家在青少年时期各种不幸的遭遇，到他们追求“美”的极致的哲学意义，甚至将“自杀”作为自己最后一次的人生作品……

（所以，我不禁为村上春树捏一把汗——还好他爱上了长跑，可以经常分泌多巴胺，不然以他在诺贝尔奖这件事上的经历……）

不过，我觉得在这些原因之外，还有一点很重要——“作家”这个人群本身。

我们有时候经常有这样的感觉：

这个作家好厉害！把我想说但说不出来的话都说出来了！

那个作家好细腻！这种细节他都观察到了，还描写得这样生动！

没错，这就是真正厉害的作家与普通人的不同之处。

但是，就像和魔鬼做交易一样，他们其实也付出了自己的代价：感性，敏感，易悲伤，会绝望。因为他们能感受到一般人所感受不到的细节和情感，他们也注定要承受一般人所不必承受的情绪波动。

给你多一个天赋，总是要你在另一点上付出回报，上帝总是公平的。

最后再说个题外话。

1899 年，在全世界范围内的三个不同地方，诞生了三个一流的作家。

一个是日本的川端康成。

一个是美国的海明威。

一个是中国的老舍。

他们三人最终都选择了同一种方式结束自己的人生旅途：自杀。

但老舍先生与另两人自杀的原因，并不相同。

优秀的作家能更深刻地感知这个时代，但有时候，却无法把控自己的命运。

“文胆”之死

“文胆”一词，是褒义词，一般指给国家领导人撰写各种文告和讲稿的；也指为人刚正，文采斐然。但熟悉国民党历史的人都知道，一般说起国民党的“文胆”，是特指一人的。

1

1948 年 11 月 13 日的早晨，秋高气爽。

蒋君章早上起床，先是打了一套太极拳，然后坐在办公桌前看报纸。

大概 9 点半的时候，办公桌上的电话响了。

电话是国民党中央党部打来的，催陈布雷先生快点去开会。

作为陈布雷的机要秘书，蒋君章想了想，替陈布雷请了个假。

蒋君章在后来的口述回忆录里说：布雷先生在两天前就关照我，不要让他见客。连 11 月 12 日的孙中山诞辰纪念活动，他也没有参加。

但到了上午 10 点，陈布雷依然没有从房间里出来。

蒋君章觉得事情有点不对劲——陈布雷一般是早上 8 点就起床的。

陈布雷

于是，蒋君章找来陈布雷的副官陶永标，一起想方设法弄开了陈布雷房间的门——然后，就看到了躺在床上，一动不动的陈布雷：

“天哪！蜡黄的脸，睁开了的眼，张大了的嘴，而枕旁边却是一封给我的信，这是我平生所遇最大的晴天霹雳。是麻木了吧，一点没有感觉，本能地立刻拉开他的被窝，抚摸他的手，是冰冷的了，又抚摸了他的脚，是僵硬的了，最后抚摸他的胸口，还有一点温暖……”

蒋君章急忙喊来包括蒋介石专用医生在内的三位大夫。几针强心剂打下去，陈布雷依然没有任何复苏迹象。在场的人都意识到了一个事实：

蒋介石最信任的“文胆”陈布雷自杀了。

2

陈布雷，原名陈训恩，浙江慈溪人——没错，是蒋介石的老乡。

1911 年，也就是中国天翻地覆的那一年，21 岁的陈布雷毕业于浙江高等学堂，随后实现了他的夙愿——进入上海的《天铎报》，成了一名记者。

“武昌起义”爆发之后，陈布雷连写 10 篇《谭鄂》，按天发表，在当时上海很多报纸称武昌起义军为“逆军”的背景下，对起义进行大力的颂扬。他在文章中指出：

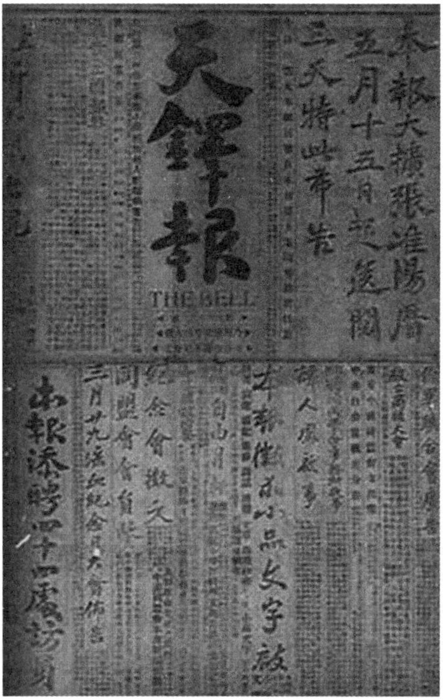

《天铎报》

“鄂事成败之问题，关系吾四万万同胞之生死；鄂事万一无幸，期吾同胞无万劫回复之日。”

在那几年里，无论是在《天铎报》还是后来去《商报》担任主编，陈布雷凭借自己充满激情和预见性的评论，大力拥护辛亥革命，反对封建帝制，在上海乃至全国报界声名鹊起。

陈布雷当时对国内局势的评述和对革命的理解，得到各方面的高度欣赏：国民党方面，孙中山称他写的文章，比国民党办的报纸宣传革命更有成绩；共产党方面，当时中共早期著名理论家萧楚女曾专门致函《商报》，称主笔（即陈布雷）具有“革命精神”。著名报人邹韬奋曾在《生活》周刊上评价陈布雷：“我国现今第一流政论家。”

那个时期，陈布雷的文字，立论客观，分析透彻，但同时又充满着热血激情，气势如虹。比如他在揭露袁世凯欲称帝时写过这样的句子：

“今生今世休再作此妄想，倘不死心归顺，愿提刀勒马一战耳！”

也正是因为如此，“陈布雷”这个笔名在当时名闻遐迩，人们称他为“布雷先生”乃至“布公”，清末著名的诗僧八指头陀曾赠诗曰：“迷津唤不醒，请作布雷鸣。”

3

1926 年，盛名之下的陈布雷，被一个人看中了。

其实从 1926 年初开始，因为一直撰文赞扬当时代表先进力量的国民党，陈布雷就已经进入有关人士视线。那一年的 11 月，陈布雷的堂兄陈屺怀向陈布雷转达了一个信息：有一个人想见你。

这个人，就是当时北伐军的总司令，蒋介石。

蒋介石为什么要见陈布雷？因为出于形势的需要，蒋介石越来越希望自己身边能有个得力的新闻秘书。

蒋介石原来的秘书是邵力子，但邵力子已多次流露出亲共的思想，蒋介石不想用。他本来想起用当时的《商报》社长陈屺怀，但陈屺怀觉得自己比蒋介石大了一轮，做秘书不合适，于是就推荐了自己的堂弟陈布雷。

在国民党方面的再三邀请之下，陈布雷启程前往南昌，面见蒋介石——后来他才知道，那其实是一场“面试”。

那次和陈布雷一起参加“面试”的，还有另外一个人，叫潘公展（时任《申报》总编辑）。

面对当时已颇有威严的蒋介石，潘公展的神态举止比较拘谨，且目光闪烁。而陈布雷瘪嘴，头发蓬乱，一副无所谓的样子，这一点给蒋介石留下了比较深的印象。

随后蒋介石问了两个人一个问题：“怎么应对上海的工人运动？”

潘公展的回答是：“总司令自有妙策。”这句话答了等于没答。

而陈布雷提出的建议是：先派可靠的部队包围上海，然后再利用上海的帮会势力打头阵。

那次谈话之后，蒋介石单独留下了陈布雷，希望他在总司令部暂住一段时间。

然后，陈布雷接到了蒋介石的下一轮“面试题”：帮蒋介石起草一篇给黄埔军校学生的文章。

没多久，陈布雷就拿出了一篇《告黄埔同学书》。

这篇洋洋洒洒的长文，无论是文风、气势，还是文字里流露出的情感，完全符合蒋介石的要求。于是，蒋介石当即提出：希望陈布雷留下来为自己工作。

但陈布雷拒绝了——他说他的志趣不在官场，还是想回上海当记者。

蒋介石当时很不高兴，但没有强求。

1927 年，蒋介石率北伐军攻克南京，建立了南京国民政府。

这一年，在蒋介石的再三邀请之下，陈布雷终于决定出仕——担任南京国民党中央党部书记长。

但刚刚出仕的陈布雷，随即遭遇了蒋介石人生的第一次下野。为了表示与蒋介石同进退，陈布雷也同时辞去了职务。

掌握实际军权的蒋介石，在重新出山后，第一时间就邀请陈布雷再度出仕。

陈布雷在推辞了好几次后，向蒋介石表明了自己的态度："我的初愿，是以新闻工作为终身职业，若不可得，愿为公之私人秘书，位不必高，禄不必厚，但求对公能有涓滴之助，机关重职，非我所能胜也。"

于是，陈布雷最终出任了国民革命军总司令部秘书长。

他的命运，终于和蒋介石，和国民党捆绑在了一起。

4

1933 年，陈布雷的政治生涯迈出了关键一步。

1931 年的"九一八事变"爆发后，蒋介石觉得身边需要处理的事情越来越多，于是在 1933 年设立了"侍从室"。

"侍从室"是蒋介石最重要的幕僚机构，地位相当于清代的军机

陈布雷和陈诚，堪称蒋介石一文一武两大亲信

处。“侍从室”下辖三个处，一处主管军事和情报，三处主管人事考察，二处主管党务和政治业务——出任二处主任的，就是陈布雷。

可以说，陈布雷经此一步，成了蒋介石身边最重要的“幕僚长”。

但他的矛盾与痛苦，也由此开始。

在这个时期，最让陈布雷纠结的，就是抗日的问题。

从个人意愿来说，陈布雷当然是主张积极抗日的，但从他所处的职位而言，却必须服从蒋介石的意志：隐忍，退让，攘外先安内。

而且，陈布雷的身份特殊——他是蒋介石的笔，他必须将蒋介石的这个思路充分阐述出来，动之以情，说服众人。

1935 年 11 月，国民党的第五次全国代表大会在南京召开，蒋介石的外交报告交由陈布雷起草。

这是一份要表明蒋介石“暂缓抗日”意图的报告，却和陈布雷的本意相悖，几度修改之后，终于成文。

11 月 12 日，蒋介石在大会上公开朗读了这篇当时著名的对日政策演说，其中那段文字，似乎能让人咀嚼出主笔人内心的艰涩：

“和平未至完全绝望时期，决不放弃和平；牺牲未到最后关头，决不轻言牺牲；和平有和平之限度，牺牲有牺牲之决心，以最后牺牲之决心，为和平作最大之努力。”

但让陈布雷感到痛苦的事，还远没有结束。

1936 年 12 月 12 日，震惊中外的“西安事变”爆发。陈布雷本来是要跟随蒋介石去西安的，却因为在洛阳时生病没能同行。“西安事变”

爆发后，陈布雷当时的心情不是感到庆幸，而是感到后悔——当时没能和蒋介石在一起。

但是，被张学良护送回来的蒋介石，很快给陈布雷出了一道难题：要他写一部记录“西安事变”经过的《西安半月记》。

蒋介石对陈布雷下达的要求很明确：

第一，要让世人知道张、杨二人犯上作乱的狼子野心；

第二，要让世人知道自己是怎么感化张、杨二人的；

第三，要让世人知道自己是怎么化险为夷的。

这就让陈布雷非常为难，因为他知道，张学良和杨虎城“犯上”的目的并不是要“篡位谋反”，而是要“逼蒋抗日”。而且，在整个记录中，只字不能提周恩来代表的共产党在“西安事变”中的斡旋作用。

陈布雷一开始以“不熟悉事变经过”为由推辞，但蒋介石再三表示只能由他写才放心。结果这篇文章耗费了陈布雷的大量心血，却迟迟不能完稿。在蒋介石的再三催促下，陈布雷交出第一稿，蒋介石不满意，回去改了再交，蒋介石仍不满意，再改——这在陈布雷的“作文”生涯中是很罕见的。

而陈布雷的家人也罕有地见到了陈布雷发火的一幕——他枯坐在书桌前，许久不能写下一字，拿着笔在纸上乱涂一气，最终愤怒地把自己心爱的毛笔给戳断了。

两个月后，《西安半月记》附加了宋美龄的《西安事变回忆录》终于问世，重印30余次，成为畅销书。

蒋介石本人非常满意，但不知他是否知道陈布雷所经受的折磨。陈布雷在后来的日记中写道：“余今日之言论思想，不能自作主张。躯壳和灵魂，已渐为他人一体。人生皆有本能，孰能甘于此哉！”

5

真正让陈布雷“解脱”的，其实是“七七事变”。

卢沟桥事变，最终逼尽了蒋介石所有的后退余地。1937 年 7 月 17 日，蒋介石发表了著名的“庐山讲话”：

“如果放弃尺寸土地与主权，便是中华民族的千古罪人。那时便只有拼民族的生命，求我们最后的胜利。”

而这篇讲话中最有名的那句，就是：

“如果战端一开，那就是地无分南北，人无分老幼，无论何人，皆有守土抗战之责任。”

这篇讲话的起草人，就是陈布雷。

全国上下团结一致抗日，这让陈布雷精神大振，斗志昂扬。在抗日战争时期，当年那支“惊雷之笔”又复活了，陈布雷写了大量激励国人坚持到底、抵抗日寇的文章，如名篇《告入缅将士电稿》《驳斥近卫东亚新秩序》《告空军将士书》《抗战周年纪念告全国军民书》等。

1944 年 9 月，蒋介石在重庆的一次讲话中，提到了那一句流传至今的话：

一寸山河一寸血，十万青年十万军。

虽然没有确切证据证明，这个讲话文稿是出自陈布雷之手（但可能性极大），但陈布雷自己立刻做出表率：鼓励自己的一个侄儿和两个儿子报名参军，奔赴前线。

陈布雷的文笔，确实得到了国共两党的一致认可。1941 年，周恩来托人给陈布雷带话：

“对布雷先生的道德文章，我们共产党人钦佩有加，但同时希望你的笔不要为一个人服务，要为全中国四万万人民服务。”

国民党和共产党之间的对决，随着抗日战争的结束，很快就到来了。

陈布雷重新陷入了痛苦之中。

6

按蒋介石的规划，抗战结束后的半年之内，就可以彻底消灭八路军和共产党。

作为蒋介石的幕僚长，陈布雷也是对此深信不疑的。但事实的发展过程，却出乎每一个人的意料——战争开场才打了两年多，国民党军队已经处于崩溃边缘。

国民党从上风一步步落到下风，位于神经中枢的陈布雷，全程经历，所以他所能感知到的痛苦，更甚于外人。

第一，陈布雷是切身感受到国民党的腐败的。

陈布雷做的官，从某种意义上说，其实是“一人之下，万人之上”，要巴结他的人成千上万。但他一直衣着朴素，自己从不搞特权，家中会客室只有三张旧沙发，配给他用的汽车，从来不准家人使用。

但国民党从上到下的腐败之风，早已一发不可收拾。1943 年，还在抗战时期，时任行政院副院长孔祥熙悄悄塞给陈布雷一个信封，陈布雷满面通红地退还给了孔祥熙。后来有人告诉他，信封里塞的居然是一张 100 万元的银行本票。陈布雷当场就大叹：“腐败！腐败！”

第二，陈布雷自己心里也知道，国民党从士气上已经垮了。

1947 年，陈布雷曾向自己的浙江同乡毛翼虎分析过他自己所认为的“势力”二字：

“‘势力’这个词要分开来看，一个是形势，一个是力量。按照力量来说，国民党无论是陆军，无论是空军，都远远超过共产党。但是形势的话，那很难说了，形势越来越不对了，形势变化了。”

陈布雷自己也知道，当时的人心，已经不在国民党那里了。

第三，对陈布雷打击更大的，是蒋介石对他的信心。

随着战局的恶化，蒋介石对国民党的各方面工作越来越不满，其中也包括宣传工作。陈布雷曾向蒋介石表达过这样的意思：国民党的很多实际问题需要尽快改善，宣传才能取信于民，否则问题不解决，怪到宣传头上，是不公平的。

1948 年初，毛泽东所作的中共十二月会议报告《目前形势和我们的任务》摆到了蒋介石的案头上。蒋介石自己都感到，中共提出的各种策略和政策，都恰好戳到国民党的痛处。蒋介石遂召见陈布雷，表示为什么中共能有这样的文章，而国民党所谓人才一堆，却没人能写出直击共产党要害的文章？

据说那天陈布雷情绪激动，脱口而出一句话："人家的文章是自己写的！"

蒋介石当时一言不发，拂袖而去。

第四，陈布雷更是从自己的身上，感受到了国民党不可挽回的崩溃。

1948 年 7 月，为了挽回已如脱缰之野马的通货膨胀，蒋介石在庐山召集新任行政院院长翁文灏、新任财政部长王云五、中央银行总裁俞鸿钧等人，开会商定币制改革，由中央银行发行金圆券。

陈布雷当时的身份是中央政治委员会代秘书长以及总统国策顾问。他虽然不懂经济，一言没发，却在会后做了两件事。

第一件事，他坚持把当时中央宣传小组的 100 亿元法币经费存入了银行——当时有人劝他换成黄金避免贬值。

第二件事，他会后从庐山回南京途经上海时，回到家里，让夫人王允默把家中的金器、银器都整理出来，去兑换金圆券，并表示"我们要带头遵纪守法"。

于公于私，陈布雷都全力支持国民党的"最后一搏"。

后来的情况，大家都知道了：陈布雷用自己家的家当兑换的金圆券，最终成了一堆废纸。而当初存在银行的 100 亿元法币，最后只值几千元金圆券。

这两件事也给了陈布雷很大的触动：

"国家利益被牺牲了，个人利益被牺牲了，却便宜了金融家。"

面对这些困局，陈布雷也做过挣扎，也试图劝谏蒋介石，一是争取和共产党和谈，二是拿出些具体的办法来拯救党国。

蒋介石后来在一次会议上讲话，他说曾有人劝他，要孔祥熙、宋子文、陈立夫、陈果夫和宋美龄一起拿出5亿美元来充入国库。蒋介石当时大光其火："宋子文有什么钱，嗯！孔祥熙有什么钱，嗯！至于夫人，那就更没有钱了。所以，这个，散布这个言论，不管怎么说，只会给党国带来危害，有利于共产党！"

当时与会人士一致猜测：敢对蒋介石提出这种建议的人，只可能是陈布雷。

7

1948年11月11日，早已神经衰弱，长期失眠的陈布雷受到了"最后一击"。

那天上午，国民党中央政治委员会举行临时会议，在会上，蒋介石宣布经济政策失败，他表示将取消"限价政策"，转而大量发行钞票，发行总额将不以20亿金圆为限。

陈布雷再没有经济知识，也知道国民党政府准备"滥印钞票"了，而这显然是一条加速灭亡的绝路。

更重要的是，蒋介石还话中有话地说：

"各单位互不接洽，互不配合，互相拆台；党的高级干部中有人对党国前途丧失信心，未能集中精力以纾危艰；有人公开散布失败情绪，在总统府的门口竟问别人'你有没有准备'？准备什么？准备后路还是准备投共？甚至有个别党国中坚，在此多事之秋，以国家委以的重任持敷衍、推诿的态度……"

其实，蒋介石怎会说他？但陈布雷总是在想，蒋介石是不是在针对自己。

1948 年 11 月 12 日晚上，陈布雷忽然变得非常健谈，与几位秘书聊了很久，从辛亥革命一直谈到眼前局势，说完便径直上楼。

上楼前，他关照秘书："不要让任何人打扰我，我想安静一下。"

"我想安静一下"，就是陈布雷留下的最后遗言。

8

在陈布雷的房间里，人们后来发现了他写的多封遗书。

他自己的遗书，是这样写的：

> 人生总有一死，死有重于泰山，有轻于鸿毛。
>
> 倘使我是在抗战中因工作关系（如某年之七月六日以及长江舟中）被敌机扫射轰炸而遭难，虽不能是重于泰山，也还有些价值。
>
> 倘使我是因工作实在紧张，积劳成疾而死，也还值得人一些之可惜。
>
> 而今我是为了脑力实在使用得太疲劳了，思虑一些也不能用，考虑一个问题时，终觉得头绪纷繁，无从入手……
>
> ……
>
> 天下最大之罪恶，孰有过于"自暴自弃而自了"者，我此举万万不可为训，我觉得任何人都可以鄙视我！责备我！对国家对家庭都是不负责任的行为。
>
> ……
>
> 想来想去，毫无出路，觉得自身的处境与能力太不相应了，自身的个性缺点，与自己之所以许身自处者太不相应了！
>
> 六十老人得此极不荣誉之下场，只有罪愆，别无话说。

而他在给蒋介石的《上总统书》中写的是：

……值此党国最艰危之时期，而自验近来身心已毫无可效命之能力，与其偷生尸位，使公误计以为尚有一可供驱使之部下，因而贻误公务，何如坦白承认自身已无能为役，而结束无价值之一生。

……

回忆许身麾下，本置生死于度外，岂料今日，乃以毕生尽瘁之初衷，而蹈此极不负责之结局，书生无用，负国负公，真不知何词以能解也。夫人前并致敬意。

部属布雷负罪谨上

陈布雷还写了多封遗书，给朋友，给夫人，给秘书。他还特地叮嘱，自己遗留下来700元金圆券，其中拿300元给自己的副官陶永标——那个时候，300元金圆券只能买一石米了。

9

陈布雷的自杀，给蒋介石也造成了极大的震撼。

1948年11月14日出版的《中央日报》，在第二版以三栏长题这样报道陈布雷的死讯：

（中央社讯）陈布雷氏于昨日上午8时，以心脏病突发逝世。

陈氏前晚与友人谈话后，仍处理文稿，一切如恒，就寝为时甚晚。昨晨，随从因陈氏起床较晚，入室省视，见面色有异，急延医诊治，发现其脉搏已停，施以强心针无效。

> 陈氏现年 59 岁，体力素弱，心脏病及失眠症由来已久，非服药不能安睡。最近数日略感疲劳，仍照常办公，不以为意。不料竟因心脏衰弱，突告不起……

国民党当时给出的陈布雷的死因，是心脏病突发。

但是，深知内情的邵力子却发火了："宣传，宣传，一生从事宣传，到后来连老命都赔了进去，还要讲宣传！"

邵力子力主将全部事实向社会公布，"警惕党人"，"警惕社会"。随后，在 11 月 18 日的《中央日报》上，国民党官方承认了陈布雷的自杀："……两医官判断布雷先生系服安眠药过量，其心脏已于两小时前停止跳动。"陈布雷自杀是毫无疑义的，因为他给蒋介石，给家人，给同事写好了遗嘱，交代后事。

陈布雷被发现自杀后，蒋介石第一时间就赶到了现场——虽然一

蒋介石率众祭拜陈布雷。后排左起第一人为李宗仁，中为何应钦，最右者为于右任

言不发，但他取消了当天要参加的所有会议。

后来他曾对人说起，陈布雷给他的遗书，他“不忍卒读”，实在太伤感，说陈布雷的死，“等于砍了我的手和脚”。

11 月 15 日，陈布雷的遗体在南京的中国殡仪馆崇敬堂进行了大殓。在大堂的正中央，高悬着蒋介石为陈布雷亲笔写的匾额：“当代完人”。

而陈布雷大殓的这一天，正是他自己的生日。

馒头说

其实，放在我面前的有三个题材供选——都和“死亡”有关。

一个是一代军阀孙传芳，他最后被自己下令斩首的人的女儿刺杀。

一个是报业大亨史量才，他最后被国民党军统特务暗杀在路上。

这两个人一生的故事，包括最后的归宿，都有很多可写的地方。

但我却几乎没有犹豫地选择了陈布雷之死。

其实，写陈布雷的故事，挺痛苦的。因为必须从中体会一个知识分子从充满自信到迷茫彷徨，从气势如虹到悲观失望的全过程。

陈布雷的悲剧，甚至还延续到了他的子女一辈。

陈布雷有 8 个子女，他曾明令子女一个都不允许参与政治，所以陈布雷虽然是国民党高官，但 8 个子女竟然没有一个是国民党党员。

但是，没有一个政党是从来没有走过弯路的。陈布雷心爱的女儿陈琏在抗战时期就秘密加入了中国共产党，最终在 1967 年的“文革”风暴中因家庭出身受到冲击，含冤跳楼自尽（后被平反）；最小的儿子陈砾也是共产党员，同样在“文革”中受到不公正的待遇，到“文革”结束后才被平反（后担任《中国日报》总编辑，中共十三大、十四大代表）。

陈布雷说自己不想当官，最想做记者，但在时代洪流的裹挟之下，每个人都不能决定自己的命运，更何况一个手无缚鸡之力的知识分子？

在陈布雷的葬礼上，他的好友，国民党的另一个理论家和“笔杆子”戴季陶号啕大哭，说不理解陈布雷为何要选择走轻生这一条路。

三个月后，戴季陶于广州服安眠药自杀。

唉，百无一用是书生。

一幅名画背后的谋杀案

有这么一幅名画，我们只要学过历史，就都有印象，那是关于一个英雄被谋杀的故事。但如同“馒头说”的很多故事一样，故事的背后，还有故事。

1

1793 年 7 月 13 日，夏日炎炎。

让 – 保尔 · 马拉正将全身浸在家里的浴缸中，忙碌地工作——因为他患有严重的皮肤病，浑身瘙痒难忍，只能长时间浸泡在放有药草和矿物质的浴缸中。

而作为雅各宾派的主要领袖之一，在这个血雨腥风的大革命时期，他又实在有太多的工作需要处理，所以只能在浴缸中批阅文件。

门外似乎又一次响起了一阵争吵的声音。

这已经是第三次了。之前的两次，似乎有人要进来拜访马拉，但马拉的情人西蒙妮将来客挡在了门外。但这位访客似乎非常坚决，不见到马拉就誓不甘休。

到第三次的时候，西蒙妮推门走了进来，她告诉马拉：门外这个第三次求见的女子，是来报告有关吉伦特派的阴谋的。

这无疑引起了马拉的兴趣。他让西蒙妮把那个女子请进来。

出现在马拉浴室中的，是一位看上去25岁左右的年轻女子，很文静。

她自我介绍，叫夏绿蒂·科黛，从康恩赶来。

康恩正是被放逐的吉伦特派的聚集地。马拉开始对眼前这个女子产生了信任，他很快就问到了他期待的情报——科黛说："支持吉伦特派的议员们正在密谋，他们四处煽动群众，准备造反。"

马拉问这些准备造反的议员共有几个人？科黛回答，有 18 个人。

科黛开始一一报出这 18 个人的名字，而马拉用笔在浴缸搁板的纸上开始记录，然后用一种轻松的口吻告诉他眼前这位姑娘："请放心，这些人不久后都会出现在断头台上。"

但马拉并没有看到姑娘对他回报轻松的微笑，而是看到她从披肩下掏出了一把刀。

那一刻，除浴缸里散发的药水味道之外，马拉闻到了死亡的气息。

2

没错，这是我们熟悉的"马拉之死"的场景。

但是，长久以来，似乎总有不少细节显得很模糊：夏绿蒂·科黛是谁？一个女孩为什么要刺杀马拉？马拉究竟做了什么而遭人恨？女刺客后来怎么样了？

要搞清这些问题，我们还是很有必要简单捋一捋"法国大革命"——显然，我们中的很多人在做学生的时候，一听到这个名词，脑袋就会"嗡"的一声。

其实也没那么复杂。

简单来说，就是在1789年——从天灾上讲，法国因为气候原因连年歉收导致农民已经没有活路；从人祸上讲，那位带着自己王后骄奢淫逸的路易十六，坚持还要从第三等级（法国当时第一等级为天主教高级教士和国王，第二等级为贵族，第三等级为普通市民和农民）身上征税。最关键的是，当时法国的中下阶层不仅已经完成了资产阶级的初步财富积累，而且早已经历了“天赋人权”“三权分立”等“启蒙运动”的洗礼和熏陶，民智已开。

于是，一场可以预见的大革命终于爆发了。

在这场试图以“共和体制”替代“君主专政”的大革命中，以路易十六为代表的波旁王朝首先被推翻，天下大乱，而第一个登上执政舞台的，是吉伦特派。

吉伦特派也有过一些其他的名称，但因为其主要的几个成员来自法国的吉伦特省，故得此名。这个派别的成员大多来自信奉自由主义的法国工商业阶层，所以一般被历史教科书打上“软弱的资产阶级”标签。

但事实上，这个标签也对也不对。

说不对，是因为吉伦特派上台执政后，对内坚决反对君主专制，要求废除王权，在大方向上并没有含糊，并因此干了一件当时也有不少反对声音的事——将路易十六送上了断头台（路易十六是法国历史上唯一一个被处决的国王，他生前还参与了断头台的设计）；对外，吉伦特派并没有屈服于欧洲干涉势力的入侵（因为波旁王

位于法国波尔多市梅花广场的“吉伦特纪念碑”

马拉的肖像画，和那幅名作中的形象有比较大的差别

朝被颠覆，欧洲的各国势力开始组成联军干涉法国内政）。

说对，是因为吉伦特派虽然上台后做出过不少积极的措施，但总体来说，当时法国所处的革命环境用“狂风暴雨”来形容也不为过，而吉伦特派因为主要由工商阶层组成，所以没有能力在特殊时期拿出特殊的手段和办法：对外，他们对后来一拨又一拨的外国军队干涉显得疲于应付；对内，由于社会动荡，法国市场上的各种投机商闻风而动，囤货牟利，而崇尚自由主义的吉伦特派却又始终不肯施行限价政策，结果搞得民怨沸腾，失去了普通市民阶层，尤其是法国工人阶层的支持。

在这样的背景下，另一个派别迅速崛起，在 1793 年 5 月底接连发起三次起义，彻底推翻了吉伦特派的统治。

新上台的这个派别，就是雅各宾派。

雅各宾派在政治主张上与吉伦特派并非没有相同之处：强调推翻王权，建立共和，但他们与吉伦特派有一个很大的不同——

他们信奉“乱世需用重典”，简单来说，就是对持不同政见者，基本只给出三个字的处理意见：杀！杀！杀！

在雅各宾派中，大家比较熟悉的是领袖罗伯斯庇尔，但其实他们还有一员重要干将。

他就是马拉。

3

很难用一句话来形容马拉。

直到40岁之前，马拉还只是一名医生。作为一个从小受到过良好教育的人，马拉学习过希腊语和拉丁文，能说法语、西班牙语和意大利语，对化学、物理和医学颇有研究，翻译过《牛顿光学原理》，出版过《光学基础知识》，还因为写《关于电的特性研究》而受到过里昂科学院的奖励。

1783年，原本就写过不少有影响力的政论文章的马拉决定和很多伟大的革命家一样——弃医从文。而在1789年法国大革命爆发之后，马拉很快就成为法国历史舞台中央的那一批人。

几乎由马拉一人担任撰稿、编辑、出版工作的报纸《人民之友》成了当时法兰西最有名的报纸。为了出版这份报纸而免受当局干扰和迫害，马拉长期在地下室工作和生活（这也是他患有严重皮肤病的重要原因）。在这张报纸上，马拉猛烈抨击专制的王权和温和的君主立宪派，强烈主张共和制，并发问："穷人和富人都是国民，为什么穷人要遭受虐待？"

马拉的诸多观点得到了法国底层人民的热烈拥护，他们直接称马拉为"人民之友"。而马拉也作为"国民公会"的主席，成为雅各宾派的重要领袖之一。

但马拉在作为"人民之友"的同时，也被很多人反对，那也是他能成为雅各宾派主要领导的重要原因——主张必须用专政和暴力的手段维护革命的成果。

于是就要说到马拉的另一面。

马拉坚决主张一切法律须经人民批准，但与此同时，他又坚信只有建立一个凌驾于人民之上的专政乃至独裁政府，才能保全革命的胜利果实。为此，一切暴力都是合理的——何止是暴力，他认为各种酷刑乃至肢解敌人，都是合理的。

为此，马拉曾在 1792 年的《人民之友》上呼吁必须要砍下敌人们的头颅，并且给出了一个具体的数字目标：27 万颗。

值得一提的是，马拉还是一个复仇心很强的人。

马拉曾经想在科学上有所作为，为此他曾写了一本关于“燃素”理论的《火焰论》。但这本立论就错误的书受到了当时法兰西科学院一位院士的批评。于是，在大革命风暴初起时，马拉首先喊出了口号：“埋葬这个人民公敌的伪学者！”这在相当程度上推动了那名院士后来被投入监狱，最终被送上断头台。

那位院士，就是被认为是“人类历史上最伟大的化学家”的“现代化学之父”——拉瓦锡。

在马拉的推动下，一批又一批的政敌被送上了断头台，尤其是吉伦特派——马拉和很多雅各宾派的人一样，特别痛恨吉伦特派，认为他们是王室的帮凶、共和的敌人。

拉瓦锡是贵族出身，当时被处决的罪名是他是一名“包税官”，剥削了人民。他给“氧”和“氢”命名，预测了硅，提出了燃烧的本质是氧化。法国著名数学家拉格朗日在拉瓦锡被斩首后痛心地说：“他们可以一眨眼就把他的头砍下来，但他那样的头脑一百年也再长不出一个来了。”

1793 年底的那场起义，让雅各宾派站到了历史舞台的中央。而为了巩固革命成果和防止敌对势力的反扑，以罗伯斯庇尔和马拉为首的雅各宾派人将一批又一批吉伦特派人送上断头台，并将一批非常具有名望的吉伦特派人逮捕入狱，准备送上断头台，其中就包括著名的罗兰夫人。

雅各宾派的残酷镇压开始渐渐让人产生恐惧和反感，就连温和的吉伦特派也在康恩酝酿如何反攻——尽管应者寥寥。

而一个同情和赞成吉伦特派的年轻女子，认为自己找到了解决问题的关键所在：

杀掉马拉。

4

没错，这个女子，就是夏绿蒂·科黛。

科黛 1767 年出生在法国诺曼底的一个没落贵族家庭，她的祖辈可以追溯到法国著名的悲剧戏剧家高乃依。科黛自幼丧母，她和妹妹被父亲送到了修道院。在修道院里，科黛读了很多书，包括大量伏尔泰和卢梭的著作，渐渐形成了自己的政治观和世界观。

在一次亲戚朋友的聚会中，大家提议为国王干一杯，只有科黛一人拒绝举杯，因为她认为路易十六是一位懦弱无能的国王，他没能让他的人民脱离不幸和苦难。科黛早就不对婚姻抱有期望，她已确定了自己唯一的“情人”——自由、平等和博爱的法兰西。

在法国大革命爆发后，科黛充分阅读和了解了各个党派的主张和政策，认为诸多党派中，吉伦特派是最可信赖的。几乎每一场吉伦特派的公众演讲，她都会去旁听，她相信他们能够拯救法国。

所以，当雅各宾派上台执政，尤其是开始大肆逮捕和处决吉伦特派人的时候，科黛觉得心中的怒火被点燃了，她认为自己可以为吉伦特派，不，应该说是为自己的法国做一件事——杀掉雅各宾派的主要发动机：马拉。

在科黛看来，马拉就是一个杀人如麻的暴君，他会毁掉整个法兰西。

这幅画描绘的是发生在 1792 年的法国“九月屠杀”。当时干涉的普鲁士军队兵临巴黎，有传闻说外国军队进入巴黎后就会释放监狱里的政治犯，包括王室成员。马拉在媒体上呼吁：“在外国侵略者进入之前，就把监狱里的犯人全部杀掉！”于是，巴黎监狱里无论是政治犯还是刑事犯，大批人没有经过审判就被屠杀，很多犯人甚至被肢解，而大量女囚犯死前遭受了各种羞辱和强奸，其中包括王室公主。有超过 1 200 人在这场屠杀中丧命，当时震惊世界——科黛认为这种丧尽天良的事件背后，马拉起了很大作用

直到现在，依旧有很多人无法相信，这个当时才 26 岁的女子为何会如此果敢——拿定主意后就立刻只身一人前往巴黎，决定将自己的计划实施。

到了巴黎后，科黛很快打听到了马拉的住处。她待在旅馆里平静写完了《致法律和和平之友的法国人书》，交代了要杀死马拉的动机。在 7 月 13 日这天，科黛给自己进行了精心的打扮，出门，到刀具店买了一把刀，藏在了披肩之下，来到了马拉的住所门口。

以科黛的身份，马拉是不可能亲自接待她的，所以她在前两次求见被拒绝之后，很快找到了马拉最感兴趣的一个点——提供一份准备造反的吉伦特派的人员名单。

果然，她被获准进入马拉的浴室。

于是，就出现了本文开头的那一幕。

5

法国画家让－约瑟夫·韦特笔下的“马拉之死”

当马拉的眼中流露出一丝恐惧的时候，科黛的刀已经刺进了他的胸膛。

一刀戳穿了马拉的肺部，一刀砍断了他的颈动脉，马拉发出的哀号响彻整间屋子，转眼间就死在了浴缸里。

科黛随即走到隔壁房间，静静地等待被逮捕。在警察到来之前，一位正好来马拉家送文件的议员抡起一把椅子砸倒了科黛。当科黛被捆绑起来之后，包括警察在内的众人都无法相信，眼前这个文静的女子和这场血案有关。

他们开始搜科黛的身，试图找出她和吉伦特派有关联的证据，但是只搜出了旅行证、出生证、手表和一些钱款，另外，就是一包针线——显然，科黛怕逮捕后衣服被扯坏，所以准备带针线到牢房里去缝补。

7 月 17 日，被关押的科黛等来了预料中的审判。

马拉被刺杀轰动了法国，无数人在那一天挤到了庭审现场，希望看一看那个“杀人不眨眼的女魔头”到底长什么模样。

而出现在他们眼前的，却是一个看上去很瘦弱的女子，而且面对法官的询问，她显得相当平静。

“你为什么要刺杀马拉？”

“为了法国的和平。”

“这件事你计划很久了吗？”

“从 5 月 31 日国民代表被处死之后我就有了这种意图。”

“那么你是从报纸上知道马拉是一个无政府主义者吗？”

“是的，我知道他在扰乱法国……”

但法官的一个问题让科黛的回答陡然高亢起来：

“你的杀人技术很高明，以前也干过同样的事情吧？”

“您太侮辱人了！您以为我是杀人犯吗？”

接着，科黛就在法庭上说出了自己最想说的一句话：“我是为了拯救十万人而杀死一个人，我是为了拯救无辜者而杀了大恶人，为了使我的国家安宁而杀了一头野兽，我无所畏惧。”

但是，这个年轻的女子真的对这个世界无所留恋了吗？

似乎也不是。

审判结束得很快，结局并没有悬念——死刑，立即执行，上断头台。

在听到宣判结果之后，科黛向法官提出了一个小要求：希望有一位画家，为自己留下一幅肖像画。

据说这幅画画的就是夏绿蒂·科黛，但真伪待考

法官满足了她的这个要求。

从宣判到行刑，只有几个小时的时间。在这几个小时里，科黛就静静地坐着，让画家画肖像。

在画家接近完工的时候，一位名叫桑松的刽子手走了进来，手里拿着一把剪刀和一件红色衣服——死刑犯必须要剪去长发，而红色代表犯人的罪行是杀人。

科黛的声音毕竟还是起了一些颤抖："已经到时间了？"

但她还是平静了下来。当她的一头金发被剪落后，科黛从地上拾起了一束递给了画家："没有什么可以用来感谢您的东西，就请收下这束头发吧。"

随后，她就跟着刽子手走出了房间。

6

关于科黛上断头台的过程，留下了不少细节。

当时在前往断头台的道路两边，挤满了围观的法国老百姓，他们愤怒地叱骂杀人凶手，或者对她起哄嘲笑，而科黛始终面朝前方，面带微笑。

科黛在路上就问过桑松一个问题："马拉真的会被葬入先贤祠吗？"

先贤祠，是永久纪念法国历史名人的圣殿。

桑松当然无法回答这个问题，他能做的，只是在临近断头台时，取出一块黑布给科黛蒙上双眼。但科黛却拒绝了："我也是个有好奇心的人，难道我不能亲眼看看断头台的样子吗？"

说完，科黛就把头探了出去。当她看到那架著名的断头台时，脸上忽然失去了血色，但很快又恢复了平静。随后，她拒绝任何人的帮助，自己爬上了断头台。桑松为她披上了一条披肩，免得当她被斩首时，俯卧下来会被围观的群众看到胸部。

科黛自己将头放到了断头台的平台上，一言不发，静静等候。

铡刀高高吊起，发出刺耳的声音，然后陡然落下。

全场围观的观众发出兴奋的呼喊和口哨声。

就在科黛人头落地的那一刹那，刽子手桑松的助手、一个崇拜马拉的木匠冲上前去，拿起科黛的头颅拼命抽打她的耳光。哪怕是再想看热闹的围观群众，都被这个粗鲁的动作激怒了。

但更著名的传说还在后面——现场有不止一个目击者在事后表示：他们看到科黛的脸颊泛起了红潮，并出现了愤怒的表情。

但哪怕这个传说是真的，科黛也只可能再保留短暂的意识，她是不可能知道后面所发生的事的：

马拉的心脏被雅各宾派放在了俱乐部的墙上当作“美德的圣物”，进一步激发他们专政的决心和斗志；

那些吉伦特派的灵魂人物，包括罗兰夫人在内，在几个月后都被“雅各宾派”一一处决；

马拉真的被葬入了先贤祠，与之前在那里的伟人卢梭、伏尔泰等比肩。

失去马拉的“雅各宾派”并没有停止专制的步伐，却也陷入了内斗：领袖罗伯斯庇尔把另一个领袖丹东也送上了断头台。

雅各宾派最终在“热月政变”中被推翻，把无数人送上断头台的罗伯斯庇尔自己也被送上了断头台。

雅各宾派一倒台，马拉的棺木又立刻被移出了先贤祠。

这一切，科黛都无法见证，能一一记录的，只有历史。

馒头说

最后来说说关于《马拉之死》这幅画。

这幅画的作者是法国的著名画家雅克·路易·大卫，他是马拉的好友。就在马拉被刺之前两天，他还在马拉的浴室里和他见过面。马拉被刺之后，大卫立刻就赶到了刺杀现场。在看到现场之后，他就产生了要把这一幕画下来的念头。

三个月之后，著名的《马拉之死》就诞生了。

在这幅画作里，马拉的形象无疑被美化了，不仅仅是他的“疱疹性皮炎”被掩饰，而且从构图、光线处理和技法上，让马拉拥有了“圣徒”一般的形象。为此，大卫还不惜凭借自己的想象，在画中的一张便条上写上了马拉的遗嘱：“请把这五个法郎的纸币给一位五个孩子的母亲，她的丈夫为祖国献出了自己的生命。”

雅克·路易·大卫画的《马拉之死》

但大卫后来做的，其实还不止画一幅《马拉之死》那么简单。

他当时还提出一个建议：为了让人民瞻仰，马拉的遗体应该保持倒在敌人刀下那一刻的姿势。

在巴黎炎热的夏天里，这个建议被雅各宾派采纳了。死后的马拉满身溃疡，尸体很快腐烂发臭，脸部因痛苦而变形，舌头伸出口外，怎么也塞不回去，不得已只好割掉。大卫想的办法是把马拉的全身遮住，只留出脸部和一只手，而这只手还是从其他死人身上切下来接在马拉肩上的，因为马拉的手已经烂得不成样子。据说由于亲吻这只手的民众实在太多，最后它竟从身体上掉落下来。

从这个意义上说，马拉在大卫心目中是原来那个马拉，还是已经升华为他心中理想的化身呢？

这幅《马拉之死》的画作完成后，被挂在当时巴黎“国民公会”的墙壁上，雅各宾派的成员们做出承诺：永不移动，警示后人！但在第二年的“热月政变”后，这幅画就被取下来还给了作者，并就此被

保罗·波德里画的《马拉之死》

打入冷宫，直到100年后才重见天日，被布鲁塞尔博物馆收藏。

之所以说这些，不是想讨论《马拉之死》这幅画本身，而讨论马拉和科黛谁究竟更正义，完全可以另写一篇文章。

在这里只是想引出另一幅画，画的也是“马拉之死”，但作者是另一名法国画家保罗·波德里。他画这幅画的时间，是在1860年，也就是法国大革命爆发后的71年。

我们再看这幅画，无论是构图，还是画中两个人的神态、表情，画家的倾向性其实已经非常明显。

看完各种类型的《马拉之死》画作，尤其是这两幅画的对比，不知各位读者有何感想？

所谓的“有图有真相”，在某些特定背景下，真的存在吗？

有时候我们所要呈现或想要承认的，是不是只是我们心底里希望的那副模样。

本文主要参考来源：

1.《残酷的处刑史》(〔日〕桐生操著，转引自百度百科)

2.《〈马拉之死〉塑造的“圣徒”形象》(吴洪，“凤凰艺术”网站，2017年7月14日)

人生终会谢幕，侠客永不独行

这是我在2018年10月30日金庸先生仙逝的当晚，写的一篇悼念文字。很乱，也不系统，但确实是发自内心的真情实感。收录于此书，算是一种纪念和致敬。

1

消息传来的时候，我正好在校对第二天的公众号推送文章。

改的时候还有点得意：今天完成得比较早，估计待会儿能有点时间去玩会儿《荒野大镖客2》。

然后就扫了一眼手机微信群，看到一个人发了一条消息：

“肯定又是假新闻！”

什么假新闻？

往上一翻，心跳仿佛停了一拍。

金庸去世了。

虽然之前就有所耳闻：金庸老先生在相当长一段时间内已经卧床不起，近乎昏迷状态，但消息真的传来，却还是觉得无法接受。

在查阅了一系列信息源后，确认消息是真的。

然后大概有一个小时，就瘫坐在沙发上，痴痴地发呆。

“总得写点什么。”我自己想。

却又不知道写什么。

像以往的“馒头说”那样写一篇人物故事？点开微信后台，确实有不少读者已经发来了诉求。但我觉得我写不出来。不是因为信息太少，而是因为信息太多了。金庸的生平故事和传记汗牛充栋，根本不缺我这一篇。

写一篇分析或评述？有六神磊磊在那里，我也就没必要贻笑大方了。在我写这篇文章的时候，收到了六神磊磊的推送：我再也没有后台了。

所以想来想去，还是决定写一篇自己读金庸的经历和心路历程，没有什么曲折，也不会有什么文采，但我觉得还是要写，这是写给自己的回忆。

打开文档，将原来那篇推送复制保存，说一声“明年见”。

开始回忆。

2

那应该是我小学五年级的时候。

那天晚上，一个和我要好的同学的父母要值夜班，他邀请我们几个平时玩得好的人去他家一起过夜。那种兴奋的心情是完全可以想象的，我甚至提前一周就开始憧憬大家一起打游戏，看电视，吃零食。

结果那一整个晚上，我都没参与玩耍。

因为我在他父母的书橱里，发现了一套书，叫《射雕英雄传》。

我至今仍记得当时那种感受：就好像一个穷困潦倒的海盗忽然登上了传说中的金银岛，被闪耀着金光的各种珠宝几乎亮瞎了眼：

竟然会有这样一个神奇的世界？!

那是我人生中第一个通宵，从晚上 7 点半看到早上 6 点 50 分，一口气把这套书全看完了。之后顺带查了下同学家的《辞海》——我的天哪！历史上居然真的有王重阳和丘处机！

那一天到学校上课，我虽然一夜没睡，却精神抖擞，感觉自己浑身闪着光，在课堂上任由思绪神游远方，满脑子都是“九阴真经”和“降龙十八掌”。

从那一天起，我疯狂地向我认识的人推荐一个叫“金庸”的人写的武侠小说。我的父母和语文老师都很开明，从不限制我看书，所以在初中的时候，我就已经看完了金庸所有的书。但那时候，我并不知道金庸已经封笔了，所以一直在焦急地等待他下一部新作问世。

当然，和很多人一样，在这个等待过程中，我认识了“全庸”“金庸巨”“金庸新”等一干作家。

我想，那时候金庸最吸引我的，应该是他笔下的故事。

3

写故事是有一条金线的。

我看过很多作家，有的辞藻华丽，但叙事能力很差，一写长篇小说就露出了马脚。而有的作家，埋包袱技巧一流，逻辑性也强，但一部长篇小说写下来，故事性极强，却毫无文采。

而金庸就是那种超越金线的人——论文采和叙事能力兼备，他在华语文坛属于超一流的行列。

金庸的故事，绝对不会上来就制造一个惊天悬念，就是那么平平淡淡，像一幅画卷，徐徐展开。在他的一些小说中，甚至最初着墨颇多的几个角色，根本就不是主角。

这种笔力的背后，透着的是一种功力和自信——只要你看下去，嗯，你肯定会看下去。

我那时候也看古龙，觉得也很好看，让人欲罢不能，但又总觉得他似乎比金庸差了一口气。现在想来，应该是因为两人讲故事的方法不同。

在古龙笔下，如果有一座长安城，这座城就只有一条街，街上只有一个酒馆，酒馆里只有一个人，一个要杀你的人，或者你要杀的人。

而换到金庸笔下，同样是一座长安城，这座城有十横十纵二十条大街，每条大街上商家鳞次栉比，有饭店，有酒馆，有药房，有镖局，有妓院，三教九流、贩夫走卒络绎不绝。在熙熙攘攘的人群中，可能有要杀你或你要杀的人，但更可能的，是你要保护或要保护你的人。

那时候，在夏日的蚊帐里，我盘坐在席子上，也会试试体内有没有一口真气能够冲破“膻中穴”，或者在冬日的夜晚点一根蜡烛，用手指戳半天，看看是不是真的有“六脉神剑”。

从初中到高中，我每年寒暑假都会通读一遍金庸，直到进了大学，慢慢发现自己看金庸武侠的关注点有了变化。

从故事，转到了情感。

4

金庸笔下的爱情，不露声色，却又浓烈至极。

在主舞台的聚光灯下，从“靖哥哥”和“蓉儿”到“过儿”和“姑姑”，从“无忌”和“敏敏”到“段公子”和“神仙姐姐”，每一个爱情故事的归宿其实都是相同的，但每一段过程却都有各自不同的百转千回，让人过目不忘。

而金庸的功力，更体现在那些配角的爱情上。随口可以报出一串名字：李莫愁，阿朱，阿紫，岳灵珊，公孙绿萼，郭襄……熟悉金庸武侠的人一听到这几个人的名字，脑海中就会立刻浮现出一段段凄美的爱情故事，有些甚至比主角的故事更让人刻骨铭心。

我曾和六神磊磊开玩笑说：知道为什么你有那么多女性读者吗？其实她们未必都看过所有的金庸故事，甚至未必熟悉金庸，但你举的那些金庸爱情故事的例子，古往今来，全都适用，全都动人心扉，全都让人辗转反侧。

我还记得我读大学时写过不少关于金庸的评论文章（我本科毕业论文写的也是金庸），戏谑地提到过一句：金庸对中国年轻男性祸害不浅。

为什么？

君不见金庸笔下的男主角，一个个出身平凡，但都红运当头，大难不死不说，还会学到天降武学。这还不是最关键的，最关键的是，读者会渐渐认同一个观念：只要你够单纯，够天真，够善良，甚至略带点傻气，那么美女们就会对你青眼有加，甚至投怀送抱——女孩子，是不用去追的。

那么，有一个曲折的故事，有几段感人的爱情，这是否就是金庸武侠的精髓了呢？

5

直到工作后，我才领悟到，金庸武侠一直吸引我反复读却不厌的，是贯穿他所有故事的一个字：侠。

其实随着年龄的增长，我已渐渐从年少时的仰视金庸，过渡到了平视他（当然，在写作才华上还是膜拜式仰视），包括他对婚姻的一些态度，包括他之后反复修改自己作品的做法，我都持一些自己的观点。但是我发现一个奇特的现象：每次整理书橱，翻到金庸的书，我只想顺手翻两页，但翻着翻着，半天就过去了。

论故事，每个故事的结局都了然于胸。论爱情，每段爱情的结局都心知肚明。

但就是会控制不住地看下去。因为我发现，金庸武侠真正吸引我的，还是激荡在文字间的那股“侠气”。

我一直觉得金庸是写不好浪子的。

古龙几笔勾勒，从书页上就能闻出一股浓浓的酒气，但金庸好不容易写个令狐冲，哪怕豪饮的时候，都略微透着一种“尬”。

但古龙也根本写不了侠。

因为他和金庸相比，没有后者心中的那种责任感，那种责任感不是口号式或作秀式的，而是真正体现在主角的一举手一投足之间的。

从小了看，是“锄强扶弱”，往大了说，是“家国天下”。

也就是那句话：侠之大者，为国为民。

6

所以后来我仔细回想了一下，自己受金庸最大的影响，还是那个“侠”字。

“侠”究竟是什么？说实话，虚无缥缈，至少我说不清楚。

但我知道“侠”是一种理想，一种可以坚持一生的理想。

当年在被窝里打着手电筒看金庸的我们，都已经从校园走上了社会。其实我们都已经明白，世间不存在什么可以一跃三丈高的轻功，也不存在什么可以开山裂石的内力，我们面对的，是一个现实而残酷的世界。

在这个世界里，我们都看到过很多不公，也会遭受不少挫折，年少时憧憬的对酒当歌成为一种奢侈，而仗剑天涯更成了一种幻想——你不可能像令狐冲那样率群雄围攻少林寺，也做不到像乔峰那样杯酒断情快意聚贤庄。

但我相信，很多人从来都没有想到过放弃。

我们并不会“独孤九剑”或“九阴真经”，但该站出来的时候，绝不会退缩；我们并不是家财万贯或能挥金如土，但能提供帮助时，绝不会吝啬。

因为，我们心中的那团火从没熄灭过。

武侠武侠，现实世界中可以没有“武”，但总是会有“侠”。

我想，这也是金庸笔下的武侠世界，给我们留下的最宝贵的一笔财富。

7

之前坐在沙发上的时候，仿佛听到了一段对话。

写在这里，权作本文的结尾。

“来啦？”

“是，来了。”

“好久不见啦，来，喝口酒？”

“不了，谢谢，之前就戒了。”

“换了个世界啦，不妨重新开始喽？”

“还是不了，你是写过李寻欢的人，你随意。”

“哈哈，你也写过令狐冲啊，大侠，来一口嘛！”

“呵……还是不了吧。”

“你这家伙，洒脱些，其实世间哪有什么武侠，还不都是写来换酒钱的。”

“不，世间或许没有武，但肯定有侠。侠，我相信在每个人心间。”

“好一个‘侠在心间’！那就但愿吧！来！干！”

“嗯，但愿。干！”

谨以此文，纪念金庸老先生。

谢谢您的文字。

侠客永不独行。

妄念

“妄念”从字面上看就很容易理解：不正当的虚妄之念，甚至是邪念。

“妄念”和“信念”不同，和“执念”也不同。虽然它也是一种挥之不去的想法，但是这种想法即便在当时，从客观来看也是错误的，是注定不可能成为现实的。为了这种不切实际乃至荒诞的想法，坚持走下去，结局注定是一场悲剧。

但是古往今来，为妄念飞蛾扑火的人，绵绵不绝。

陈公博：卿本佳人，奈何做贼？

“不忘初心”，这句话只有四个字。但真的要做到，却又何其难，何其难。

1

1892 年 10 月 19 日，广州北门的陈府张灯结彩，鞭炮连天。

陈府的主人叫陈志美。他可不是一般人，是清朝的广西提督，堂堂从一品的大官。

而陈志美之所以要庆祝，是因为这一天，他以 60 岁的高龄喜得贵子。

他给这个宝贝儿子起名叫“陈公博”。

虽然是老年得子，又家境富裕，但陈志美对这个儿子倒也不娇惯，从小就对他进行严格的教育，而令他感到宽慰的是，这个儿子对读书也有极大的兴趣。

事实上，除了必读的“四书五经”之外，陈公博童年最钟情的是小说。不过陈公博看小说，会在看完之后举一反三，再去找正史看。

陈公博

比如他迷上《三国演义》，就会再去看《三国志》印证；看完《隋唐演义》，就会去看《新唐书》《旧唐书》；看完《说岳全传》，就会再去翻《宋史》。

应该说，陈公博从小打下了非常扎实的国学和文学底子，这也使得他之后以“一支笔”而闻名。

而作为父亲的陈志美，除了在读书方面对儿子进行刻意培养之外，还有一点也对陈公博造成了极大的影响：革命。

陈志美是因镇压太平天国运动有功才官拜广西提督的，但在这个过程中，他也看到了清廷的腐败无能。在晚年，陈志美是非常同情甚至倾向“造反”的。他甚至将原来的部下化作“会党”，真刀真枪谋划过一次“起义”，但最终起义失败，陈志美自首揽下全部责任，最后凭借各种关系保下了脑袋，被判终身监禁，但家产充公，陈家家道从此中落。

在父亲的影响下，年幼的陈公博也在心中埋下了“革命”的种子。

而且，他的理想比父亲更进一步：不是换个皇帝，而是要建立一个没有皇帝的国家。

2

年轻有才的陈公博，可谓生逢其时。

1917 年，25 岁的陈公博考入了北京大学哲学系。彼时的北大校长是蔡元培，学校风气开放，名师云集，各种先进的学术思想交汇，让陈公博大开眼界，受益匪浅。

毕业后的陈公博回到老家广州担任法政学校的教授，此时更是觉得风云激荡：从清末开始，广州就一直是革命的中心地带，而孙中山在第一次“护法运动”失败后，又回到广州主政，再次让广州成为革命中心。另一方面，“五四运动”刚刚结束，各种民主思潮波涛汹涌，马克思主义和社会主义已被一部分中国人熟悉并接受——其中就包括陈公博。

当时的陈公博感觉广东的报纸文字粗鄙，思想平庸，于是大笔一挥，自任总编辑，办了一张《广东群报》。陈公博才华横溢，写的文章又针砭时弊，贴近社会，再加上宣扬马克思主义和社会主义，让人耳目一新，所以《广东群报》当时轰动广东，一时洛阳纸贵。

也就是在这样的情况下，陈公博被陈独秀看中，在广州共产主义小组负责宣传（陈独秀、谭平山先后担任书记）。陈公博开辟了多个专栏，在《广东群报》上宣传马克思主义思想，还开办“宣传员讲习所”，培养了大批年轻革命骨干。

因为工作出色，1921年7月23日，陈公博作为广州共产主义小组的代表，带上自己的新婚妻子李励庄，以“度蜜月”之名，参加了在上海举行的中国共产党第一次代表大会，成了当时出席会议的13个人之一。

在这次大会上，因为政党初建，从各地来的代表互相交流乃至互有争论。这本属正常的场景却让陈公博感到颇为失望（他后来回忆说，觉得张国焘太盛气凌人），再加上他极力反对大会提出的“共产党员不能去资产阶级的政府里做官或成为议员”的规定，所以在会上他就似乎觉得有点“心灰意冷”。

7月30日晚，大家正在开会的时候，突然闯入了一个法租界的密探，会议顿时中止，大家四处分散。而陈公博是留在屋子里的，受到了后来闻讯赶来的法租界警察的盘问，心中更是惊恐。

当晚回到旅馆，陈公博就和妻子商议，准备打退堂鼓。巧合的是，当晚陈公博下榻的旅馆房间隔壁，正好发生了一起枪杀案。虽然事后证明这是一起情杀，但又把陈公博吓得不轻，他与妻子将所有关于社会主义的书籍在房间内焚毁，然后匆匆退房。

当中共一大代表决定转移到嘉兴继续开会的时候，陈公博告诉大家，他和妻子要去杭州，就不再去嘉兴开会了。

原本在各代表心目中是一个新起点的中共一大，却成了陈公博人生中的第一个转折点——自从中共一大之后，他对共产主义就失去了兴趣。

回到广州后，他与党组织渐行渐远。在后来孙中山与陈炯明决裂后，陈公博在党组织已经明确表态支持孙中山的前提下，发表文章支持陈炯明，更是表明了自己的态度。

1922 年底，陈公博做出了自己的决定：去美国留学。

而在去留学前，他发表了声明，决定进行自己人生中的第一次转弯：脱离中国共产党。

3

陈公博去美国留学，倒也真的是想好好读书的。

陈公博读的是美国哥伦比亚大学经济学硕士。第一年，他依旧埋首研究马克思主义元典，第二年，开始攻读美国的经济。在勤工俭学的过程中，陈公博接触了美国的底层社会，进而对英美的社会制度也产生了反感。

他不认同马克思主义，但也不认同英美的经济理论，当时的他相信，只有孙中山的“三民主义”才能救中国。

1925 年初，陈公博顺利读完硕士，想继续读博士，无奈囊中羞涩，就向自己的故友，当时已担任广东省省长的廖仲恺求助。但廖仲恺的回复是：给钱读书，不干！给钱回国，可以！因为现在国内革命正是用人之际。

陈公博的毕业论文题目是《共产主义运动在中国》，他还把中共一大的纲领写到了自己的毕业论文中。他在论文里面否定了共产主义，但写下了这样一段话："如果在中国的压迫不停止，那么大概在不久的将来，一个中国的新制度就要麻烦历史学家在世界历史上增加一页，来叙述苏维埃主义的进一步胜利。"

无奈之下，陈公博只能放弃学业回国。

回到广东后不久，廖仲恺就找他面谈，劝他从政。于是，陈公博在脱离共产党三年后，加入了国民党，完成了自己人生的第二次转弯。

刚刚入党，陈公博就担任了国民党中央党部的书记。如此年轻、如此资历就能坐到如此高位，陈公博认为这是廖仲恺对他的赏识。但1925年8月20日，身为国民党左派领袖的廖仲恺在戒备森严的国民党中央党部门口，公然被国民党右派暗杀，举国哗然。

廖仲恺去世后，陈公博本以为自己失去了靠山。但是，1925年广州国民政府成立后，陈公博又被任命为军事委员会政治训练部主任和广东省农工厅厅长，接着又出任中央农民部部长兼广东大学校长。1926年1月，陈公博当选为国民党中央执行委员，一跃进入国民党的核心领导层。

如此迅速高升的背后，是陈公博找到了一直在背后真正"撑"他的人。

这个人就是汪精卫。

4

汪精卫其实在1919年就注意到了当时27岁的陈公博。

那一年，陈公博写了一篇叫《督军问题》的文章，全文2万多字，痛斥当时“督军”制度的危害，并提出了一系列整改措施，让当时的汪精卫和廖仲恺眼前一亮。

汪精卫很欣赏陈公博的才华，所以对加入国民党后的陈公博一路提拔，一直试图让他成为“自己人”。而从小爱看各种忠君和侠义小说的陈公博，也一直将汪精卫的“知遇之恩”铭记在心——“良禽择木而栖，良将择主而从”，陈公博已经将汪精卫视为自己的“明主”。

当然，陈公博当时明面上要“效忠”的人不是汪精卫，而是蒋介石。

蒋介石一度也很欣赏陈公博的才华。北伐战争期间，陈公博是作为重要随员跟着蒋介石北上的。在蒋介石把总司令部迁往南昌后，他还把江西省政务委员会主任的重要位置交给了陈公博。在“迁都南昌”的问题上，蒋介石也采取了陈公博“韬光养晦”的策略，服从当时的国民党中央，并委任陈公博为组织部代理部长，改组国民党中央党部。

但是，1927 年 4 月的“宁汉分裂”一发生，陈公博就迅速表明了自己的立场——跟随汪精卫到了武汉。虽然不久后“宁汉合流”，汪精卫和蒋介石重新走到了一起，但是陈公博已经完全表明了态度，自此成为汪精卫最坚定的支持者。在后来的“国民党改组”等事件中，陈公博在很多事情上都惹恼了蒋介石。

但蒋介石自己也知道，他已无力争取陈公博，因为他已经完全是汪精卫的人了。

蒋介石和汪精卫的明争暗斗，一直持续到了 1931 年 9 月 18 日。

“九一八事变”爆发后，国民党内部的各个党派斗争暂时平息了下来，而两股最大势力的代表，汪精卫和蒋介石也开始了至少是表面上的合作。

日本人的入侵改变了当时整个中国的政治发展趋势，也改变了蒋介石和汪精卫两人的命运。

当然，也改变了陈公博。

5

在对待日本的态度上，陈公博和汪精卫其实基本上是一致的。

从“九一八事变”到“一·二八抗战”，陈公博和汪精卫的态度都是一样的：坚决抵抗日本人的侵略。在“一·二八抗战”期间，陈公博还和李济深一起，带着刚造好的10万颗手榴弹到上海，鼓舞十九路军一定要抵抗到底。

但到了1933年的“长城抗战”期间，汪陈两人的思想都开始发生变化。

当时刚刚就任行政院院长的汪精卫，派陈公博为代表，前往古北口抗战一线慰问部队。陈公博在前线碰到了一个幸存的伤兵，伤兵告诉他，他所在的连队有100多个人，只有3个人活了下来：“我们很多弟兄根本没见到日本鬼子的影子，直接就被他们的飞机给炸死了。”

日军强悍的战斗力给陈公博留下了深刻的印象。与此同时，汪精卫也从各种渠道了解到了中日当时在国力和军力上的差距，两个人在这一点上相互认同、相互影响：中国肯定打不过日本，要找一条“和平”的道路。

自那以后，陈公博和汪精卫一起，从当初的“主战派”转为了“主和派”，认为“中日问题，用军事难以解决，应该走外交途径”。

但是，汪精卫最终走出的那一步，大大出乎陈公博的意料。

1938年11月，陈公博正在成都训练党员，忽然接到了汪精卫的电报，要他到重庆去一次，“有要事相商”。陈公博赶到重庆的汪公馆后，汪精卫直截了当告诉他：已经和日本和谈，即将离开重庆。

陈公博大惊失色，继而大力反对。

据陈公博后来自己的回忆，当时他的意见是：第一，国民党好不容易统一，不能再分裂；第二，对外问题应该保持一致，即便要求和，也要保持一致；第三，日本人出尔反尔，是没有诚意的。

两人从早上辩论到中午，吃过午饭再辩，整整一天下来，陈公博也无法说服汪精卫。

到了 12 月，汪精卫的心意更决，再次电召陈公博面谈，称“中国已经无力再战”，并提出已与日本的近卫内阁达成五点一致：一、承认“满洲国”；二、内蒙共同防共；三、华北经济合作；四、取消租界和领事裁判权；五、互相不赔款。中国如果答应，则日本于两年内撤兵。

陈公博对前三条都不同意，认为这等于是把满洲、内蒙古和华北都丢了。但他还是无法说服汪精卫，两人又争辩了起来。这时，坐在一边的汪精卫老婆陈璧君对陈公博说了一句：“你反对，那你做你的蒋介石的官去！”

这句话戳中了陈公博的痛处。他回家后反复思考，认为汪精卫若真走，自己留在重庆也将成为蒋介石的“眼中钉”，甚至被认为是留下来的“眼线”。

1938 年 12 月中旬，陈公博最终随着汪精卫来到了越南河内，但他临走前给蒋介石留了口信，说自己将竭尽所能阻止汪精卫投敌。

但汪精卫已经在这条路上一路狂奔不回头，经河内到香港，准备公开发表声明投敌。在这个过程中，陈公博表现出了非常矛盾的两面性。

一方面，他称自己要照顾病重老母，一概不参加汪精卫和日本的任何谈判，并且还和汪的另两个亲信高宗武和陶希圣一起去做过最后努力，试图劝阻汪精卫。

但另一方面，他却始终无法下定决心脱离汪精卫。1940 年 1 月，高宗武和陶希圣在最后时刻“反水”，通过《大公报》公布了汪日密约的条款，举国哗然，骂声一片。即便是在这样的情况下，陈公博依然无法做出最后的决断。

最终，在汪精卫的不断劝说下，陈公博进行了影响自己人生的最大一个转弯：加入汪伪政府。

陈璧君在得知陈公博终于愿意出山后，赞道："公博在香港陪母亲是孝子，到了紧急关头就马上归队，忠心耿耿，真是忠臣。"

这"忠臣"二字，不知从何说起。

6

毫无疑问，陈公博立刻就成了汪精卫最看重的"二号人物"。

在汪伪政权里，陈公博担任了伪中央政治委员会委员、伪立法院院长及伪军事委员会政治训练部部长等重要职务，参与了汪伪政权的每一项重要决策，在1940年10月伪上海特别市市长傅筱庵被军统暗杀后，他还接过了这个职务。

根据当时打入汪伪政府的中共地下党员李时雨后来回忆，陈公博做事很认真，事无巨细都会过问，能拍板当场就拍板，绝不拖拉，而且一干活就是从早上干到大半夜。他对下属也出手阔绰，给手下处长

陈公博陪汪精卫出访日本，和东条英机在一起

一级的重要官员，都是 7 到 10 根金条，配别墅和汽车。

陈公博总是和下属一再强调："我们一定要在上海搞一个廉洁政府，日本人现在说蒋介石是贪污政府，我们一定要让日本人看清，我们不是蒋介石那一套！"

但是，陈公博首先自己就做不到。

他把自己的秘书和亲信莫国康（其实为他的情妇）的弟弟莫雅德安排做委员会的封锁管理处处长，管禁运毒品，收税收粮，贪污腐败；把盛宣怀的侄子盛文颐委派为上海禁烟局局长，面禁暗卖，敛财无数。

自从 1941 年太平洋战争爆发后，汪伪政权里的人其实已经魂不守舍了——他们绝非蠢人，不然不会两面骑墙；也正是因为他们绝非蠢人，所以心里都知道等待自己的是什么。

这一点，陈公博自己又何尝不清楚？

前呼后拥的陈公博

1944 年 11 月 10 日，汪精卫病死于日本名古屋，一时之间，汪伪政府上下人心惶惶。

1945 年 1 月，陈公博作为“二把手”，接替汪精卫，出任伪国民政府代主席——这个“代”字，是陈公博坚持要求加上去的。此时此刻，陈公博开始整顿整个汪伪政府的财政和军队，而他这样做的目的并非准备继承汪精卫的“遗志”，而是制订了一个“K 计划”，试图以保证上海和南京完整交给重庆政府而不交给共产党为条件，开始和蒋介石联络。但是，早已和周佛海取得联系的蒋介石，根本没有给他任何回应。

就在陈公博怀着矛盾的心情继续主持汪伪政府工作的时候，一个消息传来：日本宣布无条件投降。

7

1945 年 8 月 25 日清晨，陈公博带着妻子等人飞往日本。

在此之前，陈公博曾通过杜月笙联系蒋介石，希望得到宽恕，但没有任何回音。知道情况不妙的陈公博随即收拾好家当，带着家人前往日本京都——陈公博化名为“东山公子”，妻子化名为“东山文子”，最终住到了京都郊外的金阁寺。

日本政府的打算是让陈公博这样长期隐居日本。但是蒋介石政府坚持向日本要人。情急之下，日本方面甚至通过小报炮制过假新闻：陈公博开枪自杀身亡。但中国方面态度坚决：如果自杀，需要由中国方面开棺验尸。

无奈之下，连自己战犯都保不住的日本政府，只能将陈公博引渡回中国。

陈公博被引渡回国后，先是被关在南京宁海路军统临时看守所，独自一间。吃饭有人送，但马桶要自己倒，且是和其他犯人一起。没多久，陈公博向卫兵司令请求，说好歹自己担任过国民政府代主席，还是希望能给点面子。于是，他被获准每天可以提前或拖后单独倒马桶。

在被关押期间，陈公博要来纸笔，写了长达 3 万字的《八年来的回顾》，里面记录了自己的心路历程，同时竭力为自己的行为辩护。

但是，陈公博发现这一切其实都是徒劳的。他很快与陈璧君等人一起，被转到了苏州高等法院狮子口监狱看守所——陈公博知道自己活下来的机会不大了，因为这是专门关押重刑犯的地方。

1946 年 4 月 5 日下午，公审陈公博。

尽管他与法官当庭抗辩了很久，试图证明自己无罪，但法官在一周后的宣判却简单有力：

“陈公博通谋敌国，图谋反抗本国，处死刑，褫夺公权终身，全部财产除酌留家属必须之生活费外，予以没收。”

1946 年 6 月 3 日早晨，陈公博的单人牢房里忽然走进了几名法警。陈公博顿时知道，他的最后期限到了。

陈公博在公审法庭上

陈公博要求去和关押在隔壁房间的陈璧君告别。见到陈璧君，他拿出一把小茶壶递给她："夫人，我先走一步，随汪先生去了。牢中别无长物，这把茶壶送您，权作留下纪念吧。"他还要求给蒋介石再写一封信，信中再三叮嘱一定要对付共产党，不过写到一半，自觉无用，又搁笔不写了。

临行前，陈公博走在前，执行法警走在后。陈公博还再三叮嘱："麻烦待会打好一点，不要太破相。"到了行刑地点，他问："站到哪里？"话音未落，法警抬手就是一枪。

子弹从陈公博后脑入，右颊出，当场毙命。

家人于一天后取回遗体，先在苏州匆匆安葬，后移到上海某公墓，连墓碑都没敢立。

馒头说

"卿本佳人，奈何做贼"这个题目，其实适合不少汉奸。

汪精卫难道不适合吗？当年可是因"引刀成一快"而名满天下的英雄。褚民谊不适合吗？当初与蔡元培等人在法国支持中国爱国留学生，堂堂医学博士。周佛海不适合吗？当年也是出席中共一大的13名代表之一。

但最终，他们都晚节不保。

分析他们思想转变的原因，其实有很多。比如性格问题，汪精卫优柔寡断，陈公博愚昧忠心。比如判断能力，汪精卫和陈公博都只看到了日本人当时强大的一面，而忽略了中国人坚韧的一面。

但还有一个原因可能也非常重要，就是他们的欲望。

汪精卫一直以孙中山正统传人自居，但在国民党内却始终被蒋介石压一头，长期郁郁不得志，动不动就撂挑子不干。他最终投靠日本人，一个很重要的原因还是希望能证明自己的能力，用权力来证明。

陈公博虽然当初力劝汪精卫，但陈璧君一句"你做你的蒋介石的官去！”还是触动了他。汪精卫一走，他有什么官可当？要当官，只能跟着汪精卫。

据传，法警最后去陈公博牢房带人的时候，陈公博正在写一副对联：“大海有真能容之量，明月以不常满为心。”

这句后来经人考证是模仿林则徐等前人的话，意思是希望当局能以一种宽容的气度来对待他们这些并非“民族罪人”的人。

然而，这些人一直挂在嘴边的“君行其易，我行其难”或者“我是为了避免更多的牺牲，为中国保留更多的种子和希望”，是真的出于无私的爱国心吗？

呵呵，他们自己心里恐怕是最清楚的。

所以，对于这批汉奸，我们可以感慨他们的一生，反思他们的转变，但这地，不能洗，也没法洗。

汉奸，就是汉奸。

本文主要参考来源：

1.《中共一大代表陈公博沉浮录》（苗体君、窦春芳，中国共产党新闻网，2007 年 3 月 14 日）
2.《汪伪巨奸印象》（李时雨口述，张德旺整理,《百年潮》, 2005 年第 3 期）
3.《汉奸陈公博被枪决前写给蒋介石的自白书》（凤凰网，2009 年 4 月 16 日）
4.《“乱世能臣”陈公博》（石源华，团结出版社，2008 年 12 月）
5.《陈公博的诡谲人生》（王海龙,《羊城晚报》, 2011 年 6 月 11 日）
6.《陈公博：最不应是汉奸的汉奸》（球圆字方，搜狐历史，2017 年 12 月 26 日）
7.《信仰路上的忠诚与背叛——中共一大代表的不同人生路》（张鹏、鲍华东，微信公众号“国防参考”，2016 年 7 月 25 日）

一个自认“戴罪立功”的汉奸

今天要说的这个人，身份有点复杂。他作为一名共产党员，是党的早期创始人之一；他作为一名国民党员，做到过中央宣传部代理部长；他作为汪伪政权的要员，做到过伪财政部长。他是一个汉奸，但他又说自己其实是潜伏的“特务”。一生多变如此，民国时期真的找不出几个人了。

1

1948 年 2 月 28 日这天，南京首都监狱里死了一个人。

南京首都监狱是国民党的中央监狱，里面关过很多人，死一个人，并不是什么特别大的事。但这一天死的这个人，却有点特别。

他的死去，让很多老百姓拍手称快，也让一些人长吁一口气，比如蒋介石。

他叫周佛海。

他“适时”死去，无论对谁来说，包括对他自己，可能都是一个最好的结局。

2

1897 年，周佛海出生于湖南省沅陵县的凉水井乡。

在周佛海出生不久，他的父亲就去世了。周佛海从小由母亲抚养。少年周佛海还算好学，且有才情，考入了沅陵县高等小学，然后又升入了当地的中学。

周佛海在青少年时期就展现出超越同龄人的雄心壮志，他曾在一座寺庙的墙壁上，题写过这样一首诗：

> 登门把酒饮神龙，拔剑狂歌气似虹。
> 甘为中流拦巨浪，耻居穷壑伴群峰。
> 怒涛滚滚山河杳，落木萧萧宇宙空。
> 不尽沅江东逝水，古今淘尽几英雄。

沅陵县城内，有一座文昌阁，周佛海后来在自己的回忆录里专门提到了它：

“袁氏（袁世凯）死后，内阁常常更动，一下子某甲入阁，一下子某乙入阁。……我们学校扩充，把附近的文昌阁，并入学校做宿舍。我因为常常想将来一定要入阁，替国家做事，所以和同学说到文昌阁去，便说‘入阁’……主观上虽然有这种气概，客观上上进发展的机会，可以说是绝对没有。真是前途黑暗，四顾茫茫！”（周佛海，《往矣集》之《苦学记》）

真的是没有上进发展的机会了吗？

1917 年，周佛海等到了一个机会——在老师和同学的资助下，他得到了去日本留学的机会。

和当时很多和他同时代的留日青年一样，日本的留学经历促使他们改变了中国的命运，也改变了自己的命运。

周佛海在日本留学期间，不断向国内的杂志投稿，内容主要是对国际时局的分析，介绍海外新思潮，尤其是介绍马克思和列宁主义。因为他思路清晰，文笔出众，渐渐声名鹊起。

青年周佛海

但真正改变他人生的，是三年后他回国的一次省亲。

那一年，他 23 岁，遇到了一个 41 岁的大叔。

那个大叔，名叫陈独秀。

经过多次推心置腹的交流，他们决定和其他有志之士一起，一同发起成立一个新的党。

这个党，叫作中国共产党。

3

1921 年 7 月 23 日晚，那场改变未来中国命运的秘密会议，在上海的法租界召开。

从全国各地一共赶来了 13 名代表，加上两名共产国际代表，构成了中共一大的全部参会人员。

周佛海是作为旅日小组的留学生代表出席这场会议的。但在发生惊心动魄搜捕的 7 月 30 日夜里，周佛海并没有参加会议——他因为腹泻请了假，还是毛泽东回来后告诉他出了大事。

但是，后来转移到南湖蓬船上的会，周佛海是坚持抱病参加的。在船上的会议中，大家选举陈独秀、张国焘、李达组成中央局，陈独

位于上海兴业路 76 号的中共一大会址。新中国成立后，政府曾多次寻找中共一大的会址，结果提供线索并在最后成功找到的，是周佛海的妻子杨淑慧

秀为中央局书记。虽然与会人士后来对周佛海担任的具体职务记忆有出入（周说自己是副委员长，包惠僧和陈潭秋说他只是候补中央委员），但有一点大家还是公认的：陈独秀在没回上海之前，中央局书记一职，由周佛海代理。

可见当时周佛海的地位。

为什么要参与发起成立中国共产党？周佛海自己坦承，当初是想成为“中国的列宁”。按照他的回忆：

> 我为什么赞成组织共产党，而且率先参加？
>
> 第一，两年来看到共产主义和俄国革命的书籍很多。对于共产主义的理性，不觉信仰起来；同时，对于中国当时军阀官僚的政治，非常不满，而又为俄国革命所刺激，以为非消灭这些支配阶级，建设革命政府，不足以救中国，这是公的。

第二，就是个人的动机。明人不做暗事，诚人不说假话，我决不隐瞒当时有个人的动机；我决不说假话，说当时的动机，完全是为国为民。不过个人的动机，不是升官，不是发财，不是享乐。……当时所谓个人的动机，就是政治的野心，就是 political ambition（政治抱负）。在一高（日本第一高等学校）的时候，正是巴黎和会的前后，各国外交家都大出风头。所以当时对于凡尔赛，非常神往，抱负着一种野心，将来想做一个折冲樽俎，驰骋于国际舞台，为国家争光荣的大外交家。后来研究俄国革命史，又抱着一种野心，想做领导广大民众，推翻支配阶级，树立革命政权的革命领导者。

……怀着这样野心的青年，又值中国政治腐败，世界革命怒潮高涨的时候，那得不本着创造的精神，去组织一个新兴的革命党！这便是我参加发起“中国共产党”的原因。（周佛海，《扶桑笈影溯当年》）

“推翻支配阶级”“建设革命政府”“为国家争荣光”……这些应该都是周佛海的初心。

那么，他的初心保持得如何呢？

4

1924 年的春天，从京都帝国大学毕业的周佛海，准备回国找工作了。

他当时的理想，是去北京大学当教授，或去商务印书馆做一个编辑，月薪能有 150 块大洋便“心满意足”了。按照他的想法：“到政府机关去运动一官半职，既然不是我的志愿，也不是一个共产党员所应为。”

但恰恰在这一年，国共第一次合作开始了，而国民党早就看中了周

周佛海

佛海这个当时“老资格的马列主义专家”。

时任国民党中央宣传部部长的戴季陶向周佛海发出了邀约：来做国民党中央宣传部秘书，月薪 200 块大洋。与此同时，广东大学校长邹鲁又邀请周佛海担任广东大学兼职教授，月薪 240 块大洋——还是拿出毛泽东 1918 年在北大图书馆做管理员的月薪做参照：8 块大洋，足以让他养活自己。

事实上，周佛海在开完中共一大回日本留学期间，就基本和中共的党组织没有什么联系了，在思想上，也渐渐开始反对社会主义和共产主义。就在担任国民党中央宣传部秘书之后没多久，周佛海就给中国共产党广州区执行委员会写了一封信，明确无误地要求脱离共产党。

当时担任黄埔军校政治部主任的周恩来曾经多次找周佛海谈话，试图挽留他，但周佛海态度坚决。最终，中共党组织批准周佛海退党。

脱党之后，周佛海与广东大学几名教授一起创办了《社会评论》杂志。周佛海很快便发表《中山先生思想概观》一文，提出在中国实行社会主义革命，无论是物的条件还是人的条件，都不具备，因而“事实上是不可能的”。

但是，周佛海面临一个问题：对共产党，他已经与之决裂了；对于国民党而言，他是“半路出家”，人家吃不准他的路数，一直有戒心。

怎么办？还是对他有“知遇之恩”的戴季陶给他指了一条路：要

抱就抱一条大腿。

谁是当时国内发育最快的“大腿”？自然就是蒋介石。

“宁汉分裂”之后，周佛海从武汉逃出，彻底倒向了蒋介石，为表明自己的忠诚，这位原来写“马列主义”得心应手的笔杆子，开始转而撰写《三民主义的理论体系》。

戴季陶，国民党元老，蒋介石智囊，在1949年2月11日，继陈布雷自杀后，服安眠药自杀

但实事求是地说，周佛海还是有才的，所以他很快获得了蒋介石的赏识和信任，被任命为新黄埔军校的政治总教官。凭借自己出色的笔头，周佛海在蒋介石的提拔下，先后担任过国民党中央政治委员会委员、民众训练部部长、蒋介石第二侍从室副主任、中宣部副部长和代理部长，是和陈布雷齐名的蒋介石的“文胆”之一，不可谓不红。

但这种“半军人半文人”的生活，并非周佛海向往的最高境界。他认为自己是要“登门把酒饮神龙，拔剑狂歌气似虹”的人。

这时候，又一个大变故发生了：1937年7月7日，日本开始全面侵略中国。

5

早在1932年的“一·二八抗战”之后，周佛海就在南京的西流湾8号花园洋房里，造了一个大地下室。

1937 年全面抗战爆发后，顾祝同、朱绍良、梅思平、陶希圣、罗君强、胡适、陈布雷、陈立夫等人，经常到这个地下室来躲避空袭。在那里，他们讨论战局，大多对中日战争持悲观态度，认为“战必败，和未必大乱”。

为了表示对当时主战派的不满，胡适把这个群体起名为“低调俱乐部”。

虽然后来以胡适为首的一批人渐渐看清了方向，认为“和比战要难百倍”，但周佛海却依旧坚定自己的观点：“中国没有一件能与日本比拟，如果战争扩大并延长下去，日本自然也感到困难，可是日本感觉到痒的时候，中国已痛不可忍了。”

这个观点，和一个虽不参加“低调俱乐部”，但实为这个俱乐部精神领袖的人的意见不谋而合。

这个人，就是他曾经与之对骂的汪精卫。

周佛海脱离共产党后，曾声称：“攻击共产党，是我的责任，是我的义务。”这种言论，连当时国民党的头面人物汪精卫也看不下去，他曾对一位朋友说：“周佛海真拆烂污，他以前是共产党员，现在却又攻击起共产党了，他退出共产党就算了，还要来反诬，真不是东西，你们以后切不要和这种人一起做事。”

1927 年，周佛海逃出武汉，出了一本小册子叫《我逃出了赤都武汉》，其中有一段话对汪进行了反击：“汪精卫真拆烂污，他本是国民党的党员，现在却要做共产党的工具，攻击起国民党来了，他跑到外国就算了，还要来倒戈，真不是东西，我们以后切不要和这种人共事。”

但在相同理念的推动下，两人越走越近。周佛海从蒋介石的亲信，变成了汪精卫的铁杆，乃至成为后者与日本方面接触的最大推动力——是周佛海最先派出高宗武和陶希圣与日方接洽的，也是周佛海一直埋怨汪精卫“优柔寡断”，“不抓住最好时机”的。

1938年底，在周佛海的策动下，汪精卫终于决定出逃，宣布所谓的“曲线救国”。

那么周佛海的动力又来自哪里呢?

据他的儿子周幼海后来回忆，父亲曾对他说过：“我在重庆很不得意。自从脱离共产党后，我当过国民党政训处处长，也当过江苏省教育厅厅长，现在当国民党宣传副部长，和国民党中统关系也深，但始终没有什么作为。因此，我决心同汪先生一道出来，从另外一条道来解决中国的问题。”（周幼海，《我所知道的汉奸周佛海》）

这“另外一条道”，恐怕是周佛海实现“自我价值”的道路。

那么他成为汉奸后有没有实现自我价值呢？还是有的：

1940年3月30日，汪伪政府在南京正式成立，周佛海有了一串“显赫”的头衔：“财政部长”“军事委员会副委员长”“中央政治委员会秘书长”等，后来还担任过“行政院副院长”“中央储备银行总裁”“警政部长”“上海特别市市长”等——汪伪政府的外交、财政、警察、特工、军事等各种实权，都捏在了周佛海手里，可谓是“当红辣子鸡”。

对此，周佛海自己也是颇为得意的，他在自己的日记中写道：“国民政府还都，青天白日满地红旗重飘扬于石头城畔，完全系余一人所发起，以后运动亦以余为中心。……人生有此一段，亦不枉生一世也！”

只是，这“一世”的时间，未必也太短了点。

1945年8月15日，日本宣布无条件投降。

6

抗战一结束，国民党当局当即逮捕了大批汉奸。

但历数汉奸的名字，陈璧君、陈公博、梅思平、褚民谊、林柏生……外界发现，少了至关重要的一个人。

那个至少能在汪伪政权里坐第三把交椅的周佛海呢？

那时的周佛海，既没有逍遥法外，但也没有被捕伏法，而是被戴笠软禁在重庆，等候蒋介石的指示。

为什么会这样？因为根据台湾方面后来披露的资料，大约在1943年，周佛海被戴笠策反，又成了潜伏在汪伪政权里的国民党“地下党员”——他在家中设立了电台，直接和重庆方面联系。

换句话说，在上了汪精卫的船后，周佛海又将一只脚伸回了蒋介石的船。

那么，周佛海成为“间谍”后，又做了些什么呢？

做得倒确实不少：对于被汪伪特务逮捕的国民党党员和军统人员，周佛海尽量保护，甚至出面保释；将汪伪政权里的人员安排、财政情况都透露给了戴笠；将能得到的日本情报悉数都传给戴笠。

周佛海最得意的是为蒋介石和戴笠做了两件事：第一，在他的策划下，汪伪的特务头子李士群（原来也是中共党员）被毒死；第二，在日本投降后，作为上海特别市市长，他防止八路军和新四军进入，将上海“完整地交还给了国民党”。

李士群，组建汪伪特务机构“76号”，杀人如麻

有了这些功劳，周佛海还是很笃定的，因为他认为自己和陈公博、陈璧君他们不一样，他是对“党国”有贡献的人。

但是，一件出乎周佛海意料的事发生了：1946年3

月17日，戴笠因飞机失事死了。

因为戴笠发展比较重要的特务时，都是和他单线联系，戴笠一死，周佛海的很多“功劳”就没人知道了。

7

1946年10月21日，迫于各界压力，周佛海终于被公审。

超过1万名群众把首都高等法院第一法庭围得水泄不通，创下了战后汉奸审判史上的最高纪录。

周佛海在法庭上列举了自己的各种“功劳”，说他在整个汪伪时期，前半段是“通谋敌国，图谋挽救本国”，而后半段则是“通谋本国，图谋反抗敌国”。总而言之，他要么是在“曲线救国”，要么是在“舍身救国”。

为周佛海辩护的，是当时著名的律师章士钊，他抓住这些点，包括展示当初戴笠给周佛海的信，不断给法官施压。再加上周佛海的口才本来就很好，他为自己辩护时说得头头是道，当时不少围观的群众还真的觉得，这个人可能确实为了国家“忍辱负重”。

当时周佛海的信心还是挺足的，在被审完回到牢房后，他还颇有雅兴，写了首诗：

> 六年险苦事非常，欲挽狂澜愿幸偿。
> 举国纷纷论杀宥，万人空巷看周郎。

但是，法院在11月7日给出的判决却出乎周佛海意料：“周佛海通谋敌国，图谋反抗本国，处死刑，褫夺公权。”

这个判决一下来，周佛海就有些慌了，想来想去，只有一个人能救他，这个人就是蒋介石。

在关键时刻，为周佛海跑腿的，还是他的妻子杨淑慧。

在周佛海被判处死刑后，杨淑慧当即上诉，但马上被最高法院驳回。杨淑慧随后直接闯入了蒋介石机要秘书陈方的家，告诉对方："如果蒋先生一定要杀佛海，我就马上到香港，将蒋先生的亲笔信向海内外公布，看谁以后还敢为蒋先生卖命。"

那是周佛海的最后一个"护身符"——蒋介石当初曾给周佛海写过信，鼓励他在汪伪政权里"暂留敌营，戴罪立功"，并写了"知名不具"。

1947 年的农历大年初五，杨淑慧得到了蒋介石的召见。一见蒋介石，杨淑慧就跪倒在地，一句话不说，只是抽泣。

蒋介石给杨淑慧的回答是："这几年的东南沦陷区，还亏了佛海，一切我都明白。起来，安心回去吧，我会想办法的。让佛海在里面休息一两年，我一定放他出来。"

1947 年 3 月 26 日，蒋介石以国民政府主席的身份，发布特赦令："……周佛海在敌寇投降前后，维持京沪杭一带秩序，使人民不致遭受涂炭，对社会之安全，究属不无贡献。兹依约法第六十八条之规定，准将周犯原判之死刑，减为无期徒刑。此令。"

周佛海的一条命，算是保住了。

听闻死罪得免，周佛海在狱中大为兴奋，又作诗一首：

> 惊心狱里逢初度，放眼江湖百事殊。
> 已分今世成隔世，竟于绝处逢通途。
> 嶙峋傲骨非新我，慷慨襟怀仍故吾。
> 更喜铁肩犹健在，留将负重度崎岖。

他还自认是"铁肩"，还觉得能为党国再"负重"。

8

感觉自己未来仍大有可为的周佛海，其时已经病入膏肓了。

杨淑慧曾请章士钊写信，要求将周佛海“保外就医”，但得到的答复是：“周佛海的案子太特殊，谁也没这个胆子。”

蒋介石当初答应杨淑慧的是“等个一两年”，后来变成“等个两三年”，但事实上周佛海在狱中连一年都挨不过去了。

据知情人后来透露，周佛海在 1947 年底，已经连睡也不能睡，坐也不能坐了，只能将被褥高高叠起，趴在上面喘息。有时候哀号阵阵，连狱卒听了都有些毛骨悚然。

1948 年 2 月 28 日，周佛海忽然口鼻流血不止，心脏病突发，油尽灯灭，时年 51 岁。

在南京新街口万国殡仪馆，周佛海的尸体没人去管，最后还是妻子杨淑慧用一口珍藏多年的楠木棺材为周佛海装殓，运到南京汤山永安公墓，在半山腰找了一个空穴，草草埋葬。

馒头说

周佛海到底是一个潜伏的“特务”，还是一个汉奸？

当然是汉奸。

按照档案披露，周佛海是自 1941 年开始试图与重庆方面接触的。1941 年是什么时候？是日本偷袭珍珠港，美国宣战，大家都知道胜负天平将怎样倾斜的时候。

说到底，周佛海只不过是再一次选择了“换船”而已。

这也是周佛海让人唏嘘的地方：参与创建中国共产党，尔后投身国民党，最后成了汉奸。

在中共一大的 13 个与会代表中，与周佛海经历非常相似的，还有前面提到的陈公博，而其中的不少人，后来走上了不同的道路。

但我一直相信，在最初兴业路 76 号那些开会的日日夜夜里，与会的 13 个人，确实都是抱着发愤图强、改变中国的雄心壮志的。也由此可见，中国共产党建党近 100 年以来，所走的道路是多么坎坷崎岖，有多少人在途中迷路、掉队，甚至走了相反的方向。

能坚持一路走来的先辈们，是多么艰辛。

能有今天这样的大好局面，是多么不易。

勿忘初心。

勿忘初心。

勿忘初心！

一个“慷慨就义”的汉奸

“解释就是掩饰”是一句曾在网上流行的话，不过对于某些人而言，倒也确实适用。解释之所以苍白，是因为他们的行动早就摆在那里了，就像区块链的分布式账本一样，永远是擦不掉的。

1

1946年8月23日清晨，苏州狮子口监狱。

一位60多岁，穿着囚服的老人，正在带领许多囚犯一起打太极拳。

这时候，几名法警走了过来。

他似乎知道了什么，于是和囚徒们告别：“不好意思，要先走一步了。”

这一天，他特地换上了新衣：深灰色毛质单长衫，白底细青条府绸短衫裤，黑袜黑缎鞋，左手还捏了一串佛珠。

经过女监的门口，他看到里面的陈璧君在哭，向她挥了挥手，说了一句：“再会。”

褚民谊颇有些“慨然就义”的派头

在临时法庭的最后过堂上，他坚持自己没有犯任何罪。检察官问他有何遗言，他表示“没有遗言”，只是强调，自己愿意捐献出遗体，供医学研究用。

面对记者们照相机的闪光灯，他居然还露出了笑容，挥了挥手：“这是最后一次照相了，希望照得好一点啊！”

随后，他在法警的押解下走向刑场。按照以往的惯例，为了减少犯人的痛苦，负责行刑的警察走在他的后面，出其不意地向他后脑勺开了一枪。

应声倒地，气绝身亡。

他的名字，叫作褚民谊。

如果不知道他生前所作所为，单看他人生谢幕的最后几个镜头，可能会觉得他是一位革命志士，奔赴刑场，从容就义。

但事实上，他是被依法判处死刑，执行枪决的。

因为他是一个著名的汉奸。

2

褚民谊，1884 年出生在浙江南浔一个殷实之家，父亲是一位名医。

有一说法，褚民谊原名“明遗”，取“反清复明”之意。此举虽然颇有侠士风范，但考虑到当时仍在清朝统治之下，虽然清廷的统治力与过去相比不可同日而语，但要说有人敢公开给自己的孩子取这样的名字，还是让人有些怀疑。

不过，1903 年就东渡日本留学的褚民谊，还是表现出了那个时代一个有为青年应有的姿态：在日本，攻读政治经济学的褚民谊开始接受了革命思想的熏陶，并结识了同乡，之后的国民党大佬张静江（与蔡元培、吴稚晖、李石曾并称“国民党四大元老”，晚年淡出政坛）。

1906 年，褚民谊随张静江一起奔赴法国。在新加坡的时候，他们俩一起加入了同盟会。所以后来褚民谊也被称为“国民党元老”，倒也不假。

抵达法国巴黎后，褚民谊与吴稚晖和蔡元培等人一起创办了“中国印书局”，发行《新世纪月刊》和《世界画报》等，以笔为枪，宣传推翻清朝统治。

1911 年，就在中国掀起一场史无前例的革命的前夕，褚民谊从巴黎回到了上海。经同盟会元老黄兴介绍，褚民谊认识了一个对他一生命运产生决定性影响的人：汪精卫。

不仅如此，因为频繁出入汪家，褚民谊还和汪精卫的妻子陈璧君的堂妹陈舜贞（一说为陈璧君家的丫鬟）好上了。在陈璧君的主持下，褚民谊和陈舜贞结为夫妇，成了汪精卫的连襟。

辛亥革命胜利后，南北议和，在各方面比拼中均落下风的孙中山，最终把“临时大总统”的职位让给了袁世凯。和当时很多同盟会会员一样，褚民谊选择退出政坛。他去了欧洲，在比利时的自由大学继续深造。

27 岁的褚民谊的人生之路行进至此，其实势头还是相当不错的。

3

应该说，褚民谊算得上“多才多艺”。

他首先算得上是一个教育家。

1920 年，褚民谊和吴敬恒、李石曾一起创建里昂中法大学，任副校长，后来还历任广东大学（中山大学前身）教授、代理校长，兼任广东医学院院长。

然后，他还算得上是一个医学家。1924 年，褚民谊获得了法国斯特拉斯堡大学的医学博士学位。不过他后来也被一些人讥称为“兔阴博士”，因为他的博士论文研究的是兔子的性欲、月经等兔子性方面的各种问题。

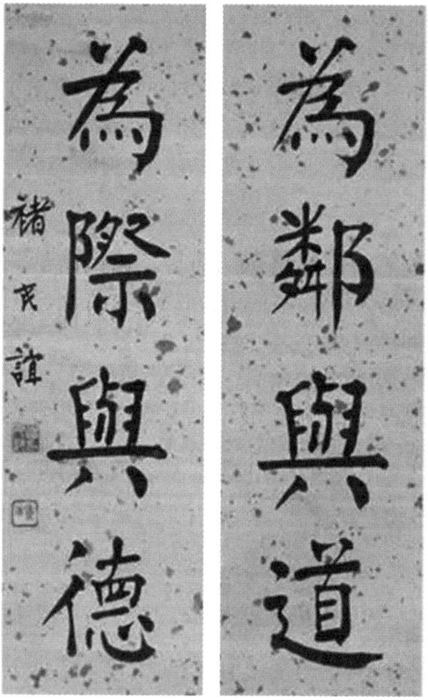

褚民谊的颜体字当时也颇为有名

褚民谊还可以算半个武术家。他曾担任过全国武术协会的会长。他在 1925 年师从吴鉴泉，应该也算是吴氏太极拳的传人。他曾将师父吴鉴泉的太极拳图谱印刷成书，成为业内研究吴氏太极的重要资料。

另一方面，他自己也大力推广“国术”，发明创造了太极操和太极球。他曾提出“科学化之国术在于合于力学与心理学，讲究生理与卫生”。应该说，这个理念在当时还是十分先进的。

此外，褚民谊在戏曲方面也有一定研究和造诣，尤其是昆曲。褚民谊编纂过《昆曲集净》，撰写“自序”“绪论”“例言”等章节，影印出版。

总而言之，不管褚民谊自己是否有意为之，他的整个调调，是有点向“魏晋风度”靠拢的。这样一个人，做一个时代的“名士”，倒也未尝不可。

可惜的是，他最终从了政。

4

1926 年 1 月，褚民谊正式开始了自己的从政生涯。

一开始，他在国民党第二次全国代表大会上当选中央候补执行委员，不久又升任中央执行委员。1932 年，在“九一八事变”之后，褚民谊出任了行政院秘书长。

秘书长汇报的对象是谁呢？就是行政院院长汪精卫。

一个文化人出任相当于一个国家国务院秘书长的职位，结果怎样呢？

首先，自然是业务能力堪忧。据说褚民谊在相当长一段时间里连“公文”与“公函”的格式也没搞清，被汪精卫痛斥“滚出去”。不过老褚的心态还是不错的，主动对人说，汪精卫之所以会痛骂他，是把他当自己人。

其次，一个行政院秘书长不是不可以有业余爱好，但如果不注意分寸，就有点问题了。

褚民谊做秘书长的时候，提倡“弘扬国术”，鼓励大家踢毽子、放风筝、练武术。这并不是个坏主意，但由一个行业主管部门的长官来提倡就可以了。褚民谊一直热衷于在公众场合表演踢毽子和放风筝，还总是客串一些昆曲的角色。结果有人称他是“三子秘书长”（踢毽子、放鹞子、做戏子），还有人如此评价他：“一笔颜字，两脚花毽，三出昆曲，四路查拳，五体投地，六神无主。”

1930 年，首次以国民政府名义举办的第四届全国运动会在杭州举行。运动会期间，许多女性跑步运动员在出赛之前，都要在大腿上擦一些松节油以舒筋络，而褚民谊以当时中央委员的身份，热衷于亲自为女运动员擦油，被新闻记者争相拍照登报。

为了弘扬“国术”，褚民谊并不支持足球、游泳这些从西洋传过来的运动，称之为“为礼教不能容”。但 1933 年的全国运动会在南京举行时，褚民谊却对当时有“美人鱼”之称的游泳女将杨秀琼青睐有加。有一天，褚民谊亲自驾驭一辆马车，载着杨秀琼游览南京中山陵。一时间，南京全城轰动，最后褚民谊被检察院以“有辱官声”而弹劾。

做风流名士可以，当糊涂官员已经走错了一步，而褚民谊接着又走错了一大步。

5

1937 年，日军攻占上海，褚民谊并未像很多人那样西撤。

当时的他，担任了中法国立工学院院长、中法技术学校医学研究部主任。在上海逗留了两年，褚民谊逍遥自在，没等来国军的光复，却等到了秘密前来的汪精卫。

汪精卫在 1939 年找到了褚民谊，就一件事：跟着自己一起干！当时对外宣布“绝对不从政”的褚民谊，并没有怎么犹豫就答应了。

而那个时候，汪精卫已经发表了“艳电”，公开主张对日妥协。

在组建汪伪政府的过程中，汪精卫一开始想让褚民谊担任伪政府的行政院秘书长，但遭到一致反对。汪精卫胆子倒也不小，居然准备任命一介文人褚民谊担任伪政府的海军部长。为此，褚民谊还一本正经地自己找裁缝先做了一套海军将领的制服，穿上后常常对着镜子自我欣赏。

结果，汪精卫的两大干将陈公博和周佛海极力反对。周佛海反对的理由写在了他自己的日记里：“让‘兔阴博士’做海军大将未免过于荒唐，只怕海军变成走私总部他也不知道。”

无奈之下，汪精卫决定让褚民谊担任汪伪政府的行政院副院长兼外交部部长，结果周佛海依旧反对，褚民谊只能辞去副院长之职，最终担任汪伪政府的外交部长。

一个伪政权的外交部长，能有多少外交事务可做？所以褚民谊的职责，主要是与日本打交道，签订一些汪精卫都不好意思出面签的对日和约（他曾获得日本颁发给他的“一级旭日大勋章”），另外就是帮汪精卫跑腿。

当时人们的说法是“陈公博的嘴，周佛海的笔，褚民谊的腿”，褚民谊堪称汪伪政府的第四号人物。

不过，出来混，总归是要还的。

一眨眼，就到了 1945 年。

6

1944 年 11 月 10 日，汪精卫病死在日本名古屋。

汪伪政权顿时呈树倒猢狲散之势，几大干将吵作一团。陈公博和褚民谊发生了激烈的冲突，最终，褚民谊在 1945 年 7 月，被派到广东省担任“省长”兼“保安司令”。

一个月后，陈公博告诉褚民谊：日本无条件投降了。

在这个时候，褚民谊才如梦初醒，开始给蒋介石发电，称：“谨率所属，力保治安，严防异党乘机而入，以效忠党国，效忠蒋委员长。”但他不知道，早在很久以前，他的同事周佛海等人，就和重庆的国民党联系上了，踏上了第二条船，表示要“潜伏敌后”，“效忠党国”了。

没多久，褚民谊就接到了军统头子戴笠的一封回电，称：“褚民谊兄过去附敌，罪有应得，姑念其追随国父，奔走革命多年，此次敌宣布投降后，即能移心转志，维持治安，当可从轻议处。”

褚民谊看到电文后大喜过望，立刻给蒋介石写了封信，表示“荷蒙矜全”。

1945 年 9 月 12 日，褚民谊按照蒋介石的“吩咐”，带了一个随员，搭乘飞机奔赴重庆“商量善后事宜”。在去广州机场的途中，他被军统局广州站主任郑介民派人按计划逮捕，成为汪伪政权第一个被捕的高官。

褚民谊被人押到看守所，迎面碰到了看守所所长徐文祺——当初徐是伪行政院的科长，是褚民谊的下属。褚民谊以为徐也是被抓进来的，非常诧异，问道：“老徐，你怎么先进来了？”

他感到诧异的原因是，按照行政级别，“科长”怎么可能比自己这个“外交部长”和“省长”先进来呢？

7

毫无疑问，等待着褚民谊的，是一场审判。

在法庭上，褚民谊确实也是泰然自若，认为自己完全无罪——他把所有的责任，都推给了汪精卫，说一切都是汪精卫的意思，自己只是一个跑腿办事的。而且，他还表示自己“外交部长”的职位在汪伪政府里只能排到第 12 位，绝非法庭所称的“高官”。

褚民谊的儿子褚幼义回忆，1963 年，他在家中发现了一张当时褚民谊委托妻子陈舜贞代转蒋介石但陈最终未转的纸条，大意是请委员长不要为难，不要为自己减刑。

但从当时的种种迹象来看，褚民谊的表现与纸条上所呈现的内容并不是太相符。一方面，他在法庭上进行各种自辩；另一方面，他委托妻子多方奔走，找人为自己求情。

在法院一审判处死刑后，褚民谊抛出了他最后一个“法宝”：我有一个珍藏多年的宝藏，愿意献出来，将功赎罪。

军统特务沈醉奉命前往褚民谊交代的亲戚家中，取回“宝藏”。在沈醉所著的《我所知道的戴笠》一书中，他回忆了“取宝”的过程：“带着万分好奇心急忙赶回，下车后什么也不干，便先去取这件宝物。”当沈醉拿出所谓的“宝物”一看，原来是一副泡在福尔马林中的肝脏。

谁的肝脏？孙中山先生的肝脏（孙中山去世后尸体被解剖）。

为什么会在褚民谊的手里？原来，褚民谊并不是完全没有为自己的后路做过准备，而是独辟蹊径：

就在日本即将无条件投降前，当时兼任汪伪政府“国父陵园管理委员会主任”的褚民谊，利用职权，趁乱将存放于灵前的孙中山的肝脏偷了出来，存放在南京的一个亲戚家。他觉得，这副“国父”的肝脏，可能会成为他的“保命符”。

因为交出了“国父”的肝脏，江苏高等法院居然真的同意将褚民谊的案子复审。但此时舆论大哗，许多国民党的元老级人物更是对这种盗窃“国父灵脏”的行为相当愤慨。

法庭上的褚民谊“坚贞不屈”

结果，迫于外界的压力，法院维持原判，褚民谊最终被执行枪决。

至于他声称要捐献的遗体，他的家属最后并没有捐出，而是埋在了上海虹桥公墓。

馒头说

抗日战争时期的汉奸，一般对自己的行为都有一个比较统一的解释。

这个解释，就是褚民谊当时在法庭上抗辩的理由之一，他说他是为了“保民”。

但从法庭出示的各种证据中，很少看到褚民谊真心保民的事迹，倒是有他当时对时局判断留下的文字：

“大东亚只有重庆一隅还在从事盲目的抗战，但是因为英美的外御完全丧失，所以重庆已成为瓮中之鳖，溃败仅仅是时间的问题。”

“以为吾人处此，实不能不有退一步之自全办法。”

所以说，哪里有什么“保国”或者“保民”，说穿了，都是“保己”。

褚民谊算得上颇有“名士风范”，如果不从政，他倒真有可能以一个教育家甚至一个医学家的身份留下名字。但从政的道路，说到底也是他自己选的，投敌卖国的行为，更不是汪精卫拿枪指着他的脑袋干的。

没有什么借口和理由，更没有什么“君行其易，我行其难”的说法。近年来有些文章开始为汪精卫洗地了，在我个人看来，还真的有点无法理解。

褚民谊所谓的“风骨”，比起当年那个愿意舍命去炸摄政王的汪精卫，还是差了很多的。但汪精卫又如何呢？你可以分析他的性格，可以设想他的处境，可以体会他的彷徨，但，汉奸，终归还是汉奸。

恨未引刀成一快，终惭不负少年头。

有些盖棺论定的东西，真的是翻不过来的。

从愤青到首相，这个日本人为何能改变整个东亚格局？

在东亚近代史上，有一个名字是无论如何抹不去的。他不仅深深影响了日本，也影响了中国和朝鲜，进而改变了整个东亚的格局。

1

1909年10月26日上午9点，一列专列驶入中国哈尔滨火车站。

俄国财政大臣科科夫佐夫登上了列车，和在列车上的伊藤博文握上了手。对于这位日本前首相的到访，俄国方面非常重视，科科夫佐夫在寒暄后发出了邀请："稍后有宴席款待公爵。如蒙阁下能检阅我的仪仗队，我将十分荣幸。"

伊藤博文回答："能在哈尔滨一睹贵国军队的威仪，非常高兴。"

伊藤博文随即下车。此时车外的俄国仪仗队已经奏响了乐曲，在科科夫佐夫的陪同下，伊藤博文按顺序检阅了俄国军乐队、仪仗队、各国领事团、中国仪仗队。

9 点 30 分，整个检阅进入尾声，伊藤博文开始折返。此时，他们经过了专门赶到车站的日本欢迎队伍，那些日本民众兴高采烈地挥舞着太阳旗，喊着欢迎的口号。

伊藤博文微笑着向他们挥手，点头。

然后他就看到一个 30 岁左右、蓄着胡须的青年忽然从队伍中闪了出来。

他是日本人吗？他想干什么？伊藤博文脑海中闪过的疑问，很快被这个青年的下一步行为解答了：

他掏出了手枪，对准了伊藤博文——砰！砰！砰！

刚刚走下火车的伊藤博文

2

1841 年 10 月 16 日，伊藤博文出生在日本的长州藩（今日本山口县）。伊藤博文的父亲叫林十藏，是一个非常普通的农民，后来被一个叫伊藤武兵卫的下级武士收为义子，所以也跟着改姓为“伊藤”。

伊藤博文从小贫苦，但非常调皮捣蛋，且能言善辩，张口就来，所以在当时的小伙伴中有“胡说利助”的绰号（他幼年名为伊藤利助）。有一个事例颇能看出他的性格：一次两队孩子玩军事游戏，伊藤担任首领的那一队眼看就要落败，结果伊藤把对方引入一堆枯草堆，然后就在上风口直接放火。差点被烧死的孩子们到伊藤家告状，伊藤的家长只能带着他挨家挨户去道歉。

彼时的日本，其实和中国一样，正陷入痛苦和迷茫之中。

1853 年，日本经历了“黑船事件”——美国海军准将马休·佩里率领舰队强行闯进江户湾，用大炮轰开了日本“闭关锁国”的大门。西方列强的入侵，给包括伊藤博文在内的所有日本人都造成了强烈的震撼。伊藤博文在 17 岁的年纪就去了炮术传习所学习军事，但他对纯粹的军事并不是非常感兴趣——与“术”相比，他对“道”更感兴趣。

青年时期的伊藤博文

所以，他对自己的私塾老师吉田松阴的理论非常尊崇。吉田松阴这个以思想影响日本近代一代人的理论家，主张“尊王攘夷”，主张“天皇至上”，以及主张“海外扩张补偿论”（即日本打不过欧美的话，就从中国和朝鲜身上得到补偿），这些思想后来都被伊藤博文贯彻始终。

当然，当时年少气盛的伊藤博文还是会经常陷入一种狂热的情绪中。在 21 岁那年，他和十几个志同道合的年轻人，锯断了英国公使馆四周的木栅栏，潜入使馆区域后扔了一堆自制燃烧弹，然后逃回自己住处，彻夜饮酒狂欢，庆祝“攘夷”成功。

不过，伊藤博文很快就发现自己的“愤青”行为其实非常幼稚。

因为他之后就真正明白，日本究竟有多落后。

3

1863 年，伊藤博文前往英国留学一年，彻底改变了想法。

在英国，伊藤博文亲身感受到了西方文明在多方面比东方文明都领先。他开始认识到，凭借一股冲动和热情的“攘夷”其实是完全没有意义的，只有虚心向西方学习，韬光养晦，才能最终实现民族独立。

1864 年，伊藤博文回国，思想已经完全转变。当时正值日本著名的“下关事件”（英法等四国舰队攻击日本下关海峡两岸的炮台，准备用武力让坚持“攘夷”的长州藩屈服）爆发前夕，伊藤博文力劝长州藩藩主毛利敬亲，与其浪费力量去打一场不可能获胜的仗，不如把“尊王”先放在首位，先完成日本的统一，再慢慢富强。

虽然毛利敬亲没有听伊藤博文的劝告而强行开战，最终只能赔款道歉，但“尊王”这件事最终还是在三年后做成了。1867 年 10 月，幕府将军德川庆喜被迫提出了“大政奉还”，而明治天皇宣布“王政复古”——日本开始建立统一的中央集权，而明治维新也就此开始。

此时的伊藤博文才 26 岁，但已经开始在明治政府里崭露头角，担任了“外国事务交涉员”，后来又担任过大阪府判事（相当于首席法官）、兵库县知事（相当于省长），而他跟随的上司，是木户孝允和大久保利通——他们都是明治维新的标杆性人物。

在这个过程中，伊藤博文主要做了这样几件事：

第一，向木户孝允提出了废除诸藩，建立“府县制度”，进一步加强日本的中央集权。为此，伊藤博文草拟了“国是纲要”，详细规划了日本如何建立府县制度，统一兵力、财力，大力发展教育。

第二，顶住方方面面的极大压力，全权代表政府向英国东阳银行贷款 100 万英镑，在 1872 年 9 月修成了日本的第一条铁路（东京—横滨）。在此基础上，日本的铁路开始大发展，由此迈入交通近代化。

第三，在赴美国进行细致考察的基础上，于 1871 年主导了日本新货币制度的建立和发行。

第四，历时两年访问欧美十多个国家，充分了解西方工业发展后，回国领导工部省，开始大力发展日本的工业。在他主事期间，包括三菱会社、长崎造船厂等一大批工厂和企业开始崛起，甚至开始与美国、英国等的轮船公司开展国际航运竞争。这些措施为后来日本的资本主义工业化奠定了扎实基础。

从治国到交通到经济到工业，伊藤博文可以说是全程参与并主导了很多改革和创新，但属于他的高光时刻还没有到来。

明治维新时期，日本东京大学的大学生在举办音乐会，可见当时日本的“西化”程度

1881 年，“明治三杰”西乡隆盛、木户孝允和大久保利通相继过世，年仅 40 岁的伊藤博文年富力强，已然成了日本政坛当仁不让的元老和中流砥柱。

他决定进一步改造日本。

4

19 世纪 80 年代的日本，可以说是“有实无名”。

所谓“实”，就是经过“明治维新”，日本的国力迅速提升；所谓“名”，就是它的国际地位依旧不高，当初的各种不平等条约依然存在。而欧美列强拒绝修改条约的一个重要理由就是：日本法律不完备，时机不到。

于是，伊藤博文有了一个最重要的任务：让日本拥有第一部真正意义上的宪法。

为此，伊藤博文专门考察了英国、法国和德国。日本一开始全面对标的是英国，伊藤博文却发现这个国家的宪法不适合日本，因为英国的国王或王后虽然有地位，但对国家根本没有统治权，“与本国国情不符”。而德国的宪法是最受伊藤博文青睐的，因为“君主亲掌立法行政大权，不经君主许可，一切法律不得实行”，“邦国即君主，君主即是邦国”。

1889 年 2 月 11 日，伊藤博文一手主导的《大日本帝国宪法》(即《明治宪法》)颁布。这部宪法以 1850 年《普鲁士宪法》为蓝本，分 7 个章节，共 76 条。宪法的第一句就是：“大日本帝国由万世一系的天皇统治之。”

事实上，这部《明治宪法》最鲜明的特色，就是突出天皇的“皇权”，把天皇构架为不可侵犯的“神”。根据宪法规定，日本由天皇总揽立法、司法、行政之统治权。此外，行政各部的官制规定、陆海军的统率、宣战的公布、条约的缔结等，都属于天皇的大权。

老年伊藤博文

在这部宪法中，“皇权”是“明线”，伊藤博文还埋了一条“暗线”，那就是“军权”。

伊藤博文本身就是一个军国主义者，他在这部宪法中大大强化了军权，并且让“军权”与“皇权”直接画了等号，即“天皇统率陆海军”和“天皇决定陆海军的编制及常备兵额”。在这些条文的规定之下，宪法规定的所谓“内阁”和“议会”其实都是摆设，军权代表天皇的意志，只要天皇愿意，军部就可以把连同政府在内的一切职能机构一脚踢开，将整个国家变为“战争机器”。

在宪法出台后，伊藤博文成了日本的第一任首相（内阁总理大臣）。

而他主导的这部《明治宪法》的出台，让日本从真正意义上成为一个现代化国家，与此同时，也为接下来的武力扩张提供了坚实的后盾。

凶恶的豺狼，终于要露出獠牙了。

5

1894年日本发动中日甲午战争，伊藤博文是幕后全程策划者。

伊藤博文想动中国很久了，但一直迫于羽翼未丰，不敢贸然动手。1884年，朝鲜爆发“甲申政变”，日本试图由此挑战中国对朝鲜的宗主权，但被当时在朝鲜的袁世凯以霹雳手段迅速化解。

那次事件之后，伊藤博文第一次在中国遇见了比自己年长 18 岁的大清头号权臣李鸿章。李鸿章在和伊藤博文会晤后汇报朝廷，对伊藤大加赞赏："伊藤久历欧美各洲，极力模仿，实有治国之才，专注通商睦邻、富国强兵之政，不欲轻言战事、吞并小邦。大约十年内外，日本富强，必有可观。"

而伊藤博文回国后也总结了中国当时进行的"洋务运动"，观点有两个：第一，"三年后中国必强"；第二，日本"对此事直可不必虑"。因为伊藤博文认为，中国的改革会从内部遭到巨大阻力，几年之后，中国会"又睡觉矣"。

所以，伊藤博文当初给出的策略是："此时只宜与之和好。……速节冗费，多建铁路，赶添海军，发行钞票……三五年后，我国官商皆可充裕，彼时看中国情形，再行办理……惟现实则不可妄动。"

十年之后的 1894 年，日本终于等到了时机，在那场对赌国运的甲午战争中，日本人笑到了最后。

虽然蓄谋已久，但伊藤博文在甲午战争中却是"克制派"，他反对一路打到北京。当然，这并非因为他爱好和平，而是他担心如果日军进攻北京，会引来西方列强的干涉。所以按照伊藤博文的策略，日军一方面派兵占领台湾，一方面攻打威海卫，全歼北洋舰队，随后就迫使清廷投降——后来事态的发展，确实如此。

值得一提的是，甲午战争之后没多久，中日关系反而进入了"蜜月期"。清朝被"打服帖"之后，迫切希望能学习日本崛起的经验，事事以日本为师。而日本出于共同对抗沙俄等各种目的，也乐于和清廷礼尚往来，甚至愿意"传授"一些改革经验。伊藤博文成了其中代表。

1898 年，内阁刚刚被解散的伊藤博文到访中国，受到了隆重接待。时值"戊戌变法"期间，维新派甚至提出请伊藤博文担任中国的"首相"，至少也要入阁担任"顾问"。而当时热情高涨的康有为还向光绪提出过一个更加疯狂的计划：中日合邦！

康有为当时不仅提出过“中日合邦”，甚至提出过“中日美英合邦”，共同选出百余人作为内阁代表

伊藤博文当时在中国和亚洲的影响，可见一斑。

但当时伊藤博文已经看出了“维新派”只是口号叫得响，并没有实力，所以一直与康有为等虚与委蛇。

事实上，他当时的目光已经放到了一个更有可操作性的东亚国家身上。

6

这个国家，就是朝鲜。

相对如同大象一般的中国而言，精致可口的朝鲜一直是日本更想率先得到的美食。

甲午一战，清朝彻底失去了在朝鲜问题上与日本叫板的能力，而通过日俄战争，日本又把一直阻碍自己染指东北亚利益的俄国一举打趴。

事实上，当时在亚洲已经没有国家有能力阻止日本吞并朝鲜了。

1906年，伊藤博文来到朝鲜，身份是朝鲜的第一任“统监”——日本在朝鲜设立了“统监府”。这个机构名义上是指挥在朝鲜的日本官吏的活动，但事实上它还接管了朝鲜的外交权，所以它其实就相当于一个“总督府”，而伊藤博文就是朝鲜的第一任“总督”。

伊藤博文在到朝鲜前，就策划了对朝鲜明成皇后的暗杀（其实是直接派人追到宫里去砍死的，因为这位皇后一开始亲中，之后亲俄，一直反对日本殖民），在到任一年后，又抓住机会迫使朝鲜签订《第三

伊藤博文（左）与长谷川好道（右）一同坐上马车准备前往“统监府”

伊藤博文和当时朝鲜太子李垠在一起。李垠的父亲是高宗，在位时改国号为“大韩帝国”

次日韩协约》，剥夺了朝鲜政府的政权并解散了朝鲜的军队，使朝鲜彻底被日本控制。

在这样的形势下，日本国内要求直接吞并朝鲜的呼声越来越高，但伊藤博文却站在反对一方，他认为“吞并”这件事千万急不得，要从长计议。

但是，他对朝鲜的各种控制和手段，已经激发了千千万万谋求朝鲜独立的革命志士的万丈怒火。

其中的一个，就叫作安重根。

7

安重根，1910 年 3 月 26 日被判处绞刑

现在，回到本文开头的那一幕。

1909 年 10 月 26 日，在哈尔滨火车站对伊藤博文连开三枪的，正是朝鲜人安重根。

安重根出生于 1879 年，长期以来一直是谋求朝鲜独立、反对日本侵略的革命党骨干。在经历了多次失败之后，安重根最终决定牺牲自己，刺杀伊藤博文——在很多朝鲜人看来，伊藤博文就是导致朝鲜沦陷的罪魁祸首。

在经过周密的安排之后，安重根混入了当天在哈尔滨火车站欢迎伊藤博文的队伍，并在适当的时机站了出来，举起了手枪。

当时安重根怕打错人，还向伊藤博文身边陪同的几个日本人也开了枪，但那几枪都没有致命，真正造成致命伤的，只有在伊藤博文身上的三枪：

一枪击中左肺，一枪击中左腰，一枪击中腹部。

枪击案发生后，医生随即对伊藤博文进行了抢救。但由于伊藤博文内脏出血太多，再加上已经 68 岁，所以回天乏术，在上午 10 点因医治无效而死去。

当了解到刺客是朝鲜人后，这位一生堪称叱咤风云的伊藤博文，说出了自己生命中的最后一句话：“马鹿（笨蛋）！”

馒头说

可能会有人问，伊藤博文临终前的最后一句话，为什么是“马鹿”？

因为当时伊藤博文在日本国内是力阻吞并朝鲜的，当他得知自己是被一个朝鲜人暗杀时，难免会觉得对方是“笨蛋”。而事实是，伊藤博文被刺后一年，日本果然吞并了朝鲜。所以后世也有一些人，据此说安重根才是真正导致朝鲜被吞并的罪魁祸首。

但真的是这样吗？

伊藤博文在朝鲜时，已经把一个主权国家完全肢解了：外交、军事、政府职能全部废除，这和实际上的吞并有什么区别吗？伊藤反对吞并，只是不想太急而已，难道还指望他“大政奉还”？

由此说两句伊藤博文这个人。

毫无疑问，在亚洲近代史乃至世界近代史上，伊藤博文都是一个可以留下名字的政治强人。作为日本的第一任首相（他曾三次组阁），伊藤博文和日本的迅速崛起是分不开的。如果从“兴国”的角度来看，他确实堪称亚洲乃至全世界都应该敬佩的人。

但换个角度来看，伊藤博文的“兴国”，有相当一部分是建立在侵略别国的基础上的。在他的眼里，日本的利益至上无可厚非，但其他国家的主权和独立，其实是不存在的。而且他奠定的日本第一部宪法和他的一些理念，在一定程度上也促使日本后来举国被绑上军国主义的疯狂战车，最终冲向悬崖。

这些毫无疑问给他的一生功绩打了一个很大的折扣——不仅仅是折扣，他还因此送了性命。

所以，一国之相，尤其是像日本这样国家的首相，不仅仅有义务带领人民让本国振兴和进步，也承担着与周边国家和睦关系的责任，对历史和未来都需要有一个清醒的认识。

本文主要参考来源：

1.《伊藤博文分析中国改革：将遭到内部巨大的阻力》（雪珥，《中国经营报》，2015年2月10日）

2.《逆淘汰：中国历史上的毁人游戏》（程万军，广西师范大学出版社出版，2010年1月）

3.《伊藤博文在哈尔滨被朝鲜人安重根刺杀身亡》（张燕，《法制晚报》，2004年12月28日）

4.《他一手把日本变成亚洲霸主 为何死后拿不出来区区10万元》（"勇哥读史"，百度百科"TA说"，2017年10月13日）

5.《伊藤博文政体思想剖析》[杨爱芹，《河北师范大学学报》（哲学社会科学版），2001年第1期]

6.《1909年安重根击毙伊藤博文　值伊藤与俄臣谈侵略》（《济南时报》，2014年1月20日）

日本政坛最年轻的自杀首相，到底做过些什么？

说起日本侵华的首相，我们一般会想起一个名字：东条英机。但其实东条是 1941 年才上台组阁的，在他之前，有一个人更应该负责任，而且从他的身上，我们能看到日本人侵华的心路历程。

1

说近卫文麿（mǒ）是含着超白金汤匙出生的，可能并不夸张。

自镰仓时代以来，日本存在五大家族——近卫，九条，鹰司，二条和一条，因为只有这五大家族的人才有资格出任日本的摄政和关白（相当于丞相），所以被称为“五摄家”。

在这五摄家里，近卫家是最高贵的一支，可以说仅次于皇家。而 1891 年出生的近卫文麿，是近卫家 250 年来第一个由正妻所生的长子——他的父亲近卫笃麿是明治时期的著名人物，曾担任学习院院长和贵族院议长等要职。

所以，用“含着金汤匙”出生，已经不足以显示近卫文麿的出身。

可以想象，近卫文麿从小是如何被全家重视的，他的父亲甚至在他腰间拴了根绳子，生怕他走路时跌跤。

在近卫文麿 3 岁的时候，就由祖母带着进宫参见了明治天皇，而他从小接受的教育，就是必须效忠天皇，拱卫天皇以及皇族的荣誉——“忠君”思想，是之后所有发动侵略战争的日本人的根本支撑。

在近卫文麿 12 岁的时候，父亲突然去世。

父亲近卫笃麿给近卫文麿留下了财产（事实上还有不少欠债）之外的两笔遗产。

第一个是思想。近卫笃麿在世时，非常反感英美对清朝乃至对亚洲的侵略和殖民（只是出于日本得不到什么利益的原因），他主张日清联盟，赶走白人，组建亚洲新秩序。

第二个是头衔。父亲去世后，近卫文麿继承了父亲的爵位，以 12 岁的年龄成了一位公爵。

2

1916 年，从帝国大学哲学系毕业的近卫文麿进入贵族院，成为一名公爵议员。

此时的近卫文麿已经基本形成了自己的思想体系，他在《日本与日本人》杂志发表的一篇论文中这样评价英美所推行的“和平主义”：

“英美和平主义实际上是利用维持现状之便的得过且过主义，与什么正义人道毫无必然关系。我国的理论家们沉醉在他们宣传的美丽

近卫文麿

辞藻之中，认为和平即是人道。目前我国的国际地位与德、意并无二异。在应打破现状的日本却高唱着英美和平主义，对国际联盟像祈盼福音一样渴盼仰止，实为卑躬屈膝，与正义人道相比实为蛇蝎而已。”

而他在 1919 年作为随行人员参加了巴黎和会之后，心中的愤懑更是强烈。因为他看到在会议上，美、英、法等大国可以完全无视小国的利益，肆意瓜分别国的权利——当然，他感到愤怒的主要原因，是觉得同为“战胜国”的日本居然拿不到什么满意的利益（或者他并不满意日本只是在中国接管德国的权益）。所以，他开始公然主张“面积狭小、人口过多的我国向外膨胀，诚为顺乎自然之势”，日本国民“应堂堂正正地为自己生存，要求发展之地”。

1933 年，42 岁的近卫文麿成为贵族院议长，开始进入日本的权力中枢。但身边人都知道，对于这个身材高大、长相端正的贵族之子而言，议长只是他的第一步而已。唯一为近卫文麿感到担心的，是他的老师西园寺公望，这个被称为“帝国最后的元老”的老人一直在劝诫自己的这个学生，不要离政治太近，尤其不要被军部的那些狂热分子所左右。

西园寺公望历经明治、大正和昭和三代天皇，大正时期的首相全都是他一手推荐的

然而，近卫文麿已经身不由己了，并且，他的思想也开始进一步转变。

从 1930 年开始，日本也被卷入了全世界的经济危机中，和德国一样，法西斯主义开始抬头，日本没有把重新振兴的焦点放在国内，而是放在了发动对外侵略战争上。而也就是在这几年，近卫文麿身边的朋友中，少壮派军人和军部人员开始越来越多。

1931年，“九一八事变”爆发，近卫文麿是完全支持这一行动的，因为他认为这是“日本必须走的命运之路”，此外，他也开始支持军部，称“军人发怒是难免的”。

1932年，日本发生了令人瞠目结舌的“二二六兵变”，日本的政坛开始陷入混乱，军国主义的气焰开始总爆发。在这样的背景下，明治时代开始的“议会式”民主已经捉襟见肘，广田弘毅和林铣十郎两届内阁都无法应付如此复杂的局面，先后狼狈下台。

此时，作为众望所归的人选，近卫文麿终于走上了前台，被天皇任命为首相，组成新一届内阁。

由于他当时才46岁，所以被日本民众期待地称为“青年宰相”。

近卫内阁组阁的时间，是1937年6月4日。

一个月之后，“七七事变”就爆发了。

3

“七七事变”的爆发可能也是出乎近卫文麿预料的。

最初，近卫文麿主张的是“不扩大政策”，所以这也是他把这次事件限制为“北支事件”（北支指华北）的原因。但是，在军部强硬派的推动下，内阁还是同意向华北再增派两个师团，导致蒋介石也被迫态度转硬。

当时担任上海派遣军司令的松井石根，在被近卫文麿询问是否会进攻南京时，他一开始的回答是“不会，只会打到芜湖附近”

事实上，近卫文麿本身对这件事也处于一种矛盾心理：既怕事态扩大后无法收场，又对可能到手的大片中国领土抱有期待。

“七七事变”迅速扩大后，在上海爆发了惨烈的“淞沪会战”。此时此刻，近卫文麿也早已把“不扩大”抛到了脑后，直接开始国民“精神总动员”，并且将“北支事件”上升为“支那事件”。

等到日军攻克了中华民国首都南京，日本国内上上下下都因为轻易到手的战果而变得狂热起来，而头脑发热的近卫文麿也由一开始希望和蒋介石和谈，转变为采取更强硬的手段。

于是，由近卫内阁发出的著名的第一次“近卫声明”就这样诞生了：

> 在攻陷南京后，帝国政府为了仍然给中国国民政府以最后重新考虑的机会，一直等到昭和十三年。然而，国民政府不了解帝国的真意，竟然策动抗战，内则不察人民涂炭之苦，外则不顾整个东亚和平。
>
> 因此，帝国政府今后不以国民政府为对手，而期望真能与帝国合作的中国新政权的建立与发展，并将与此新政权调整两国邦交，协助建设复兴的新中国。
>
> ……

这则声明最引人注目的不是第一段令人感到匪夷所思的逻辑，而是第二段的超级自信——就算蒋介石想投降，日本人也不允许了。这份声明一出台，在日本国内也引起了一定争议。

近卫文麿为此也气急败坏地做出过解释，称这是外务省决定的声明，也不是他在内阁会议上提出的。但这样的解释是苍白无力的。很快，因为这份声明，原先与日本政府一直保持和谈接触的蒋介石也开始迅速强硬起来，宣布在任何情况下都会抗战到底。

事实证明，这份声明完全没有达到目的，是失败的。

而失败的原因，其实是包括近卫文麿和军部在内的所有人，对自己的武力估计太高，对中国人的抗战信心估计太低了。

4

但是，在第一次声明发出后，近卫文麿和他的内阁还是充满自信的。

尽管近卫文麿一直在尝试恢复内阁对军部的控制，但军部的扩大侵略从总体上并不违背近卫文麿的初衷。所以，在1938年3月，近卫内阁颁布了《全国动员法》，开始将侵华战争上升为“总体战”。

而此时无论近卫内阁还是军部，都寄望于即将在中国开始的“武汉会战”。一方面，他们认为，占领武汉对占领全中国有重要意义。另一方面，由于蒋介石发出号召，动用全部兵力进行“武汉保卫战”，寻找并歼灭中国军队的主力，一直是日军苦苦追求的目标。

然而，蒋介石此时毕竟还是开了窍，在动用了110万兵力投入“武汉会战”后，发现固守无望，在最后阶段还是基本有序地将中国军队的主力撤出了战场，把武汉让了出来，开始“用空间换时间”——进入战略相持阶段。日军虽然占领了武汉，却依旧没有歼灭中国军队的主力，反而将这场战争拖入“战略相持”阶段。

日本人终于开始有些惶恐地发现：不管怎么打，怎么赢，中国人就是不投降。

也就是在这时候，第二份“近卫声明”出台了：

> 今凭陛下之盛威，帝国陆海军已攻克广东、武汉三镇，平定中国重要地区。国民政府仅为一地方政权而已。然而，如该政府坚持抗日容共政策，则帝国决不收兵，一直打到它崩溃为止。
>
> 帝国所期求者即建设确保东亚永久和平的新秩序。这次征战之最后目的，亦在于此。
>
> ……

> 如果国民政府抛弃以前的一贯政策，更换人事组织，取得新生的成果，参加新秩序的建设，我方并不予以拒绝。
>
> ……

与第一份声明相比，这份声明口气明显软了不少，抛出了一个“建设东亚新秩序”的幌子，然后给予国民政府“共同防共”的“橄榄枝”，主要目的，还是希望能在短时间内诱降蒋介石政府。

但是，重庆方面的蒋介石没有动静。

迫不及待的近卫内阁又在一个多月后抛出了第三次声明，由此组成了“近卫三次声明”：

> 日本政府，昭和十三年曾一再声明，决定始终一贯地以武力扫荡抗日的国民政府。同时，和中国同感忧虑、具有卓识的人士合作，为建设东亚新秩序而迈进。现已感到，中国各地，复兴的气势澎湃而起，建设的趋势，日盛一日。当此之时，政府向国内外阐明同新生的中国调整关系的总方针，以求彻底了解帝国的真意。
>
> ……
>
> 如能彻底了解日本出动大军的真意，就能理解日本在中国所寻求的，既不是区区领土，也不是赔偿军费，其理自明。实际上，日本只要求中国作出必要的最低限度的保证，为履行建设新秩序而分担部分责任。日本不仅尊重中国的主权，而且对中国为完成独立所必要的治外法权的撤销和租界的归还，也愿进一步予以积极的考虑。

在这份声明里，近卫又抛出了“亲善友好、共同防共、经济合作”的“近卫三原则”。但这份看似甜蜜的声明，其实是有明确发布对象的——不再是蒋介石，而是“中国同感忧虑、具有卓识的人士”。

日本政府指的这人是谁？自然是汪精卫。

就在近卫内阁发出第三次“近卫声明”的一周后，已经逃到越南的汪精卫发出了著名的“艳电”，响应这次声明。

但是，近卫文麿没等到汪精卫前来投奔效忠，就宣布辞职了。

近卫给出的辞职理由是“事态进入新阶段”，而事实上，周围人对他已经越来越不满，而他自己也已经感到无力控制这样的疯狂局面了。

5

但是，近卫文麿其实是不甘心的。

1939 年 9 月 1 日，希特勒的纳粹军队突然闪击波兰，第二次世界大战在欧洲战场全面爆发。在最初的一年，德国惊人的战果不仅震慑了英美诸强，也让日本非常眼红——就好比自己的强盗伙伴轻松打劫了好几家银行，自己的手也开始痒了起来。

在这样的背景下，接替近卫上台组阁的平沼骐一郎、阿部信行和米内光政都不能让狂热的军部好战分子满意，军部想来想去，还是更愿意选择还算有“共同语言”的近卫文麿。

于是，1940 年 7 月 22 日，近卫文麿第二次上台组阁。

而他这次组阁后做的最大一件事，就是在 1941 年与德国和意大利签订了《三国同盟条约》，进而组成了“轴心国同盟”。此外，他还在 1941 年 4 月和苏联签订了《日苏中立条约》。

从表面看，与德意结盟对日本很有好处：德国横扫欧洲，又不会来动日本在亚洲的利益。但近卫内阁的前任米内内阁之所以强烈反对和德意联盟，就是因为这样等于把日本公然绑在了与英美对立的战车上。此外，德国正在对苏联磨刀霍霍是尽人皆知的事，日本和苏联签订的中立条约也无疑表明这个“轴心国联盟”本来就是“同床异梦”。

之所以要和苏联互相保持中立，是因为近卫文麿骨子里是支持

当时“三国同盟”的宣传画

“南进”的。但他优柔寡断的性格，又使得他在这件事上始终在摇摆：一边在御前会议上确立“全力南进”的政策；一边又不断加紧和美国谈判，争取能够避免在短时间内开战——不是不开战，而是希望给日本以准备的时间。

但是，已经决定要与美国速战速决的军部是不能容忍近卫这样磨蹭的，虽然近卫文麿为此还闹过一次总辞职（两天后就再次上台第三次组阁），但他内阁中的陆相东条英机还是步步紧逼：必须在 1941 年 10 月之前向美国拿到一个谈判结果，不然就辞去首相职位。

在当时的情况下，美日双方其实都是不可能接受对方开出的条件的。所以，在 10 月期限过后，近卫文麿的内阁只能进行第三次辞职——直到这时候，东条英机才得到机会上台组阁。

那么，是近卫文麿在努力阻止“太平洋战争”的爆发吗？并不是，他想做的，只是延缓一下爆发的时间而已。事实上，整个“太平洋战争”的机器全都是由近卫文麿发动并预热好的，东条英机只是上台按动了“开始”按钮而已。

一个证据是，近卫文麿在辞职后，给东条英机送了一份上任礼物——一把日本军刀。

6

1945年初，日本的前途命运已经可以看得很清楚了。

此时，在诸多已经近乎癫狂的军部将领面前，不再担任首相的近卫文麿倒是比较清醒的一个人，他已经认识到日本必将失败，唯有早点投降，才有可能保住天皇制度。

为此，近卫文麿还专门去请求裕仁天皇早点退位。只是裕仁天皇当时还坚信“稳住，我们能赢”，寄望于“一亿玉碎，本土决战”，直到最后希望破灭，宣布无条件投降。

在日本投降之后，近卫文麿反而对政治又积极了起来。他先是在东久迩宫稔彦王组成的内阁中担任了国务大臣，然后又在币原喜重郎的内阁中担任管理宫廷内务的“内大臣府御用挂”。他两次跑去面见麦克阿瑟，居然把发动战争的所有责任都推到了军部乃至日本左翼分子身上。麦克阿瑟一度非常信任他，甚至准备起用他牵头进行修改宪法的调查。

而这时候，日本政坛高层也早已不是铁板一块。代表日本去“密苏里号”军舰上签署投降文件的外相重光葵就直接指出了近卫文麿的算盘：“想把挑起战争和虐待俘虏的责任说成与自己无关，坏事都是东条大将等‘统制派’军阀干的。”

而当得知近卫文麿将带头调研修改宪法后，日本的舆论也不干了，纷纷指责近卫不应该逃脱作为战犯的惩罚。此时，盟军最高统帅部对敌情报调查科科长诺曼拿出了一大堆调查证据，证明近卫文麿的最大战争责任，是“加快日本侵略亚洲国土的速度；继续进行对中国的战争；使日本加入轴心国；在日本国内强化警察的镇压，促进法西斯统治的形成”。

在包括中国政府在内的各方面压力下，盟军总部终于将近卫文麿列为甲级战犯，签发逮捕令，并在 1945 年 12 月 6 日对近卫文麿发出通知：在 12 月 16 日之前到东京巢鸭监狱报到。

收到通知的近卫文麿知道，自己无法再躲避了。

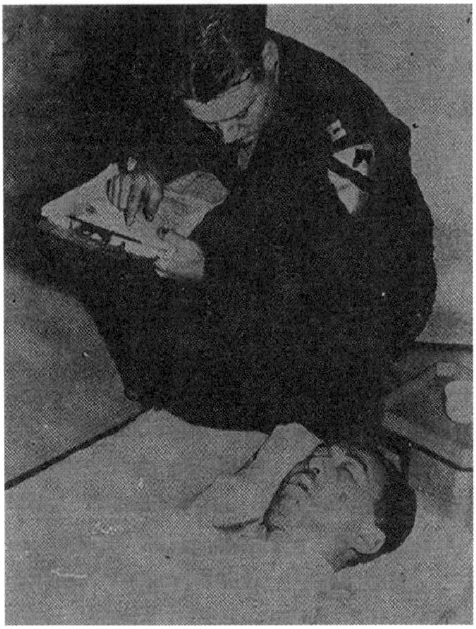

盟军验尸官在对近卫文麿进行尸检

12 月 15 日晚，近卫文麿在自己的私宅举行了一场晚宴。席间，他和宾客们谈笑风生，饮酒也恰到好处，宾主尽欢。

16 日早晨 6 点，近卫文麿的妻子发现丈夫房间的灯还亮着，走进去一看，丈夫已经直挺挺地躺在床上，身上裹着白布，眼圈发紫，气绝身亡——旁边的桌子上，放着一瓶打开的氰化钾胶囊药瓶。

由此，近卫文麿也获得了日本政坛历史上的两个“年轻”纪录：

最年轻的首相。

最年轻的自杀首相。

馒头说

之所以想写近卫文麿，是觉得他的一生颇能折射整个发动侵略战争的日本群体的一些特征。

第一是效忠天皇。

这一点以近卫文麿最能代表，因为他一直自认近卫家的血脉与天皇家是共通的，他所做的一切都是为了天皇——至少他表面上宣称的都是这样。这种畸形的愚忠贯穿二战时的日本政坛和军界，并且因为二战后天皇并没有受到清算，到现在都对右翼分子造成一定的影响。

第二是明目张胆。

自己家太小，东西太少怎么办？那就去占邻居的地方，去抢邻居的东西。最好让外村的人全出去，这个村子由自己牵头来统一管理，生杀予夺，都由自己决定。这种明目张胆的抢劫思维，从近卫文麿以下，很多日本人居然认为是天经地义的。

第三是战略混乱。

为了抢夺，日本人制订了“欲征服世界，必先征服亚洲。欲征服亚洲，必先征服中国。欲征服中国，必先征服满蒙”的计划。但这种看上去似乎逻辑清晰的战略规划，因为完全缺乏实践的可能，其实等于是思维混乱的一纸空谈。

表现在侵华战争中，日本在贪念的驱动下，胃口越来越大：那么轻松拿下东北？那就试探下华北；华北好像也能得手，就再试试看往下打。究竟要达到什么目的，打到怎样一个程度，日本人自己的想法也一直在变，唯一不变的是野心，任凭野心不断膨胀，最后滑向灭亡。

第四是自我矛盾。

在没有规划的背景下，日本的不少方针都是前后矛盾的，得意时叫嚣“三个月灭亡中国”，顺手时喊着“不以国民政府为谈判对象”，等到受挫了，又希望能够“共建东亚新秩序”，最后自己被逼得进退维谷，硬着头皮去和美国正面相抗。

而在对中国政策和对美作战过程中的自我矛盾，并不是说明近卫文麿这批人是“和平主义者”，他们更像是无赖和流氓，总想以更小的赌注来换回更大的成果。

第五是推卸责任。

这些人在战争中都叫嚣着“一亿玉碎”或“尽忠天皇”，但真到了战后清算时，却一个个开始推卸责任，能逃就逃。从近卫文麿到土肥原贤二，包括东条英机，一到检讨战争责任时，他们就仿佛从没参与过一样，一切都是别人的责任。

讽刺的是，近卫文麿认为自己苦心孤诣地维护日本利益，日本人却对他并没有什么好印象。2005年，日本文艺春秋社收集上万人评价后编辑出版的《总理大臣得分表》一书中，近卫文麿因“软弱、无责任感”，在历任日本首相中得分倒数第一。

西园寺公望的秘书原田熊雄曾评价近卫文麿“像是一座富士山”——这并非溢美之词。原田熊雄的意思是，他像富士山一样，“远看很雄伟壮美，近看，全是粗糙不堪的花岗岩石”。

从某种意义上说，侵华战争中那批看上去耀武扬威的日本军国主义分子，其实也是如此。

本文主要参考来源：

1.《日本前首相近卫文麿生平简历》(凤凰资讯，2009年4月16日)

2.《为和平而努力—近卫文麿笔记》(翻译：老狼是也，译自2015年 《集成版》所采用的1946年4月日本电报通信社刊行版)

3.《东方大审判》(郭晓晔，中国青年出版社，2013年8月)

4.《新华侨报：日本史上最差评首相的难堪》(蒋丰，中国新闻网，2015

年 5 月 8 日）
5.《近卫文麿在侵华战争中扮演的角色》（邹身城，《历史教学》1987 年第 10 期）
6.《中国近代对外关系史资料选辑》（复旦大学历史系中国近代史教研组，上海人民出版社，1977 年）

一场血腥又荒诞的兵变

这篇文章要说的，是一场发生在日本的兵变：血腥，残酷，又有点荒诞。但你读过后，多少能了解日本军国主义背后那种奇怪的逻辑思维，以及为什么他们要侵略中国。

1

1936 年 2 月 26 日，日本东京，凌晨 5 点。

漫天大雪。

在东京天皇皇宫西南约两公里的地方，忽然响起了枪声——那里是日本大藏（财政）大臣高桥是清的居所。

高桥的居所冲进了一群荷枪实弹的日本士兵，确切地说，他们是日本近卫步兵第三联队第七中队的士兵。

他们直接冲到了高桥家二楼的卧室，在卧室里，已经 82 岁的高桥是清还在沉睡，发出均匀的鼾声。

带头的中桥明基中尉高喊一声：“天诛！”随即掀开了高桥的被子。

高桥惊醒了过来，看到面前的士兵，骂了一句："白痴！"

一旁的一个士兵冲上去，一刀就砍下了高桥的右臂，与此同时，另一名军官对着他连开三枪，其他士兵也冲上去用刺刀在他的身体上一阵乱捅。

高桥当场毙命，站在一旁的高桥的家属哭声连天，瑟瑟发抖。

以中桥明基为首的官兵们在确定高桥已经气绝之后，收起刀枪，统一向一旁的家属彬彬有礼地敬礼并鞠躬：

"真是打扰了！"

随后集体离去。

高桥是清被称为"日本资本主义的保护神"，曾担任过日本第 20 届首相。他因怕引起通货膨胀而缩减了军队经费，被军方激进主义者仇恨。但事实上，高桥的财政政策也是为日本侵略扩张服务的

2

日本人杀日本人？

没错。而且在那个大雪纷飞的凌晨，高桥并不是唯一一个被刺杀的日本高级官员。事实上，在这次事变中被杀和受伤的高级官员之多，涉及范围之广，影响之大，在日本历史上堪称罕见，乃至影响了整个东亚的历史进程。

这就是著名的"二二六兵变"。

要了解这次震惊日本的兵变，就需要先暂时放下那个"血腥之夜"，把时间轴往回调——我们要先了解一个人。

北一辉

这个人，名叫北一辉。

北一辉生于 1883 年，是个“很有意思”的日本人。

之所以说他“有意思”，是因为他和中国颇有渊源。

早在 1906 年，他就在日本加入了孙中山创立的同盟会，并亲身参加了辛亥革命，将自己的全部热情都倾注在“中国的革命事业”上。他和宋教仁是知交，在宋教仁被暗杀后，他甚至独立组成调查团，发誓要查出事件的真相。

北一辉是一个值得单独写一篇的人，这里限于篇幅，不再展开。简单总结一下北一辉的几个观点：

第一，与侵略中国相比，他更主张联合中国，进攻苏联，征服亚洲，进而称霸世界（建立“世界联邦”）。

第二，他站在日本底层人民这一边，认为日本已经失去了明治维新以来的新气象，国内财阀横行，阶级固化，剥削严重。

第三，他在自己的专著《日本改造法案大纲》中提出了保障言论自由、保障人权、土地改革、普及教育等一系列主张。

这样看来，北一辉不仅是中国人民的“老朋友”，而且还是个了不起的人物了？

并不是。

恰恰相反，北一辉被公认为日本法西斯主义的精神教父。现在很多研究都认为，他的观点和著作影响了一批日本军国主义者，最终将日本拖入了二战的无底深渊。

因为北一辉还有两个重要观点，简单来说就是：

第一，日本现在堕落了，所有的问题都是那些资本家和贵族搞出来的。日本不能像西方那样搞什么议会民主，而要将权力归还于天皇，保证天皇的威严和权力高于一切。

第二，国土狭小的国家对外扩张是合理的，也是正义的。日本要想发展壮大，必须对外发动侵略战争，尤其是要对已经获得既得利益的英美开战——战争能解决一切问题。

在北一辉思想的影响下，在20世纪30年代初期，日本的陆军开始渐渐分裂出了两个派别。

3

一个派别，叫作“皇道派”。

荒木贞夫精于演讲，崇尚精神高于一切，他的名言是：“物资不足，我们并不介意！皇道精神加三千万竹枪，列强不在话下！”

皇道派是深受北一辉思想影响的。他们的主张就是相信精神的力量，提倡以暴力进行革命。对内，他们希望实现“清君侧”，打倒贵族和大资本家，要求日本天皇“亲政”，依靠军部实现日本富强；对外，他们以苏联为第一目标。

皇道派在陆军中有自己的“领袖”：时任日本陆军大臣的荒木贞夫，以及陆军大将真崎甚三郎。但除了几

真崎甚三郎堪称皇道派的核心，虽然反对暴力革命，但鼓吹对天皇无条件效忠，其思想影响了一大批青年军官

个还算高层的人物之外，皇道派的组织还是松散的，且以日本陆军中的中下级军官为主。

而与皇道派相对应的派别，被称为“统制派”。

统制派的领袖，是被称为“日本军中第一大脑”的陆军中将永田铁山。与皇道派不同的是，统制派虽然也组织松散，但多半都由日本陆军的中上级军官构成。他们的主张，对内是维持现在的政治体制不变，尤其要维持军部的统治地位，放弃暴力革命，自上而下地推行改革；对外则是以英美为第一假想敌，但前提是解决“中国问题”。

简单来说，两个派别的区别就是——皇道派：普天之下，天皇最大，但天皇要支持军人！要改革，只有革命！逆我者？杀光！

统制派：普天之下，军部最大，连天皇也要尊重军部！要改革，得靠制度！逆我者？调离！

彼时的日本，已经陷入了“昭和危机”，经济疲软，再加上关东大地震等天灾，底层人民的生活其实已经相当困苦，社会两极分化严重。在这样的背景下，以中下级官兵为主的皇道派的很多亲人都衣不蔽体，食不果腹。他们进一步认为，那些统制派的官老爷根本就不了解日本现在的真实状况，他们甚至和那些宣称“民主”的内阁大臣，以及资本家、财阀、军阀一起，成了阻挡日本前进的障碍。

在这样的情况下，两个派别的摩擦乃至决裂，在所难免。

4

到了1935年，皇道派和统制派在军中的明争暗斗已经到了白热化阶段。

荒木贞夫辞任陆军大臣后，统制派在陆军系统内开始压倒皇道派。一批皇道派军官从现役被转入预备役，或调离枢要部门，转任战地军官。其中，皇道派的象征人物之一真崎甚三郎被罢免了重要的“陆军教育总监”职务，引起大波动。

永田铁山当时被公认是日本陆军中罕见的有能力的人，也是裕仁天皇自太子时期就看中的人才。他的殒命，被一些人认为是“昭和军阀”后来一片混乱的一大原因

这个举动再一次引起了皇道派的极大不满，他们决定对统制派实施报复——目标就锁定在他们的领袖：永田铁山。

怎么报复的呢？

1935年8月12日，皇道派的军官相泽三郎中佐走入了时任军务局局长永田铁山的办公室，抽出军刀，直接将他钉在了门板上。

这种在其他国家人看来匪夷所思的方式，在秉承“下克上”传统的日本，居然并不是什么罕见的事。一个中佐刀劈一个少将就骇人听闻了？日本下级士兵杀一个首相也是如探囊取物一般——1932年5月15日，11个年轻的日本海军官兵堂而皇之地走进日本首相办公室，将当时的首相犬养毅当场射杀。

这样一种在别国看起来大逆不道的举动，事后日本全国居然有35万民众写血书联名要求对这11人从轻发落——认为他们是为了这个国家好。

有这样的“光荣传统”，不仅相泽三郎并不认为砍杀一个将军是一件多大的事，皇道派也认为，公众乃至天皇，肯定也是会站在他们这一边的——因为他们是为了这个国家好。

犬养毅也是当初吴清源留日学棋的资助人之一，他当时的亲华倾向引起日本军界的极大不满

1935 年 12 月，皇道派和统制派之间的矛盾进一步激化：第一师团师团长柳川平助接到了调令，将去台湾驻屯军担任司令官，而驻守东京长达 30 年的第一师团，将被调往中国东北。

第一师团，是皇道派军官的大本营。皇道派认为，肯定是统制派在背后搞鬼。

1936 年 1 月，日本政局开始动荡。与此同时，关于相泽三郎的审判也即将开始。鉴于 3 月第一师团就将开赴中国东北，皇道派的年轻军官综合各方形势，决定在 2 月底之前发动一次革命。

他们下定决心：这次革命要比之前所有的“小打小闹”彻底得多——彻底铲除天皇身边的“奸臣”，打击统制派的气焰，最终实现他们期待已久的“昭和维新”。

1936 年 2 月 25 日深夜，东京飘起了罕见的鹅毛大雪。

第一师团以香田清贞大尉、安藤辉三大尉、河野寿大尉、野中四郎大尉等 9 名核心军官为主，带领 1 500 余名官兵，按计划兵分六路，开始去诛杀“天皇身边的坏人”。

令人瞠目结舌的“二二六兵变”开始了。

5

正如先前所说，大藏大臣高桥是清，并不是当天唯一的牺牲品。

斋藤实是海军大将，同时担任过第30届日本首相

按照计划，第一中队的坂井直中尉带着100多名士兵冲入了内大臣斋藤实的府邸。斋藤实认为日本应该遵守《华盛顿条约》，控制海军发展的规模，这被皇道派的青年军官们认为是“卖国”。

77岁的海军大将斋藤实在叛军冲进来的时候已经穿好了睡衣，他的妻子勇敢地挡在了他的前面。但叛军还是对她身后的斋藤实进行开枪射杀，妻子哭泣着扑在倒地的斋藤实身上，军官们冲上前去，将枪伸到他妻子的身下，继续射击。斋藤实一共身中47枪，当场毙命。叛军在房间里三呼“天皇万岁！”然后离去。

渡边锭太郎是在“二二六兵变”中唯一被杀的陆军大将，其他大多数都是海军出身，所以也体现了日本历来陆军与海军之间的矛盾

步兵第三连队第一中队的小队长高桥太郎带着30多人冲入了陆军教育总监渡边锭太郎大将的宅邸——渡边是永田铁山提拔起来接替真崎甚三郎的人，属于统制派的中坚力量。

铃木贯太郎后来担任首相，在任内敦促天皇接受《波茨坦公告》，助推战争的结束

62 岁的渡边在叛军冲进屋内后，勇敢地举起手枪还击，但随后被叛军携带的机枪打成了马蜂窝。愤怒的高桥太郎甚至还拔出军刀，砍下渡边的头颅后才离去。

但叛军的刺杀计划也并没有全部得手。

由安藤辉三大尉率领的一队人马领到的任务是刺杀天皇的侍从长铃木贯太郎——皇道派认为他和英美势力勾结在一起。

铃木贯太郎和冲入家中的叛军谈了 10 分钟之后，发现已无话可说，于是就问："还有什么要说的吗？"安藤回答："没有了，长官。"铃木说："那就开枪吧！"

铃木一共中了两枪，一枪击中下腹，一枪擦心脏而过。安藤平时比较敬重铃木的为人，所以不忍心再补一枪，就率人离去。几天后，重伤的铃木被抢救了过来。

针对两位元老西园寺公望公爵和牧野伸显伯爵的刺杀，也因为叛军最终实在下不了手而宣告失败。

但最关键的一个失败，是叛军没有杀掉首相冈田启介。

负责刺杀首相的是步兵第一联队机关枪中队，在击毙守卫首相府的四名警察之后，大约 300 名叛军包围了首相府。但是，他们错把冈田启介的妹夫松尾传藏当成了首相，在枪杀了他之后就离开了。

松尾传藏（左）和冈田启介

集结在东京街头的叛军士兵，旗帜上写的是“尊皇讨奸”

但不管怎样，在2月26日天亮之后，1 500人组成的“叛军”已经基本达成了自己的目标，不仅杀了一批“天皇身边的坏人”，而且还控制了东京的主要报社（砸了一直“有自由主义倾向”的朝日新闻社）、警视厅等。

接下来，这场“革命”最终成功与否，就取决于一个人的态度了。

6

这个人，就是裕仁天皇。

裕仁天皇

政变爆发后40分钟，那年35岁的裕仁天皇就在睡梦中被叫醒，被告知东京发生了骇人的兵变。

在听取了侍从武官本庄繁大将的汇报之后，裕仁的反应是：“这是从未有过的不祥之举。要立即平息，使军队恢复正常。”

皇道派虽然打出了“尊皇”称号，但天皇并不买账。

上午9点，被叛军扣押进行谈判的陆军大臣川岛义之获准觐见天皇，并且带来了叛变军人开

川岛义之还有一个原因不方便和天皇明讲：他的女婿也作为一名军官参与了这次兵变

出的条件：恢复天皇的绝对权力；逮捕反“皇道派”的一干大臣和将领；让荒木贞夫出任关东军司令；等等。

作为陆军大臣，川岛义之其实是同情叛军的，他给天皇的建议是：这些叛军虽然鲁莽，但都是为国尽忠，可以体谅。

但裕仁天皇却震怒了：“先不论他们的精神何在，他们之所为首先就有伤国体的精华。杀害朕的股肱老臣，如此残暴的军官，无论其‘精神’如何，也不应予以任何宽恕。我绝不允许凶暴的将校胡作非为。要尽快将这一事件镇压下去！”

裕仁的态度如此坚决，不仅仅是因为这次叛军的所作所为超出了底线，也不仅仅是因为杀的都是和他关系比较密切的老臣，更重要的是，他得知消息：他的亲弟弟秩父宫雍仁亲王已动身搭乘火车前往东京。

秩父宫雍仁抵达东京后，第一时间就被警察送入皇居，与叛军隔离

秩父宫雍仁一直和皇道派军官来往密切，皇道派甚至已有人宣称“秩父宫雍仁是我们的首领”——这也就意味着，一场兵变很可能会带来一场政变。在日本历史上，天皇弟弟杀掉哥哥后继位的事，并不是没有。

正是基于此，天皇要求陆军

迅速派兵镇压叛军。

陆军还在拖拉的时候，海军坐不住了。由于被刺杀的铃木贯太郎、冈田启介和斋藤实都是海军的大将，海军在第一时间就坚决要求镇压叛军。26日中午，联合舰队司令高桥三吉下令第一舰队进入东京湾，第二舰队进入大阪湾，舰炮全都对准了叛军的阵地。

一场内战眼看在所难免。

关键时刻，裕仁拍了桌子："如果陆军还不派兵镇压，朕亲自带近卫师团前往！"

2月28日，陆军终于组成了大约24 000人的镇压部队，准备武力进攻叛军阵地。

荒木贞夫和真崎甚三郎还试图为陆军的这些青年官兵做最后努力——他们前往戒严司令部交涉，希望不要动用武力，但一个参谋直接把他们两人赶出了司令部（这个参谋就是石原莞尔）。

但事实上，荒木和真崎多虑了。

7

没有得到天皇的支持，1 500人的叛军部队其实在精神上已经垮了。

在东京的街头，出现了装了高音喇叭的坦克，开始不断广播NHK（日本放送协会）的著名播音员中村宣读的《告军官士兵书》，提醒叛军士兵："现在归复原队，为时不晚；如果抵抗，按逆贼处，一律射杀；你们的父母兄弟在为你们成为国贼而哭泣。"

在风雪中坚持了三天的叛军士兵，本来就饥饿难耐，在听到广播和拾到传单后，意志已经垮了，开始纷纷脱离部队，返回自己的营房。而叛军的组织者们也没有阻拦，在放走士兵后，他们通过电台宣布投降，随后被戒严部队拘捕。

叛乱被彻底镇压。

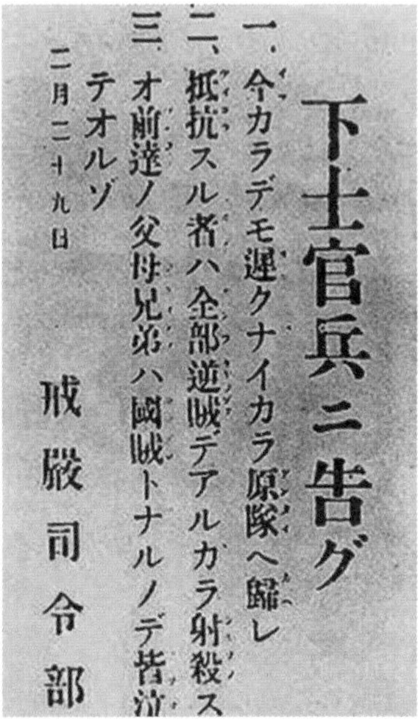
下士官兵ニ告グ
一、今カラデモ遅クナイカラ原隊ヘ歸レ
二、抵抗スル者ハ全部逆賊デアルカラ射殺ス
三、オ前達ノ父母兄弟ハ國賊トナルノデ皆泣
テオルゾ
二月二十九日
戒嚴司令部

镇压叛军的“戒严司令部”签发的传单

空中飘舞的劝降条幅

荒木贞夫的意思是，希望给这些青年军官保留最后的荣光——提议他们切腹自尽。为此，负责关押他们的军官冈村宁次（对，又是一个熟悉的名字）准备了大量的消毒药水和脱脂棉，还准备了30多口棺材。

但绝大多数的叛乱军官并没有选择切腹，他们希望通过法庭受审，最后一次阐述自己的观点，指望“能够唤醒日本”。

只有一个叫野中四郎的大尉最终选择切腹，他在遗书中称，自己所在的师团30年来没有进行过战斗，而其他部队却在流血牺牲，所以他感到特别遗憾。

但是，叛乱军官们期待的“公审”，后来却并没有出现。

8

秋后算账。

对“二二六兵变”的处理，比很多人预料的要严厉得多。据说，这是裕仁天皇的意思。

对于叛军的主谋，军部决定实施“军法审判”，审判过程不公开，也不设辩护律师，一审即终判——那些叛乱军官期待在法庭上影响更多人的目的，完全无法实现。

1936年7月5日，在整个兵变过程中起领导作用的香田等17名军官全部被判处死刑，严厉程度远超之前历次事件的处理。

原先砍杀永田的相泽三郎的审判也被继续——毫无疑问，也是死刑。

这些还不算，没有参加兵变，但提供思想指导的北一辉，以及在幕后策划的他的学生西田税也被判处死刑。

审判之后，是清洗。

日本陆军12名大将中有9人在1936年4月底之前退出了现役，其中包括皇道派的领袖人物荒木贞夫和真崎甚三郎，其他一些皇道派的核心军官也被调离核心岗位。

经此一役，皇道派彻底退出历史舞台，统制派全面接管大权，并成功将军部凌驾于内阁之上。

1937年7月15日，参与“二二六兵变”的军官在涩谷被枪决。

“二二六兵变”中的第一师团叛军士兵们，左边站立者为兵变的骨干人物丹生诚忠，兵变失败后被处以死刑

而就在一周前，驶上军国主义快车道的日本，已经开始全面侵略中国。

馒头说

可能有人会有一个疑问：如果“二二六兵变”成功，日本的命运是否会改变？

很遗憾，并不会。

因为仔细看皇道派和统制派各自的观点就不难发现，这两派的核心观点其实是完全一致的：对内要求军人独裁，对外要求发动侵略。

只不过，统制派相对于皇道派，反对暴力改革，希望循序渐进罢了。

所以讽刺的是，皇道派虽然被镇压了，但他们关于“军部独裁”“战争万能”“天皇万岁”的核心理念，反而都在后来实现了。而再看看当时负责镇压皇道派的戒严司令部构成：总指挥杉山元，副总指挥东条英机、谷寿夫，作战参谋石原莞尔，哪个不是后来“赫赫有名”的法西斯战争罪犯？

或许有人会说：如果皇道派胜利，就会进攻苏联而不是中国了啊！

那也是不可能的。因为皇道派的核心诉求是对外扩张，一旦在苏联碰壁（参看 1939 年的诺门坎战役），掉过头来，还是会拿中国开刀的。更何况，皇道派对中国的政策是“拿下满洲，培养亲日，缓图华北”。

说穿了，两派对于中国这块“肥肉”，争论的只不过就是拿筷子文雅地吃还是直接野蛮地用手撕的问题。

这可能也是日本当时最可悲的地方：国家无论选择哪条路，都被一群以“爱国”为名的军国主义狂热分子绑架，最终殊途同归——“昭和”成了“招核”。

而比可悲更值得警惕的是，时至今日，日本国内对“二二六兵变”的认知依旧没能统一，甚至可以说是暧昧不清。

1970 年，一直崇尚北一辉思想的日本著名文学家三岛由纪夫，独身上演了一场类似“二二六兵变”的闹剧后，切腹自杀。

1989 年，五社英雄导演的《二二六》电影上映，整部电影渲染的是一种爱国的悲怆与血性，到影片末尾，更是集中展现叛乱军官的“大爱”与“大义”，最终以一句“天皇万岁”结尾。

确实，“二二六兵变”展现出了当时一批日本中下级军官要求改变不公平现状的诉求，以及背后的勇气和血性，但他们的做法和手段是否合情，是否合理，是否真的是爱国？是否能带来他们想要的结果？

这是决定兵变的军官们在起事前发出的心声：“不知我等是狂是愚，唯知一路向前奔驰！”

很燃，不是吗？

但却也值得警惕和反思。

大庆油田：日本人的“野望”与“残念”

“野望”和“残念”是两个日语词，前者的意思是“不合身份、离谱的愿望，野心，奢望”，后者的意思是“可惜、遗憾，懊悔，遗恨”。这两个词，我觉得形容当时日本对大庆油田的感情，倒也还算贴切。

1

1959年9月26日下午4点，黑龙江省安达县高台子镇永跃村旁。

一大群人在一个井口默默等待，整个现场的空气像凝固一样，鸦雀无声。

忽然，井口传来了液体的涌动声。然后，一股浊黑色的液体就这样喷了出来。

霎时间，周围等待的人群发出了巨大欢呼，很多人泪流满面地鼓掌，挥拳，拥抱。

这群人中，有科学家，有工人，也有自发赶来围观的当地群众。

因为那股浊黑色的液体，不是别的，是石油。

大庆发现第一桶石油时的现场

时值中华人民共和国成立十周年大庆前夕，所以这个油田就被命名为“大庆油田”。

2

中国人苦石油久矣。

按照传统的石油地质理论，石油仅仅由海洋生物生成，这也就是“海相生油”理论。

1913 年，美国的美孚石油公司曾组织了一个调查团到中国的山东、河南、陕西、甘肃、河北、东北和内蒙古部分地区进行石油勘探调查，一无所获。据此，美国明尼苏达大学的埃蒙斯教授在 1921 年下了结论：“所有的产油层几乎毫无例外地都是海相地层或与海相地层密切相关的淡水地层。”而在 1922 年，美国斯坦福大学地质学教授勃拉克韦尔德也强调：“中国没有中、新生代海相沉积。”

换句话说，因为中国的地质地貌构成多为“陆相”，大家都认为是

李四光。在相当长一段时间里，国内媒体把大庆油田的发现全都归功于李四光，但随着资料的逐步公开，在大庆油田的发现乃至中国石油储量的论证、勘探和开采的过程中，还有黄汲清、谢家荣等一批中国科学家和石油一线开采工人的功劳，甚至还有匈牙利地震队的贡献

产不出石油的。

但是，一批又一批的中国地质学家和石油勘探专家，就是不信这个邪。

1958 年，在经过详细论证和勘探的前提下，中国人把目光瞄准了希望最大的松辽平原（东北平原）。4 月，“松辽石油勘探大队”成立，5 月升格为“松辽石油勘探处”，6 月再升格为“松辽石油勘探局”——三个月连升三级，受重视程度可见一斑。

1958 年 7 月，松辽石油勘探局 32118 钻井队在黑龙江安达县任民镇以东 16 公里处打下了第一钻，这就是“松基一井”。一个月后，32115 钻井队的第二钻在吉林省前郭尔罗斯蒙古族自治县吉拉吐乡咚勒赫村北打下，这就是“松基二井”。

“松基一井”打了 9 个月，钻到了地下 1 879 米，钻穿了白垩纪地层，但没有发现任何油气。

“松基二井”打了 13 个月，打到了地下 2 887.63 米，虽然没有发现工业性油气流，但在打钻过程中发现了大量油沙和油花气泡。

1959 年 4 月，还是打“松基一井”的 32118 钻井队，在离“松基一井”130 多公里远的地方再度开钻，这就是著名的“松基三井”。

“松基三井”打到地下 1 050 米深处的时候，就已经连续在 6 个井段取出的粉砂岩和细砂岩岩芯中，发现了油浸和含油现象。

“松基三井”纪念碑。碑上由原中顾委常委康世恩题写碑文：大庆油田发现井——松基三井

所以，1959 年 9 月 26 日的那次喷油，其实并没有太出人意料。不过，在那一个足以载入历史的时刻，大家的激动心情还是可以想象的。

大庆油田的发现，标志着当时的中国已经可以开始实现石油基本自给自足，用当时人们的一句话说就是：“把‘贫油’的帽子甩到太平洋里去了！”

当然，大庆油田的发现，不会让所有人都陷入狂欢之中。

比如日本人。

3

日本人苦石油之久，犹胜中国。

受限于本土的地质条件，日本 37.8 万平方公里的国土上几乎滴油不产。虽然在二战爆发前，石油在日本的能源总耗量中占比不高，但几乎全部集中于军事战略用途——对于已经被绑上军国主义疯狂战车的日本而言，石油的重要性不言而喻。

在二战爆发前，日本的石油来源只有四个途径：

第一，从美国进口，这个渠道占到了日本全部石油消费总量的80%；

第二，从当时的荷属东印度进口，这个渠道大概占到了日本全部石油消费总量的10%；

第三，从萨哈林岛（库页岛）南部的萨哈林油田生产，产量大概占到了日本石油消耗量的8%；

第四，日本从占领的中国抚顺油页岩等资源中人工制油，但产量非常小。

所以这是一件显而易见的事：日本发动战争的命脉——石油，是一直捏在美国人手里的。这也是在“太平洋战争”爆发前，日本对美国一直忍气吞声的重要原因。在此之前，作为缺乏资源的岛国日本，其实一直在拼命囤积石油，但即便如此，日本也只储备了500万吨的石油，这在庞大的战争消耗中很可能撑不过半年。

随着二战欧洲战场的扩大，奉行“孤立主义”的美国人开始渐渐对日本人提高了警惕，更何况，他们本来在道义上就有亏——他们卖给日本人的石油，大多都被用到了对中国的侵略战争中，尤其是那些肆无忌惮地在中国不设防城市上空狂轰滥炸的日本轰炸机，用的都是从美国进口的石油。

1941年6月，牵涉到美国人自己利益的底线终于被打破——日本放弃对抗苏联，而是全力开始进攻东南亚攫取资源。在美国人的牵头下，英国、荷兰等国家终于开始对日本施行全面石油禁运。

日本在侵略战场上手舞足蹈的陆军和早就蠢蠢欲动的海军，顿时陷入断油恐慌。

于是，日本狂热的军国主义者们终于有了孤注一掷的最好借口：与其忍辱偷生，吐出之前所有的侵略成果，不如冒死一战，打出一个今后永远不会缺资源的“大东亚共荣圈”。

日本联合舰队旗舰“长门号”（在“大和号”服役之前）。日本联合舰队虽然当时威风凛凛，但一旦失去石油供给就会立刻瘫痪

1941 年 12 月 7 日（当地时间），夏威夷的珍珠港烟火冲天，陷入癫狂的日本人终于和美国人开战，与此同时，大批枕戈待旦的日本部队开始突袭东南亚抢夺资源，尤其是石油资源。

那么问题就来了：

日本人对石油如此渴求，他们强占中国东北那么多年，为什么没发现大庆油田？

4

日本人怎么可能没尝试着在中国找石油？

早在 1926 年，日本人就开始在中国东北寻找石油。

到了 1928 年，日本人在中国东北寻找石油的心情愈加迫切。时任满铁地质调查所参事的日本地质专家新带国太郎就曾在 1929 年春天带着人，沿东清铁路到牡丹江上游的森林地带寻找石油，但经过两个多月的探察却一无所获。不死心的他在 1930 年 4 月又在满洲里的扎赉诺尔煤矿进行过第二次勘探，再次失败。

不止这一路人马。为了在东北找到石油，日本当时投入了大量人力物力，也用尽了当时他们所掌握的一切勘探和采矿设备，但始终没有发现一滴油。直到 1941 年“太平洋战争”爆发，所有日本在中国勘探石油的队伍都被征调到了东南亚，参与那里的油田恢复和开采（英军和荷军在撤离时摧毁了油田），“在中国东北找到石油”这个目标最终被放弃。

是日本人真的无能吗？现在回过头来看，其实当时还是很凶险的。

2010年，时任大庆市副市长的栾莹曾告诉旅日学者徐静波，当时日本人打的其中一口井，离后来喷油的“松基三井”只有 2 公里远——当时日本人打的井深度是 1 000 米，而“松基三井”是打到 1 300 米深时喷油的。

就差 300 米。

而根据黑龙江省安达市档案局局长、安达市志办主任李生的回忆，大庆油田的主力产油区有一口井叫“萨一井”，这口井当年下钻到 680 米的时候就遇到了油层。

而这口井与当年日本人打的井距离更近——相距仅 1 公里。如果当时日本人把打井的方位再多挪 1 公里，或者多打几口井，那么就很有可能率先发现大庆油田。

日本人当初之所以没发现大庆油田，除了所谓的“运气”和“技术”之外，按照李生的说法，还和当年共产党领导的东北抗联和地下抗日武装有很大关系。

打出“萨一井”的那个杏树岗，当年就是当地抗日游击队的大本营。在频繁的骚扰和袭击下，日本人其实很难大张旗鼓地拉开架势打井钻油，换句话说，其实当年日本人也并非像我们想象的那样，能大摇大摆地在中国东北随意勘探。

所以，当中国在 1964 年决定将之前属于高度机密的大庆油田进行公开报道宣传时，日本人还是大吃一惊：

大庆？大庆是什么地方？为什么东北突然冒出来一个56.7亿吨原油储量的超级大油田？

由此，又引出了另一个至今被人津津乐道的故事。

5

1964年4月19日，中央人民广播电台播出了一篇长篇通讯：《大庆精神大庆人》。

这是大庆油田在一直被冠以“农垦”名义的保密状态下，第一次被中国公开披露。

4月20日，《人民日报》全文转发了前一天播报的通讯。之后，《人民画报》又刊登了著名石油工人、劳模、“铁人”王进喜的照片。

而之后的争议，就出现在这张照片上——这张照片，后来被不少媒体称为“中国最著名的泄密案”。

王进喜的那张照片

按照流传的故事版本，日本人在看到这张照片之后，迅速进行一系列的情报分析，然后得出了这样的结论：

第一，根据照片上王进喜的衣着判断，只有在北纬46°~48°的区域内，冬季才有可能穿这样的衣服，因此推断大庆油田位于齐齐哈尔与哈尔滨之间；

第二，通过照片中王进喜所握手柄的架势，推断出油井的直径；

第三，从王进喜所站的钻

井与背后油田间的距离和井架密度，推断出油田的大致储量和产量。

按照之前流行的说法，“基于这些情报，日本人迅速设计出适合大庆油田开采用的石油设备。当中国政府向世界各国征求开采大庆油田的设备方案时，日本人一举中标”。

这个说法流传非常广，见诸互联网的各个网站和论坛，甚至一度成为一些单位的经典教学案例。

但事实上，这件事在各个环节上有不少疑点。

第一，这个故事最早的出处和来源，至今没有找到。

第二，这张照片的来源就有多种说法相互矛盾，从《人民画报》1964 年第 1 期到 1966 年第 1 期，各种说法都有。

第三，单凭一张照片推断出那么多情报，是否真有可能？事实上，

人民日报
RENMIN RIBAO
学习大庆经验 把革命干劲和科学精神结合起来
大庆精神 大庆人

根据“果壳问答”网友“万物包容恒河水”的质疑，大庆油田开发初期用的钻机是苏联Бу-40 柴改电，葡萄花小炼油厂由石油部兰州设计院设计，大庆炼油厂由石油部北京设计院设计，全国第一条大口径长距离输油管道由大庆油田建设设计研究院等单位设计，基本是苏式和国产，里面没有一套日本设备。此外，中国第一次进行国际招投标的工程项目是 1984 年 7 月 14 日的鲁布革水电站引水隧洞施工项目，20 世纪 60 年代为何会出现“中标”的说法？

自1964年后，中国多家媒体曾多次报道王进喜，各种材料透露出的细节远胜这张照片。如果说日本的所谓“情报机构”真能获得大量准确情报，那更可能是建立在对多篇报道和多个信源综合整理的基础上，再辅以日本本身对东北熟悉的老底子。

第四，既然已经“公开报道”，那就很难用“泄密”来形容。事实上，以当时大庆之大，参与人数之多，要得到一些情报并非登天难事，最后归结为一张小小照片“泄密”，倒反而有些小看日本人的情报能力了。

第五，日本当时中标了什么设备？何时中的标？都应该有相应记录，但至今没有一个明确说法。

6

当然，抛开“王进喜照片泄密”一事的真假不论，有一点还是可以肯定的。

那就是日本对石油的渴望。

最新的一个数据颇引人注目：

目前，日本的石油战略储备是全世界第一，在切断所有石油供应的情况下，他们能支撑158天，而美国排在第二，为139天。

根据《第一财经日报》2016年报道的数据，中国目前的石油储备能维持50天左右。

馒头说

在“知乎”上看到一个挺有意思的讨论，大致意思是：如果日本在二战期间就发现了大庆油田，那么历史的走向会不会改变？

结果，参与讨论的人的答案基本是一致的：不会改变。

高赞回答者“荀子曰”的观点颇有代表性，总结下来是这样几层意思：

第一，20 年的时间差毕竟存在巨大的技术鸿沟。日本当时的开采能力相当有限。当时打下东南亚原本就存在的婆罗洲油田，日本调集了 4 000 名石油工人前往修复和开采，花了一年时间也就恢复到原来产能的 75%——而 4 000 名石油工人已经占了当时日本全国石油工人的 70%。

第二，不光是日本，当时全世界范围内的炼油能力都普遍不高——以大庆油田当时出产的石油品质，日本人完全没有能力把它提炼到能支撑战争的石油标准。

第三，当时全球范围内原油价格长期没有超过 1 美元一桶，所以开采原油再加工提炼，远没有购买成品石油合算，即便考虑到后来美国禁运，但去抢一块油田也比自己从头开始开发一块油田要合算得多。

第四，当时日本糟糕的经济状况，也不允许他们完整开采一块油田。

所以，综合来看，即便日本在二战期间发现了大庆油田，对历史走向也不会产生什么大的影响。

毕竟，一个立志作死的人多穿一只袜子少戴一副手套，不会有太大差别。

本文主要参考来源：

1.《松基三井：将“大庆”二字写进历史》（网易新闻，2017 年 6 月 8 日）
2.《石油绞杀：二战美国对日禁运政策》（中国石油·百科，中国石油新闻中心，2017 年 8 月 11 日）
3.《石油风云》（丹尼尔·耶金，上海译文出版社，1992 年 2 月）
4.《日本人当年为啥发现不了大庆油田》（徐静波，博客中国“徐静波专栏”，2010 年 12 月 21 日）
5.《日本鬼子差一点发现大庆油田》（李生，新浪博客“平生”，2015 年 8 月 12 日）

6.《“是谁发现了大庆油田”之争：好不滑稽》（孟可，新浪博客“孟可的博客”，2014 年 10 月 9 日）

7.《聆听大庆油田 13 口“功勋井”的岁月故事！》（“对酒当歌 6hipiv”，原文出处不详，引自“360 图书馆”，2017 年 6 月 20 日）

8.《日本本土不产石油，二战时日本的石油是从哪里来的》（寂寞的红酒，腾讯网，2018 年 1 月 17 日）

9.《如果二战期间，“大庆油田”被日本人勘察到，历史会如何改写？》（知乎）

10.《关于所谓“我国最著名的‘照片泄密案’：王进喜照片泄大庆机密”，这是一条假新闻吗？》（果壳问答，2014 年 5 月 16 日）

情念

“情念”，很纠缠，有情有念。

从某种角度上说，“情念”很公平，因为每个人都有情念，下至平民百姓，上至帝王将相。从太平盛世到兵荒马乱，“情念”始终存在。

问世间，情为何物。

1931 年，皇帝陛下离婚了

在中国老百姓的传统观念里，“皇帝”，是“只有他不想做，没有他不能做”的代名词。所以，当他们知道一个曾经的皇帝居然会“离婚”，而且是“被离婚”，该是多么意外和惊诧？

1

1931 年 10 月 23 日，一桩离婚案轰动了中国的大江南北。

从 1912 年中华民国建立开始，中国老百姓的观念已经逐渐开放，对原来被看作石破天惊的“离婚”，已经渐渐司空见惯。

但这一桩离婚案，还是成了街头巷尾热议的谈资。

因为离婚的两个主角，一个叫文绣，一个叫溥仪。

一个是当年皇上的妃子，一个就是当年的皇上。

而且，这场离婚，还是妃子主动向皇上提出的。

尽管清廷早已退位，但妃子和皇帝闹离婚，对当时的所有中国老百姓来说，还是太劲爆了。

2

要说这个故事，还是要先说说妃子文绣。

文绣出生于 1909 年 12 月 20 日，其家族在清朝八旗中属于上三旗的镶黄旗，父亲做到过内务府（掌管皇家事务，下设 50 多处，管 3 000 多人，正二品机构）的主事。

文绣 8 岁的时候被送入私立小学读书，受到良好的教育，各个学科成绩都很优异。

1922 年的春天，虽然已经退位，但依旧居住在紫禁城以及保留清室帝号的“末代皇帝”溥仪，已经 16 岁了——按照规矩，应该要结婚了。在一大堆“选妃”的照片中，文绣的五叔悄悄把文绣的照片也塞了进去，送给了“选后委员会”。最后，这张照片连同一批照片一起，被送到了溥仪面前。

按照溥仪在自传《我的前半生》中的回忆，他当时觉得照片里每个人长得都差不多，不过还是圈了一个人，而那个人，就是文绣。

不过，身边的“皇亲国戚”们立刻发表了不同意见，大意就是文绣家中贫寒（当时文绣的家族已经没落），长得也不好看，要选个富户的女儿。最终争论的结果，就是选了正白旗郭布罗氏荣源家的女儿，婉容。

但因为文绣也是被“皇上”圈定过的人，就不适合再嫁给平民了，所以一起选入宫。

于是，16 岁的婉容成了“皇后”，13 岁的文绣成了“皇妃”，封号“淑妃”。

因为大家都是年轻人，初入宫的文绣和溥仪的感情还是不错的。因为被选入宫中，文绣中断了学业，溥仪还让人请了汉文和英文的老师帮文绣补习。溥仪带着“一后一妃”在宫内骑自行车、学拍照，去宫外爬景山、放风筝，气氛还算融洽。

虽然文绣的家境不如婉容，但脾气也是很倔强的，在相处中，渐

左图为婉容，右图为文绣

渐感受到了“皇后”与“妃子”之间的地位差距，比如入宫，她就要比婉容早一天，以便第二天能“跪迎”皇后。

不过，那时按照当年和袁世凯的约定，清室保留在紫禁城居住的权利，每年还有 400 万银圆的津贴，所以溥仪的小日子过得还不错，“一后一妃”的矛盾暂时也没有爆发出来。

只是，好日子哪会一直过下去？

3

1924 年 10 月 23 日（也是 10 月 23 日），一场政变发生了。

在“第二次直奉战争”期间，原本应该在前线“讨逆”的第三军总司令冯玉祥杀了个回马枪，直扑北京，监禁了当时的总统曹锟，一举获得了北京的控制权，史称“北京政变”。

深居紫禁城的清室，随之大难临头。

一直痛恨封建帝制的冯玉祥，授意当时临时成立的“摄政内阁”通过了《修正清室优待条件》，总而言之就是一句话：

当初袁世凯答应的，我冯玉祥不答应了，皇上您赶紧收拾收拾，滚出紫禁城！

1924 年 11 月 5 日，溥仪带着婉容和文绣，拿着匆匆收拾的细软，搬离了紫禁城，暂时住到了自己父亲的居所醇亲王府。

北京的政局变化很快：冯玉祥怕自己压不住场面，请出了“三造共和”的段祺瑞当总统，而势力开始膨胀的奉系军阀张作霖也开始打起了“进京”的主意，段祺瑞借着张作霖打压冯玉祥，又安抚着冯玉祥对抗张作霖。

而在溥仪这边，他自己可能并不知道，自己早就被日本人盯上了。经过一番周折，11 月 29 日，溥仪经过日本人的运作，躲进了在北京的日本驻华使馆。

对于投靠日本人势力，文绣是一直持反对意见的，并曾指出这是“引狼入室”。但当时确实走投无路的溥仪，实在难以拒绝日本人开出的各种诱惑条件，最终还是把婉容和文绣都从醇亲王府接了出来。

1925 年 2 月，溥仪一家住进了天津日租界的静园，由此开始了长达七年的天津生活。

也正是在这七年的时间里，文绣的命运发生了变化。

4

在天津，文绣过得一点也不开心。

溥仪在静园的居所，是一幢小楼。溥仪和婉容住在二楼，而文绣作为“妃子”，是没有资格和他们住同一层的，只能住在另一层的偏屋。

虽然失去了“皇帝”的尊号和象征权威的紫禁城，但溥仪还是处处要维持作为“皇帝”的规矩——人越是缺少了什么，就越是需要通

天津的静园

过一些有仪式感的东西找回尊严。抛开感情不论，“后妃有别”也是溥仪找回“皇帝”仪式感的一个重要组成部分，不仅体现在居住、饮食和话语上，连每个月给婉容和文绣的零花钱也是不同的。

住进租界的溥仪和婉容，从精神到行头，已经西化了

和内向的文绣不同，婉容还是比较外向的，性格也很刚强。皇后和妃子的明争暗斗，本来就是“宫斗”的重头戏。虽然现在连“宫”都没了，“斗”的必要性也大大减弱，但要让婉容对文绣“同病

相怜”乃至“情同姐妹”，也是不可能的。

在天津的这段时间，溥仪明显和婉容在一起的时间越来越长，对文绣几乎到了不管不问的地步。

如果这些只是让文绣感到不开心的话，那么还有些事，就让文绣觉得自己受到了侮辱。

有一次，溥仪的英文老师庄士敦在回英国前，来向从小教到大的溥仪告别。庄士敦提议临别前，大家一起照张相。

兴奋的文绣赶紧回屋子里去换衣服，但等换完衣服出来，发现他们三个人已经照完了——没人等她一起来照。

还有一次，文绣路过婉容房间的院子前时，吐了一口痰（也不排除是故意的），婉容气得立刻向溥仪告状，溥仪叫了个老太监来当面训斥文绣“失礼”，关照她一定要“尊重皇后”。

真正的导火索，发生在有一年的除夕。

那个时候，文绣因为和婉容赌气，经常不上楼和他们俩一起吃饭——但她万万没想到，大年三十的年夜饭，居然也没人叫她上去一起吃。

耳朵里听着楼上的觥筹交错、欢声笑语，文绣抄起身边的一把剪刀，朝着喉咙就戳。

还好文绣身旁正好站着一位太监，眼疾手快，夺走了剪刀。

事后，太监把“淑妃”除夕夜要自杀的消息告诉了溥仪，而让文绣真正心寒的，是溥仪听到后的反应：“谁知道是真想死假想死？让她死死看，死了也就死了。”

就在心如死灰的文绣走投无路的时候，两个女人出场了。

5

这两个女人，一个叫文珊，一个叫玉芬。

文珊是文绣唯一的亲妹妹，嫁给了当时一个叫载振的王爷的儿子，也居住在天津。清末的八旗子弟，多不务正业，流连花街柳巷，文珊的日子也过得非常苦恼。两姐妹一聊，同病相怜，暗自垂泪。

文珊还给文绣介绍了另一个女人，叫作玉芬，是文绣一个远房表姐的女儿。玉芬是民国代总统冯国璋的孙媳妇，见过世面，也颇有心计。因为遇见了玉芬，文绣一生的命运由此改变。

在了解到文绣的处境之后，玉芬提了一个当时让所有人都大吃一惊的建议：你为什么不和他离婚？

这是文绣从来想都不敢想的事。

但玉芬给出的理由却很让文绣心动：现在是什么时代了？是民国！溥仪在静园里你们当他是个皇帝，走出来就是个普通的中华民国国民！上了法庭，也是普通老百姓，你为什么不能离婚？

玉芬的话，给文绣内心打开了一道从没打开过的门。

几次交谈之后，文绣从自己的积蓄中拿出了1 000银圆交给了文珊和玉芬。

那是拜托她们请律师的钱。

6

一场由三名女子精心策划的行动，由此展开。

那一天，文珊找到了溥仪，说姐姐心情不好，想带她出去走走，散散心。那个时候，溥仪和文绣基本上连话都不说了，也没多想，就同意了，只是派了个老太监跟随。

文绣和文珊上车后，直奔天津的国民饭店，到了饭店就径直走向37号房间，在那里，除了等候的玉芬外，还有三个男人。

那三个男人是张士骏、张绍曾、李洪岳，是玉芬和文珊为文绣找来的三名大律师。

跟随的太监一看就知道苗头不对，忙问文绣是怎么回事。文绣告诉太监，回去告诉溥仪——这时候连“皇上”都不叫了——我不回去了，还要和他在法庭上见。

太监双膝一软跪在地上，苦苦哀求文绣随他一起回去。文绣随即避而不见，三名律师交给太监三封信函，里面是给溥仪的信以及离婚协议，表示不日将和溥仪打离婚官司。

太监无奈回去告诉了溥仪，可想而知溥仪的震惊程度——一个妃子，居然敢和皇帝闹离婚?!

溥仪当即就派人寻找文绣，但文绣早就离开了国民饭店，找了一个隐秘处躲起来了。无奈之下，溥仪只能请律师去和文绣的律师谈判，表示“与淑妃伉俪情深，绝无虐待之事，请不要误会”。

但这时候，文绣早已没有回头之意了，而新闻媒体也得知了这个消息，天天爆炒，全国轰动。在文绣的离婚主张里，还有一句“侍帝九年，未蒙一幸”，这更让街头巷尾的老百姓们兴奋起来，开始对皇上的“龙体”议论纷纷。

这些，都是溥仪最不愿意发生的事。

溥儀之妃革命
保障人權要求離異
妃子自覺·溥儀
一方力求大事化
預料結果不外脫

当时的报纸对溥仪离婚事件的报道

7

就在双方陷入僵局的时候，有人写了一封信，在报纸上公开发表。这个人叫文绮，是文绣的一个族兄，不过，他的那封信并不是声援自己族妹的：

惠心二妹鉴：

顷闻汝将与逊帝请求离异，不胜骇诧。此等事件，岂是我守旧人家所可行者？

我家受清室厚恩二百余载，我祖我宗四代官至一品。且漫云逊帝对汝并无虐待之事，即果然虐待，在汝亦应耐死忍受，以报清室之恩德。今竟出此，吾妹吾妹，汝实糊涂万分，荒谬万分矣！

……

今竟出此，汝清夜扪心自问，他日有何颜面见祖宗于地下……

若听兄之劝，请即回溥府，向逊帝面前叩首请罪……吾妹思之。吾妹再三思之。

很快，文绣就写了一封回信，同样在报纸上公开发表：

文绮族兄大鉴：

妹与兄不同父，不同祖，素无来往，妹入宫九载未曾与兄相见一次，今我兄竟肯以族兄关系，不顾中华民国刑法第二百九十九条及三百二十五条之规定，而在各报纸上公然教妹耐死。又公然诽谤三妹，如此忠勇殊堪钦佩。

……

查民国宪法第六条，民国国民无男女、种族、宗教、阶级之区别，在法律上一律平等。妹因九年独居，未受过平等待遇，故委托律师商榷别居办法，此不过要求逊帝根据民国法律施以人道之待遇，不使父母遗体受法外凌辱致死而已。不料我族兄竟一再诬妹逃亡也、离异也、诈财也……理合函请我兄嗣后多读法律书，向谨言慎行上作工夫，以免触犯民国法律，是为至盼。

这封回信一出，全国轰动，称这场离婚为“刀妃革命”（大家都知道了文绣试图用剪刀自杀）。这封回信也体现了文绣的才华和观念，舆论纷纷一边倒，支持她离婚。

溥仪非常关心报纸上的报道，文绣的回信他也仔细看过，看过后才知道，无法挽回了。

1931 年 10 月 23 日，溥仪的律师和文绣的律师最终达成了协议：

第一，双方解除婚约；

溥儀妾離異案解決
不得再改嫁
獲贍養費五萬元
【本埠特訊】轟動津門之溥儀妾文繡要求離異案、經雙方律師奔走、已及兩月、現和解已成立、由溥儀給文繡以相當生活費、准其離異、回母家居住、聞其最後調解、係在津保權律師團林廷琛事務所、雙方均表示讓步、故得圓滿解決、此項和解條件、已於昨日在津正式簽字、至條件內容及生活費數目、因雙方律師須負職務上之秘密、不願發表、惟據傳聞謂、和解條件中之最關重要及最有趣味者、厥爲規定文繡此後只能在母家過度餘生、不得再嫁他人、生活費數目則爲五萬元、

溥仪离婚案的报道

第二，溥仪一次性付给文绣 5.5 万银圆生活费（文绣律师当时开出的价码是 50 万银圆。不过即便是 5.5 万银圆，按大米购买力，也相当于现在的 100 万银圆以上）；

第三，允许文绣带走日常衣物和物品；

第四，文绣回娘家居住，永不再嫁；

第五，双方不能做

出有损对方声誉的事。

中国历史上唯一一次“皇帝离婚案”，就此落下帷幕。

值得一提的是，就在离婚协议达成后不久，溥仪通过报纸又发了一条通告，称是“上谕”，大意是文绣怎么怎么不好，所以“贬为庶人”。

这条“皇帝的谕旨”，不是发在报纸的头版，也不是发在二版，是发在广告栏里的。

8

最后，再说说文绣后来的生活吧。

文绣离婚的时候，只有 22 岁。离婚后，她确实搬回了母亲家。但那时候母亲已经过世，家里的老宅又被人卖掉了，无奈之下，文绣只能去外面租了一套房子居住。

至于离婚分到的那笔钱，文绣支付了律师费用，又答谢了几个帮助过她的人（赠送文珊和玉芬各 5 000 银圆），已经只剩下一半了。后来玉芬说要做生意，又找文绣借了 5 000 银圆，直到玉芬去世都没有归还，成了一笔烂账。

无奈之下，文绣只能出去找工作。她恢复了自己小时候的名字“傅玉华”，在北京的一所小学当了一名老师，教授国文和图画。文绣在这方面还是很有才华的，学生很喜欢她的课，她自己也做得挺开心。

但纸包不住火，文绣曾经的“皇妃”身份很快被传开了，各路媒体纷纷赶来，而她的小学门口每天也开始车水马龙，好事的老百姓和各路人等，都想来一睹那个和皇帝打离婚官司的“皇妃”。甚至还有人在校门口专门贴了一首打油诗：

“宣统皇帝小妃子，就在本校教国文。欲睹花颜甭买票，上班时刻守此门。”

在这样的情况下，文绣无奈在 1933 年底辞去了教师职务，用所剩不多的积蓄在刘海胡同买了一处宅子，和妹妹文珊一起隐居起来。

1937 年“七七事变”爆发，文绣的日子过得越发艰难起来。文珊改嫁后搬出去了，而一些日伪警察、保长开始不断登门，要么调戏吃豆腐，要么就是敲诈勒索——他们认为皇妃肯定有很多宫中的奇珍异宝，要她拿出来为“大东亚圣战”做贡献。

文绣又只能搬出了刘海胡同。那个时候，文绣身上几乎已经身无分文了，无奈之下，她只能干起了体力劳动。她在家糊过纸盒，去瓦工队做过苦工，还去街上叫卖过香烟——文绣是唯一做过老师的皇妃，也是唯一上街卖过香烟的皇妃。

1945 年，抗战胜利结束。经朋友介绍，已经 36 岁的文绣进了国民党的报纸《华北日报》，做了一个校对员。文绣工作认真，文字功底又好，深得当时的社长张明炜的器重。在张明炜的牵线搭桥下，文绣嫁给了一位年过四十的国民党退役少校。

那名少校叫刘振东，人非常正派，且性格善良。文绣漂泊半生，终于找到了一个好人家，从此安定生活。

但 1949 年，国民党败退台湾，文绣的生活再次发生改变。

因为做过国民党少校，刘振东被判为“反革命”，不过政府没有让他入刑，也没有处罚，只是对他进行监督管制。1951 年，刘振东因为表现良好，就被解除了管制，分配到北京市西城区清洁队当了一名清洁工人。

重新恢复平静的生活，文绣也没享受多久。1953 年 9 月 17 日，文绣因为心肌梗死发作，猝然离世。

刘振东所在的清洁队帮忙打造了一口薄木棺材，没有举行任何仪式，文绣的遗体就被拉到北京安定门外的公义墓地埋葬了。

“末代皇妃”一生未育子女，终年 44 岁。

馒头说

据说，有8个词，最能体现中国人传统观念里的那种宽容。

这8个词分别是："大过年的""人都死了""来都来了""都不容易""还是孩子""给个面子""为了你好""习惯就好"。

必须承认，这是我们的老祖宗们几千年总结下来的一种心平气和过日子的传统和方法，有一定的道理。不过，有些原则性的事情，确实未必适用。

比如文绣离婚。仔细想来，她离婚这件事，也基本上没跳出这些词，只不过，她没选择宽容。

她之所以要自杀，就是因为"大过年的"触动的；她的族兄劝她，自认为出发点就是"为了你好"，溥仪作为逊帝被赶出紫禁城，其实也"都不容易"，但她没有"给个面子"，而是奋起抗争，因为她所做的一切，就是为了避免"习惯就好"。

"习惯就好"，有时候是个很可怕的词。

文绣的一生，不能说是幸福的一生，但她至少做了自己能力所及的最大抗争，最后的归宿不能说肯定是她想要的，但至少是她自己做出的选择——在这一点上，她应该比婉容要幸运。

我曾写过一句"愿天下眷属永是有情人"，但你我心里都知道，这是一个美好的愿望。

如果每一份爱情都是以甜蜜开场，以幸福收尾，那人类哪里还会有那么多伟大的文学作品？甚至又哪里会出现那么多伟大的哲学家和思想家？

爱情需要宽容和忍让，但同样有原则和底线。

敢爱敢恨，敢失去，敢重新开始。

日本“战国第一美人”，到底有没有得到爱情？

在兵荒马乱的年代，有没有爱情？肯定是有的。但相对于普通老百姓的朴素爱情来说，背负太多目的和使命的政治联姻里，到底有没有爱情，一直是个谜。

1

先给不太了解日本战国时代的读者，做一个简单的预热。

日本的“战国时代”，一般认为是从 1467 年到 1615 年这 148 年的时间，自室町幕府后期，到德川幕府成立——这个时间跨度，在中国是处在明朝的成化年间到万历年间。

虽然有日本文学家和战国迷的包装成分在内，但日本的这段战国史确实将星云集，精彩纷呈，可以说和中国的三国时期颇为相似。

而我们要说的故事，就发生在这个战火纷飞的时代。

但我们不说男人，说女人。

故事的女主角，叫作阿市。

她有一个特别的名号：日本战国第一美人。

2

1573年8月28日这一天，阿市觉得，自己的生命应该走到了尽头。

游戏《太阁立志传5》中的阿市形象

城外，杀声震天，城池已被敌军团团围住，被攻破只在旦夕之间。城内，小谷城的城主浅井长政已经做好了各种安排，准备切腹自杀。

按照规矩，丈夫自杀，妻子是应该一起赴死的。

浅井长政正是阿市的丈夫，所以阿市也做好了自杀的准备——尽管这一年，她才26岁。

但是丈夫阻止了她。

覆巢之下，焉有完卵？但浅井长政已经有了自己的主意：他要把阿市送给城外的敌军。

他并不是要献出自己的妻子，而是因为围城的敌军是被称为“第六天魔王”的织田信长的部队。

而阿市，全名叫织田市，是织田信长的亲妹妹。

3

时间回到1564年。

那一年，阿市17岁了，他的哥哥织田信长给她安排了一门亲事。

在那时，曾经只是尾张国（位于今日本爱知县西部）一个小大名（大名，相当于中国古时的一方诸侯）的织田信长，已经开始慢慢崛起了。但那时的织田信长还没有强大到可以横扫一切的地步，所以他需要缔结一些盟友。

织田信长看中的，是北近江（位于今日本中部地区）的一个大名，叫浅井长政。

浅井长政那一年其实也就 19 岁，但已经是浅井家雄才大略的少主。在他的手里，浅井家从原先的孱弱一路崛起，成为北近江的豪强。

和世界其他地方一样，联盟和契约有一个重要的途径：联姻。

织田信长有一个最疼爱的妹妹，因为美貌，早就引得远近的武将争先恐后地来求婚。

这个妹妹，就是阿市。

但哥哥有自己的安排。于是，17 岁的阿市，就嫁给了 19 岁的浅井长政。

4

毫无疑问，这是一场“包办”婚姻。

但这场婚姻，对双方来说并不是一个痛苦的选择。

浅井长政年轻，有谋略，英武过人，当时有“第一美男”的称号。他非常崇拜织田信长，他原来名叫浅井贤政，为了表达对自己偶像的敬意，取织田信长的“长”字，改名浅井长政。

任天堂 3DS 版《信长的野望》游戏中的浅井长政形象

尽管有人说浅井长政娶阿市也有政

治目的，但有一个证据应该能证明浅井长政还是很爱阿市的：原本浅井长政已经有了原配夫人，阿市只是一名侧室，但浅井长政娶了阿市之后，再也没有纳过妾——这在日本战国时期，是不可思议的。

如果说那时候有“郎才女貌”的话，浅井长政和阿市应该算是一对。阿市生了两个儿子、三个女儿，应该说是有了幸福的生活。

但在战乱的年代，哪有长久的安稳幸福？尤其是对一名女性而言。

5

浅井长政和他的浅井家，很快就到了抉择命运的十字路口。

1570 年，羽翼初成的织田信长开始“天下布武”，四处讨伐诸侯，而这一年，他决定进攻一直不服自己的大名朝仓义景。

这一举动，触动了浅井长政的底线。

在浅井家还非常弱小的时候，朝仓家一直是他们最大的支持力量，可以说，没有朝仓家，就没有浅井家，两家世代为盟。

当浅井长政迎娶阿市，与织田家结为盟友的时候，浅井长政对自己的偶像只提出过一个条件：永远不能进攻朝仓家。

但显然，把目标定为“天下一统”的织田信长违背了当初的约定。织田信长联合自己的盟友德川家康，一路势如破竹，不断攻下朝仓家的城池，最后打到了一座叫金崎的城池下。

这就把浅井长政推到了悬崖边。

浅井长政的一边，是自己的政治盟友，也是自己最崇拜的大舅子；而另一边，是世代对自己家族有恩的朝仓家。

当时的态势是：朝仓家早就今不如昔，衰败不已，而织田家如日中天，明眼人都可以看出，那个曾经被称为“尾张的傻瓜”的人（指织田信长），将来真的能一统天下。

站在谁那边，是一目了然的事情。

浅井长政的亲笔手书。他的“兵戈无用”理念和织田信长的“天下布武”理念，形成鲜明对比

但浅井长政却最终选择了一个字：义。他明知对抗织田家是死路一条，但他实在逃不过一个“义”字的折磨，又在父亲浅井久政和一干重臣的影响下，他决定背弃和织田家的盟约，冒死从背后向织田信长的军队发起突袭。

这一个举动，又把浅井长政的妻子阿市，推到了一个分岔路口。

6

对于阿市来说，她的抉择和丈夫一样艰难。

一边，是深爱自己的丈夫；而另一边，是一直疼爱自己的哥哥。

阿市知道，自己的抉择可能会决定两大势力的存亡——不通风报信，哥哥必然会因为后路被抄而兵败；通风报信，丈夫肯定就和哥哥撕破脸皮了，而和织田家作对，等于是自寻死路。

最终，阿市还是做出了自己的抉择：她秘密派人，给自己的哥哥织田信长送了一袋豆子。

当时正在围攻朝仓家的织田信长，是非常自信的，而且他满心以为浅井家会接受自己的请求，一起夹击朝仓家——他知道浅井家和朝仓家有盟约，但谁会傻到背弃和织田家的盟约，去帮一个毫无前途的大名？

但织田信长收到了妹妹寄来的那袋豆子，顿时出了一身冷汗。

当时日本人用袋子装豆子，是豆子在中间，两边用绳子扎紧。

织田信长一看这袋豆子，立刻就明白了妹妹试图传递过来的信息：

织田军就是中间的那袋豆子，前面扎紧的是朝仓家，后面扎紧的，是浅井家——浅井长政倒戈了！

《太阁立志传5》中的木下藤吉郎。当时他已被赐名叫“木下秀吉”，后来改名为“羽柴秀吉”，再后来改名叫“丰臣秀吉”——对，就是那个最终统一全日本，大名鼎鼎的丰臣秀吉（其实木下藤吉郎远没游戏中画的那么机灵，他长相猥琐，被称为“猴子”）

织田信长当机立断，留下一个叫木下藤吉郎的部将死守金崎，自己全速撤退。

当织田信长逃回京都的时候，据说身边只剩下了10个人。

是的，织田信长在那一仗败得非常狼狈，他视其为自己一生中的奇耻大辱。

也就是从那一刻起，浅井长政成了织田信长恨不得生啖其肉的一个人。

7

时间到了三年后的1573年8月。

霸业初成的织田信长在灭了多路诸侯之后，派出三万大军，来找朝仓家和浅井家报仇了。

其实，就在浅井背叛织田后不久，织田军就在姊川合战中大败浅井和朝仓的联军，浅井和朝仓两家已经一蹶不振了。

经过三年，织田家越来越强，浅井和朝仓家越来越弱，这次的报仇，谁都看得到结局。

很快，织田的大军就包围了浅井家的主城小谷城，浅井长政四面楚歌。

于是，就出现了本文开头的那一幕。

浅井长政没有料错，他拒绝阿市殉难的要求而把她送回织田家，确实救了心爱的妻子一命——织田信长再狠辣，也不舍得杀了自己的亲妹妹。

随后，浅井长政和父亲浅井久政一起选择了切腹自杀。

这场战斗后，织田信长带着切腹的朝仓义景、浅井久政和浅井长政三人的头颅回到了自己的都城。

在庆功宴上，织田信长展示了用三个人的头盖骨制成的酒杯。

那是用他妹夫的头盖骨制成的酒杯。

一年之后，织田信长派木下秀吉（即木下藤吉郎）找到了之前浅井长政秘密送走的两个儿子，全部杀死，斩草除根。

那是他的两个外甥，也是阿市的儿子。

8

关于阿市的故事，到这里并没有结束。

失去丈夫和儿子的阿市（三个女儿被送还），被哥哥织田信长送到了自己的弟弟那里，一待就是 9 年。

那是落寞的 9 年。

如果不是发生另一个大变故，“战国第一美女”很可能就会这样落寞地过完一生。

1582 年，一件震惊整个日本战国时代的大事发生了。

当时统一日本只是时间问题的织田信长，在京都本能寺遭到了亲信部将明智光秀的背叛围攻，在少数随从力战不敌的情况下，负伤后的织田信长退入本能寺，纵火自杀，时年 48 岁。

织田信长一死，他手下各个实力派的将领顿时鼓噪起来，除了争夺位置和地盘之外，他们还有一个共同的诉求——希望能够娶阿市为妻，然后保护她和她的女儿。

那一年，阿市已经 35 岁了，但依旧倾国倾城。

其中争夺最激烈的，是织田家的两大实力大将：羽柴秀吉（就是最初那个木下藤吉郎）和柴田胜家。

羽柴秀吉爱慕阿市已经很久了，但阿市痛恨他亲手杀了自己的两个儿子，于是，她选择了柴田胜家。

那一年，柴田胜家已经 60 岁了。

但比“形同父女”更糟糕的，是之后柴田家的命运。

当时织田家的家臣中，羽柴秀吉毫无疑问是最具实力的接班人，他灭掉了背叛织田信长的明智光秀之后，兵锋直指他统一织田家的最后堡垒——柴田胜家。

贱岳一战，羽柴秀吉大破柴田胜家，把柴田的主城北之庄城团团围住。

那是 1583 年的事情，阿市嫁给柴田胜家还不满一年。

和当初浅井长政的小谷城被围时一样，柴田胜家叫新婚妻子阿市带着三个女儿出城投降。

但这一次，阿市选择拒绝——她只同意将三个女儿送出城。

于是，柴田胜家在城内与家臣和阿市举行了最后一次酒宴，然后带着她登上了城中的天守阁。

在天守阁上，柴田胜家选择了面对羽柴军的方向，切腹自杀，对着敌军剖出了自己的肠子。他的家臣一见此状，立刻引爆了天守阁——他们不希望羽柴秀吉得到柴田胜家的首级。

而阿市呢？

在切腹自杀前，柴田胜家选择先杀死了阿市。

那一年，“战国第一美人”阿市，36 岁。

馒头说

关于阿市一生是否真的得到了爱情，一直有争论。

嫁给浅井长政，很多人都说阿市得到了真正的爱情，但也有人说，她只不过是一个政治联姻的牺牲品，而在关键时刻选择向哥哥通风报信，这算对丈夫的真爱吗?

嫁给柴田胜家，有人说阿市选择殉情是出于真爱，但面对可以做自己父亲的柴田胜家，才相处不到一年，真的可以生出真爱吗?

唯一可以肯定的是，在战争年代，尤其是在男权盛行的日本战国时代，以阿市的身份和身世，能得到真爱是运气，得不到真爱，那是再正常不过的事情了。

然后插个题外话。

大家有没有注意到，我这次文章中插的图片，大多是游戏图片?

那是因为我之所以喜欢和了解日本战国史，就是从玩游戏开始的。在初中的时候，我偶尔拷贝了一套叫《太阁立志传》的游戏（这个系列我至今都认为是光荣公司的三大神作之一，另两个是《三国志》系列和《大航海》系列），立刻沉迷其中。这个游戏就是以木下藤吉郎为主角（后来几代可以任意扮演角色），从平民玩起，最后统一日本。

从一代一直玩到五代，其中我记得《太阁立志传 2》还是全日文的，我是边猜边通关游戏的——但没问题，我那时候对这段日本战国史已经烂熟于胸了。然后再加上玩《信长的野望》系列（光荣公司出的另一个以织田信长为主角的游戏系列），我真的对日本战国史产生了兴趣，从高中起，不断开始找相关方面的资料和书籍看，还在兴趣课上选修了日本史。

讲这些是想说什么呢？是想说，适当玩游戏，真的可以激发学习兴趣。

当然，现在像《太阁立志传》系列、《大航海》系列这种可以启智的单机游戏已经销声匿迹，纯粹打怪升级充值的游戏大行其道，那又是另一个讨论话题了。

这位日本历史上最美的“平民皇后”，到底幸不幸福？

关于皇室的爱情，我们熟悉两句话，一句叫“一入侯门深似海”，一句叫“来世莫生帝王家”。皇室婚姻有没有爱情？或者说，人们总是倾向于认为，他们没有爱情？

1

1951 年 7 月末，日本的媒体忽然热闹了起来。

起因是最大的两份报纸《朝日新闻》和《读卖新闻》都开始关注一个全日本老百姓都关心的话题：

这一年的 12 月 23 日，是皇太子明仁殿下的 18 岁成年之日，这也就意味着皇室要开始考虑一件非常重要的事了，那就是——太子选妃。

日本皇室的选妃，绝对不是一件轻松的事情。

1946 年，虽然昭和天皇裕仁发表《人间宣言》，宣布自己走下神坛成为凡人，但日本皇室的很多习俗还是沿袭了下来，其中一项，就是皇太子选妃。

皇太子明仁是昭和天皇裕仁的长子，他选的妃子，将来就是日本的皇后，所以选妃工作当然不是一件小事。

按照皇室的习俗，皇太子的妃子，是只能从“皇族”和“华族”中甄选的。皇族不难理解，华族指的就是日本自明治维新以来的贵族阶层。虽然 1947 年后，所谓的皇族和华族都已经被废除了，但皇太子选妃的对象，依旧被“选妃委员会”圈定在原皇族和原华族之间。

于是，北白川家、久迩家等 11 家原皇族和五摄家、清华家等原华族家的女儿们，开始被纳入考察范围。

但考察下来，“选妃委员会”傻眼了：

二战之后，整个日本从废墟上重建，很多观念礼教的根基也随之动摇。很多原皇族和原华族家的适婚女子，都纷纷打破原来家族通婚观念的束缚，与平民谈恋爱了！

比如久迩家的久迩通子，作为皇后的侄女，不顾家庭反对，毅然和一个工薪阶层的大学同学结婚了；另一个合适人选伏见章子，也和学习院大学（倒也是顶级贵族学校）的棒球明星结婚了。至于其他一些适龄女子的家族，并没有觉得女儿成为“太子妃”是一个多好的机会。

没人肯当未来天皇的老婆，这件事也是非常让人头疼的啊！

无奈之下，“选妃委员会”只能把选妃的范围，从原皇族和原华族，扩大到一些贵族学校，给那些学校发去了推荐委托书。

结果，日本著名的贵族学校圣心女子大学发来了一份推荐人名单，“选妃委员会”成员一下子注意到了排在第一位的一个女生的名字：

正田美智子。

2

正田美智子，1934 年 10 月 20 日出生。日本皇室开始选妃的那一年，她 17 岁。

幼年美智子

说美智子是“含着金汤匙出生的”，恐怕并不夸张。

美智子的祖父叫正田贞一郎，是大名鼎鼎的日本面粉企业“日清制粉”的创始者，外公副岛纲雄也是一个大财阀。父亲正田英三郎接过了“日清制粉”这个家族企业，一步步做大做强。

正田英三郎有三个兄弟，也就是美智子的叔叔和伯伯，一个是大阪学校的校长，一个是东京大学的地质学教授，另一个是东京大学医学部的教授。

所以，美智子不仅仅是一个“富二代”，还是一个标准的“精英二代”。

正田家也确实是按照“打造一个新的上流阶层名媛”的标准，来培养这颗掌上明珠的——美智子进的圣心女子大学，就是日本最有名的培养名媛的贵族学校。

在学校，美智子从班级委员做到年级委员长，在四年级的时候做到了校委员长；她从小就学钢琴和绘画，四年级的时候在校友会杂志《虹》上发表了题为《亨利·卢梭的画》的8页美术论文；1956年，美智子以一篇名叫《并非虫蛀的苹果》的文章，在一次全国性征文比赛中获得第二名（4 850篇文章参选）。

在家里，美智子每天下午3点回家，吃点心，做功课，练琴。吃完晚饭后，一家人就会聚在客厅，听母亲演奏肖邦的古典钢琴曲，有时候，孩子们会让母亲伴奏而一起唱歌。

一路被精心呵护成长的美智子，就像一颗没有任何杂质的宝石，无论是外貌还是才华，都是当时年轻女性中的上上之选，以至她的一位老师曾这样评价她：“你似乎是一个完美的女孩，唯一的缺点，就是没有缺点。”

所以，美智子进入“选妃”名单，也是再正常不过的事。

只是在“选妃委员会”眼中，美智子虽然近乎完美，但还是有一个致命缺点：

她的出身是平民。

3

但灰姑娘和王子的爱情，真的能因为阶层而隔断吗？

1957 年 8 月，日本的上流阶层豪华避暑地轻井泽镇，举办了一场网球比赛。美智子一家夏天经常去那里度假，美智子也是那里网球场的注册会员，所以也参加了比赛。

而那次比赛，其实是“选妃委员会”精心为皇太子准备的，目的就是让皇太子在休息室里与美智子见上一面，找找感觉。

没想到，这两个人居然在第三轮淘汰赛中相遇了。

那是一场混双比赛，23 岁的美智子和自己的男性搭档，以 7∶5、6∶3 的比分直落两局，战胜了 24 岁的皇太子和他的女性搭档。

那场球，皇太子明仁输得心服口服，输得心旌荡漾。

这一年 10 月，皇太子在东京又举办了一场网球比赛，而这场网球比赛邀请的参赛选手，仅限于 8 月在轻井泽镇参加比赛的那些人——毫无疑问，皇太子知道自己想邀请的是谁。

在那次比赛中，皇太子给美智子悄悄照了一张相，还在之后的一个内部文化节上展出了这张照片。皇室成员都在问：这是谁家的姑娘？皇太子的侍从介绍：这是一个实业家的千金。

当时谁都没想到，皇太子会真的喜欢美智子，因为大家都觉得：

皇太子怎么会把自己喜欢的人的照片公开挂出来？

但皇太子真的就爱上美智子了。

自从那次网球赛之后，皇太子就开始不断地通过电话和书信，对美智子发起了追求，虽然说美智子对皇太子的感觉也不算差，但似乎总是处于被动的一方，有些不置可否。

美智子的态度，还是和她的家庭有关。

美智子的父亲正田英三郎和母亲富美子好好培养女儿的目的，只是希望未来女儿能嫁到财界或学界门户相当的人家去，过平凡但幸福的一生，从来没想过要让女儿进入皇室——对身为平民的女儿来说，那未必是一个好归宿。

所以在 1958 年，正田夫妇一度想出一招：以出席在比利时召开的“世界圣心女子大学国际同学会”为名，让美智子去欧洲旅行，让双方都彼此冷静思考一下。

但是，日本皇室的相关机构一而再再而三发来了信函，并派出正式代表，表达了皇太子的态度——非美智子小姐不娶！（有未经证实

网球是美智子和明仁的共同爱好

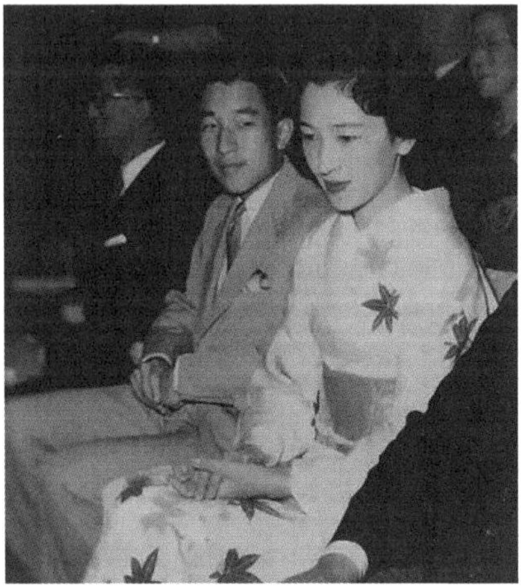

看看明仁太子看着自己心爱人的眼神

的说法：皇室还一度有威胁正田家企业的暗示。）

美智子对皇太子本来也就不反感，而明仁太子更是在电话中对她说过这样的话：

“只要你能坚定信心，接下来就交给我吧！”

在如此的攻势之下，正田家经过几次家庭会议之后，终于同意两人正式交往了。

4

皇太子和一个平民出身的女孩交往，这种事当然会引起轩然大波。

尽管《人间宣言》发出后，日本皇室的权威已大不如昔，但皇太子打破常规去找平民女子交往乃至要结婚，还是让很多传统势力发出了强烈的反对声音。

有皇族成员说：“堂堂大日本帝国的皇太子，哪能随随便便从球场上乱拉一个打球的便当皇太子妃。”

也有议员在国会上公开说：“虽说新宪法规定恋爱自由，但这是不是说，作为国民的象征，也可以去逛银座的茶馆呢？我行我素，国民会尊敬他吗？皇太子在轻井泽与美智子初次见面，就自己说可以，这和我们的孩子有什么两样呢？”

美智子和明仁的一举一动，确实受到媒体的极度关注

最终压下各方声音的，是皇太子的老爸，昭和天皇裕仁。

在经过一个多月的慎重考虑之后，这位第

一个从“神”降为“人”的天皇，最终表明了自己的态度：“只要皇太子喜欢，平民也无妨。”

后来曾有人分析，天皇裕仁同意这桩婚事，有向日本民众示好（二战后他最应该赔礼道歉乃至谢罪受罚），顺带拉拢资产阶级的目的。但无论如何，天皇都表态了，其他人自然也不能再反对了。

不过，这并不妨碍有些人继续挑刺。

在皇太子与美智子发布婚约的当天，美智子回答了记者的问题。在回答“对皇太子的印象”时，美智子的回答是：“我觉得他非常整洁诚实，有气派，令人由衷地信赖尊敬。这些都让我感觉到了他的魅力。”

她还说：“今后无论何事，都要同殿下商量。生活要过得明朗，自然，愉快。还有，承蒙大家的帮助，我还要努力加强修养，尽可能把自己培养得更好一些。”

但是，很多原皇族和原华族的人并不关注美智子这些得体的回答，而是关注她的手套。

美智子出嫁时的照片，有人说从她父母的脸上没有看到喜色。美智子的嫁妆当时装了满满三大卡车

那天，美智子穿了一件象牙色的礼服，头戴白色圆帽，而那些人关注的焦点是：美智子戴的手套太短了！没有遮住手肘！

“看看吧，到底是从下面来的呀。”

“真是！连这点规矩都不懂。”

事后，正田家还专门派人去向皇室道了歉。

但不管怎样，皇太子对美

智子的感情是真挚且坚定的，再没有什么能阻挡两个人的结合了。

1959 年 4 月 10 日，皇太子明仁与正田美智子举行了盛大的婚礼——当时的日本媒体调查显示，87% 的日本民众支持这桩婚姻。

“灰姑娘”终于嫁给了王子，故事的下半场开始了。

5

刚进皇室，美智子就面临一大考验：婆媳关系。

美智子的婆婆，也就是裕仁天皇的妻子良子皇后，本来就不是一个简单的女人。

当年裕仁天皇还是皇太子的时候，同样也面临着“选妃”的问题。当时的“选妃委员会”给裕仁选的是日本元帅梨本宫守正的女儿梨本宫方子，而裕仁自己喜欢的对象，是自己的表妹久迩宫良子。（所以裕仁在同意自己儿子婚事的时候，也有点感同身受的味道。）

一场充满悬疑气息的“宫斗”出现在那次的“选妃”过程中：先是良子被查出有色盲，怕遗传给后代（良子的父亲差点为此切腹自杀），所以方子入选。但方子随后又被御医检查出“不能生育”，立刻被淘汰出局，嫁给当时的朝鲜王子李垠（日本人希望借此让朝鲜皇室绝后）。

结果，方子一嫁给李垠，立刻就生了一个大胖小子（那位出诊断结果的御医随即切腹自杀），而良子嫁给裕仁后，却迟迟生不出儿子。

历经磨难 13 年后，良子终于顶住压力，在皇室已纷纷劝裕仁纳妃生子的恶劣环境下，生出了一个儿子——就是明仁皇太子。

30 岁的良子皇后得到儿子不容易，所以也格外珍惜。当初她其实也是反对儿子明仁迎娶美智子的，但碍于裕仁天皇同意了，她也没办法。虽然美智子作为太子妃，结婚一年后就为明仁太子生下了长子德仁，但婆婆依旧还是要给媳妇立规矩的。

成为皇后的久迩宫良子

美智子和儿子德仁

良子不亲自出马，而是派出了宫内厅女官长牧野纯子。

“宫内厅”是负责处理日本皇室成员一切事务的一个政府机关，而同样出身名门望族的牧野纯子的目的，就是要“管教”身为平民的美智子。

牧野纯子碰到美智子的第一句话就是：“我不是为平民的妃子而来任职的。”

在“日本容嬷嬷”牧野纯子的严格监督下，大到参加国事活动说什么话露什么笑容，小到买一件衣服，都需要得到批准。美智子如果陪同明仁出现在公众场合时多说几句话，便会遭到女官的呵斥：“目下没有殿下，太爱管闲事了！”而在皇后面前，如果美智子多问几句话，女官长就提醒：“在皇后面前，少充内行。”

美智子后来曾在一次私下谈话中回忆那段过去：“既有艰难，也有委屈，总希望能习惯又非常难以适应，有时甚至感到周围的空气都要凝固了。”

面对牧野纯子的管教，美智子只能暗暗落泪，而明仁皇太子更是怒火中烧。结果在1969年，已经与明仁水火不容的牧野纯子引火烧身，“日本容嬷嬷”最终只能辞职。

但一个“容嬷嬷”走了，皇后手下还有好多“容嬷嬷”，更何况，皇后本人还健朗着呢。

1975年，天皇裕仁偕皇后良子访美，皇太子明仁和太子妃美智子前往机场送行，良子皇后向机场的每一位送行者点头打招呼，但看到儿媳妇美智子时，却把脸转了过去，然后直接和下一个送行者打招呼。

那时候已经有了电视，这一幕通过电视新闻呈现在日本民众面前时，全国哗然——原来之前一直有传闻说太子妃在宫中受气，都是真的啊！

从1959年美智子与明仁结婚，到1969年的10年时间里，原本体态丰盈的美智子迅速消瘦，甚至变得骨瘦如柴。有一段时间，美智子被传得了抑郁症，一度失语，只和丈夫在一起时才说话，在其他场合一句话也说不出，像个哑巴一样。

但日本民间反而对这位“平民太子妃”好感大增。

6

美智子也不是一味忍气吞声的。

虽然面临各方面的约束和管制，但婚后的美智子还是尽自己的最大能力，在日本的皇宫里做出了一点改变：

在日本皇室已经延续了几百年的“乳母制”就是美智子倡导废除的，她坚持要求自己为孩子哺乳，以及孩子不能和父母分开抚养，而是要由父母自己来教育。此外，在她的坚持下，她在皇宫内有了一间属于自己的厨房，她想亲手煮东西给自己的孩子吃。

美智子成为日本皇室历史上第一个拥有自己厨房的皇后

当然，站在美智子这一边的，还有时间。

1989 年 1 月 7 日，88 岁的昭和天皇裕仁病逝，皇太子明仁继位成为天皇，而美智子的身份，也从太子妃，变成了皇后。

2000 年 6 月 16 日，97 岁的良子皇后（应该是太后了）病逝，美智子的儿媳妇身份也终于被摘掉了，她不再有婆婆了。

美智子出现在公共场合的次数越来越多，笑容也越来越自信。她陪同明仁数十次出访外国，并在 1992 年第一次访问中国，那也是日本天皇迄今为止唯一一次访问中国。

美智子所到之处，她的容姿、谈吐、举止，以及流利的英语（她当年是以圣心女子大学英语专业第一名毕业的）给所有人都留下了深刻的印象，以至两次登上美国《时代》周刊的封面。

时间就这样慢慢过去了，当年那个年轻美丽的皇后，慢慢地变老了。

不过，上了年纪的“平民皇后”美智子，依旧做了很多出乎大家意料的事。

美智子登上《时代》周刊封面

2013 年 11 月 14 日，日本宫内厅举行新闻发布会，宣布了 79 岁的美智子皇后的一项声明：拒绝死后与天皇明仁合葬。

这个声明一出，舆论大哗，因为外界都知道，明仁一直希望能和妻子美智子合葬，但美智子为何会拒绝这一要求？

美智子给出的理由是：“我是平民出身，自然死后也是平民。我从来没觉得做天皇天后有多么荣耀，也没想过嫁入皇室后会和普通人不一样。我始终不过只是明仁的妻子，能与明仁相守到老已经是最大的福分。”

明仁和美智子

而宫内厅人士给出的解释是：

日本天皇有个惯例，在世时绝不建造皇陵。美智子皇后是怕自己走在天皇前面，因为如果要合葬的话，那么就势必要开始兴建皇陵——这是历任天皇都没有做过的事。

而这对天皇夫妇给大家带来的意外，还没有结束。

2016 年 8 月 8 日，天皇明仁通过 NHK 电视台发表电视谈话，正式向日本国民表示：

自己将选择生前退位！

自明治维新以来，在近 200 年的历史上，从来没有一个天皇是生前就退位的。（2017 年 6 月 2 日，明仁的退位申请被日本众议院批准；2019 年 4 月 30 日，明仁正式退位。）

而外界猜测的目光，瞬间就聚焦到了一点上：

德仁和雅子

明仁退位，是为了调和自己两个儿子德仁和秋筱宫文仁亲王之间关于皇位继承的矛盾——德仁是嫡长子，但膝下只有一女，而秋筱宫却生了一个儿子，可以保证天皇再传香火。

要再详细剖析这背后的种种故事，就又是一段宫廷剧了。

而且，也就不得不提到德仁皇太子和他的妻子——哈佛大学毕业的平民女子小和田雅子。

这又是一段“明仁与美智子”那样的故事。

馒头说

看完美智子的婚姻故事，我相信肯定会有人感叹：“一入侯门深似海”，或者，“来世莫生帝王家”。

美智子和明仁之间到底有没有爱情？

明仁无疑是爱着美智子的——贵为皇太子，他是冲破重重阻力，才最终和平民女子结婚的。

那么美智子爱明仁吗？

据说，美智子 75 岁的时候，曾在公众面前说：“我和陛下没有恋爱过。”不过，这句话我一直没找到确切的出处。

如果依我自己的观点，我相信，两人年轻时，应该还是有爱情的。至于进入宫廷后，美智子被那些压得人透不过气来的礼节和规矩，责难和束缚消磨掉了多少感情，那我真的不敢说。

美智子有损失——以她的家境和才华，找一个门当户对的人嫁了，这一辈子肯定活得雍容又开心。

但美智子也并非没有所得——毕竟成为太子妃乃至皇后，还是很多女孩的梦想，即便要付出代价，还是有很多女孩愿意付出所有搏一下的。

所以，我觉得我们作为吃瓜群众，也没必要去争论明仁和美智子之间究竟有没有爱情，究竟幸不幸福。不管怎样，这对夫妇还是给我们揭示了一个无论王室还是平头老百姓都适用的道理：

“天下有情人终成眷属”固然可贵，但更可贵的是，“天下眷属永是有情人”。

这世间，哪有那么多“明明可以靠颜值吃饭”……

如果你生于20世纪60年代，你或许深深迷恋过她；如果你出生于70年代，你或许深深被她感动过；如果你生于80年代、90年代及以后，或许你也知道她的名字。那么，她背后的故事呢？

1

1913年11月5日，刚结婚一年的欧内斯特·哈特利在印度迎来了自己的女儿。

欧内斯特原籍美国，是英国驻印度军队的官员，同时也是一位业余戏剧爱好者。他的妻子叫格特鲁德，身世一直成谜——她一直宣称自己是爱尔兰人，但又有人说她是法国和爱尔兰混血，事实上，她似乎还有印度帕西人的血统。

可能是因为血缘复杂的关系，他们的这个女儿一出生就有一种不同于常人的美丽。他们给她取名为费雯·玛丽·哈特利。

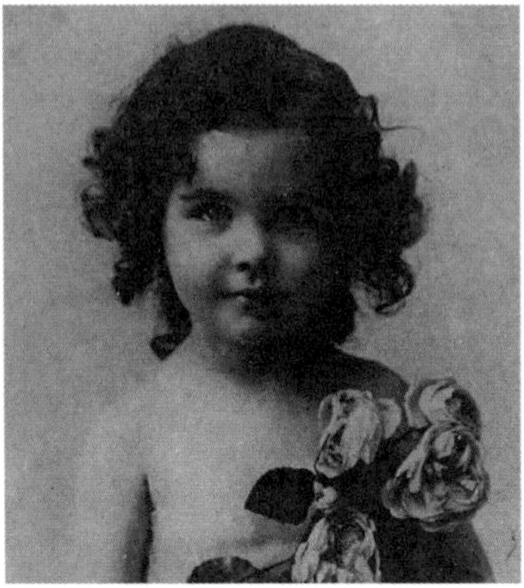

童年时的费雯·丽

少女时期的费雯·丽和母亲在一起

但世人记住的，只是这个孩子后来的艺名：费雯·丽（Vivien Leigh）。

费雯·丽在印度度过了生命中的最初6年。在她3岁的时候，母亲就让她在自己供职的业余剧团上台表演牧羊女，并进行了诗歌朗诵。母亲对费雯·丽的影响很大，她从小就在母亲的指导下阅读安徒生、吉卜林等人的作品，以及古希腊神话故事，所以她从小就对文学和戏剧有浓厚的兴趣。

第一次世界大战结束后，6岁的费雯·丽被母亲送到伦敦附近的圣心女修道院寄宿学校，开始接受正规的教育。在学校里，费雯·丽学习了各种科目，但最感兴趣的是音乐、戏剧训练和芭蕾舞课程，并熟练掌握了钢琴、小提琴等乐器。母亲满足了她的兴趣，将她送到了伦敦西区的一所戏剧学校，费雯·丽在那里掌握了戏剧表演基础，以及英语、法语、德语和意大利语。

当很多和她同龄的孩子还对自己的未来一无所知的时候，费雯·丽已经向自己的闺密表达了自己唯一的梦想：

“我要成为一名伟大的演员！”

2

不过，费雯·丽在等到自己的导演之前，先等来了自己的爱情。

1931年，18岁的费雯·丽在一场街区的舞会上认识了31岁的律师赫伯特·利·霍尔曼。对于从修道院长大的费雯·丽而言，剑桥大学毕业的霍尔曼成熟、优雅、有风度，这些无不打动她情窦初开的内心。而从来对戏剧界人士不屑一顾的霍尔曼，也对眼前这位如同古典油画中走出来的女子大为倾心。

两人随即坠入爱河。

1932年，费雯·丽考上了伦敦皇家戏剧院，而霍尔曼在伦敦有自己的律师事务所，所以每天都在费雯·丽下课的时候在学院门口等她。真的很少有人能抵挡这样猛烈但又不失温柔的呵护，费雯·丽很快就答应了霍尔曼的求婚——尽管她的母亲曾规劝她：钦佩一个人，不等于爱一个人。

1932年12月20日，还是一个学生的费雯·丽和霍尔曼律师走进了圣詹姆斯教堂，19岁的她戴上了象征爱情的绿宝石戒指，中止了学业，成了霍尔曼家的女主人。

结婚后一年，费雯·丽就生下了女儿苏珊娜。

丈夫事业有成，女儿聪明漂亮，家庭美满幸福，20岁的费雯·丽似乎在很小的年纪就成了不少人眼中的“人生赢家”——但很快，她发现自己想要的并不是这些。

费雯·丽19岁在婚礼上的照片

费雯·丽渴望回到皇家戏剧学院继续学习，因为她从来不曾忘记自己“成为一个伟大

费雯·丽和女儿苏珊娜。苏珊娜是她一生唯一的孩子

演员”的梦想。但丈夫霍尔曼尽管温柔体贴，却对戏剧表演不屑一顾，他对妻子的期待是成为一个传统英国淑女式的家庭主妇，而不是去舞台上抛头露面。

这个时候，费雯·丽才想起母亲当时规劝她背后的苦心：当妈妈的深知女儿平静背后蕴藏着的巨大激情，而霍尔曼虽然能给女儿平静安定的生活，却绝难满足费雯·丽希望成就一番表演事业的雄心。

为了演好一个仅有两句台词的角色，费雯·丽甚至愿意放弃和丈夫去度假而潜心准备。而霍尔曼在见识了妻子的决心后，也试图帮过她，比如让朋友帮助费雯·丽获得过一次在英国皇宫演出莎士比亚戏剧的机会，费雯·丽通过这次表演，更加坚定了自己要当一名伟大演员的决心。

1934 年，21 岁的费雯·丽被朋友推荐参演了一部叫《渐有起色》的电影，第一次登上荧幕。第二年，费雯·丽迎来了自己第一部崭露头角的电影《道德的面具》，评论界对她的表演大加赞扬，甚至有人称她演出了“英国少女的本性”。

费雯·丽聘请了自己的经纪人，希望开始正式踏上演员之路。经纪人认为她的名字“费雯·霍尔曼”不适合成为艺名，所以费雯·丽就取了自己丈夫中间的一个名字“Leigh ”，由此成了“费雯·丽”。

根据费雯·丽后来的回忆，当时就开始有人评论她为“伟大的演员”。

3

然而，“伟大的演员”在等来伟大的作品之前，却遇到了自己的第二段爱情。

1935年，费雯·丽去观看了戏剧《皇家剧场》。这部戏剧她反复看了14遍，并不是因为戏本身多么诱人，而是因为她深深迷恋上了这部戏的男主演，当时被称为“莎剧王子”的劳伦斯·奥利弗。

在看完这部戏的时候，费雯·丽就忍不住对女伴说：“总有一天，我要嫁给这个人！”

同在英国，同在演艺圈，费雯·丽和奥利弗不可能没有交集，但很多时候只是礼节性的交往。这种情况一直持续到1936年，费雯·丽接到了一部片约，是拍摄电影《英伦战火》。那不是费雯·丽喜欢的电影类型，但她在看了演员名单后立刻就答应了下来——男主角是劳伦斯·奥利弗。

在片场，两个即将第一次搭档的人遇到了。费雯·丽非常礼貌地说了一句：“很荣幸能和您一起拍片。”而奥利弗的回答却是：“希望我们在片子拍完之后，不要互相讨厌。”因为奥利弗经常对电影拍摄有自己的想法和见解，得罪导演和搭档是家常便饭。他之前曾赴好莱坞发展并签约米高梅公司，但之后却被米高梅开除——他在一部影片的拍摄过程中与米高梅的大明星葛丽泰·嘉宝意见不合，闹得很不愉快。

费雯·丽和奥利弗在《英伦战火》中的剧照

然而，当《英伦战火》拍完后，奥利弗却几乎每天出现在霍尔曼律师家做客，因为他发现自己不能忍受与费雯·丽的分离。

费雯·丽和奥利弗搭档合作的机会开始越来越多，尤其是在剧中扮演浪漫情侣，更是使得他们在真实生活中的感情越来越亲密。两人发现已经完全离不开对方：他们一起散步，谈心，去广场喂鸽子，去美术馆参观……他们的朋友直到费雯·丽去世后依然对当时两人热恋的场景印象深刻："我从未见过这么相爱的一对，那时的费雯·丽简直美得不可思议。"

但与此同时，两人却都有深深的道德负疚感——费雯·丽有自己的丈夫霍尔曼和女儿，而奥利弗也有自己的演员妻子吉尔·埃斯蒙德，并有了自己的儿子。

两人在经历过痛苦的折磨后，各自向自己的伴侣提出了离婚，但是，都遭到了拒绝。

1938 年，在谴责、自责、痛苦、迷恋和憧憬之中，奥利弗得到了去美国好莱坞担任《呼啸山庄》男主角的机会，他不想放弃这个机会，所以决定再次去美国闯荡。

而费雯·丽不想和奥利弗分开，所以提出一起去美国。

奥利弗随即向费雯·丽介绍了好莱坞制片人大卫·塞尔兹尼克，后者正在为一部电影的女主角选角工作大伤脑筋——居然有 1 400 多名女演员报名角逐这个角色。

而这部电影，就是《乱世佳人》。

4

26 岁的费雯·丽终于等来了属于自己的伟大作品。

当然，至少在选角的时候，费雯·丽完全不知道结局是怎样的。

由于《乱世佳人》小说的轰动性，再加上当时米高梅宣布的惊世骇俗的 300 万美元拍摄投资，好莱坞大大小小的女演员都知道出演"斯嘉丽"能够给自己带来什么和留下什么，整个选角竞争可以说是近乎白热化——制片人塞尔兹尼克每天至少要收到 10 个以上的午餐邀请以及无数的打招呼、递纸条乃至投怀送抱。但选角工作直到 1938 年

费雯·丽在《乱世佳人》中的斯嘉丽形象

底都没有任何头绪，塞尔兹尼克依旧无法找到自己心目中的“斯嘉丽”人选，以至于女主角缺位的情况下，电影的外景镜头只能先行开拍。

直到那一刻——费雯·丽走到了塞尔兹尼克眼前。

当时，塞尔兹尼克正在指挥亚特兰大影视基地里那场大火的拍摄，他的弟弟米伦·塞尔兹尼克把刚抵达美国没多久的费雯·丽带了过来。塞尔兹尼克后来这样回忆：“我在指挥拍摄火景的时候，突然看到米伦领着一个女人走过来，他对我笑着说：‘天才，来见见你的斯嘉丽·奥哈拉！’于是在漫天火光的映衬下，我看到了自己寻觅已久的，活生生从书里走出来的斯嘉丽！”

高贵，美丽，平静中蕴含着可瞬间爆发的惊人力量，柔媚中混杂着桀骜不驯的野性——完全就是塞尔兹尼克想象中的“猫一样的女人”。

四天之后，漫长的女主角选角工作结束了，“斯嘉丽”的扮演者横空出世——费雯·丽。

电影开拍，各种麻烦事也就来了。由于《乱世佳人》投资巨大，观众期待值很高，而从导演到演员不乏大牌角色，所以电影的整个拍摄过程相当曲折，中途换导演、换编剧、换摄像、改剧本、演员罢演、导演辞职等状况不断出现，而饱受质疑的费雯·丽只能用自己的职业态度来证明自己就是“斯嘉丽”的最佳人选。

费雯·丽确实为拍摄《乱世佳人》倾注了所有的心血。她后来曾这样回忆拍摄这部电影时的经历：“差不多有6个月的时间，我天天从早到晚只想着斯嘉丽。我希望我的每一个举止、每一个手势都纯粹是斯嘉

《乱世佳人》男主角克拉克·盖博和费雯·丽的经典剧照。费雯·丽当时的片酬是2.5万美元，她每天几乎在片场干满18个小时，而克拉克·盖博每天只在片场待7小时，片酬是12万美元。克拉克·盖博以风流著名，几乎和每一个合作的女主角都会传出绯闻，但在拍摄《乱世佳人》期间，盖博却对费雯·丽尊敬有加，一方面是因为费雯·丽当时心中只有奥利弗，另一方面，虽然两人也闹过矛盾，但盖博对费雯·丽的演技和敬业精神大为赞赏

丽的。我应该感到，甚至斯嘉丽那些令人鄙视的行为也都是我干的。”

据同在片场的人回忆，费雯·丽经常独自一人揣摩片中的形象直到深夜，以至经常魔怔般地自言自语，大哭大笑。而美国西部飞扬的红土和干燥的气候让费雯·丽的身体也迅速变差，在拍摄期间，她被查出患上了肺结核。而因为巨大的压力，费雯·丽染上了抽烟的习惯，最多的时候，每天要抽掉四包烟。她的精神状况也开始变差。

但是，影片上映之后，证明了一切都是值得的——全美国的观众陷入了癫狂，大家一致认为：这就是我们想象中的“斯嘉丽”。

1940年，《乱世佳人》在奥斯卡金像奖颁奖典礼上获得了包括最佳影片、最佳导演、最佳女主角在内的10个奖项，而费雯·丽无可争议地获得了“最佳女主角”奖。

当时《乱世佳人》在全球公映的票房达到了惊人的1.8亿美元，加上后来陆续所得，达到3.5亿美元。考虑到通货膨胀因素，《乱世佳人》的票房总计放到现在可能要达到十几亿美元——而且凭借的不是高科技特效，而是真正的电影表演和叙事方式。一个可以证明这部电影历史地位的例子是：在此之后，好莱坞再也没有翻拍过《乱世佳人》。

当时的奥斯卡评委乔治·库克对费雯·丽给出了这样一句评价：

“她有如此的美貌，根本不必有如此的演技；她有如此的演技，根本不必有如此的美貌。”

凭借着“斯嘉丽”一举成名，费雯·丽被蜂拥而来的高额片酬邀约包围，并很快主演了《魂断蓝桥》并且再获成功。

但最让她高兴的却不是这些事，而是她的丈夫霍尔曼意识到自己的妻子真的成了一名世界级的大明星，自己不应该也没有能力再牵绊她前进的步伐，所以同意在离婚协议书上签字。（霍尔曼后来依旧是费雯·丽一生的朋友，费雯·丽也会在碰到问题时征询霍尔曼的意见。）

而奥利弗的离婚提议也得到了妻子的同意。

就在费雯·丽得到离婚同意后的第二天，1940 年 8 月 29 日凌晨 0 点过 1 分，她就与奥利弗在圣巴巴拉举行了婚礼。同样是奥斯卡影后的凯瑟琳·赫本在睡梦中被叫醒成为伴娘，一共只有两个好友参加了费雯·丽和奥利弗的低调婚礼。

但是费雯·丽毫不在乎，与获得奥斯卡奖相比，她觉得此时的她才是世界上最幸福的女人。

5

两个人的婚姻生活，一开始确实是照着两人想象的那样发展的。

费雯·丽和奥利弗在结婚不久后就合演了影片《汉密尔顿夫人》，这部电影获得了成功。之后两人又合演了十多部电影，虽然也有失败之作，但总体来说，两人在感情和事业上都处于丰收状态。

费雯·丽是发自内心地爱着奥利弗，而且这种爱夹杂着崇拜。由于当年奥利弗主演《呼啸山庄》只获得了奥斯卡最佳男主角奖的提名，所以在很长一段时间，费雯·丽都把自己得的那个奥斯卡奖杯藏起来，直到 1948 年奥利弗凭借自导自演的《哈姆雷特》获得奥斯卡

费雯·丽扮演的“汉密尔顿夫人”

最佳男主角奖后，费雯·丽才把自己的奖杯也拿出来放到柜子上。

但是，费雯·丽对工作的巨大投入和执着，使她的身体再也承受不住疾病的冲击。1944年，已经怀孕的她在拍摄《恺撒和克利奥帕特拉》时因为过度劳累而流产。

这件事对费雯·丽的打击非常大，以至她的精神开始出现了大问题，主要表现为抑郁和躁狂的双相情感障碍，时而非常低落，时而却又会大叫大嚷，甚至会对奥利弗动手——事后自己却又什么都不记得了。

1951年，费雯·丽迎来了自己事业上的又一个高峰：凭借在《欲望号街车》中饰演的“布兰奇”一角，费雯·丽捧得了人生中的第二座奥斯卡最佳女主角奖杯。但是，拍完这部电影后，费雯·丽的精神状态变得更差了，《欲望号街车》中的“布兰奇”似乎与现实生活中的她互为印证，分不清真假：渴望爱情，脆弱无助，容易瞬间崩溃——而“布兰奇”在电影中最后的结局，是被送进疯人院。

费雯·丽在《恺撒和克利奥帕特拉》中的形象

1953年，费雯·丽在印度拍摄电影《象宫鸳劫》期间，精神再次出了问题，被送进了医院。这一次严重到她的角色只能被伊丽莎白·泰勒顶替。心情糟糕的费雯·丽开始尝试用酒精减轻痛苦，但由此又陷入了另一个恶性循环。

《欲望号街车》中和马龙·白兰度合作的费雯·丽。在拍摄完这部电影后，她直接被送进了医院，她称为了演好这部电影，自己整个精神都垮了

最糟糕的是，和费雯·丽的身体一起渐渐虚弱下去的，是丈夫奥利弗对她的感情。

那段曾经让无数人羡慕的婚姻，慢慢走到了尽头。奥利弗开始无法忍受妻子的脾气，躲避和费雯·丽相处的机会，甚至彻夜不归。费雯·丽曾想尽一切办法挽留，甚至写过很多封长信，但于事无补。

奥利弗在那个时候似乎也被逼到了崩溃的边缘，他72岁拍摄《情定落日桥》时曾对记者说：“就好比一条救生筏已经不能再上人了，你打掉了抓住它的手，你见死不救，因为这会搞得同归于尽，死一双而不是死一个。更大的问题是，我担心再这样下去，我会杀了她……”

1960年11月5日，费雯·丽在自己生日这天，接到了在外地的丈夫奥利弗寄来的一封长信。

奥利弗在信中说，他和一位一起演戏的女演员琼·普莱怀特已经深深相爱，琼已经向自己的丈夫提出了离婚，现在他也提出离婚，希望费雯·丽能够成全——完全就是当初他们各自摆脱自己家庭的场景。

同样也已经精疲力竭的费雯·丽之后发表了公开声明：“奥利弗爵士提出离婚，以便和琼·普莱怀特女士结婚，作为奥利弗夫人，当然应该满足他的要求。”

20年的婚姻，各奔东西。

6

费雯·丽和梅里韦尔

离婚后的费雯·丽还是无法忘记奥利弗。

事实上，费雯·丽很快就找到了自己的伴侣——戏剧演员约翰·梅里韦尔。梅里韦尔比费雯·丽小十几岁，是她长期以来的崇拜者，两人之前就熟识，也合作出演过《复仇天使》。在费雯·丽感情破裂，精神陷入崩溃边缘的时候，梅里韦尔出现在了她的身旁，给她莫大的支持，并且不离不弃。

费雯·丽在梅里韦尔的悉心照顾下精神渐渐恢复过来，但肺结核的老毛病却久治不愈，咳嗽时甚至会咳出大量的血，以至她向梅里韦尔抱怨："为什么我不能得一种体面的病呢？"

与顽固的身体疾病相比，费雯·丽还是无法放下心病——她无时无刻不在想念奥利弗。她不断写信给奥利弗请求再见一面，而奥利弗最终只答应了一次，但附上了条件：必须在公开场合，他必须带妻子琼一起。

离婚后搬到乡下居住的费雯·丽

梅里韦尔深深理解费雯·丽的感情，甚至愿意应费雯·丽的要求，朗读奥利弗当初写给她的情书，即便费雯·丽在写给梅里韦尔的信的末尾，落款是“费雯·丽·奥利弗爵士夫人”。但梅里韦尔真的不介意，他还陪费雯·丽参加澳大利亚、拉丁美洲的巡演，一路悉心照顾。

1967年7月7日，在外地演出的梅里韦尔与费雯·丽通电话，在电话中感到她虚弱无力，于是连夜赶回。回到家，他看到费雯·丽已经静静睡去，于是去厨房给自己弄点吃的。但他半小时后回到卧室时，却看到54岁的费雯·丽摔到了地板上，已经没有了呼吸。

梅里韦尔悲痛欲绝，但他第一时间想到的是通知奥利弗。奥利弗立刻赶来，请求在前妻的遗体前单独待一会。

他那时候看到了费雯·丽放在床头柜上的相框，里面依旧是他的照片。

而奥利弗可能不知道的是，费雯·丽在两人离婚后说了一句话：“如果人生可以重来，有两件事我是确信不疑的。一是我一定会成为一名演员，二是我会嫁给劳伦斯·奥利弗。必要的话，我会向他求婚。”

馒头说

有一句挺流行的话：“明明可以靠颜值吃饭，却偏偏要靠才华。”

当然，一般说这话也只是出于戏谑，我相信大家其实心里多少也都明白：世间几乎就没有什么可以“只靠颜值”吃饭的事。

放到真的要“靠脸吃饭”的演艺圈，其实也是如此。

凭借一张好看的脸蛋就红的演员有吗？有，可能还不少。但只凭一张好看的脸蛋就能一直红下去，并且随着时间的推移被尊称一声“表演艺术家”，这样的演员有吗？在我的印象里，没有。

上帝无疑给了费雯·丽一张绝美的脸庞，这种美有时甚至让言语显得苍白无力。但好莱坞历史上的“花瓶”演员多如牛毛，为何费雯·丽能拿下两座奥斯卡奖杯并被那么多人铭记至今？靠的不是她的脸，而是她的才华，或者说，是才华背后近乎忘记生死的拼命和努力。

然而费雯·丽也是不幸的。

前面曾说过作家。我说伟大的作家之所以伟大，很重要的一点就是因为他们比一般人更敏感，更能捕捉到普通人捕捉不到的情绪，去感受，去体会，然后再呈现给读者，这也注定他们要比普通人承受更多的痛苦。

其实伟大的演员也是。他们为了表现出一个好的角色，只能逼着自己的情感翻江倒海，不断地被塑造成各种形状，重塑，打散，再重塑，所以他们的感情世界其实往往更脆弱，更迷茫，更容易崩溃。

而在这个群体里，女性演员受到的来自各方面的压力和挑战，明显要大很多。

所以，看费雯·丽的故事，人们往往都在感叹她不幸的婚姻和对爱情的执着，但希望不要忽视另外一个很重要的点：

费雯·丽一生都在努力追求自己的理想，并且实现了它——

她当之无愧是一位伟大的演员。

本文主要参考来源：

1.《世界历代名人情感揭秘》（李子迟，中国经济出版社，2010年6月）

2.《荧幕幕后的细节》（“三三”，豆瓣电影“乱世佳人”词条，2010年10月29日）

3.《费雯丽：盛世美颜也留不住一生至爱》（界面，2017年11月1日）

他左手江山，右手美人，最后喜提“公爵”……

小时候有首歌，是个声音很低的女声唱的，叫《爱江山更爱美人》，感觉挺有腔调的。后来读书，知道有个国王更干脆，是只爱美人，不爱江山，觉得更有腔调。再后来，渐渐知道，所有的腔调，背后都有故事。

1

1972 年 5 月 28 日，78 岁的爱德华告别了他曾经留恋（或者憎恨）的人世。

三天后，他的遗体被空运回了英国的牛津郡，在温莎的圣乔治教堂停放两天，接受公众瞻仰。

之后，在一个简单的私人仪式之后，他被安葬在了温莎公园的墓地。

爱德华是有国葬资格的，但是根据他的遗愿，人们并没有这么做。

事实上，他何止有享受国葬的资格——他原本可以拥有的，是整

温莎公爵

个帝国。

他叫爱德华，但完整地说，应该是“爱德华八世”。

没错，他曾经是英国的国王。

但是，现在世人更熟悉的头衔，却是“温莎公爵”。

而且，人们只要谈论起他，都会附加上一句评价：

爱美人，不爱江山。

2

1894 年 6 月 23 日，爱德华以英国国王长子的身份来到人间。

他的全名是爱德华 · 阿尔伯特 · 克里斯蒂安 · 乔治 · 安德鲁 · 帕特里克 · 大卫——没办法，作为王室长子，他的责任和压力从名字中就显现了出来：包含了祖父爱德华七世、外祖父（丹麦国王）、父亲的名字，以及英格兰（圣乔治）、苏格兰（圣安德鲁）、爱尔兰（圣帕特里克）、威尔士（圣大卫）的守护圣者的名字。

后来的史学家一直希望从爱德华的童年生活去寻找他后来惊世骇俗行为的成因，让他们欣慰的是，他们可能确实找到了一些答案：爱德华的父亲乔治五世从小就对爱德华非常严厉，而他的母亲玛丽王后不仅同样严厉，而且似乎更喜欢爱德华的弟弟。所以，爱德华从小就在一种“父教严厉但又缺乏母爱”的环境下成长。

毫无疑问，爱德华是被当作王室继承人来培养的——他在出生时就获封“爱德华王子殿下”。

他沿着王室教育的路线，在 14 岁进入了达特茅斯皇家海军学院就读。作为一个海军一流强国，英国无论是贵族还是王室成员，一直有

穿上戎装的爱德华

送孩子进海军学校的习俗。但从小慑于父威又缺乏母爱的小爱德华，似乎并没有在海军学院里磨砺出坚强的性格。相反，有一次一位军官看见小爱德华在墙角哭泣，百般追问之后小亲王才说出原因：“在学校经常有学生踢我。”而军官在盘问了爱德华的同学之后，只得到了一个理由——他们认为等以后毕业进了皇家海军，就可以向别人夸耀：“嘿，伙计！我可是踢过国王的屁股！”

当爱德华达到服役年龄的时候，第一次世界大战战况正激烈。爱德华并没有拒绝走上战场，但由于他的王室继承人身份，爱德华只是探望性地去了前线，并受到了严格的保护。

在严格的教育和保护下，爱德华王子以一种不可捉摸的姿态慢慢长大。1928 年，父亲乔治五世给了爱德华一套独立的住宅，毕竟儿子已经 34 岁了。

独立居住后的爱德华，立刻展现出了对自由的渴望——主要表现在恋爱上。事实上，早在他成年后，他在这方面就颇具名声了。

成年后的爱德华英俊潇洒，风度翩翩，再加上英国皇储的身份，自然博得万千宠爱。但让人尴尬的是，爱德华的恋爱对象有不少是风尘女子，而其余的，无论是纺织业大亨的女继承人，还是美国外交官的女儿，大多数都是有夫之妇，其中不少都是比他年龄大的女子——后

眼神忧郁，打扮时髦，风度翩翩，再加上王子身份，爱德华自然走到哪里都会获得万千芳心，但他却拒绝了很多年轻女子的求爱，包括母亲安排的婚事

来的史学家只能再从心理学的角度指出，这是爱德华从小缺乏母爱、缺少安全感的表现。

爱德华王子不仅仅因为总是和有夫之妇幽会而变得声名狼藉，更因为口无遮拦而频频惹祸。比如他曾称澳大利亚的原住民是“我所见过的生物中最恶心的一种，他们是人类的最低种类，就是猴子”，以及发表过不少种族歧视和性别歧视的言论。

在这样的情况下，最尴尬和痛苦的，其实是爱德华的父母。

乔治五世曾说过一句话：“我死后的 12 个月内，这个孩子便会毁了自己。”

而母亲玛丽王后的话更直白：“我常常祈祷爱德华不要结婚，不要有小孩，这样就没有什么可以阻止乔治和伊丽莎白的王冠了。”

但是，国王夫妇完全不会想到，他们的长子之后给他们带来的震撼，将远远超出他们想象。

3

1936 年 11 月 16 日，爱德华八世召见了自己的首相斯坦利·鲍德温。

10 个月前，爱德华刚刚从去世的父亲乔治五世那里继承了皇位，他现在是大不列颠及北爱尔兰联合王国国王、英属海外各自治领的国王和印度皇帝。

而现在，尊贵的国王和皇帝陛下，告诉他的首相：我要结婚了。

国王已经42岁了，他愿意收起自己放荡不羁的心选择婚姻，应该是一件大好事才是——但是，他选择的结婚对象，却让英国首相震撼不已。

爱德华爱上的女子，叫沃利斯·辛普森。

沃利斯·辛普森是个美国人，比爱德华小2岁——这不是问题。

她并没有倾国倾城的容颜——这也不是问题。

她是一个平民——这个有点小问题。

她在20岁的时候就嫁给了一个美国空军中尉，随后离异——这对英国王室而言就不是小问题了。

离异后的她又嫁给了一个叫厄内斯特·辛普森的美国富商（所以她被称为“辛普森夫人”）——这就是让英国王室很头疼的大问题了。

她在和爱德华幽会的时候，还和丈夫处于婚姻状态，即便在爱德华宣布要和她结婚的当口，她也还没有和丈夫办离婚手续！

英国王室、内阁首相、大主教异口同声：我的天哪！

这是英国王室、内阁以及大主教代表的宗教力量都绝对无法容忍的事。

但是，爱德华却对沃利斯非常着迷。尽管两人1933年才在一场舞会上经人介绍认识，但他已经到了非她不娶的地步。

国王作为一方，英国王室、内阁和主教作为另一方，双方相持不下。

王室和主教认为，沃利斯有一次离异，现在还在婚内，这种情况是英格兰国教会（英格兰的国家宗教）所坚决不允许的。而内阁更是说出了王室还想说的话：对于这样一个风流成性的女子，没人知道她爱上国王的真正目的是什么，如果结婚，英联邦成员国不答应，英国民众也不答应！

而爱德华国王的回复简单到一句话就能概括：“我不管，我就要结婚！”

不过，爱德华还是提出了一个妥协方案：允许他和沃利斯结婚，但她在婚后不拥有王后头衔，他们未来的孩子也不继承王位。

这个方案被通报给了英联邦各自治领政府：新西兰表示要考虑，爱尔兰表示无所谓，澳大利亚、加拿大和南非三国政府明确表示反对。而爱德华此时又开了嘴炮：“澳大利亚才多少人口？没人关心他们的观点。”

但是，这个意见最终被英国内阁否定了。

作为回应，英国首相鲍德温给国王开出了三个选择：

第一，你放弃迎娶沃利斯；

第二，你迎娶沃利斯，但英国内阁总辞职；

第三，你退位，随便你干什么。

当时大家都认为，爱德华会在第一和第二个选择中认真考虑一下，但爱德华却毫不犹豫地选择了第三个——他在给沃利斯的信中写道：“放心，我绝不会放弃！”

1936 年 12 月 10 日，爱德华八世在三位兄弟约克公爵、格洛斯特公爵和肯特公爵的见证下在贝尔维德城堡签署了 15 份给各个自治领的退位文件。

12 月 11 日，他以“爱德华王子”的名义，向大英帝国的子民们进行了一次广播：

“终于我可以发表一些心里想说的话了。我从来就不愿意隐藏任何事情，但直到现在，在宪

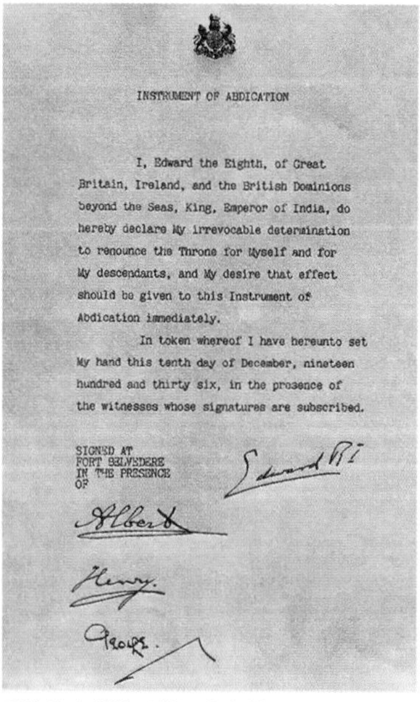

INSTRUMENT OF ABDICATION

I, Edward the Eighth, of Great Britain, Ireland, and the British Dominions beyond the Seas, King, Emperor of India, do hereby declare My irrevocable determination to renounce the Throne for Myself and for My descendants, and My desire that effect should be given to this Instrument of Abdication immediately.

In token whereof I have hereunto set My hand this tenth day of December, nineteen hundred and thirty six, in the presence of the witnesses whose signatures are subscribed.

SIGNED AT FORT BELVEDERE IN THE PRESENCE OF

Edward R.I.

Albert

Henry.

George.

爱德华八世签署的退位文件

法允许下，终于可以说出心里的话了……我发现无论我有多么愿意履行国王的责任，在得不到我所爱的女人的帮助和支持之下去承担如此沉重的责任是不可能的事。”

爱德华把自己的王位交给了弟弟乔治六世。

而弟弟给哥哥创造了一个新的封号：温莎公爵。

于是，“爱德华八世”成了“温莎公爵”。

他成了英国历史上第一个自动退位的国王。

从当上国王到退位，一共只有325天。

4

故事并没有结束。

1937年6月，爱德华终于如愿，在法国与沃利斯举行了一场低调的私人婚礼。

这场婚礼只有很少的人参加——作为爱德华的娘家人，英国王室没有一人前来。

但温莎公爵和自己的“温莎公爵夫人”似乎并不在意这些。对于温莎公爵而言，他得到了自己用“退位”换来的回报——心爱的女人，以及自由。

婚礼上的温莎公爵夫妇

但事实很快证明，从爱德华退位到沃利斯的身份，一切都没有外界想的那么简单。

美国联邦调查局曾在胡佛局长的亲自牵头下，调查和记录了一份长达 227 页的秘密档案。档案显示，温莎公爵夫妇一直和德国纳粹有说不清道不明的关系，而英国的情报系统也早就侦查到了这一点。

调查最初是英国情报部门在沃利斯身上发起的——对国王未来要选择的妻子，他们当然要尽心尽责。

而调查的结果让他们大吃一惊。

沃利斯一直是纳粹政权的支持者！不仅在理念上，沃利斯在行动上也表现了出来。英国情报人员经过侦查后发现，在伦敦时，沃利斯一直和德国驻英国大使往来密切，密切到那位大使每天都要给沃利斯送 17 朵粉红色的康乃馨——这一切还是发生在沃利斯与爱德华热恋期间。

那位德国驻英大使后来成了德国的外交部长，他就是著名的希特勒的亲信：里宾特洛甫。

这个问题就变得非常严重了：当时欧洲阴云密布，谁都知道英国和德国已经处于开战边缘，而如果英国的国王娶了一个明显亲纳粹的女子为妻，后果会怎样？

所以，后世有一个观点认为：当初英国内阁必须逼爱德华退位。

而且问题还不仅在此，因为爱德华本人也对纳粹的理念非常支持。

爱德华曾经说过："希特勒是正确而合乎逻辑的德国人，如果他被推翻，将是整个世界的悲剧。他是个非常伟大的人。"而 1936 年 3 月，当德国撕毁《洛迦诺公约》进军莱茵河军事区的时候，当时还是国王的爱德华曾要求首相鲍德温不要干涉。

1937 年 10 月，温莎公爵夫妇不顾多方面的反对，访问了德国，并去了希特勒的私人庄园，与希特勒进行了长达一个小时的"私密谈话"——在那个时候，欧洲已经成了一个火药桶，就差希特勒来点燃了。

其实，历史上英国王室一直和德国王室关系密切，且英国王室本姓里有“科堡”——那是德国人的姓氏，这在欧洲王室普遍有联姻的情况下并不奇怪。但由于第一次世界大战中英国人普遍仇恨德国人，所以正是爱德华的父亲乔治五世在1917年将英国王室的姓改为“温莎”，取自英国最古老的王宫之一。

1939年9月，第二次世界大战全面爆发。在法国的温莎公爵夫妇似乎和纳粹的接触有增无减，英国更得到相关情报：此前温莎公爵在法国期间，曾向德国传递了一系列关于法国军事防备的机密情报。

此时的英国首相，已经换成了铁腕无情的丘吉尔。丘吉尔在一开始倒是和温莎公爵无话不谈，但后来随着收到情报的增多，渐渐发现自己在做一件危险的事。

于是，丘吉尔在1940年8月毫不留情地开出一纸调令：

请温莎公爵偕夫人去加勒比海上的巴哈马群岛担任殖民地总督。

在法国享受舒适生活的温莎公爵夫妇怎么会想去远在万里之外的

爱德华检阅纳粹党卫队

荒岛呢？他们想尽各种方法拖延行程，直到一个消息传来：丘吉尔准备动用手段除去他们两人。

仓皇之中，温莎公爵夫妇连忙打包行李，踏上旅程。

事实证明，丘吉尔就算再胆大包天，也不敢派人谋杀王室宗亲。但他确实从英国情报部门得到了消息：

希特勒一直在派人接触温莎公爵，准备在登陆英伦三岛后帮助他复位，让英国和德国从此走到一起。

5

1945 年，二战结束了，温莎公爵夫妇重新回到了法国。

其间，他们还被派去百慕大群岛当了一年总督，最终还是回到了有人间烟火的地方。但是，人虽然回来了，公爵与英国王室的亲情却已跌至冰点。

爱德华的弟弟乔治六世，他有严重的口吃，2010 年的奥斯卡获奖电影《国王的演讲》就是以他克服口吃的故事为主线拍摄的

1946 年，温莎公爵似乎等来了一个期盼已久的机会：他那 51 岁的弟弟乔治六世——也就是在位的英国国王——因为长期吸烟，被查出得了肺癌，生命似乎将要走到尽头。

在退位后的 9 年时间里，温莎公爵虽然爱美人，但也并非不爱江山。

他其实曾不止一次地流露出对国王宝座的回忆和留恋。温莎公爵夫人沃利斯对英国王后宝座的向往，可能比她丈夫渴望回归的念头更甚。

如果乔治六世去世，他当时那年仅20岁的女儿伊丽莎白无论资历和根基都还太浅，无法承担起“英国女王”的头衔，那么最有竞争力的，就是曾经做过国王的温莎公爵。

伊丽莎白二世不仅仅站稳了脚跟，更从此开启了“超长待机”模式

在那段时间里，温莎公爵夫妇在不同场合，对不同人都透露过回归英国的渴望和信心。

但是，温莎公爵的弟弟乔治六世似乎不答应——他顽强地又活了整整6年。

6年之后，已经26岁的伊丽莎白已经根基牢固，温莎公爵已经失去了机会。

1952年乔治六世的葬礼，温莎公爵是独自一人回国参加的。因为他的弟妹，也就是乔治六世的妻子伊丽莎白王后一直痛恨这个大伯哥，认为他在国家最需要他的时候一走了之，把重担丢给了弟弟，导致弟弟压力大增，最后生病早亡。因为温莎公爵是丈夫的亲哥哥，所以伊丽莎白王后无法阻止他参加葬礼，但是她坚决不允许温莎公爵夫人沃利斯出现在葬礼上。

1953年，温莎公爵的母亲玛丽王后过世，依旧是他一个人出席的葬礼，他的妻子依然不被王室承认。同一年，他的侄女伊丽莎白二世加冕，这一次，连他自己也没受邀参加加冕典礼，只能收看电视直播——这件事，伊丽莎白王后终于能做主了。

进入晚年的温莎公爵夫妇，只能在法国自己的圈子里，过着近乎隐居的生活。

值得一提的是，温莎公爵在穿衣打扮上一直引领当时男士时尚的

温莎公爵夫妇

风潮。他对男士时尚界的著名贡献至少有两个：格纹外套和“温莎结”。皮尔·卡丹曾评价：“20世纪在男性时尚领域内，只有一位真正的大人物，那就是温莎公爵。”

6

1972年5月28日，温莎公爵走到了他生命的最后一天。

他得的是喉癌，一切已无力回天。在他去世之前的10天，他的亲妹妹以及侄女伊丽莎白二世终于来探望了他。当时已经病入膏肓的温莎公爵居然颤颤巍巍站了起来，向自己的侄女鞠躬致礼——这是英国王室和他的第一次和解。

在温莎公爵的葬礼上，伊丽莎白二世走在前，沃利斯走在后

但是，这份与亲情有关的和解，却不包括没有血缘关系的温莎公爵夫人沃利斯。

温莎公爵的葬礼，作为遗孀的沃利斯当然参加了，但英国王室成员与她只有非常冷淡的寒暄，她自己一个人来，葬礼结束后自己一个人去机场，没有人送行或陪伴。

沃利斯之后也过着近乎隐居的生活，她一直活到了 1986 年。但据她身边看护的人回忆，在最后的 5 年，她的生活质量非常糟糕，甚至已不能说话。因为怕她情绪激动，医生也严格控制探访她的客人人数，这似乎更显得她晚景凄凉。

1986 年，沃利斯去世，享年 90 岁。

让她唯一感到欣慰的是，她在世时，英国女王伊丽莎白二世答应她，去世后可以入葬英国王室墓地，与温莎公爵合葬。

但是，由于伊丽莎白二世母亲生前的再三关照，沃利斯墓碑上的头衔只是刻着“温莎公爵夫人”。

馒头说

人们总是憧憬那种石破天惊、冲破一切束缚的爱情。

所以，温莎公爵一直承担着大家对追求爱情勇气的最大向往——你看，江山都可以不要！

只是，当你更多地了解温莎公爵夫妇的故事之后，可能或多或少会有些失望。

而且，我在正文中没有写到的还有：

沃利斯在与爱德华结婚前，还在给前夫写信，表示不想嫁给“无趣的英国人”，还表达了对前夫的思念之情。

而爱德华其实一直有放弃王位甚至自杀的念头，很多人后来推测，娶妻只是一个导火索。而且，据沃利斯婚后透露，其实“两人都有过后悔的念头”。

哎呀呀，童话里到底都是骗人的呢。

但问题是，我们想象中的那种不顾一切的爱情，真的能长久存在吗？

爱情应该是由多种因素构成的，“冲冠一怒为红颜”，“不爱江山爱美人”，这只是爱情中“激情”这一部分，而爱情应该还包括关爱、承诺、依恋，以及我个人觉得很重要的一点——烟火气。

我是不相信有什么不食人间烟火的爱情的。

爱德华和沃利斯，因为一方的身份特殊，所以感情备受关注。但剖开来看，也不过是一段正常普通的爱情：有爱慕，有依赖，有虚荣，有缠绵，有后悔，有不甘……

以这两个人的性格，如果他们在晚年分道扬镳，其实也不令人意外——我相信当初不看好他们能白头到老的人肯定比另一阵营的人要多很多。

但最终他们没有。

分与不分，我觉得其实都是爱情。

生活需要童话，但别照着童话生活。

或许，温莎公爵夫妇不是你想象中爱情的样子。

那你想象中的爱情，是什么样的呢？

附　录　读者评论

中国海归第一人：见证近代史的“活化石”

兔大爷：想起林则徐的那句“苟利国家生死以，岂因祸福避趋之”。在那样的大时代背景下，每一个有识之士都想为凋敝的大清（或民国）做点事情吧。因为，那里，是故乡。它有一个共同的名字：中国！

Rea：央视纪录片《幼童》就讲述了他的贡献，可称大师。

孙大大：推荐大家一部纪录片《幼童》。留美幼童的命运，离奇曲折；他们的故事，美丽而忧伤。

昔日少年今已强，勿忘张伯苓

苏瑞：先生之风，山高水长。

田小治：渤海之滨，白河之津，巍巍我南开精神。汲汲骎骎，月异日新，发煌我前途无垠。美哉大仁，智勇真纯，以铸以陶，文质彬彬。渤海之滨，白河之津，巍巍我南开精神。

张磊：南开人看得热泪盈眶。曾经的南开在张先生的带领下享誉中外，而今却似乎在众人眼中日渐没落。但南开人骨子里的热血与激情从未退却。昔有为中华之崛起而读书，今有千千万万南开人为国家之强大而奋进！恰逢南开百年之际，祝福母校！

坚果爸爸：怎么才能评价一个学校的好坏？那就是你我愿意把自己的子女送进去读书。国家亦然。

清末日本留学潮：一半是海水，一半是火焰

咖喱萌萌酱：看完就想到了鲁迅先生的那段话。“愿中国青年都摆脱冷气，只是向上走，不必听自暴自弃者流的话。能做事的做事，能发声的发声。有一分热，发一分光，就令萤火一般，也可以在黑暗里发一点光，不必等候炬火。此后如竟没有炬火：我便是唯一的光。”

格物致知：清末民初，去西洋的大多是科学家，去东洋的大多都致力于革命，下南洋的大多是穷苦人家找活路。

Naomi：从秋瑾在留学生回国事件中的处理态度来看，她日后选择慷慨赴死也是必然的，性格决定命运，无论枭雄还是布衣，皆如是……

一次“简陋”的起义

董奇（千里草生）：吾自遇汝以来，常愿天下有情人都成眷属；然遍地腥云，满街狼犬，称心快意，几家能彀？司马青衫，吾不能学太上之忘情也。语云：仁者“老吾老，以及人之老；幼吾幼，以及人之幼”。吾充吾爱汝之心，助天下人爱其所爱，所以敢先汝而死，不顾汝也。——林觉民《与妻书》。

若水｜若冰：孙先生固然身上也有很多这样那样的缺憾和污点，但就凭先生矢志不渝要将革命进行到底的决心和永不放弃的勇气，就足以成为我们中华民族万世敬仰的伟人，指引我们中华民族的灯塔。大哉，中山先生！大哉，天下为公！

SEAN：之所以戏称他“孙大炮”，是因为铁路建设的事。但就像麦

哲伦首次环球航行一样，一条路开出来，后人走得是如此顺畅，以至于人们根本无法想象破开迷雾的艰辛。那只是因为我们走的是一条坦途，而同一条路，开创者们走的则是步步荆棘。

悲壮黄花岗

福田：广东水师提督李准要是被刺杀了，可就太冤了。李准收复东沙，视察西沙，划界定疆，为解决领土争端，维护中国领土完整提供了翔实的证据。20世纪30年代初期，日本、法国侵占西沙群岛，李准在报上发表过当年任广东水师提督期间，几次视察南海岛屿的报告书，重申西沙、南沙群岛自古以来就是中国领土。1974年，我军收复西沙群岛后，《人民日报》、《红旗》杂志发表文章，以铁的事实证明西沙自古就是中国领土，并提及李准勘察西沙的贡献。中华人民共和国外交部于1980年1月30日发布的《中国对西沙群岛、南沙群岛的主权无可争辩》等文件内还曾引用他著的《广东水师国防要塞图说》。

明涛：很多人相信历史只会记住第一个先行者。但黄花岗起义是个例外，打响第一枪、第二枪，甚至第三枪的人我都记得。言归正传，黄花岗起义是在清王朝最后的统治铁幕下发生的，可以说黄花岗的烈士们是真正为革命为民族牺牲的，是真正的先驱！

胖虎：作为一个北方人，我在广州工作的那几年去过几次黄花岗。巍巍的三角形石碑深深触动我的内心。我当时就在想，到底是什么能够让和我一样年龄的人抛头颅洒热血，义无反顾干革命。而我如果回到那个年代，会不会像他们那样做？……嘴上的爱国人人会说，真正的英雄才是无声地勇往直前！

棉湖战役：决定黄埔军校存亡的生死一战

178：可惜屠龙勇士最后都变成了恶龙。

A 雅戈尔江上孟洋：任何队伍在最初的时候，信念都是最纯粹的，为了信仰可以抛头颅洒热血。

蝎子：刚刚看完金一南教授的《苦难辉煌》，看到顾祝同、蒋鼎文、陈诚等一批名字，心中十分感慨——针对井冈山的五次围剿，这些人都是领兵的。棉湖战役一战成名的何应钦也是在围剿井冈山的过程中一败再败，威名不再。值得一提的是加仑将军，他之前是反对把蒋介石推出来的，但最后在苏联被下狱之后，蒋介石还曾向斯大林求情，想把加仑带回中国。唉，往事不胜唏嘘。

日籍八路军：抗战期间的特殊群体

帆：中日友好确实来之不易，但是让中国人民能完全忘记仇恨真的很难，尤其是日本右翼的一些言论，当然也包括国内一些期望“光复日本”的键盘侠，时常挑动着我们最敏感的那根神经。我们都没有亲历过那场战争，它是多么残酷我们也没法真切体会。静下心来想想，和平才是最重要的。不忘国耻，壮大自我。愿两国之间永不兵戎相见。

落雪流云：所以，不能对某个群体的所有人都贴上统一的标签。国家歧视如此，地区歧视如此，各类工种、不同学历等亦是如此。

小 LUO：和平是需要希望和传承的，但更需要吾辈的自省和自强。

一个人的奥运会

阿拉新天地：刘长春是我母校的骄傲！白山黑水是我母校校徽的背景。是的，我们都是东大人！

PEGASUS：我是大连理工大学的在校生，我们学校的体育馆名为刘长春体育馆，建筑艺术馆门前还有一尊刘长春先生踩着起跑器冲出跑道的极具动感的塑像。

方．晨．FANG.H：无关成绩，无关金牌，中国奥运第一人，即使没能站上决赛赛场，但他用自己的行动证明，中国不会亡，中国有希望。

柠檬：借用白岩松先生的一句话，“一生中总会遇到这样的时候，你的内心已经兵荒马乱天翻地覆了，可是在别人看来你只是比平时沉默了一点，没人会觉得奇怪。这种战争，注定单枪匹马”。当他站上起跑线时，他和命运的抗争就已经开始了，但在那个时代背景下，国家太需要这样的人了，所以他与国家以至整个民族联系在了一起。这种时刻值得被铭记，与结果无关，但如果有一个好的结果就更完美了。

郭永怀：一位不应被历史遗忘的科学家

方周王：活在尘世间，我们当然需要各种喜闻乐见的娱乐和消遣。但是，每当我们抬头仰望，指引我们前进方向的，永远是那片璀璨的星空。豁然开朗。

张文军：有温度，点赞。历史有温度，有巧合，对“两弹一星”来说，今天应该算是个大日子。除了郭永怀的壮烈，还有任新民和屠守锷的生，1915 年 12 月 5 日，任新民出生，1917 年 12 月 5 日，屠守锷出生，多年后的 1998 年 9 月 18 日，二人又同一天成了“两弹一星”元勋，他们和黄纬禄、梁守槃还并称为“航天四老”。我们可能达不到他们这样的高度，但可以选择记住他们。致敬前辈，叩问初心，不断前进。

??：现在中科院的研究生英语学习用的教材还是李佩先生主编的，雁栖湖畔也竖起了李佩先生的雕像，目光温柔坚定，注视着来来往往的学子。郭永怀先生千古，李佩先生千古！

中国重返联合国的幕后较量

言午之言：柬埔寨当时居然投反对票？怎么个情况？（作者回复：柬埔寨当时是亲美政府当权，而不是西哈努克亲王掌权。）

夏离央：很想知道白俄罗斯、乌克兰、苏联都有投票权是怎么回事？白俄罗斯和乌克兰那时候不应该是苏联的一部分吗？（作者回复：这是当时联合国创立时，苏联坚持的，因为白俄罗斯和乌克兰这两个苏联加盟共和国，在二战中付出巨大牺牲。）

戴戴：看得眼睛都湿润了！其中有着太多的艰辛和博弈。至于名单，时过境迁，太多的国家分分合合，只是有的国家还真是自始至终啊。

1991 年，那场震动全国的“改革开放”大辩论

Wyj：读历史常常使人感到，许多我们今天认为理所当然的事情，其实当初是经过多少惊心动魄的斗争和争取才得来的。

Simon Ho in Shanghai：每次看到邓小平的文章都会真诚留言“多谢邓公”，他的历史地位怎么评价都不过分。

老 A：重温历史，总能为前行提供些许指导。改革开放四十年，进入深水区，更需要勇往直前的气魄。

残酷太空路：中国“长征三号乙”首次发射失败幕后

开芯豆：路虽远，行则必至。事虽艰，做则必成。

叶圣娟：作为航天人员家属，看到这篇文章，也是泪两行。航天工作者承担了强大的精神压力和工作强度，一年 365 天都要随时待命。

王璐：“火箭发射不是一场喊口号人多心齐就可以完成的运动，而是需要每一个细节都精确到一丝一毫的系统工程。”大师说得很中肯，搞科

研真的不是说说口号就了得的，需要工作者前仆后继，甚至有的项目要多代人才能完成。虽有“长征三号乙”的失败，总结了教训，继续以航天人的精神不懈钻研，后面才有了神舟，天宫，玉兔……更多更多的胜利。

尤里卡：航天不仅是发射成功那么简单，卫星进入轨道后还要进行长期的管控。分布在全国各地和世界各地的站点的同志 365 天全年无休，有多少人多少年都没有回过家，海南发射基地当初建场的一位干部瞎了一只眼，兄弟站的高工因为心梗倒在了操作台上，再也没有回来。中国航天，有多少人为她落下了残疾，有多少人为她付出了生命。特别是在艰苦偏远的地方，能吃上一碗泡面、吃到水果和绿叶菜就是很幸福很幸福的事情了。

徐霞客：一个富二代的理想与实践

宇飞：2003 年，江阴把璜塘镇、马镇镇、峭岐镇合并，组建霞客镇。2007 年更名为徐霞客镇。

诺宝爸比：我给别人介绍江阴，就是一城一人一村。一城指明末江阴抵抗清军八十余日，留大明三百里江山，做到了留头不留发，留发不留头的江阴刚性精神。一人就是徐霞客。一村就是华西村。

公益自习教室：中国旅游日的 5 月 19 日，出自徐霞客游记的开篇《游天台山日记》，5 月 19 日也就是徐霞客出发赴天台山的日子。值得注意的是，从徐霞客游记中的日期看，《游天台山日记》并不是徐霞客的第一篇日记，但是徐霞客却把这篇游记作为整本游记的开篇，非常有意思。实际上，徐霞客一生登过三次天台山，写下两篇游记，这在徐霞客游记里是绝无仅有的，可见徐霞客对这座名山的推崇跟喜爱。

人类历史上首次环球航行一周，究竟是什么在支撑着他们?

Mike Ma：欲望，绝非一个贬义词。人之所以为人，欲望乃基本的原始驱动力。中国社会，从历史的经验大体上讲，一向对“人欲”采取优容的态度。遥想圣人孔子，曾侃侃言曰“饮食男女，人之大欲存焉”，肯定了人生的基本欲望。

默络经年：以前看吴军博士的《文明之光》中介绍西班牙、葡萄牙绕开教皇和世界上其他所有和他们一样的人，一厢情愿自作主张瓜分世界时，感觉特别可笑。是不是欧洲经历了黑暗的中世纪突然阔气了一把，整个社会被巨大的利益弄得心灵扭曲呢。满满的西方霸权主义。

Killuaziyi：想要详细了解的同学可以去看茨威格的《麦哲伦航海纪》，记得副标题是“探险史上最寂寞的壮举”……

海底两万里：不管你是否凝视，深渊总是在那里

罗瑞龙：一直关注“馒头说”的文章，很高兴这次的主题是深渊探险，这也是我们单位研究的领域，特别开心，毕竟深渊是个很小众的话题。欢迎阅读《深海探险简史》(*The Eternal Darkness*)，作者是美国深海探险家罗伯特·巴拉德。

芊延：“花了 12 分钟潜到这个深度，并花 15 小时重新浮出海面”，知道上浮不能太快，不知道要这么慢。另外想起一部日剧里的一句话：“我们每个人在这世界上都是孤身一人，即使有伴侣有亲人，很多事情也只能自己承受。不存在完全的感同身受。”想来卡梅伦在深海底的 3 小时，该是孤独却幸福的吧。

牙牙：考过 AOW（开放水域初级潜水员）潜水证的解释一下上浮慢的原因：在大深度身体组织会融入许多氮气，必须留出足够的时间做减压停留，否则直接升水会得减压病。

“请问，你为什么要去攀登珠穆朗玛峰……”

虚行之：实话说我一直觉得什么“征服”之类的字眼特别可笑，爬一下山就说征服了山，过一下海就说征服了海，上一下太空就说征服了星辰大海。可是那山那海那片宇宙星辰就在那里，亘古不变，无论你来不来，它不用管你，不用看你，你的来去对它而言连过客的意义都没有。当然，对于人本身来说意义非凡，但我个人认为，也只能说，你征服了自己……

沙海一舟：现在的初中语文课本里有一篇课文《登上地球之巅》，介绍的就是中国登山队攀登珠峰的事迹，登上珠峰的王富洲、屈银华、贡布固然值得人们铭记，但托举他们登上顶峰、毅然把自己的氧气瓶留给登顶队友的刘连满更让人难忘和敬佩，套用现在的词语：在他身上才更好地体现出了中国精神，国人精神，国家精神！

邓鑫：马洛里死于攀登现实中的山，更多的人却死于攀登心中的山。山高人为峰。毕竟，山就在那里。毕竟，个人的信念和理想就在心里。如果没有现实和心中的奇峰迭起，个人的生命和人类的历史将会多么平庸无趣。

加加林之死

晓风：曾经专门去克里姆林宫看了加加林从太空带回的树种栽种长大后的树，一是明显比旁边同时栽种的同品种树大，二是枝干呈黑色，树前面有铜板显示牌，刻着尤里·加加林太空之树的说明和日期，看着上面的俄文，想到第一个上太空的人类，这么年轻就以这种方式辞世，令人唏嘘，默默凭吊良久……

老老虎：记得在很多年前的《航空知识》杂志上有过一篇比较详细的分析文章，最后分析加加林飞机失事的原因是对飞行高度判断失误，以为要穿过一片云层，但是直接撞到了地面。文章里说当时加加林的飞机是在两层云的中间飞行，类似于在一个三明治的中间。下面那层云的高度离地面很低。但是对高度的误判导致飞行员以为在两层云的上面。所以做了俯冲穿云的动作，直接穿过了下层，再想拉起已经来不及了，导致事故的发生。

Cyborg：在看《登月第一人》时，记得阿姆斯特朗在执行双子星任务时的一个惊险的场景。在遇到意外情况之后，他把飞船与被对接的飞船分离，自己的飞船在不断翻滚，在那种极端的环境下还能够稳定好飞船的姿态，或许这就是宇航员的过人之处吧。

那些从月球回来的宇航员

团团：每次站在海边，我就感觉豁然开朗，面对大自然，自己的那点鸡毛蒜皮真的不算什么。但是，回到现实，又继续陷入那些鸡毛蒜皮当中。也许，回到地球的宇航员们也跟我一样吧：震撼，放下，再面对，失望……

左林右李：我觉得，了解了世界上 99.99% 的人都不了解的真实，却要一生隐瞒，可能对于再强大的人类都确实是一种煎熬。

ZHE 就是我：看到那张从月球看地球的图片，我一下震惊了。换个角度审视自己习以为常的，不是自己，不是家庭，不是国家，而是赖以生存的地球，看到自己的地球在空中冉冉升起，这个触动太具颠覆性了。这是个哲学意义上的冲击，这样的精神错乱不是一般人能开解的。越探索到最后，越无人能共鸣，孤独，在常人眼里就是疯魔了。向这些伟大的探索者致敬！

“挑战者号”悲歌

洛洛特马希：2003 年通过电视直播看到了“哥伦比亚号”返回大气层

时解体成流星雨的震撼画面。10年后看到一个NASA内部调查报告，得知“哥伦比亚号”发射后两个底层工程师就已发现隔热板可能被冰块砸掉的重大风险，但在向上层层汇报的过程中被忽略了，且没有提醒“哥伦比亚号”上的宇航员……最后也没有人被问责。

回头是岸：我在航天系统工作过十年，细节决定成败已经是共识。每次事故调查结束，都会发现主要原因就是忽视细节。

许静：前两天回顾了那篇关于马洛里攀登珠穆朗玛峰遇难的文章《“请问，你为什么要去攀登珠穆朗玛峰……”》，其中点赞最多的一条评论居然是，宇宙高山即使征服了，也没有什么大不了，不会改变什么。即便如此，大师依然写了这篇，而且我没记错的话，这早已不是大师第一次写人类探索宇宙大事件中的悲剧，为什么？因为会有更多人，心中还是向往那些星辰那些极限，即使危及生命，即使前路迷茫，因为那最吸引人心的，是你我梦想的方向呀。

18年前的今天，人类超声速旅行的梦想破碎……

Leo. 华维立：剩下2 000米刹车会怎样？已经达到了起飞速度，首先不能打反推，不然左右受力不一致，飞机可能立刻就打转翻滚解体，而只靠主轮的刹车是不可能在这么短的距离停下或减速到安全速度（民航机降落时减速的主要手段是采用反推装置和襟副翼，高速时刹车起的作用不是特别大），那么飞机会冲出跑道，一旦高速出跑道，结果也是打转翻滚解体，所以飞行员过点起飞是对的，先爬升，看看高风速是否会压住火势，然后再按飞行手册执行迫降。

天狐狸：经济决定面子，所以它下马了。假如面子决定经济，我想它还能存在好久。

好女孩就该早睡早起：推荐大家看一看纪录片《空中浩劫》。B站有，上百集。了解一下航空业充满坎坷的发展历程。看过这个之后就能知道，当今民航业一些看似奇葩的设计或者奇怪的规章制度，其实背后都是血的教训。

人类能不能扮演“上帝”?

朱译峄：觉得人类真是有种令人动容的热情、执着与天真啊。如果真的有上帝，看到这样不完美的可爱的造物，应该会很愉快吧。

GREATGO：看了最后的巴甫洛夫的狗，突然想起来这段：薛定谔的猫、巴甫洛夫的狗、斯金纳的鸽子、桑代克的猫、科勒的猩猩、托尔曼的老鼠、布里当的驴、童第周的鲫鱼、芝诺的乌龟、坎德尔的海兔、摩尔根的果蝇、威尔逊的蚂蚁、洛伦兹的蝴蝶、爱德华科普和奥斯内尔马什的蛇颈龙、内格尔的蝙蝠、庄周的蝴蝶……果然大牛们都有自己的宠物啊。

Tin, Tin：刚开始轰动一时，主要是计算机技术不够发达，现在被放弃也是计算机技术的发展。放在今天做的话，肯定是大数据的运算模拟，搭建实景更多的是研究人类特定状态下的行为心理及生理状况了。

聊聊颜真卿，以及他的《祭侄文稿》

大扬：千古名臣，满门忠烈。颜骨书法，风骨垂范。

Jimmy：看了这篇文章最深的感触是，一个人通过一幅作品，折射出一个民族应有的一种气节，忠诚。也正由于颜真卿是大书法家，忠义之士，所以他的这幅文稿所涵盖的信息量和精神远超过其他的书法作品。

苏：前年季春，我曾经请托永州的长辈带我观摩了两处古迹，一处是柳子庙，一处是浯溪碑林。浯溪观碑当日，正逢春雨绵延，我在雨声中于《大唐中兴颂并有序》前独立了一个小时，反复揣摩颜鲁公书“边将骋兵，毒乱国经，群生失宁”的心境，以及颜常山及季明身死，不见“自有至难，宗庙再安，二圣重欢”一景的心酸无地。之所以有这样的感触，便是因为儿时祖辈曾向我提起过那篇泣血而成的《祭侄文稿》。真正细读《祭侄文稿》，已经是大学时候，开蒙祖辈早已故去，但文卷中的心酸此时却越发清晰。鲁公一代大家，想在文稿中痛骂王承业拥众不救的无耻行径，但出于被祭祀的斯文体面，抹去“拥众”和“拥”字凡二次，渴笔枯墨中，国仇家恨的切肤之痛与文人的理智恍惚交集，跃然纸上，竟惹得我这个年轻人无状潸然。

蒲松龄：贫穷从来不会限制你的想象

从一而终：如果蒲松龄出生在当代，可能《聊斋志异》成了畅销书，蒲松龄成了亿万富翁，被各种采访，书本被翻译成多国文字，足可见，信息时代的重要性和蒲松龄的生不逢时。

球：前段时间在飞机上，看了《见字如面》的第三季，里面就读了一封蒲松龄写给穷神的信，他自己又模拟穷神给自己回信。以前对蒲松龄的了解是写鬼故事的，通过这两封信发现他和我从小说了解的他还是不一样的。

五福：每次看见这样的故事，就觉得天纵奇才不一定是一件多么幸运的事，如凡·高，如蒲松龄等。他们为后世留下的财富如此深远巨大，在活着的时候却未必得到百分之一的回报或者赞赏。芸芸众生有不知的快乐，先行者有早知的痛苦。所以《奇异博士》里当博士把凡·高带回当代，简直令人无与伦比地感动。

杀妻自尽的天才诗人：黑夜给了他黑色的眼睛，但是……

Stanley：自私与偏执，使得顾城最后活得脆弱、卑微，以致他的全部生命，包括精神的以及物质的生命，都系在了一条细细的蛛丝——谢烨身上。一旦这蛛丝断绝，他脚下就是不敢正视的深渊。在这种情况下，自杀在他精神世界里是最体面的结局，死前也要拉妻子垫背。唉，最可怜的是谢烨，顾城对她的爱，全然只是田园梦幻式的自爱。小时候就很喜欢顾城的文字，随着年龄增长愈发对其抵触，大概天才和疯子是邻居，而我这种俗人难以理解他们的精神世界吧。

ZHUO：最喜欢的是那首：草在结它的种子 / 风在摇它的叶子 / 我们站着，不说话 / 就十分美好。

勇敢的心：在精神学界，大家一般认为顾城是有明确的精神疾病症状的，其实不能简单地把他归类为渣男，他的认知能力是一步步在受损的。认知能力包括我们常说的思维、情感与行为能力。据他的朋友和亲人回忆，他的幻听幻觉后期很明显，他的好多行为都是病态的。遗憾的是他没能接受正规的治疗，最后酿成悲剧。当然，好多艺术家和诗人，之所以有超乎常人的敏感和想象，也可能和他们的思维认知能力异于常人有关，也就意味着他们在我们常人眼里或者说是评价体系里，被认定为精神障碍。

一个因写关于中国的小说获得诺贝尔文学奖的美国人

琉璃：就凭在墓上只刻“赛珍珠”三个字，就可以看出她对中国的感情多深。

Cathy：有一部舞台剧《春江花月夜》是关于赛珍珠的。剧中运用了很多抽象隐喻的手法，每一阶段都有现实中的她和精神世界中的她互相映衬，其中两处最动人：一是她第一次婚姻失败时挣脱束缚，思想的，身体的，婚姻的；另一处是她老年时，挥弦奏响《春江花月夜》，弦一根根相继崩裂，那相应弦的红色舞者应声倒地，那是代表着她的生命逐渐走向终点。剧中表现中西文化的冲突方式，她的作品小舞台，以及晚年的她深切地想念童年时代的内心小女孩，都有着不同于文字和语言的表现力。世界以痛吻我，而我愿报之以歌。这就是赛珍珠。

千渡：我是镇江人，早些年镇江建起了赛珍珠故居和赛珍珠纪念馆，有的学校还成立了赛珍珠班。之前我只了解赛珍珠获得过诺贝尔文学奖，但对于赛珍珠所经历的一系列东西方尴尬境遇却不甚了解，感谢馒头大师的讲解和剖析。

这些著名的日本作家，为何最终都选择自杀？

骑鹤：这个时候需要苏东坡先生来示范文人正确的存活方式。

逍遥王：看完这些人的故事，突然觉得村上春树真是坚强，诺贝尔文学奖陪跑多年，一直无缘折桂，还是活得那么乐观积极。

3c：之前林少华在讲座里提到，日本文学不能无节制地读，因为格局偏小，我理解是太向内求了，久读容易拔不出来。他还提到要多读俄国和中国文学，因为格局比较大。

“文胆”之死

子曰：一个知识分子从充满自信到迷茫彷徨，从气势如虹到悲观失望的全过程。

程方兴：“据说三个月后，在广州一个天气阴冷的日子，已经上了战犯名单的戴季陶立于窗边，突然悲从中来，原本不屑于自杀的党国元老，最终还是选择了服药自尽。”可惜啊，民国文人政治家空有报国理念却最终是纸上谈兵，意志只能愈发消沉。

林恒：陈布雷先生的一生，简单而言就是“事与愿违，生不如死”。

明明小明：大概大二的时候，和同学去九溪徒步，看见有一条小路，就走了上去，结果发现是陈布雷之墓，有点荒凉。很惊讶他的墓竟然在这里，如果不是我一定要走小路去“探险”，估计都不会发现……

一幅名画背后的谋杀案

兔样兔森破：初中化学课学到拉瓦锡时，查了相关的资料，才知道他的死原来和马拉有莫大的关系，实在是心痛和遗憾。暴力是革命的手段，但革命者往往会沉浸于暴力，因而违背了革命的初衷。

老兵：雅各宾派专政的出现是当时历史环境的产物。雅各宾派是在吉伦特派统治的法兰西第一共和国内外交困，革命出现严重危机时，巴黎人民发动第三次武装起义的情况下，被人民推上革命的领导位置的。雅各宾派的贡献在它的彻底反封建上。对雅各宾派争议最大的是“恐怖政策”。对此应该明确两个基本观念：①恶劣的环境迫使雅各宾派采取了非常措施，恐怖政策是客观条件催生出来的，它的实践结果是积极的；②在革命危机消失之后继续维持恐怖政策，不去建立正常的社会秩序是严重的错误。

海风：《血色浪漫》那本书里，作者借郑桐之口，对马拉做出了自己的评价。法兰西的人民，那时候真的民智已开了吗？如果真是这样，后来的拿破仑还有机会席卷欧洲吗？

人生终会谢幕，侠客永不独行

可乐：我走过山时，山不说话，我路过海时，海不说话，小毛驴嘀嘀嗒嗒，倚天剑伴我走天涯。世人都说我因为爱着杨大侠，才在峨眉山上出了家，其实我只是爱上了峨眉山上的云和霞，像极了十六岁那年的烟花。“侠之大者，为国为民。”掌门一路走好。

赵振宇：作为 1982 年出生的我，与其说是在缅怀金庸老师，不如说是在缅怀我们逝去的青春。

博宇：读金庸，其实是中国人找寻根性、继承传统的快捷方式。很多人不看《论语》也不看《道德经》，不读佛经也不读笔记体小说，但儒道释的很多三观，中国知识分子延续的骨气与情操，金庸都提纯了给你，你也读着故事，很轻松就消化了。他就是你的老师和先生。中国几代人的老师和先生。先生，您一路走好！（想说的太多，用 sir 的一段话结尾。）

陈公博：卿本佳人，奈何做贼?

Steven 闫：民族大义，不容洗地，汉奸就是汉奸。

Do (n) g：他的经历更凸显了当初坚持下来的人有多难。

小蔓：虽然趋利避害是人之常情，但当一个人的选择关乎国家民族大义时，就不能只做一个被利益驱动的傀儡了。失势后还要为自己的行为辩护就更显得卑微无耻了。

一个自认“戴罪立功”的汉奸

笨松树：周佛海没有顶着刺刀做事的铮铮铁骨，所以他不断选择投机，他是一个地道的机会主义者。可惜历史在他的一次次选择后不再留给他任何机会！

Dulalala：周佛海，汪精卫，写出的诗倒是气势磅礴。铮铮铁骨，想想今天也一样，常常做慷慨激昂状的，未必是能坚守信念持之以恒的人。

小毛：正邪自古道必殊，何须推敲费工夫。蛟龙若无腾渊志，长出鳞角不如无。

一个“慷慨就义”的汉奸

明涛：我不认同他有魏晋风骨。阮籍宁可饿死而不仕，保留人格之完全。此人不仅热衷官场，还出仕汪伪政权，一不如也。嵇康临刑，一曲《广陵散》，三千太学生送行。此人毙命，虽昂首阔步，终被人所弃。如果说他有魏晋风度，我觉得太过侮辱先贤了。学其皮毛，少其风骨。

肖萍：一念错，步步错。自私无错，卖国大错！

?_?：想到了韩国电影《暗杀》里面，李政宰扮演的汉奸最后说："如果我早知道最后会胜利，我就不会这么做了啊。"这让我觉得那些不知道会不会胜利但依旧坚持抗日的人更加可敬。

从愤青到首相，这个日本人为何能改变整个东亚格局？

佳亮：时至今日，在哈尔滨火车站的第一站台上，有两块地砖的颜色与其他的地砖明显不同，这两块地砖的位置，一个是当年伊藤博文的位置，一个是安重根射击的位置！我亲自去火车站看过！

宋涛：引用某篇文章的一段话，"1914 年，奥匈帝国皇太子费迪南大公夫妇在萨拉热窝被一名塞尔维亚族的波斯尼亚人普林西普枪杀，这次事件成为第一次世界大战的导火索。普林西普 1918 年死于狱中，1920 年，他的遗体被送回南斯拉夫首都萨拉热窝，被称为'为争取民族独立和自由而献身'的爱国青年。但是到了 1995 年波黑战争结束时，他被称为'恐怖分子'，纪念馆被关闭，名字也在公众视野中消失。和南斯拉夫官方所讲述的英雄事迹不一样，民间版本描述的刺杀现场是，见到大公夫妇被枪杀，波斯尼亚人充满了愤怒和哀伤，这个年轻人并不是他们眼中的民族英雄。普林西普到底是爱国者还是一个罪犯，或者恐怖分子？在南斯拉夫立国、解体和内战的每一个阶段，会看到一个个不同标签选择"。

日本政坛最年轻的自杀首相，到底做过些什么？

小范：日本在二战上可以说是非常膨胀，战线过长，没有战略。但是这个民族在 19 世纪末能从亚洲国家中脱颖而出，主动向西方学习，二战后也能迅速崛起，至今在科技领域领先世界，拿了那么多诺贝尔奖，还是有很多值得我们研究的地方。

Master：大师说得好，我在日本公司工作这些年的感觉就是，一个个推卸责任，能逃就逃，好事都跟着参与，一到检讨责任时，都躲得远远的，一切都是别人的责任，好事他们去报告，坏事都求着你去解释……

Cathy：日本人有很多两面性，统治阶层的自负和下层员工的谦卑，年轻人的叛逆和上班后的循规蹈矩，生活中的一丝不苟和面对游戏和女优时的放纵。奇特的民族。

一场血腥又荒诞的兵变

嘉修：明治养士，大正养国，昭和养鬼，平成养豚。

Pureboi：关于这段历史，看了不少的资料，光《二二六》这部电影就起码看了五遍。其实兵变的问题根源在于下层军官不满足于现状，想再次发动类似明治维新的变革，而且对于下层军官来说，不上战场想要晋升是非常难的。比如二战中的很多大将，都是当年参加过日俄战争进而得以加官晋爵的。日本军队讲究绝对服从，但“下克上”的现象又大量出现，因为只要打着“お国のために、天皇陛下のために”（为了国家，为了天皇陛下）的旗号就可以为所欲为了，日本人的想法的确让人匪夷所思。插一句，高桥是清、铃木贯太郎、冈田启介等在明治时代就已经登上政治舞台了，对于昭和天皇来说更是重臣，所以他们被杀，天皇震怒是可以理解的。再插一句，有没有人注意到昭和天皇的侍卫长是谁？九一八事变时他是关东军司令官。（作者回复：本庄繁）

挽澜：小泽开作有两个他十分崇拜的好朋友，一个是板垣征四郎，一个是石原莞尔，为了表达他的崇拜，他给儿子的名字里各取了这两个人名字的一个字，没错，他的儿子就是小泽征尔……石原莞尔、濑岛龙三以及辻政信被誉为日本陆军的三大参谋，辻政信更是有“豺狼参谋”的绰号。这三个人的崛起，都离不开一个词，那就是“下克上”……最后，日本的近现代史，是真的血腥……

大庆油田：日本人的“野望”与“残念”

小范：忍不住在上班时间读完，前不久读到一篇推送，说大家对油价还是要多一点宽容，毕竟石油是战略物资，任凭外资进入，中石油、中石化难以抗衡。当年好不容易勘测开采到石油，油田质量不好，开采成本高，价格没有优势，但是工业血液不能捏在外资手中。再次致敬东北抗联，真的是艰苦卓绝，孤悬敌后，没有援助，冰天雪地的，要不是意志坚定无法坚持！

代睿：在武汉的大庆人前来报到，姥姥和姥爷作为第一批参加石油会战的人从甘肃玉门油田和王进喜一同来开发大庆油田。小时候我问妈妈“大庆”名字的由来，妈妈说因为中国开发出了自己的大油田，举国欢庆，所以叫“大庆”。因为石油，我们“油二代”“油三代”过上了富足的生活，也因为资源型城市不可避免地遭遇减产而越来越落寞，同学们能出去的都走出去了，但作为石油人我还是很自豪自己的家乡为国家做出了这么多的贡献。

肯泰罗：我就是兰州人，兰炼、兰化就是当年苏联援建的，主要为了支持玉门油田。王进喜就是从玉门石油走出去的，后来去了大庆。真心佩服那个时代的人，他们真心实意地为国家付出所有。

1931 年，皇帝陛下离婚了

Holly：人越是缺少了什么，就越是需要通过一些仪式感的东西找回尊严。

小米粒：以前看历史书图片，只觉得她长得不好看，以貌取人了。实际现在长大了想想，她真的是很有勇气也很有思想的女性。

北纬 43°：文绣的结局其实在那个年代已经算是幸福的了，如果没有战争，她会过得非常不错。倾巢之下岂有完卵，至少她的人生要比婉容精彩得多，结局也好得多。

日本“战国第一美人”，到底有没有得到爱情？

加强版宅女：我想她选择死亡，只是因为厌倦了被当作战利品分配来分配去吧。

杨帆：女人的命运和她的男人捆绑在一起，尤其是乱世中的美人，被政治和利益的洪流裹挟，无奈地看着丈夫、儿子，一个个死在眼前。不管她是不是得到过爱情，已经不重要了，重要的是，她的人生已是一片荒凉。

猫里扬诺夫：有些人嘲笑日本战国时期不过是几个村几百人相互械斗，就夸大成什么什么大战。殊不知，历史事件意义之衡量，绝不是依据其规模大小，而是看其对历史之影响大小。即使这几个县城的作战，也对近代和今日日本影响非常之深。

悦 yue：有本书叫《织田信长家的公主们》，说的应该就是阿市的故事。

这位日本历史上最美的“平民皇后”，到底幸不幸福？

SW：这位皇后拒绝合葬，给出的理由，我觉得很震撼。她说她本就是平民，即使和皇室贵族结婚，她还是平民。这世界上很多人在内心深处还是把人类划出界限，给人群分高低贵贱，她这一番话，是打心底里不卑不亢，并不觉得她平民出身有什么配不上皇室，甚至不愿意把自己归为“皇室”一员，即使她已经是名正言顺的皇后。“认识自己”“承认自己”，这是最“高贵”的自信心。回到博主的问题，平民皇后，到底幸福吗？我不知道她是否幸福，但是我觉得，在经历这动荡不安的一生后，她仍然敢于这样说话，我喜欢她。

Cecilia_JunJun：这所谓平民也是一般人难以到达的高度吧，学霸+美貌+实业家庭富二代出身。两代平民出身的太子妃英语就可以秒掉多数日本人了吧。

KP0904 荔枝：雅子真是可惜了，三大名校出身的精英女性啊，30岁之前的人生是令人歆羡的官二代。她印证了“人生无常”这句话，原来命运真的是可以被一个人改变的。

这世间，哪有那么多“明明可以靠颜值吃饭”……

无言：费雯·丽真的是靠着才华拼出自己的天下的，而她后期的精神崩溃是不是因为在影片中投入过多情感，无法抽离，交错的情感击垮了理智，爱人的背叛是致命一击？

奔跑的瘦子还是胖子吧：很多时候女人爱上的男人并不是这个男人本身，而是蒙上了她对他的美好想象和光环。我想，费雯·丽作为一个演员，这么会揣摩角色、理解人物，在现实中碰到爱情，也免不了对对方怀有裹了蜜糖的想象吧。

Suri：想起一句话，在人性面前，爱情往往不堪一击。

他左手江山，右手美人，最后喜提“公爵”……

潇潇暮雨：《国王的演讲》里对这段历史有不错的解读，爱德华确实不是一个适合做国王的人，他也非常自知地交出了王位。《国王的演讲》真是一部好电影，强烈推荐。

沙の漏：记得谁说过的一句话：孔雀开屏是美的，但转过来是屁股。可能所有的锦绣繁华之下难免不是千疮百孔和不能明说的哀愁。是以，简单生活也许是最好的愿望。

Jennifer：人性，有时是经不起推敲的。大家对温莎公爵“不爱江山爱美人”的传颂，多半也基于自己的梦想——总希望有那么一些爱情是能够超越世俗和权力的。

历史的温度

寻找历史背面的故事、热血和真性情

张玮　著

从宏大的叙事，走向历史的细节，寻找时代的真实故事。当历史风起云涌，风云人物又如何改变时代，或被时代改变？

一个个历史小故事，讲述课本之外的过去时光，读完多了解一些典故，涨一些知识，变成有趣、有见识的人。

亦庄亦谐的文字，丰富的历史知识，活色生香的历史故事，有血有肉、有人性、有故事、有真性情，还原历史应有的温度。

馒头大师曾是一个优秀的体育记者，但聊起历史来也很吸引人。他有一支独特的“新闻笔”，不论多么久远的事情，说来总像是当下的故事，还带着温度。读着他的文字，会让人想到唐诗里的意境，天晚欲雪，围坐火炉，他手持一盏，眉飞色舞，正向你娓娓道来。

——六神磊磊

没有温度，历史不过是教科书，即便已被雨打风吹去，故纸堆里终有冷暖几许。《历史的温度》赠人暖意。

——徐达内（新榜创始人）

历史的温度 2

细节里的故事、彷徨和信念

张玮 著

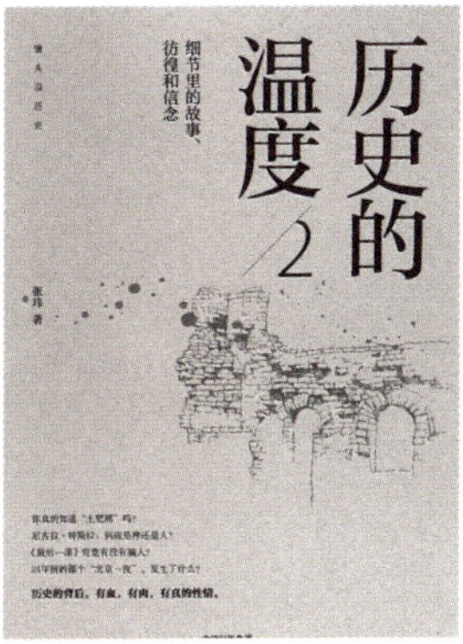

你真的知道“土肥圆”吗？尼古拉·特斯拉，到底是神还是人？抗战期间，整个国家只剩两架轰炸机了，为什么还是要轰炸日本？《最后一课》究竟有没有骗人？真实的潜伏，究竟是什么样？……

史书上的一段话、一个名字，甚至一张图，在张玮的笔下，呈现出一张张意想不到的面孔。历史不再是冷冰冰的年份和数字，而是一个个有温度的故事，一个个有血有肉的真实的人。

我们现在遇到的很多问题，历史上也有很多人遇到过。所以我们读历史，不仅仅只是看他们的故事。张玮抓住历史上一个事件、一个名字背后的东西，分析为什么当时的人会做出那样的选择，把文字的东西场景化，把乏味的东西有趣化，让你不仅得到知识，还得到见识。

——罗振宇（罗辑思维创始人）

历史事件和人物都有特定的历史背景，对他们的评价和分析，脱离了当时的环境，就会想当然。张玮尽量客观地还原当时的情形，无论是对人物的分析，还是事件的细节描述，都力求公正中立。更可贵的是，他赋予了这些历史以情感，历史不再是教科书里冷冰冰的文字，而是有温度的。

——马勇（中国社会科学院近代史研究所研究员）

历史的温度 3

时代扑面而来，转瞬即成历史

张玮　著

坚守气节、自诩为“海上苏武”的叶名琛，为何最终还是背了“千古骂名”？严复的人生，因何最终拐了个弯？达·芬奇，真的是从现代穿越回去的吗？拿过诺贝尔文学奖的丘吉尔，他又有着怎样的另一面？

叶名琛、丁汝昌、沈荩、张作霖、黎元洪、严复、拉贝、丘吉尔、达·芬奇、格瓦拉……这一个个或熟悉，或陌生的名字背后，究竟有着怎样的人生？他们的故事又折射了什么样的时代？

在一个狂奔的年代，我们有时候也要停一下，看看走过的路，整理一下自己的行囊，然后重新出发。张玮把他在新媒体中最热门的文章用传统的方式出版，也有这种冷却与回归的意义。

——严锋（复旦大学中文系教授）

对一个男人的评价，我推崇“深厚温柔”，这其实也是人们对深海的印象。用这句话评价馒头大师和他的“馒头说”很恰当：他展现了对历史的精通，以及基于历史对时代和人情世故的了然；同时他不挑拨不炫耀，展现出巨大的温柔力。

——张伟（新世相创始人）